Comunidad

Ann Patchett

COMUNIDAD

Traducido del inglés por Carmen Francí Ventosa

AdN Alianza de Novelas

Título original: *Commonwealth*

Diseño de colección: Estudio Pep Carrió

Copyright © 2016 by Ann Patchett. All rights reserved
© de la traducción: Carmen Francí Ventosa, 2017
© AdN Alianza de Novelas (Alianza Editorial, S. A.)
Madrid, 2017
Calle Juan Ignacio Luca de Tena, 15
28027 Madrid
www.AdNovelas.com

ISBN: 978-84-9104-749-0
Depósito legal: M. 9.324-2017
Printed in Spain

Para Mike Glasscock

1

La fiesta del bautizo cambió radicalmente cuando Albert Cousins llegó con una botella de ginebra. Fix sonreía cuando abrió la puerta y siguió sonriendo mientras hacía ímprobos esfuerzos por acordarse de quién era aquel sujeto: Albert Cousins, de la oficina del fiscal del distrito, estaba ahí plantado en el porche de su casa. Fix había abierto la puerta veinte veces durante la última media hora —a vecinos, amigos y conocidos de la iglesia; a la hermana de Beverly, a sus propios hermanos, a sus padres y prácticamente a todo el cuerpo de policía—, pero Cousins había sido la única sorpresa. Dos semanas atrás, Fix había preguntado a su mujer por qué creía que tenían que invitar a una fiesta de bautizo a todas las personas que conocían en este mundo, y ella le había propuesto que repasara la lista de invitados y le dijera a quién tachaba. Fix no había repasado la lista, pero, si Beverly hubiera estado a su lado en aquel momento, habría señalado al frente y le habría dicho: a este no. El hecho no era que le disgustara Albert Cousins, apenas era capaz de asociar su nombre a un rostro, pero eso mismo le parecía motivo suficiente para no invitarlo. Fix pensó que quizá Cousins estaba ahí para hablar con él de algún caso: no había sucedido nunca, pero ¿qué otra explicación podría dar a su presencia? Los invitados deambulaban por el jardín de la casa, si bien Fix no habría podido decir si se debía a que llegaban tarde, se iban pronto o, simplemente, se refugiaban en el exterior porque la casa superaba con creces los límites de aforo que un jefe de bomberos habría considerado aceptables. Lo que Fix tenía claro era que Cousins, solo y con una botella en una bolsa, estaba ahí sin que nadie lo hubiera invitado.

—Hola, Fix —saludó Albert Cousins. El alto asistente del fiscal del distrito, vestido con traje y corbata, le tendió la mano.

—Hola, Al —contestó Fix (¿de veras lo llamaban Al?)—. Gracias por venir. —Le estrechó la mano, la sacudió un par de veces con fuerza y la soltó.

—Casi no llego —comentó Cousins mirando a la gente que había en la casa, como si ya no hubiera espacio para él. No cabía duda de que la fiesta había pasado ya su mejor momento: la mayor parte de los emparedados triangulares habían desaparecido y solo quedaba la mitad de las galletas. El mantel de la mesa del ponche estaba mojado y manchado de color rosa.

Fix se apartó para dejarlo pasar.

—Pero ya has llegado —dijo Fix.

—No habría querido perdérmelo —contestó Cousins, aunque, obviamente, se lo había perdido: no había estado en el bautizo.

Dick Spencer era el único abogado de la oficina del fiscal del distrito al que Fix había invitado. Dick había sido policía, había estudiado Derecho por las noches y había ido ascendiendo sin darse aires. Poco importaba que Dick condujera un coche patrulla o trabajara delante del juez: no cabía la menor duda sobre cuál era su origen. En cambio, Cousins era un abogado como todos los demás —fiscales del distrito, personal del departamento de policía o contratado—: eran amables cuando necesitaban algo, pero no se les pasaría por la cabeza invitar a una copa a un policía a menos que pensaran que les ocultaba algún dato interesante. Los abogados de la oficina del fiscal eran de esas personas que se fuman los cigarrillos de los demás con el pretexto de que están dejando de fumar. Los policías que llenaban el cuarto de estar o se desparramaban por el jardín trasero bajo las cuerdas de tender la ropa y los dos naranjos no intentaban dejar de fumar. Bebían té helado con limonada y fumaban como estibadores.

Albert Cousins le tendió la bolsa y Fix miró en el interior. Era una botella de ginebra de las grandes. Los demás habían traído tarjetas con oraciones, rosarios de madreperla o Biblias encuadernadas en piel de cabritilla blanca con cantos dorados. Cinco de los chicos, o sus cinco esposas, habían reunido el dinero para comprar una cadena y una cruz esmaltada con una perlita en el centro, muy bonita, para el futuro.

—¿Ahora tenéis chico y chica?

—Dos niñas.

Cousins se encogió de hombros.

—Qué le vas a hacer.

—Poca cosa —contestó Fix, y cerró la puerta. Beverly le había pedido que la dejara abierta para que entrara algo de aire, muestra de lo poco que sabía de lo inhumano que era el hombre con el hombre. Por mucha gente que hubiera en la casa, las puertas no se dejaban abiertas, qué coño.

Beverly se asomó desde la cocina. Habría unas treinta personas entre ambos (todo el clan de los Meloy, todos los De-

Matteos, un puñado de monaguillos arrasando con el resto de las galletas), pero Beverly era inconfundible. Ese vestido amarillo.

—¿Fix? —llamó Beverly, alzando la voz por encima del estruendo.

Cousins fue el primero en volver la cabeza y la movió en un ademán de saludo.

Fix se enderezó como en un gesto reflejo, pero no se movió de donde estaba.

—Ponte cómodo, estás en tu casa —dijo Fix al ayudante del fiscal del distrito, y señaló a un grupo de policías que se encontraba junto a la cristalera, todavía con la americana puesta—. Conoces a muchos de los presentes.

Tal vez fuera cierto o tal vez no. En cualquier caso, lo que sí estaba claro era que no conocía a los anfitriones. Fix se dio media vuelta, se abrió paso entre la gente que se fue apartando para darle una palmada en el hombro y estrecharle la mano, felicitándolo. Intentó no pisar a ninguno de los niños, entre los que se encontraba su hija de cuatro años, Caroline, que jugaban por el suelo, se agazapaban y se deslizaban como tigres entre los pies de los adultos.

La cocina estaba llena de mujeres, todas ellas riendo y hablando a voces, si bien ninguna echaba una mano, excepto Lois, la vecina de la puerta de al lado, que sacaba unos cuencos de la nevera. La mejor amiga de Beverly, Wallis, se estaba retocando el pintalabios con ayuda del lateral cromado de la tostadora. Wallis estaba demasiado delgada y demasiado morena y, cuando se levantó, llevaba demasiado carmín. La madre de Beverly estaba sentada a la mesa de la cocina con el bebé en brazos. Le habían quitado el traje de cristianar de encaje y le habían puesto un vestidito blanco almidonado con flores amarillas bordadas en el cuello, como si fuera una novia y se hubiera cambiado para ponerse el vestido de viaje al final del banquete. Las mujeres de la cocina se turnaban para hacer carantoñas al bebé, como si tuvieran que entretener a la criatura hasta que llegaran los Reyes Magos. Pero no conseguían distraer a la niña, que las miraba con los ojos vidriosos. Tenía la mirada perdida y la expresión cansada. Todo aquel lío para hacer sándwiches y llevar regalos a una niña que no tenía ni un año de edad.

—¡Mira qué bonita es mi niña! —exclamó la suegra de Fix sin dirigirse a nadie en concreto mientras deslizaba el dorso del dedo por la redonda mejilla de la criatura.

—Hielo —anunció Beverly a su marido—. Nos hemos quedado sin hielo.

—Le tocaba a tu hermana traerlo —contestó Fix.

—Pues no lo ha traído. ¿Puedes pedir a alguno de los chicos que vaya a buscar un poco? Hace demasiado calor para tener una fiesta sin hielo.

Se había atado un delantal al cuello pero no a la cintura para no arrugar el vestido. Algunos mechones rubios se le habían desprendido del moño italiano y se le metían en los ojos.

—Pues, si no ha traído el hielo, al menos podría estar aquí preparando sándwiches.

Fix miraba a Wallis mientras lo decía, pero esta cerró el pintalabios y no le hizo el menor caso. Fix habría querido ser de ayuda, era obvio que Beverly estaba muy ocupada. Cualquiera, al verla, habría pensado que Beverly era el tipo de persona que encargaría un *catering* para sus fiestas, que era de las que se sientan en el sofá mientras otros pasan las bandejas.

—Bonnie está tan contenta de ver a tantos policías en una habitación que no puede esperarse de ella que piense en sándwiches —razonó Beverly y, de repente, dejó de poner queso de untar y pepinos para mirar lo que tenía Fix en la mano—. ¿Qué hay en esa bolsa?

Fix le tendió la ginebra y su mujer, sorprendida, le dirigió una sonrisa por primera vez en todo el día; tal vez, incluso, en toda la semana.

—Dile a quien envíes a la tienda que traiga tónicas —pidió Wallis, mostrando un interés repentino en la conversación.

Fix dijo que él mismo se encargaría de ir a comprar el hielo. Había una tienda calle arriba y no le importaba escaparse de la fiesta un minuto. La calma relativa del barrio, el orden de las casas de una sola planta con el césped bien denso, la esbelta sombra que proyectaban las palmeras y el olor a azahar se sumaron al cigarrillo que fumaba con un efecto relajante. Su hermano Tom se acercó y caminaron juntos en un silencio agradable. Tom y Betty tenían ya tres hijos, tres niñas, y vivían en una ciudad llamada Escondido donde él trabajaba en el cuerpo de bomberos. Fix empezaba a darse cuenta de que así era la vida cuando uno se hacía mayor y llegaban los hijos: el tiempo era cada vez más escaso. Los hermanos no se veían desde que se habían reunido en casa de sus padres y habían ido a misa en Nochebuena y, antes de eso, cuando fueron en coche hasta Escondido para el bautizo de Erin. Pasó a su lado un Sunbeam descapotable y Tom dijo:

—Ese.

Fix asintió, lamentando no haberlo visto primero. Ahora tenía que esperar a que pasara algo que deseara él. En la tienda compraron cuatro bolsas de hielo y cuatro botellas de tónica. El chico de la caja les preguntó si necesitaban limas y Fix las rechazó con un gesto. Era el mes de junio y estaban en Los Ángeles, no era cosa de malgastar las limas.

Fix no había mirado el reloj al salir hacia la tienda, pero se le daba bien calcular el tiempo, igual que a tantos otros policías. Llevaban fuera veinte minutos, a lo sumo, veinticinco.

No era tiempo suficiente para que todo hubiera cambiado, pero, cuando volvieron, la puerta estaba abierta y no quedaba nadie en el jardín. Tom no se dio cuenta, algo normal en un bombero. Si no olía a humo, no había ningún problema. La casa seguía llena de gente, pero había más tranquilidad. Fix había puesto la radio antes de que empezara la fiesta y por primera vez pudo oír unas pocas notas de música. Los niños ya no reptaban por el cuarto de estar y nadie parecía darse cuenta de que habían desparecido. Toda la atención estaba concentrada en la puerta abierta de la cocina, hacia la que se dirigieron los dos hermanos Keating con el hielo. El compañero de Fix, Lomer, los estaba esperando y señaló con la cabeza hacia la gente.

—Llegas justo a tiempo —anunció.

La cocina, que ya estaba atestada antes de que se fueran, lo estaba ahora tres veces más, pero de hombres. La madre de Beverly no se encontraba por ahí ni tampoco la nena. Beverly estaba junto al fregadero con un cuchillo de carnicero en la mano. Cortaba las naranjas de una enorme pila que se desplomaba sobre la encimera mientras los dos abogados de la oficina del fiscal del distrito de Los Ángeles, Dick Spencer y Albert Cousins —sin americana, sin corbata, mangas arremangadas por encima del codo—, hacían zumo de naranja en dos exprimidores de metal. Tenían la frente congestionada y brillante de sudor, el cuello de la camisa empezaba a oscurecerse mientras trabajaban como si la seguridad de la ciudad estribara en su capacidad de hacer zumo.

Bonnie, la hermana de Beverly, dispuesta ahora a ayudar, le quitó las gafas a Dick Spencer y se las secó con un trapo de cocina, aunque Dick tenía una esposa perfectamente capaz de echarle una mano. En ese momento, Dick, con los ojos libres del velo de sudor, vio a Fix y a Tom y les pidió el hielo.

—¡Hielo! —exclamó Bonnie. Hacía un calor infernal y la idea del hielo parecía magnífica. Dejó el trapo para coger las dos bolsas que llevaba Tom y las puso en el fregadero junto a la pulcra pila de pieles de naranja. Después, le cogió las bolsas a Fix. El hielo era asunto suyo.

Beverly dejó de partir naranjas.

—Justo a tiempo —dijo Beverly; metió un vasito de cartón en la bolsa de plástico e hizo caer tres simples cubitos, tomándoselo con calma. Echó un poco de bebida de una jarra llena a partes iguales de ginebra y zumo de naranja. Fue sirviendo vasitos y estos pasaron de mano en mano por la cocina hacia los invitados expectantes.

—Traigo tónica —anunció Fix, mirando hacia la bolsa que todavía llevaba en una mano. Tenía la sensación de que, en el tiempo que él y su hermano habían tardado en ir y volver a la tienda, habían quedado excluidos de la fiesta.

—El zumo de naranja es mejor —contestó Albert Cousins, deteniéndose el tiempo suficiente para vaciar el vasito que Bonnie le había preparado. Bonnie, que tan recientemente se había enamorado de los policías, había trasladado su devoción a los dos abogados.

—Es mejor para el vodka —precisó Fix. Con vodka y naranja se preparaba un combinado llamado destornillador, eso todo el mundo lo sabía.

Pero Cousins miró al incrédulo ladeando la cabeza y ahí estaba Beverly, tendiéndole un vasito a su marido. Parecía que ella y Cousins se entendieran sin palabras. Fix sostuvo el vasito en la mano y contempló al individuo que había aparecido sin ser invitado. En la casa se encontraban sus tres hermanos, un número incontable de agentes de la policía de Los Ángeles y un sacerdote que organizaba combates de boxeo los sábados para chicos con problemas, y todos ellos le prestarían ayuda para echar a un único ayudante del fiscal del distrito.

—¡Salud! —le dijo Beverly en voz baja, no como un brindis, sino como una orden, y Fix, todavía receloso, vació el vasito de cartón.

El padre Joe Mike estaba sentado en el suelo, con la espalda apoyada en la pared posterior de la casa de los Keating, delimitando un fino rayo de sombra. Depositó el vasito de zumo y ginebra sobre la rodilla de los pantalones negros que llevaba siempre. Pantalones de sacerdote. Era el tercer o cuarto vasito, no se acordaba, y le daba igual porque eran muy pequeños. Estaba esforzándose en escribir mentalmente un sermón para el domingo siguiente. Quería contar a la congregación, a los pocos que no estaban presentes en aquel momento en el jardín de los Keating, cómo se había hecho el milagro de los panes y los peces, pero no era capaz de dar con la manera de sacar la bebida de la narración. No creía que hubiera visto un milagro, a nadie se le pasaría eso por la cabeza, pero sí había presenciado una explicación de cómo se podría haber organizado el milagro en tiempos de Cristo. Albert Cousins había llevado una gran botella de ginebra, sí, pero no lo bastante grande para llenar todos los vasitos y, en algunos casos, volverlos a llenar varias veces para más de cien invitados, algunos de los cuales bailaban justo delante de él. Y si bien los naranjos valencianos del jardín, ahora desnudos, habían perdido todos sus frutos, nunca habrían podido ofrecerlos en número suficiente para abastecer a todos los presentes. Se daba por hecho que el zumo de naranja no combinaba bien con la ginebra y, en cualquier caso, ¿quién esperaba tomar una bebida alcohólica en un bautizo? Si los Keating se hubieran limitado a guardar la ginebra en el armarito de las botellas, nadie habría pensado mal de ellos. Pero Fix Keating le había dado la botella a su mujer, y a esta, agotada por la tensión de organizar una buena fiesta, le había apetecido tomar una copa. Y si Beverly tomaba una copa, entonces, por Dios bendito, todos los presentes en la fiesta estaban invitados a beber con ella. En muchos sentidos, era el milagro de Beverly Keating. Albert Cousins, el hombre que había llevado la ginebra, era también quien había sugerido con qué combinarla. Hasta hacía un par de minutos, Albert Cousins había estado sentado al lado de Joe Mike contándole que era de Virginia y que, incluso después de tres años en Los Ángeles, todavía le sorprendía la abundancia de cítricos que pendía de los árboles. Bert —le había dicho al sacerdote que lo llamara Bert— había crecido tomando zumo concentrado congelado que se echaba en una jarra de agua y eso, aunque entonces no lo sabía, no tenía nada que ver con el zumo de naranja natural. Ahora sus hijos tomaban zumo recién exprimido con la misma naturalidad que él había bebido leche cuando era chico. Exprimían los frutos que cogían de los árboles de su propio jardín. A su mujer, Teresa, se le marcaban ya los músculos del brazo derecho de tanto girar las naranjas en el exprimidor mientras los niños le tendían el vaso y le pedían más. Solo querían zumo de naranja, dijo Bert. Lo tomaban todas las mañanas con los cereales, y Teresa lo congelaba en moldes *tupperware* para prepararles polos para la merienda, y, por las noches, él y Teresa tomaban zumo con hielo y vodka, bourbon o ginebra. La gente parecía no entenderlo, pero tanto daba lo que se le añadiera, lo fundamental era el zumo.

—A los californianos se les olvida este detalle porque se han criado entre una abundancia excesiva —reflexionó Bert.

—Es cierto —admitió el padre Joe Mike, porque había crecido allí mismo, en Oceanside, y le costaba entender el entusiasmo de aquel tipo por el zumo de naranja.

El sacerdote, cuyo pensamiento vagaba como los judíos en el desierto, intentó concentrarse otra vez en el sermón: Beverly

Keating se había dirigido al armarito de las bebidas, que no había llenado para la fiesta del bautizo, y solo había encontrado una botella de ginebra terciada, una botella de vodka casi llena y una botella de tequila que John, uno de los hermanos de Fix, había traído de México el pasado septiembre y que no habían abierto porque nadie sabía qué hacer con el tequila. Beverly llevó las botellas a la cocina y entonces los vecinos de ambos lados y los de enfrente y tres más que vivían cerca de Incarnation se ofrecieron a ir a su casa y ver qué tenían en el mueble bar y, cuando los vecinos volvieron, no solo trajeron botellas, sino también naranjas. Bill y Susie regresaron con una funda de almohada llena de los frutos que habían ido a buscar a su casa, diciendo que podrían volver y traer otras tres: ni se notaba en el árbol todo lo que acababan de coger. Otros invitados siguieron su ejemplo, se fueron a casa, vaciaron los naranjos y arrasaron el armario de las bebidas. Dejaron todos sus presentes en la cocina de los Keating hasta que la mesa pareció la barra de un bar y la encimera, un camión de frutas.

¿No consistía en eso el verdadero milagro? El milagro no era que Cristo se hubiera sacado de su santa manga una mesa de bufet y hubiera invitado a todo el mundo a tomar panes y peces, sino que la gente que había llevado su comida en sacos de piel de cabra, quizá un poco más de lo que necesitaba para su familia, pero, sin duda, insuficiente para dar de comer a las masas, se sintiera empujada a la generosidad por el ejemplo del maestro y sus discípulos. De la misma manera los presentes en la fiesta del bautizo se habían visto animados por la generosidad de Beverly Keating, o bien por su imagen con aquel vestido amarillo, su cabello claro recogido en un moño que mostraba la nuca, una nuca que desaparecía en el cuello del vestido amarillo. El padre Joe Mike tomó un sorbo de su bebida. Y, cuando todo terminó, los presentes recogieron doce bolsas de basura. El padre Joe Mike miró a su alrededor todos los vasitos dispersos por las mesas y las sillas o en el suelo, en muchos de los cuales quedaban un sorbo o dos. Si recogían todos los restos, ¿cuánto habría? El padre Joe Mike se sintió mezquino por no haberse ofrecido a volver a la rectoría para ver qué había allí. En lugar de aprovechar la oportunidad de participar en la comunión de una comunidad, se había quedado meditando en qué pensarían los feligreses al ver la cantidad de ginebra que había acumulado el sacerdote.

Sintió un ligero golpeteo en la punta de su zapato. El padre Joe Mike levantó la vista de la rodilla, donde había fijado los ojos mientras meditaba sobre el contenido de su vasito, y vio a Bonnie Keating. No, no podía llamarse así. Su hermana estaba casada con Fix Keating, así que tendría que llamarse Bonnie Otra-cosa. Bonnie Apellido-de-soltera-de-Beverly.

—Hola, padre —saludó Bonnie. Sostenía entre el pulgar y el índice un vasito como el suyo.

—Hola, Bonnie —contestó, intentando que su voz sonara como si no estuviera sentado en el suelo bebiendo ginebra. Aunque no estaba seguro de que siguiera siendo ginebra, tal vez fuera tequila.

—Me preguntaba si querría bailar conmigo.

Bonnie X llevaba un vestido con margaritas azules lo bastante corto como para hacer que un sacerdote se preguntara dónde debía mirar, aunque cuando se había vestido así por la mañana probablemente Bonnie no había tenido en cuenta que habría hombres sentados en el suelo mientras ella estaba de pie. Habría deseado dirigirle unas palabras en tono paternal explicándole que no bailaba porque había perdido la práctica, pero lo cierto era que no tenía la edad suficiente para ser su padre, que era lo que ella le había llamado. Así que se limitó a responder:

—Me parece que no es buena idea.

Y tampoco fue una buena idea que Bonnie X se acuclillara a su lado, pensando, sin duda, que ella y el sacerdote estarían a la misma altura y podrían tener una conversación más privada, pero sin tener en cuenta hasta dónde le subiría el borde del vestido. Su ropa interior también era azul. Pegaba con las margaritas.

—Lo que pasa es que están todos casados —dijo Bonnie sin cambiar de tono para expresar su resignación—. Y, aunque no me molesta bailar con un tipo casado porque no creo que un baile signifique nada especial, todos ellos están aquí con su esposa.

—Y ellas sí piensan que bailar significa algo. —Joe Mike la miró a los ojos.

—Pues sí —contestó ella tristemente, y se puso un mechón de pelo castaño rojizo detrás de una oreja.

En ese momento el padre Joe Mike tuvo una especie de revelación: Bonnie X debía abandonar Los Ángeles o, por lo menos, debería trasladarse al Valle, a un lugar donde nadie conociera a su hermana mayor, porque, cuando no estaba junto a ella, Bonnie era una chica francamente atractiva. Cuando estaban una junto a otra, Bonnie era un poni Shetland al lado de un caballo de carreras, pero lo cierto era que, si no hubiera conocido a Beverly, la palabra «poni» nunca le habría pasado por la cabeza. Por encima del hombro de Bonnie vio que Beverly Keating estaba bailando en el camino de entrada con un oficial de policía que no era su marido y que el oficial de policía parecía un hombre muy afortunado.

—Venga —rogó Bonnie con una voz que se encontraba entre la súplica y el lloriqueo—. Creo que somos las únicas dos personas presentes que no están casadas.

—Si lo que buscas es disponibilidad, no doy el tipo.

—Pero si solo quiero bailar —contestó Bonnie, y le puso la mano libre sobre la rodilla, la que ya no estaba ocupada por el vasito.

Debido a que el padre Joe Mike acababa de reprocharse el haber puesto las apariencias por encima de la verdadera bondad, se sintió vacilar. ¿Habría pensado dos segundos en las apariencias si hubiera sido su anfitriona quien le pedía un baile? Si Beverly Keating se hubiera agachado delante de él en lugar de su hermana, si hubiera acercado sus ojos azules, si su vestido se hubiera deslizado de tal modo que hubiera podido distinguir el color de su ropa interior... Se detuvo y negó de modo imperceptible con la cabeza. No era un buen pensamiento. Trató de regresar a los panes y los peces, y, cuando le resultó imposible, levantó el dedo índice.

—Uno solo.

Bonnie X le sonrió con una gratitud tan radiante que el padre Joe Mike se preguntó si alguna vez había hecho tan feliz a otro ser humano. Dejaron los vasitos y trataron de levantarse mutuamente, aunque era difícil. Antes de que estuvieran del todo de pie, se encontraban ya el uno en los brazos del otro. Bonnie no tardó mucho en juntar las manos detrás del cuello de Joe Mike y colgarse como la estola que él llevaba para oír confesiones. Apoyó las manos con incomodidad a cada lado de la cintura de Bonnie, en el estrecho lugar donde sus costillas se curvaban para encajar con los pulgares de Joe Mike. No era consciente de si alguien en la fiesta los estaba mirando. De hecho, lo dominaba la sensación de invisibilidad, como si estuviera escondido del mundo por la misteriosa nube de lavanda que se desprendía del pelo de la hermana de Beverly Keating.

Lo cierto era que Bonnie ya había conseguido bailar una vez antes de liar al padre Joe Mike, aunque al final no había sido ni siquiera medio baile. Había arrancado de las naranjas por un minuto al trabajador Dick Spencer, diciéndole que debía descansar un poco, que las normas del sindicato también se aplicaban a los hombres que exprimían naranjas. Dick Spencer llevaba gruesas gafas de concha que le hacían parecer inteligente, mucho más listo que Lomer, el compañero de Fix, que no le hacía ni caso a pesar de que ella se había inclinado dos veces sobre él, riéndose. (Dick Spencer era de veras inteligente. Y era también tan miope que en un par de ocasiones, cuando se le cayeron las gafas mientras peleaba con un sospechoso, se quedó prácticamente ciego. La idea de luchar contra un hombre que podría tener un arma o un cuchillo que él no pudiera ver fue lo bastante inquietante como para que se matriculara en la escuela nocturna, luego en Derecho y más tarde en las oposiciones para ejercer la profesión.) Bonnie tomó la mano pegajosa de Spencer y lo llevó hacia el jardín trasero. Inmediatamente, se abrieron un amplio círculo, chocando con otras personas. Bonnie le pasó los brazos por la espalda y advirtió lo delgado que estaba bajo la camisa, delgado de una manera agradable, un hombre delgado que podía envolver con los brazos a una chica. El otro ayudante del fiscal, Cousins, era más guapo, incluso podría decirse que estaba estupendo, pero era evidente que era un poco arrogante. Dick Spencer era un encanto.

Hasta allí habían llegado sus pensamientos cuando sintió una mano fuerte que le agarraba el brazo. Había estado intentando concentrarse en los ojos de Dick Spencer, medio ocultos detrás de sus gafas, y el esfuerzo o cualquier otra cosa la estaba mareando. Lo abrazaba con fuerza, de manera que no vio que su mujer se acercaba. Si la hubiera visto, Bonnie podría haber tenido tiempo de apartarse o, como mínimo, de dar con algo inteligente que decir. La mujer hablaba fuerte y rápido, y Bonnie tuvo cuidado de apartarse de ella. Así fue como Dick Spencer y su esposa se marcharon de la fiesta.

—¿Os vais ya? —preguntó Fix mientras pasaban junto a él en el salón.

—¡No pierdas de vista a la familia! —exclamó Mary Spencer.

Fix estaba en el sofá, su hija mayor Caroline dormía profundamente sobre sus rodillas, y pensó erróneamente que Mary lo felicitaba al ver el modo en que cuidaba a su hija. Tal vez estuviera también él medio dormido. Le dio unos golpecitos en la espalda a Caroline y la niña no se movió.

—Échale una mano a Cousins —dijo Dick por encima del hombro, y se marchó sin chaqueta ni corbata y sin despedirse de Beverly.

Albert Cousins no había sido invitado a la fiesta. Se había cruzado con Dick Spencer en el pasillo del palacio de justicia el viernes mientras este hablaba con un policía; un policía que Cousins no conocía, pero que le resultaba familiar, como todos los policías.

—Te veo el domingo —dijo el policía a Spencer y, cuando se fue, Cousins le preguntó a este último:

—¿Qué pasa el domingo?

Dick Spencer le explicó que Fix Keating había tenido otro crío y que iba a celebrar una fiesta de bautizo.

—¿Es el primero? —preguntó Cousins, mirando a Keating alejarse por el pasillo vestido de uniforme.

—Segundo.

—¿Y también hacen una fiesta de bautizo para los segundos?

—Son católicos —contestó Spencer y se encogió de hombros—. No se cansan.

Si bien Cousins no buscaba una fiesta en la que colarse, la suya tampoco había sido una pregunta del todo inocente.

Odiaba los domingos y, puesto que todo el mundo consideraba que el domingo era día para pasar en familia, era difícil que lo invitaran a algún sitio. Entre semana, salía de casa justo cuando sus hijos se estaban despertando. Les acariciaba brevemente la cabeza, daba algunas instrucciones a su esposa y se iba. Cuando volvía a casa por la noche, estaban ya durmiendo o a punto de irse a la cama. Con las cabecitas sobre la almohada, le parecía que sus hijos eran adorables e imprescindibles, y así los veía desde el lunes por la mañana hasta el sábado al amanecer. Pero los sábados por la mañana se negaban a seguir durmiendo: Cal y Holly se lanzaban sobre su pecho antes de que la luz del día hubiera acabado de atravesar el vinilo de las cortinas enrollables, peleándose ya por algo que había sucedido en los tres minutos que llevaban despiertos. En cuanto oía a sus hermanos, la niña pequeña se ponía a trepar por los barrotes de la cuna —acababa de aprender a hacerlo— y compensaba su lentitud con su tenacidad. Se habría tirado al suelo si Teresa no corriera a pescarla, pero aquel sábado Teresa estaba ya levantada y vomitando. Había cerrado la puerta del baño del pasillo y había abierto el grifo intentando disimular el ruido, pero el sonido de las arcadas llenaba el dormitorio. Cousins se deshizo de los dos hijos mayores y las dos ligeras criaturas aterrizaron en una maraña de ropa al pie de la cama. Se lanzaron de nuevo sobre él entre alaridos y carcajadas, pero Cousins no podía jugar con ellos, no quería jugar con ellos y no quería levantarse para ir a buscar el bebé, aunque no tenía otra opción.

Y así transcurrió el día: Teresa dijo que tenía que ir ella a comprar a la tienda o bien que los vecinos de la esquina estaban comiendo al aire libre y no habían ido la última vez que los invitaron. No había minuto en el que los niños no aullaran, primero, de uno en uno, luego, en dúos hasta que el tercero se les unía tras una breve espera. Luego dos de ellos se calmaban y volvía a repetirse el ciclo. La pequeña se cayó sobre la puerta corredera de vidrio del estudio y se hizo un corte en la frente antes del desayuno. Teresa estaba ya en el suelo abriendo unas tiritas y preguntando a Bert si creía que la herida necesitaba algún punto. La visión de la sangre siempre lo había mareado, así que apartó la vista y dijo que no, que nada de puntos. Holly lloraba porque la nena lloraba y dijo que le dolía la cabeza. Cal no estaba a la vista, aunque, por lo general, los gritos, fueran de sus hermanas o de sus padres, hacían que apareciera corriendo. A Cal le gustaban los líos. Teresa miró a su marido, con los dedos manchados con la sangre del bebé, y le preguntó dónde se había metido Cal.

Durante toda la semana, Cousins trataba con proxenetas y maltratadores, ladrones de poca monta. Daba lo mejor de sí mismo ante jueces tendenciosos y jurados adormilados. Se decía que, cuando llegara el fin de semana, se alejaría de la delincuencia de Los Ángeles y se concentraría en los niños vestidos en pijama y en su mujer, otra vez embarazada, pero a mediodía del sábado le faltaba tiempo para anunciar a Teresa que tenía trabajo en la oficina y debía terminarlo antes de la primera vista del lunes. Lo curioso era que realmente se iba a trabajar. En un par de ocasiones, había intentado escaparse a Manhattan Beach para comer un perrito caliente y coquetear con las chicas en bikini y *minishorts,* pero le había quemado el sol y Teresa se había apresurado a comentarlo. Así que se iba a la oficina y se sentaba entre los hombres con los que pasaba toda la semana. Se miraban con expresión seria y trabajaban más en las tres o cuatro horas de la tarde del sábado que en cualquier otro día.

El domingo no pudo repetir la jugada, pero tampoco podía aguantar a los niños, a su mujer o el trabajo, así que recordó lo de la fiesta del bautizo a la que no lo habían invitado. Teresa lo miró y el rostro se le iluminó unos instantes. A los treinta y un años todavía tenía pequitas en la nariz que se esparcían sobre las mejillas. Con frecuencia decía que le gustaría llevar a los niños a la iglesia, aunque no creyeran en la iglesia ni en Dios ni en nada de eso. Le parecía que podía ser algo bueno para la familia, y aquella fiesta podría ser un principio. Podían ir todos juntos.

—No —contestó él—. Es un asunto de trabajo.

—¿Un bautizo? —preguntó ella, parpadeando.

—El padre es policía. —Deseó que no le preguntara cómo se llamaba porque en ese momento no se acordaba—. Una especie de negociador. Va toda la oficina, solo tengo que pasarme a saludar.

Teresa le preguntó si era niño o niña y si tenía algún regalo para llevar. Tras la pregunta, se oyó un estrépito en la cocina y un gran estruendo de recipientes metálicos. Cousins no había pensado en el regalo, así que se dirigió hacia el mueble bar y cogió una botella de ginebra. Era una botella grande, más de lo que habría deseado regalar, pero en cuanto vio que estaba cerrada y tenía el sello intacto no lo dudó más.

Así fue como se encontró en la cocina de Fix Keating haciendo zumo de naranja. Dick Spencer había abandonado su puesto por el premio de consolación de la hermana insignificante de la mujer rubia. Cousins estaba dispuesto a aguardar con la esperanza de volver a verla. Exprimiría todas las naranjas del condado de Los Ángeles si era necesario. En aquella ciudad, donde parecía que se hubiera inventado la belleza, aquella mujer era probablemente la más hermosa con la que había hablado en su vida y, desde luego, la más guapa con la que había estado en una cocina. Sin duda, era una belleza, pero había algo más: cada vez que se rozaban los dedos cuando le pasaba una naranja, sentía una descarga eléctrica. La sentía cada vez, un chispazo tan real como la misma naranja. Sabía que era una mala idea intentar seducir a una mujer casada, especialmente cuando uno se encontraba en la casa de esa mujer, su marido estaba presente, era policía y la fiesta era la celebración del nacimiento de su segunda hija. Cousins lo sabía perfectamente, pero, a medida que iba vaciando vasitos se iba diciendo que había otras consideraciones de mayor importancia. El sacerdote con el que había estado hablando en el jardín trasero de la casa no estaba tan borracho como él y había dicho que ahí estaba sucediendo algo extraordinario. Y decir que estaba sucediendo algo extraordinario equivalía a decir que podía suceder cualquier cosa. Cousins extendió el brazo para coger su vasito con la mano izquierda y se detuvo para arremangarse el puño derecho tal como había visto que hacía Teresa. Le estaba dando un calambre.

Fix Keating, de pie en el umbral de la cocina, lo miraba como si supiera exactamente lo que estaba pensando.

—Me ha dicho Dick que ahora era mi turno —anunció Fix. El policía no era un tipo grande, pero estaba claro que estaba dispuesto a saltar a la primera y que se pasaba el día buscando peleas para tirarse a ellas de cabeza. Todos los policías irlandeses eran así.

—Eres el anfitrión, no hace falta que te quedes aquí haciendo zumo.

—Tú eres el invitado —contestó Fix, cogiendo un cuchillo—. Deberías estar divirtiéndote.

Pero Cousins nunca se había encontrado a gusto entre la gente. Si Teresa lo hubiera llevado a una fiesta como aquella, no habría aguantado ni veinte minutos.

—Sé para lo que valgo —dijo, y quitó la parte superior del exprimidor y limpió la pulpa de las estrías de metal antes de echar el contenido del recipiente en una jarra de plástico verde. Durante un rato, trabajaron el uno junto al otro sin decir nada. Cousins estaba ensimismado en imaginaciones sobre la mujer del hombre que tenía a su lado. Ella se inclinaba sobre él, le ponía la mano en la cara mientras la de él se deslizaba muslo arriba cuando Fix dijo:

—Me parece que empiezo a verlo claro.

Cousins se detuvo.

—¿Cómo?

Fix estaba partiendo naranjas y Cousins vio que, en lugar de apartar el cuchillo, lo señalaba con este.

—Fue en el robo de un vehículo.

—¿Qué robo de qué vehículo?

—De eso te conozco. He intentado atar cabos desde que has aparecido. Quiero decir que fue hace dos años. No me acuerdo del nombre del tipo, pero sé que robó un Chevrolet El Camino de color rojo.

Cousins era incapaz de recordar los detalles de un robo de un vehículo concreto a menos que hubiera sucedido el mes anterior y, si estaba muy ocupado, su memoria alcanzaba a poco más de una semana. El robo de un coche era el pan nuestro de cada día. Si la gente no robara coches en Los Ángeles, los policías y los fiscales del distrito se dedicarían a jugar a las cartas todo el día, esperando que les llegara el aviso de algún asesinato. Los robos de coches eran todos idénticos —desaparecían al instante o los desmontaban en talleres para venderlos por piezas—, excepto en el caso del tipo que solo robaba modelos de El Camino de color rojo.

—D'Agostino —dijo Cousins. Y repitió el nombre porque no tenía ni idea de dónde venía aquel destello de memoria. Era un día especial, no había otra explicación.

Fix asintió con cierta admiración.

—No me habría acordado nunca aunque me hubiera pasado el día pensando en ello. Pero recuerdo bien a aquel tío: le parecía que era una muestra de clase limitarse a robar un solo tipo de coche.

Durante un momento, Cousins se sintió casi clarividente, como si tuviera los papeles del caso delante de las narices.

—El abogado de oficio alegó que el registro había sido improcedente. Los coches estaban todos en una especie de almacén. —Cousins dejó de dar vueltas a izquierda y derecha con la naranja y cerró los ojos en un intento de concentrarse. Nada, se había esfumado—. No recuerdo nada más.

—Situado en Anaheim.

—Nunca me habría acordado de ese dato.

—Ahora te toca a ti —dijo Fix.

Pero ya no se acordaba de nada más y Cousins ni siquiera recordaba cómo había terminado el caso. Podía olvidarse del acusado, del delito y, sin duda, de los policías, pero recordaba los veredictos con tanta claridad como un boxeador sabía quién lo había noqueado y a quién había vencido.

—Lo enchironaron —dijo Cousins, decidido a arriesgarse, convencido de que cualquier ladrón lo bastante idiota para no robar otra cosa que el mismo modelo de El Camino de color rojo tenía que terminar en la cárcel.

Fix asintió, intentando reprimir una sonrisa sin éxito. Claro que lo habían enchironado. En cierto modo, lo habían hecho juntos.

—Así que tú te ocupaste de la investigación como detective —dijo Cousins. Lo veía ahora con el mismo traje marrón que todos los policías llevaban ante el tribunal, como si todos compartieran el mismo.

—De la detención —dijo Fix—. Todavía no soy detective.

—¿Tienes la lista de candidatos al ascenso, la «carta de la muerte»? —le preguntó Cousins con intención de impresionarlo, si bien no tenía la menor idea de por qué querría impresionarlo. Quizá fuera un ayudante del fiscal del distrito de grado 1, pero conocía el mecanismo de ascenso de los policías. Fix, sin embargo, no le dio muchas vueltas a la pregunta. Se secó las manos, sacó la cartera del bolsillo posterior del pantalón y buscó entre varios *tickets* de la compra.

—Quedan catorce —le tendió la lista a Cousins, que se secó las manos antes de cogerla.

Había más de catorce nombres en el papel doblado, probablemente unos treinta, y «Frances Xavier Keating» aparecía en último lugar, pero la mitad estaban tachados, lo que significaba que Fix Keating quedaba más arriba.

—Vaya, ¿todos estos han muerto?

—No han muerto. —Fix cogió la lista para repasar los nombres que estaban tachados con una línea negra. La acercó a la luz de la cocina—. Bueno, un par de ellos. El resto ha ascendido o se ha mudado, se han ido. Para el caso, es lo mismo: ya no están en la lista.

Dos mujeres mayores vestidas con sus mejores galas de los domingos y sin sombrero aparecieron en la puerta abierta de la cocina, apoyadas la una en la otra. Cuando Fix alzó la vista, lo saludaron las dos con el mismo gesto.

—¿El bar sigue abierto? —preguntó la más menuda. Quería parecer seria, pero la frase resultó graciosa y se le escapó un hipido de risa; su amiga se echó a reír también.

—Mi madre —dijo Fix señalando a la que había hablado y, después, indicando a la otra, una rubia desvaída de expresión alegre, añadió—: Mi suegra. Este es Al Cousins.

Cousins se secó la mano por segunda vez y se la tendió primero a una y luego a otra.

—Me llaman Bert —dijo—. ¿Qué van a tomar las señoras?

—Lo que hayáis dejado —contestó la suegra. Se adivinaban en ella algunos de los rasgos de su hija: la postura de los hombros, el largo cuello. Era un crimen lo que el tiempo hacía con las mujeres.

Cousins cogió una botella de *bourbon,* la que tenía más a mano, y preparó dos combinados.

—Es una bonita fiesta —dijo Cousins—. ¿Todo el mundo se divierte?

—Me parece que han esperado demasiado —dijo la madre de Fix, aceptando la bebida.

—Eres un poco morbosa —le dijo su consuegra con afecto.

—No soy morbosa —replicó la madre—. Soy cuidadosa. Hay que ser cuidadoso.

—¿Qué han esperado demasiado para qué? —preguntó Cousins, tendiéndole el segundo vasito.

—Para el bautismo —contestó Fix—. Tenía miedo de que la niña se muriera antes de que la bautizáramos.

—¿Estaba enferma? —preguntó. La familia de Cousins era episcopaliana, pero él no era creyente. Imaginaba que los bebés episcopalianos iban directamente al cielo.

—Está bien, perfecta —dijo Fix.

La madre de Fix se encogió de hombros.

—Eso nunca se sabe. Nunca se sabe qué le puede pasar a un niño por dentro. Tú y tus hermanos fuisteis bautizados al mes de nacer, me ocupé de que así fuera. Esa niña tiene casi un año —añadió, mirando a Cousins—. Ni siquiera le cabía el traje de cristianar de la familia.

—Ahí está el problema —dijo Fix.

Su madre se encogió de hombros. Se bebió todo el combinado y agitó el vasito de cartón vacío como si se tratara de algún error. Se habían quedado sin hielo y gracias al hielo los bebedores habían ido más despacio. Cousins cogió el vasito y lo llenó de nuevo.

—Alguien se ha llevado a la niña —dijo Fix mirando a su madre. No era una pregunta, solo una constatación.

—¿A quién?

—A la niña.

La mujer pensó durante un breve instante entornando los ojos y asintió, pero fue la otra mujer quien contestó, la suegra.

—Alguien —dijo, sin gran autoridad.

—¿Cómo es que los hombres son capaces de pasarse el día entero en la cocina preparando bebidas y exprimiendo naranjas, pero no ponen ni un pie cuando se trata de preparar la comida? —preguntó la madre de Fix, desinteresándose del asunto de la niña y mirando fijamente a su hijo.

—Ni idea —contestó Fix.

La mujer miró de nuevo a Cousins, pero este se limitó a negar con la cabeza. Insatisfechas, las dos mujeres se dieron media vuelta como una sola y regresaron a la fiesta con sus vasitos en la mano.

—No le falta razón —dijo Cousins. Nunca habría estado ahí preparando sándwiches, aunque tenía la sensación de que se comería uno con gusto, así que se sirvió otra bebida.

Fix retomó la tarea del cuchillo y las naranjas. Era un hombre cuidadoso y hacía las cosas despacio. Aunque estuviera borracho, no tenía intención de cortarse el dedo.

—¿Tienes hijos? —preguntó Fix.

Cousins asintió.

—Tres y un tercio en camino.

Fix silbó.

—Estás muy ocupado.

Cousins se preguntó si querría decir «Estás muy ocupado corriendo tras los niños» o bien «Estás muy ocupado follando con tu mujer». Tanto daba. Dejó otra piel de naranja vacía en el fregadero del que ya desbordaban. Volvió a arremangarse el puño.

—Descansa un rato —dijo Fix.

—Ya he descansado.

—Entonces tómate otro. Tenemos ya mucho zumo y, si esas dos señoras son indicio de lo que sucede fuera, a muchos les costará encontrar el camino de la cocina.

—¿Dónde está Dick?

—Se ha ido, ha salido corriendo con su mujer.

«Ya me lo imagino», pensó Cousins, imaginando a su esposa ante él, los gritos del manicomio de su casa.

—¿Qué hora es, por cierto?

Fix echó un vistazo a su reloj, un Girard-Perregaux, mucho más bonito de lo que le correspondía a un policía. Eran las tres cuarenta y cinco, dos horas más tarde de lo que cualquiera de los dos habría imaginado en sus cálculos más desaforados.

—Joder, tengo que irme —exclamó Cousins. Estaba casi seguro de que le había dicho a Teresa que estaría en casa a mediodía como muy tarde.

Fix asintió.

—Me parece que todos los presentes en la casa que no sean mi mujer y mis hijas deberían irse. Pero hazme primero un favor: localiza dónde está la nena y quién la tiene. Si salgo, todo el mundo se pondrá a hablar conmigo y se hará de noche antes de que la encuentre. Date una vuelta, si me haces el favor. Asegúrate de que ningún borracho la ha dejado en una silla.

—¿Y cómo la reconozco? —preguntó Cousins. Ahora que pensaba en ello, no había visto a la niña y seguro que con tantos irlandeses habría muchas criaturas.

—Es la nueva —contestó Fix con tono algo tajante, como si Cousins fuera imbécil, como si eso explicara que algunos hombres tenían que ser abogados y no podían ser policías—. Es la que va vestida de fiesta, es su fiesta.

La gente se apartó para dejar pasar a Cousins y se volvió a juntar tras él, empujándolo. En el comedor todas las bandejas estaban vacías, no quedaba ni una galleta o un palito de zanahoria. La conversación, la música y las carcajadas alcohólicas se unían en un todo indescifrable del que escapaba de vez en cuando una palabra o una frase —«Y resultó que el tipo había tenido encerrada en el maletero a la mujer durante todo el rato que estuvo hablando»—. A lo lejos, en un pasillo que no podía ver, una mujer reía con tantas ganas que se ahogaba mientras decía «¡Para, para!». Vio niños, muchos niños, algunos cogían vasitos de las manos de los adultos distraídos y vaciaban el contenido. Pero no vio ningún bebé. Hacía demasiado calor en la habitación y los policías se habían quitado la americana, con lo que mostraban los revólveres de servicio en el cinturón o en la funda cartuchera, bajo el brazo. Cousins se preguntó cómo era posible que no se hubiera dado cuenta hasta aquel momento de que la mitad de los asistentes a la fiesta iban armados. Salió por las puertas de cristal al jardín y miró hacia el sol de la tarde que inundaba el barrio de Downey, donde no había ni una nube, nunca la había habido y nunca la habría. Vio a su amigo el sacerdote inmóvil como una roca con la hermana menor de Beverly entre los brazos, como si llevaran tanto rato bailando que se hubieran quedado dormidos de pie. Sentados en las sillas de jardín, los hombres charlaban con otros hombres, muchos de ellos con alguna mujer sentada sobre las rodillas. Todas las mujeres que vio se habían ido quitando los zapatos y se habían destrozado las medias. Nadie tenía en brazos a un bebé y no se veía ninguno en el camino de entrada. Cousins entró en el garaje y encendió la luz. Había una escalera colgada de dos ganchos y unas latas limpias de pintura ordenadas por tamaño. Vio una pala, un rastrillo, rollos de cable eléctrico, un banco de herramientas, un lugar para cada cosa y cada cosa en su sitio. En el centro del limpísimo suelo de cemento había un limpísimo Peugeot azul oscuro. Fix Keating tenía menos hijos que él, un coche de importación y una mujer mucho más guapa que la suya. Y todavía no era ni detective. Si alguien le hubiera preguntado en aquel momento, Cousins habría dicho que le parecía sospechoso.

Cuando empezó a examinar el coche atentamente, que le pareció muy atractivo por el mero hecho de ser francés, recordó que el bebé había desaparecido. Pensó en su hija pequeña, Jeanette, que acababa de aprender a andar. Tenía la frente magullada del golpe que se había dado el día anterior contra el cristal al perder el equilibrio, las tiritas seguían ahí, y le entró pánico al pensar que se suponía que debería haberla vigilado. ¡Ni idea de dónde había dejado a la pequeña Jeanette! Teresa debía de haber sabido que se le daba muy mal cuidar del bebé. No debería habérselo encargado. Pero cuando salió del garaje para intentar encontrar a la niña, con el corazón latiéndole como si quisiera salírsele del pecho, vio a toda la gente de la fiesta de Fix Keating, se dio cuenta de dónde estaba y se quedó un momento sujetando la puerta, sintiéndose a la vez ridículo y aliviado. Él no había perdido nada.

Alzó la vista al cielo y observó que la luz estaba cambiando. Le diría a Fix que tenía que irse a casa a ocuparse de sus propios hijos. Entró en busca de un cuarto de baño y encontró primero dos armarios. En el baño se mojó la cara con agua antes de volver a salir. Al otro lado del pasillo había otra puerta. No era una casa grande, pero parecía estar llena de puertas. Abrió la que tenía delante y se encontró en la penumbra. Las persianas estaban echadas. Era una habitación para niñas: una alfombra rosa, una cenefa de papel pintado con conejitos gordezuelos. En su casa, la habitación que compartían Holly y Jeanette no era muy distinta. En el rincón vio tres niñas pequeñas durmiendo en dos camitas con las piernas entrecruzadas, los dedos de una enredados en el pelo de otra. Lo único que no vio fue a Beverly Keating de pie junto al cambiador con el bebé. Beverly lo miró y le dirigió una sonrisa de saludo.

—Te conozco —dijo ella.

Beverly, o tal vez su belleza, lo sobresaltó de nuevo.

—Perdona —dijo él, y puso la mano en la puerta.

—No las despiertes —dijo ella, señalando a las niñas con la cabeza—. Me parece que se han emborrachado: las he ido trayendo y no se han despertado.

Se acercó a las niñas y las miró, la mayor no tendría más de cinco años. Le encantaban los niños cuando dormían.

—¿Son tuyas? —preguntó. Se parecían vagamente, pero ninguna era como Beverly Keating.

—La del vestido rosa —contestó ella, concentrada en el pañal que tenía en la mano—. Las otras dos son primas. —Le dirigió una sonrisa—. ¿No te ocupabas de preparar las bebidas?

—Spencer se ha ido —dijo él, aunque eso no era una respuesta a su pregunta. No podía recordar la última vez que había estado nervioso; no se inquietaba ante criminales o jurados y, desde luego, tampoco delante de mujeres con un pañal en la mano—. Tu marido me ha dicho que buscara al bebé —añadió.

Terminado el trabajo, Beverly arregló el vestido de la nena y la levantó del cambiador.

—Pues aquí está —dijo. Rozó la nariz del bebé con la suya y la niña sonrió y bostezó—, y lleva ya mucho rato despierta —añadió, volviéndose hacia la cuna.

—Deja que se la lleve a Fix un momento —dijo él— antes de que la acuestes.

Beverly Keating ladeó un poco la cabeza y lo miró con expresión divertida.

—¿Y para qué la necesita Fix?

Era todo: el color rosa pálido de su boca en la oscura habitación rosada, la puerta cerrada, aunque no recordaba haberla cerrado, el olor de su perfume que se imponía suavemente sobre el hedor familiar del pañal. ¿Fix le había pedido que le llevara la nena o solo que la encontrara? Daba lo mismo. Le dijo que no lo sabía y dio un paso hacia ella, guiado en la penumbra por la luz del color amarillo. Le tendió los brazos y ella se acercó, sosteniendo el bebé.

—Pues llévatela —dijo ella—. ¿Tienes niños?

Estaba ya muy cerca y levantó la cara. Cousins puso un brazo bajo el bebé con un gesto que lo situó bajo los pechos de Beverly. No hacía ni un año que había tenido ese bebé y, aunque Cousins no sabía cómo era antes, le parecía difícil que fuera más guapa que en aquel momento. Teresa nunca se había recuperado del todo, decía que no era posible con tantos niños seguidos. No estaría mal presentársela para enseñar a su mujer lo que se podía hacer con un poco de esfuerzo. No, mejor descartar la idea. No tenía el menor interés en que Teresa conociera a Beverly Keating. Le pasó el otro brazo por la espalda y presionó con los dedos la línea recta de la cremallera del vestido. Era la magia de la ginebra con el zumo de naranja. La nena quedó entre los dos y Cousins besó a Beverly. Así pasaban las cosas ese día. Cerró los ojos y la besó hasta que la chispa que había sentido en los dedos cuando le tocaba la mano en la cocina le recorrió toda la columna temblorosa. Ella le puso una mano en la parte inferior de la espalda mientras le metía la punta de la lengua entre los dientes. Se produjo un cambio casi imperceptible entre ellos. Cousins se dio cuenta, pero Beverly dio un paso hacia atrás. Él tenía la niña en brazos y esta lloró durante unos instantes, un solo grito con el rostro colorado; después soltó un hipido y se pegó al pecho de Cousins.

—Vamos a ahogarla —exclamó Beverly, y se echó a reír. Miró el lindo rostro de la niña—. Perdona, nena.

El ligero peso de la niña de los Keating le resultaba familiar a Cousins. Beverly cogió una toallita del cambiador y le limpió la boca.

—Pintalabios —explicó mientras se inclinaba hacia él y lo besaba de nuevo.

—Estás... —empezó a decir él, pero le vinieron demasiadas cosas a la cabeza a la vez.

—Borracha —añadió ella, y sonrió—. He bebido, eso es todo. Llévale la niña a Fix. Dile que iré a buscarla dentro de un minuto. —Lo señaló con el dedo—: Y no le cuente nada más, caballero —añadió, riendo de nuevo.

Cousins se dio cuenta entonces de algo que había sabido desde el primer instante en que la vio, cuando Beverly se había asomado por la puerta de la cocina y había llamado a su marido: en aquel momento estaba empezando a vivir.

—Vete —ordenó ella.

Lo dejó con el bebé y se dirigió hacia el otro extremo de la habitación para poner a las niñas dormidas en una postura más cómoda. Él permaneció junto a la puerta cerrada de la habitación durante unos segundos más para mirarla.

—¿Qué pasa? —preguntó ella. No estaba flirteando.

—Menuda fiesta —dijo él.

—Y que lo digas.

Si bien solo en un aspecto, la decisión de Fix de enviarlo a buscar el bebé había sido acertada: nadie lo conocía y no le había costado nada moverse entre la gente. Cousins no se había dado cuenta hasta que salió con la niña y todo el mundo volvió la cabeza hacia él. Una mujer tan esbelta y bronceada como un palo se le plantó delante.

—¡Aquí está! —exclamó, y se inclinó para besar los ricitos rubios que enmarcaban la cabeza de la nena, dejándole una marca vinosa de pintalabios—. ¡Oh! —exclamó disgustada. Intentó borrarle la mancha con el pulgar y la niña hizo una mueca, como si fuera a echarse a llorar—. No debería haberlo hecho. —Miró a Cousins y sonrió—. No le digas a Fix que he sido yo, ¿vale?

Fue una promesa fácil: no había visto a la mujer bronceada en su vida.

—Aquí está la niña —anunció un hombre, sonriendo a la criatura mientras daba palmaditas a Cousins en la espalda. ¿Quién creían que era? Nadie se lo preguntó. Dick Spencer era la única persona que lo conocía y hacía rato que se había ido. Mientras se abría paso lentamente hacia la cocina, lo detuvieron y rodearon una y otra vez. «Oh, la nena», decían con voz dulce. «Hola, bonita.» Los cumplidos y las palabras amables lo rodeaban. Era una niña muy guapa; ahora, con luz, se daba cuenta. Esta se parecía más a su madre: la piel clara, los ojos separados, todo el mundo lo decía. «Igualita que Beverly.» La incorporó para sentarla sobre el codo. La niña abría y cerraba los ojos, como si fueran dos faros azules destinados a comprobar si seguía en brazos. Se sentía tan cómoda con él como sus propios hijos. Cousins sabía sostener a un niño en brazos.

—Se nota que le gustas —dijo un hombre con una cartuchera bajo el brazo.

En la cocina había un grupo de mujeres sentadas, fumando. Echaban la ceniza en los vasitos, lo que indicaba que ya no tenían intención de beber más. No quedaba nada más que hacer que esperar a que sus maridos les dijeran que era hora de volver a casa.

—Eh, la nena —dijo una de ellas, y todas alzaron la vista hacia Cousins.

—¿Dónde está Fix? —preguntó él.

Una de ellas contestó encogiéndose de hombros.

—No lo sé. ¿Tienes que irte? Ya me ocupo yo— dijo, extendiendo las manos.

Pero Cousins no estaba dispuesto a dejársela a una desconocida.

—Voy a buscarlo —anunció, retrocediendo.

Cousins tenía la sensación de que llevaba dando vueltas por la casa de Fix Keating durante la última hora, primero buscando a la niña y luego buscando a Fix. Lo encontró en el jardín posterior hablando con el sacerdote. La chica del sacerdote no estaba por ahí. Ahora había poca gente fuera y en todas partes. El ángulo de los rayos de sol que se filtraban por los naranjos había bajado considerablemente. Vio una única naranja muy alta sobre su cabeza que habría pasado por alto en el frenesí de exprimirlas; se puso de puntillas, con la nena en un brazo, y la cogió.

—¡Vaya! —dijo Fix, alzando la vista— ¿Dónde estabas?

—Buscándote —dijo Cousins.

—Estaba aquí.

Cousins estuvo a punto de contestarle que bien se habría podido tomar la molestia de intentar buscarlo a él, pero cambió de opinión.

—No estás donde te he visto por última vez.

Fix se puso de pie y cogió a la nena sin dar muestras de gratitud o ceremonia. La niña gruñó un poco por el cambio, luego apoyó la cabeza en el pecho de su padre y se quedó dormida. Cousins notó el brazo ligero y no le gustó la sensación. No le gustó nada. Fix miró la mancha que la niña tenía en la cabeza.

—¿Se le ha caído a alguien?

—Es pintalabios.

—Bueno, ya me va tocando —dijo el sacerdote, poniéndose en pie—. Tengo espaguetis para cenar en la iglesia dentro de media hora. Todos son bienvenidos.

Se despidieron y, mientras el padre Joe Mike se alejaba, un cortejo de feligreses lo siguió por el camino de entrada a la casa. San Patricio caminando por Downey. Le dijeron adiós a Fix con la mano y le desearon buenas noches. No era todavía de noche, pero tampoco era ya de día. La fiesta había durado demasiado.

Cousins esperó otro minuto con la esperanza de que Beverly saliera a buscar a la niña, tal como había dicho, pero no la vio y hacía ya horas que debería haberse marchado.

—No sé cómo se llama —dijo Cousins.

—Frances.

—¿Sí? —Miró de nuevo a la preciosa niña—. ¿Cómo tú? Fix asintió.

—Cuando era pequeño me peleé muchas veces por culpa de mi nombre. Todos los del barrio me decían que Francis era nombre de niña. Así que se me ocurrió que bien podría llamarla Frances.

—¿Y si hubiera sido un chico? —preguntó Cousins.

—Lo habría llamado Francis —dijo Fix, haciendo que otra vez Cousins tuviera la sensación de que había hecho una pregunta imbécil—. A nuestra primera niña le pusimos el nombre de la hija de Kennedy. Pensé: bien, esperaré al siguiente, y ahora... —Fix se calló y miró a la niña. Entre las dos niñas habían tenido un aborto bastante avanzado. El médico dijo que habían tenido suerte de que viniera la segunda, aunque no tenía el menor sentido que contara todo eso al ayudante del fiscal—. Así son las cosas.

—Es un nombre bonito —dijo Cousins, pero pensó: «Menos mal que no esperaste».

—¿Y tú? —dijo Fix—. ¿Tienes algún pequeño Albert en casa?

—Mi hijo se llama Calvin y lo llamamos Cal. Y las niñas. Y no, no hay ninguna Alberta.

—Pero hay otro en camino.

—En diciembre —dijo. Cousins recordó cómo eran las cosas antes de que Cal naciera, cómo él y Teresa, acostados en la cama, iban diciendo nombres en la oscuridad. Un nombre le recordaba a Teresa a un chico al que secuestraron en el colegio, un niño que llevaba los pantalones manchados y se mordía los pulgares. Otro le recordaba a un chico que nunca le había gustado, un matón, pero a los dos les gustó la idea de llamarlo Cal. Algo parecido sucedió cuando buscaban nombre para Holly. Quizá incluso le dedicaron menos tiempo, tal vez no hablaron en la cama, la cabeza de ella recostada sobre su hombro, la mano de él sobre la barriga de ella, pero lo eligieron juntos. Holly no le debía su nombre a nadie, solo a sí misma, porque a sus padres les había gustado. ¿Y Jeanette? Ni siquiera recordaba que hubieran hablado para elegirlo. Él había llegado tarde al hospital y, si la memoria no lo engañaba, había entrado en la habitación y Teresa le había dicho: «Esta es Jeanette». Si le hubieran pedido su opinión, la habría llamado Daphne. Deberían hablar de cómo iban a llamar al que estaba en camino. Al menos, tendrían ese tema de conversación.

—Llámalo Albert —propuso Fix.

—Si es niño.

—Será niño, ya te toca.

Cousins miró a Frances, dormida en brazos de su padre. No le importaría nada tener otra niña, pero si era chico quizá podrían llamarlo Albert.

—¿Tú crees?

—Por supuesto —dijo Fix.

Nunca lo habló con Teresa, pero estaba en la sala de espera cuando nació el niño y rellenó el certificado de nacimiento con su mismo nombre: Albert John Cousins. A Teresa nunca le había gustado mucho el nombre de su marido, pero ¿cuándo habían tenido la oportunidad de hablarlo? En cuanto llegaron a casa, Teresa empezó a llamar Albie al bebé. *Al-bí*. Cousins le dijo que no lo hiciera, pero él no estaba nunca en casa, ¿cómo iba a impedirlo? A los niños les gustaba. Y también lo llamaron Albie.

2

—¿Me estás diciendo que fuiste tú quien le puso su nombre a Albie? —preguntó Frances.

—No fui yo quien decidió que se llamara Albie —contestó su padre mientras ambos caminaban detrás de la enfermera por un pasillo largo y luminoso—. Si hubiera elegido yo el nombre, no le habría puesto uno tan tonto. Muchos de los problemas de ese chico son por culpa de su nombre.

Frances, a la que ahora llamaban Franny, pensó en su hermanastro.

—Me temo que no solo es por eso.

—¿No sabes que una vez tuve que sacarlo de un centro de menores? Tenía catorce años e intentó incendiar el colegio.

—Me acuerdo —contestó Franny.

—Me llamó tu madre y me pidió que lo sacara. —Se dio unos golpecitos en el pecho—. Dijo que, dado que yo estaba tan interesado en hacerle favores, que le hiciera ese. Si uno piensa en la cantidad de policías que Bert conocía en Los Ángeles se pregunta por qué tenían que molestarme a mí.

—Ayudaste a Albie —observó Franny—. Era un crío y le echaste una mano, eso no tiene nada de malo.

—El chaval ni siquiera sabía cómo incendiar algo decentemente. En cuanto lo saqué, lo llevé a ver a tu tío Tom, que estaba en el cuerpo de bomberos. Tom trabajaba entonces en Los Ángeles. Le dije al hijo de Bert: «Si quieres incendiar un colegio lleno de niños, estos tíos te enseñarán a hacerlo bien». ¿Y sabes qué me contestó?

—Sí, me acuerdo —contestó Franny. Aunque no añadió que el colegio estaba vacío cuando Albie le prendió fuego y que, además, no lo había hecho tan mal. Uno podía decir de Albie cualquier cosa, pero, sin duda, sabía provocar incendios.

—Dijo que ya no le interesaba —Fix se detuvo, lo que hizo que Franny se parara y que la enfermera se detuviera también para esperarlos—. Ya no lo llaman así, ¿verdad? —preguntó Fix.

—¿Albie? No lo sé. Yo siempre lo he llamado Albie.

—Estoy intentando no escuchar su conversación —señaló Jenny. La enfermera se llamaba Jenny, lo ponía en una etiqueta identificadora que llevaba colgada, pero no era necesaria porque ya la conocían.

—Puedes escuchar lo que quieras —dijo Fix—. Aunque, en ese caso, deberíamos contar historias más entretenidas.

—¿Cómo se encuentra hoy, señor Keating? —preguntó Jenny. Fix había ido al Centro Médico de la UCLA para recibir quimioterapia, de modo que no era una mera pregunta de cortesía. Si no se sentía bien, lo enviaban de nuevo a casa y todo el proceso se iba retrasando hacia un futuro impredecible.

—Me encuentro bien —contestó Fix, que caminaba agarrado del brazo de Franny—. Como dice la canción, me siento como luz en el agua.

Jenny se echó a reír y los tres se detuvieron ante una sala grande donde había dos mujeres sentadas con la cabeza envuelta en unos paños y con termómetros digitales en la boca. Una de ellas saludó a los recién llegados con un cansado movimiento de cabeza, pero la otra se quedó con la mirada fija, perdida en el infinito. A su alrededor, las enfermeras iban y venían vestidas con pijamas de colores chillones. Fix se sentó; Jenny le dio un termómetro y le puso el manguito en el brazo para medirle la tensión. Franny ocupó la silla vacía junto a su padre.

—Para retomar el punto de partida de nuestra conversación, ¿Bert y tú hablasteis de cómo debería llamar a su hijo antes de que Albie naciera?

Franny había oído cientos de veces la historia del incendio y de la llamada telefónica posterior, pero nunca había surgido lo del nombre de Albie.

Fix se quitó el termómetro.

—Pero no volvimos a mencionar el tema.

—¡Eh! —regañó Jenny, señalándolo con el dedo, y Fix se volvió a meter el termómetro en la boca.

Franny negó con la cabeza.

—Me cuesta creerlo.

Fix volvió los ojos hacia Jenny, que le quitó el manguito del brazo.

—¿Qué es lo que te cuesta creer? —preguntó Jenny en lugar de Fix.

—Todo —dijo Franny, abriendo las manos—. Que Bert y tú prepararais bebidas juntos, que hablarais, que conocieras a Bert antes de que lo conociera mamá.

—36,6 °C —anunció Jenny, y tiró el envoltorio higiénico del termómetro a la basura. Después se sacó del bolsillo una goma elástica de color rosa brillante y la ató en el brazo de Fix.

—Claro que conocía a Bert —dijo Fix, como si Franny estuviera poniendo en duda sus palabras—. ¿Cómo crees que lo conoció tu madre?

—No lo sé. —Nunca se le había ocurrido preguntarlo. No recordaba cómo era la vida antes de que Bert formara parte de ella—. Imagino que pensaba que los había presentado Wallis. Tú no la tragabas.

Jenny estaba palpando la cara interna del codo de Fix con los dedos, buscando una vena que pudiera servir.

—He conocido yonquis que se pinchaban entre los dedos de los pies —comentó Fix con algo parecido a la nostalgia.

—Un motivo más para que uno no quiera tener a un yonqui de enfermera —Jenny palpó un poco más la piel con aspecto de papel y luego sonrió mientras sujetaba la vena en su sitio con un dedo—. Muy bien, caballero, ahí vamos. Un pinchacito.

Fix ni siquiera pestañeó. Jenny había metido la aguja a la primera.

—Oh, Jenny —dijo, mirándole la raya del pelo mientras la enfermera se inclinaba hacia él—: ojalá me pincharas siempre tú.

—¿De verdad le tenía usted tanta manía a Wallis? —intervino Jenny. Enchufó un vial con la parte superior de goma, observó cómo se llenaba de sangre y luego llenó otro.

—Pues sí.

—Pobre Wallis. —Jenny extrajo la aguja con cuidado y apretó con una bola de algodón—. Ahora súbase a la balanza y hemos terminado.

Fix se subió a la báscula y observó mientras Jenny movía el contrapeso metálico con la uña. Fue desplazándolo hasta que se detuvo en sesenta kilos.

—¿Se está tomando el Boost?

Cuando terminaron lo que denominaban los preliminares, avanzaron por el mismo pasillo, dejaron atrás la sala de enfermeras, donde los médicos estaban leyendo informes en las pantallas del ordenador o en los móviles. Entraron en una sala grande y soleada donde los pacientes estaban recostados en butacones, recibiendo gota a gota diversos medicamentos. Alguien había dejado todos los televisores sin sonido, lo que significaba que no tenían que soportar los anuncios, pero se oían los pitidos discordantes de los monitores. Jenny acompañó a Franny y a Fix a dos butacas situadas en el rincón. Era todo un detalle, teniendo en cuenta lo llena que estaba la sala de quimio. Todos aquellos que todavía tenían fuerzas para sentir preferencias elegían sentarse en un rincón.

Fix le dio las gracias y se acomodó en la butaca con ayuda de ambas manos. Cuando recostó la cabeza y levantó los pies, exhaló el pequeño suspiro propio de un policía tras un día pateando la ciudad. Cerró los ojos. Durante cinco minutos se quedó tan quieto que Franny pensó que se había dormido incluso antes de empezar. Deseó haberse traído una revista de la sala de espera y estaba empezando a buscar una con la vista por la sala de tratamiento, porque algunas veces quedaba alguna olvidada por ahí, cuando su padre retomó la historia donde la había dejado.

—Wallis era una mala influencia —añadió, todavía con los ojos cerrados—. Estaba siempre sentada en nuestra cocina hablando de la liberación y del amor libre. Lo que tienes que tener presente, hablando de tu madre, es que no tenía carácter. Siempre se dejaba influir por la persona que tuviera al lado. Cuando estaba junto a la señorita Amor Libre, lo del amor libre le parecía una gran idea.

—Eran los años sesenta —objetó Franny, alegrándose al ver que estaba despierto—. No puedes echarle toda la culpa a Wallis.

—Le echo la culpa de lo que me da la gana.

Probablemente, no era mala idea. Wallis había muerto diez años atrás de cáncer de colon y, a pesar de todas sus charlas sobre el amor libre y la liberación femenina, había vivido hasta el final con Larry, con el que se había casado en los primeros años de universidad. Larry la acompañó durante los últimos años de vida con tanta paciencia como la había acompañado siempre: lavándola, contándole las pastillas, cambiándole la bolsa de la colostomía. Larry y Wallis se trasladaron a Oregón después de que Larry vendiera la consulta de optometría. Se dedicaron a cultivar arándanos y cuidaban a sus perros con muchísimo esmero porque sus hijos y sus nietos pocas veces podían ir a verlos. Wallis y Beverly conservaron su amistad desde ambos extremos del país desde los veintinueve años, después de que Beverly se fuera a Virginia para casarse con Bert Cousins, de modo que el traslado de Wallis no las afectó. Qué más daba que una viviera en Los Ángeles o en Oregón si la otra estaba en Virginia. Incluso podría decirse que estuvieron más unidas tras el traslado porque Wallis solo tenía a Larry y a los perros para hablar. Beverly y Wallis habían mantenido el contacto por correo electrónico y, en fechas posteriores, gracias a las llamadas telefónicas gratuitas. Hablaban durante horas. Se enviaban regalos de cumpleaños y tarjetas. Cuando Beverly se casó con su tercer marido, Jack Dine, Wallis fue desde Oregón a Arlington para hacer de madrina de honor, como lo había sido en la boda entre Beverly y Fix, aunque no en la boda con Bert, que se había celebrado en privado y sin amigos, en la casa de los padres de Bert, a las afueras de Charlottesville. Más tarde, cuando Wallis se puso enferma, Beverly fue en avión hasta Oregón y, sentadas las dos en la cama, leían poemas de Jane Kenyon en voz alta. Hablaron de las cosas desconcertantes de la vida, especialmente, los hijos y los maridos. El sentimiento de desagrado entre Wallis y Fix Keating era recíproco, y a esta le daba igual que le echara la culpa de cosas de las que de ningún modo podía ser culpable. Y si había podido cargar con sus reproches en vida, era difícil imaginar que ahora le importaran.

—¿Tienes frío? —preguntó Franny a su padre—. Puedo traerte una manta.

Fix negó con la cabeza.

—Ahora no tengo frío, me entra más tarde. Me traerán una manta cuando la necesite.

Franny buscó a la enfermera con la vista, pero sin fijarla en ningún paciente: la mujer dormida con la boca abierta, calva como un ratón recién nacido; el adolescente jugueteando con su iPad; la mujer cuyo niño de seis años le hacía compañía quietecito mientras coloreaba un cuaderno. ¿Cómo habría llevado Wallis la quimio? ¿Larry se marchaba o se quedaba con ella? ¿Fueron sus hijos a verla desde Los Ángeles? Tenía que acordarse de preguntárselo a su madre.

—Hoy empiezan con un poco de retraso —observó Franny, aunque no tenía la menor importancia. La sopa y el pan que Fix no se comería estaban preparados en casa. Marjorie los estaría esperando. Verían luego *Jeopardy!* en la tele y Franny dormiría en la habitación de los invitados del piso de arriba.

—No tengas prisa para que te envenenen: ese es mi lema. Puedo quedarme aquí todo el día.

—¿Desde cuándo eres tan paciente?

—El paciente paciente —contestó él, divertido con su chiste—. ¿Así que Albie y tú todavía os veis?

Franny se encogió de hombros.

—Me llegan noticias suyas.

Franny había hablado demasiado de Albie durante su vida y ahora, como si quisiera compensar, había decidido no hablar de él en absoluto.

—¿Y qué tal está el viejo Bert? ¿Qué tal le va?

—Parece que bien.

—¿Hablas con él a menudo? —preguntó Fix, en una encarnación de la misma inocencia.

—No tanto como hablo contigo.

—No se trata de competir.

—No, claro que no.

—¿Está casado?

Franny negó con la cabeza.

—Soltero.

—Pero se casó por tercera vez.

—No fue bien.

—Pero ¿no tenía una novia? ¿Otra después de la tercera?

Fix sabía perfectamente que Bert se había divorciado por tercera vez, pero no se cansaba de oírlo.

—Duró poco.

—¿Y la novia tampoco duró?

Franny negó con la cabeza.

—Vaya, qué mal —dijo Fix, como si de verdad lo sintiera, y quizá así fuera, pero le había hecho las mismas preguntas un mes antes y se las haría otra vez al mes siguiente con el pretexto de que estaba viejo y enfermo y no se acordaba bien de la conversación. Sin duda, era viejo y estaba enfermo, aunque se acordaba de todo. «Interroga a los testigos una y otra vez», le había dicho por teléfono cuando era pequeña y había perdido una pulsera «nomeolvides». Franny llamó desde Virginia a las cinco, justo cuando las tarifas bajaban y en California eran las dos. Lo llamó al trabajo. Nunca había telefoneado al trabajo, pero tenía su tarjeta. Para entonces, a Fix lo habían ascendido a detective, y era su padre, así que Franny supuso que sabría encontrar la pulsera. «Pregunta a tu alrededor —le aconsejó su padre—. Entérate de quienes cambiaban de aula y adónde iban. No te agobies, que no piensen que los acusas, pero habla con todos los chicos que pasaron por el pasillo y, más tarde, vuelve a hablar con ellos por si se callan algo o se han acordado de algo nuevo. Si de verdad quieres encontrarla, tienes que dedicarle algún tiempo a la búsqueda.»

La enfermera que le tocaba a Fix era Patsy, una vietnamita que parecía una niña y flotaba en un pijama XXS de color lavanda. Lo saludó con la mano desde el otro extremo de la atestada habitación, como si estuvieran en una fiesta y por fin consiguiera que le hiciera un poco de caso.

—¡Aquí está usted! —exclamó Patsy.

—Aquí estoy yo —contestó él.

Se acercó a Fix. Llevaba el pelo negro trenzado y recogido en un moño, como si fuera una cuerda para casos de emergencia.

—Tiene usted buen aspecto, señor Keating —observó ella.

—Esas son las tres etapas de la vida: juventud, mediana edad y «tiene usted buen aspecto, señor Keating».

—Bueno, eso ya depende del lugar donde lo vea. A lo mejor, si me lo encontrara en la playa, sentado en traje de baño sobre la toalla, no me parecería que tiene tan buen aspecto. Pero aquí...—Patsy bajó la voz, echó una mirada por la sala y se acercó a él para añadir—: Aquí tiene usted buen aspecto.

Fix se desabrochó los botones superiores de la camisa y la abrió para facilitarle el acceso al *port-a-cath* que tenía en el pecho.

—¿Conoce a mi hija?

—Conozco a Franny —dijo Patsy, y le dedicó a Franny un leve movimiento de cejas, un gesto universal que quería decir «al pobre viejo se le olvidan las cosas». Inyectó una gran jeringuilla de suero salino para limpiar el puerto.

—Dígame su nombre completo.

—Francis Xavier Keating.

—Fecha de nacimiento.

—20 de abril de 1931.

—Perfecto —dijo, se sacó tres bolsitas del bolsillo de la parte superior del pijama—. Oxaliplatino, 5-FU y esta es un antiemético.

—Bien —dijo Fix, asintiendo—. Adentro.

La brillante mañana de Los Ángeles entraba por la ventana del séptimo piso y recorría el suelo de linóleo. Patsy se fue a la sala de enfermería para tomar nota de los detalles del tratamiento mientras Fix miraba el anuncio silencioso que aparecía en el televisor colgado del techo. Una mujer caminaba bajo una tormenta, empapada y chorreando, rodeada de rayos y relámpagos. De repente, un guapo desconocido le tendía su paraguas y en ese mismo momento dejaba de llover. La calle se convertía entonces en lo que podría ser la representación del más allá de un jardinero británico, todo sol y rosas. La mujer tenía el cabello seco y ondulante, y su vestido se movía como las alas de una mariposa. Las palabras «Consulte a su médico» aparecieron en la parte superior de la pantalla, como si el anunciante hubiera adivinado que todo el mundo quitaría el sonido. Franny se preguntó si sería un medicamento contra la depresión, la incontinencia urinaria o la alopecia.

—¿Sabes de quién me acuerdo siempre cuando estoy aquí? —preguntó Fix.

—De Bert.

Fix hizo una mueca.

—Si te pregunto alguna cosa sobre Bert o su hijo el pirómano es por hablar, por educación. No pienso nunca en ellos.

—Papá —inquirió Franny—, ¿en quién has estado pensando últimamente?

—En Lomer —contestó Fix—. Conocías a Lomer, ¿verdad?

—No —dijo Franny, pero también sabía esa historia o alguna versión aproximada. Su madre se la había contado tiempo atrás.

Fix negó con la cabeza.

—No, no puedes acordarte de Lomer. La última vez que fue a casa te sentó en sus rodillas. Te llevaba en brazos a todas partes, ni siquiera te dejaba cuando cenaba. Fue un par de meses después de tu bautizo, me acuerdo ahora. Eras una niña preciosa, Franny, muy rica. Todo el mundo te hacía muchísimo caso y tu hermana se ponía frenética. Antes de que nacieras, Lomer dedicaba toda su atención a Caroline y eso era lo que ella quería. Me acuerdo de que Lomer le dijo: «Caroline, ven aquí, queda mucho sitio», pero ella no quiso. No podía soportar veros juntos.

—Bueno, así son las cosas —dijo Franny. Según podía recordar, Caroline no se sentaba en otras rodillas que las de su padre, incluso después de que se mudaran al otro extremo del país.

—Todos los niños querían a Lomer —prosiguió Fix—. Siempre dejaba que entraran en el coche, pusieran la sirena, jugaran con las esposas. ¿Te imaginas las denuncias que tendría ahora si alguien esposara a un niño al retrovisor para jugar? Tenían que ponerse de pie en el asiento y les encantaba. Lomer daba una imagen amable de la policía. Me acuerdo de que, cuando salió de casa esa noche después de cenar, tu madre y yo comentamos que era muy triste que el muchacho no tuviera hijos. Nos parecía muy viejo y no tendría más de veintiocho, veintinueve años.

—¿Estaba casado?

Fix negó con la cabeza.

—No tenía novia. Al menos, no la tenía cuando murió. Le habían partido la nariz en la Marina y la tenía muy fea, pero era un tipo guapo. Todo el mundo decía que se parecía a Steve McQueen, lo que era una exageración por culpa de la nariz. Tu madre quería emparejarlo con Bonnie, y yo no quería porque Bonnie era idiota. Qué pena que en esa ocasión ganara yo. Un sacerdote menos.

—Quizá era gay —sugirió Franny.

Fix volvió la cabeza con aire tan desconcertado que resultaba evidente que le parecía que tenía que haber un malentendido.

—Joe Mike no era gay.

—Me refiero a Lomer. —Entonces Fix cerró los ojos y los mantuvo cerrados—. No sé por qué haces eso.

—Pues no habría nada de malo en ello —insistió Franny, pero se arrepintió de haberlo dicho. Érase una vez en la ciudad de Los Ángeles un policía muy majo y heterosexual que quería mucho a los niños y se parecía a Steve McQueen y no tenía novia; qué más daba que a ella le pareciera posible o no. Homosexual o heterosexual, Lomer llevaría unos cincuenta años muerto. La bolsa de la quimio se había terminado y les quedaba otra hora y media que podían pasar charlando o callados—. Perdona —se disculpó Franny y, como él no contestó, le dio un golpecito en el brazo—. Te he dicho que lo sentía. Cuéntame cosas de Lomer.

Fix aguardó unos instantes mientras daba vueltas a la idea de seguir enfadado o dejarlo correr. La verdad era que Franny lo irritaba un poco, le molestaba el modo en que se parecía a Beverly, pero no sabía sacar partido de su aspecto: el cabello en una coleta, los pantalones ceñidos con un cordón, ni gota de brillo de labios. Fix conocía a gente en el hospital, algunas veces su médico pasaba durante el tratamiento. Podría haber hecho un esfuerzo.

Y Franny no sabía nada de Lomer. Lo más cerca que había estado de un hombre de la categoría de Lomer era cuando tenía un año y él la sentaba en sus rodillas. Bastaba con ver al tipo del que Franny se había enamorado locamente cuando era joven, el que le había robado de manera inmisericorde, e incluso a su marido, que podría ser un buen tío, pero saltaba a la vista que se había casado con ella porque necesitaba que alguien cuidara de sus hijos: Franny no sabía juzgar a los hombres. Fix había tenido la esperanza de que las chicas algún día encontraran a un hombre como Lomer, aunque no habían tenido suerte. Lo que veía en su imaginación —su compañero sentado a la mesa sosteniendo a Franny, Beverly en la cocina vestida como si fuera a salir a cenar en lugar de preparar la cena— era suficiente para mantener los ojos cerrados, pero entonces sintió una única descarga eléctrica a través del esófago, como si el veneno que lo recorría hubiera rozado el lateral del tumor, y Fix recordó de nuevo algo que olvidaba constantemente: aquello iba a acabar con él.

—¿Papá? —dijo Franny, y le puso la mano con suavidad en el esternón, justo en el sitio concreto.

Fix movió la cabeza de un lado a otro.

—Dame otra almohada.

Después de que le trajera otra almohada y se la pusiera en la espada, Fix siguió hablando. Franny había ido desde Chicago para verlo, había dejado a su marido y a sus hijos por él.

—Lomer era un tipo muy gracioso —prosiguió Fix—. No había nada mejor que patrullar con él. —Se dio cuenta de que le salía un hilillo de voz y carraspeó para empezar de nuevo—. Esperaba con ganas el momento de sentarme en una mierda de coche hasta las cuatro de la mañana en South Central porque Lomer estaba ahí contando chistes. Me reía hasta ponerme enfermo, al final tenía que decirle que parara o echaríamos a perder el trabajo de toda la noche.

El padre de Franny parecía pequeño y frágil. Ahora el cáncer estaba en el hígado.

Tenía cáncer en la pelvis y en la columna vertebral mientras que Lomer era joven y estaba fenomenal.

Algo así habría dicho Lomer sobre el asunto.

—Pues cuéntame un chiste —dijo Franny.

Fix miró el techo con una sonrisa pensando en Lomer sentado a su lado en el coche. Se quedó quieto durante varios minutos mientras las gotitas plateadas de la quimio bajaban por el tubo de plástico y entraban por el agujero del pecho. Luego negó con la cabeza.

—Ya no sé.

Pero no era del todo cierto: recordaba uno.

—Una mujer está en su casa y un policía llama a la puerta —dijo Lomer. Al principio, Fix no se dio cuenta de que le estaba contando un chiste. Lomer era así, no era fácil saber de qué iba—. El policía va con un perro, más o menos parecido a un beagle, quizá un poco más grande, y el perro tiene un aire tremendo de culpabilidad. El beagle intenta mirar a la mujer pero no puede, no es capaz de mirarla a la cara, de modo que mira hacia la hierba como si se le hubiera caído una moneda.

Un chiste. Fix iba conduciendo y llevaban las ventanillas bajadas. La radio graznaba órdenes en números codificados y Fix bajó el volumen hasta que las palabras y los números quedaron reducidos a poco más que un leve chasquido de interferencias. Lomer y Fix no iban a ningún sitio en particular. Estaban patrullando, mirando lo que pasaba.

—El policía intenta hacer su trabajo, pero le cuesta. «Señora, ¿el perro es suyo?» La mujer reconoce que sí. «Pues siento decirle que ha habido un accidente. Su marido ha muerto.» Así que ya sabes lo que pasa: la mujer está en *shock,* se echa a llorar, todo eso. El perro sigue sin mirarla. «Pero, señora, tengo que decirle otra cosa.» Está a punto de arrancar la tirita. «El cadáver de su esposo, cuando lo hemos encontrado, estaba desnudo.» «¿Desnudo?», pregunta la mujer. Y el policía asiente y carraspea. «Y es que hay algo más, señora. Había una mujer en el coche con él y tampoco ha sobrevivido.» La esposa hace un ruidito, un jadeo, quizá dice «¡oh!». Y el policía sigue. No tiene otra alternativa. «Su perro estaba en el coche con ellos. Me parece que es el único superviviente.» Y el perro se mira las patas como si deseara haber muerto con los demás.

Fix giró hacia Alvarado. Era el 2 de agosto de 1964 y, aunque eran casi las nueve de la noche, no había anochecido del todo. Los Ángeles olía a limones, a asfalto y al tubo de escape de un millón de coches. Había niños en las aceras dándose empujones y corriendo, divirtiéndose, pero también salían los merodeadores nocturnos: las pandillas, las chicas, los yonquis con sus necesidades insaciables y entre todos montaban un mercado de intercambios. Todos tenían algo que vender, comprar o robar. La noche empezaba. La noche era todavía muy joven.

—¿Te inventas estas cosas? —le preguntó Fix—. ¿Llevas tres horas dándole vueltas a esta historia o lees chistes en las revistas y te los aprendes para contármelos ahora?

—No es un chiste —dijo Lomer, quitándose las gafas oscuras, ya que el sol había casi desaparecido—. Te estoy contando una historia que ha sucedido en realidad.

—A ti —dijo Fix.

—A alguien que conozco. Al primo de un conocido.

—No me jodas, tío.

—Cállate y escucha un poco, para variar. Así que el policía le da el pésame, le entrega la correa del perro y se va. El perro tiene que entrar en la casa, pero no deja de mirar hacia el policía, que sube al coche. Cuando la mujer cierra la puerta, se pone a hablar con el perro. «¿Estaba desnudo? ¿Estaba en el coche desnudo?» —Lomer no hablaba con la voz de una viuda doliente, sino la de una mujer furiosa—. Y el perro mira hacia la puerta, como si quisiera escaparse a cualquier sitio. —Lomer miró por la ventanilla del coche durante un minuto a un chico con una pelota de béisbol bajo el brazo, de camino a casa desde los campos de deporte. Un tipo detenido en una esquina, bebido o colocado, la cabeza echada hacia atrás y la boca abierta, esperando a que lloviera. Cuando Lomer volvió a mirar a Fix parecía el beagle, el perro más triste y culpable de la historia, y el beagle asintió—: «¿Y la mujer?» —preguntó Lomer, poniendo voz de mujer—. «¿También estaba desnuda?».

Y a toda velocidad se transformó de nuevo en el beagle y se quedó mirando a Fix. Asintió.

—¿Y qué estaban haciendo?

Esa pregunta era ya demasiado para Lomer convertido en beagle, el recuerdo del momento era muy doloroso, pero hizo un círculo entre el pulgar y el índice y luego introdujo el índice de la otra mano. Fix puso el intermitente y aparcó el coche patrulla junto al bordillo. Ya no miraba la calle.

—¿Estaban teniendo relaciones sexuales? —preguntó la mujer.

Lomer asintió con expresión triste.

—¿En el coche?

El beagle cerró los ojos y asintió lentamente.

—¿Dónde?

Lomer alzo un poco la barbilla para indicar el asiento trasero. Jamás en la vida se había visto un beagle más triste.

—¿Y tú qué hacías?

Fix estaba riéndose ya antes de que Lomer rematara la historia con la última frase, mientras este estiraba los brazos hacia un volante imaginario y miraba nervioso, muy nervioso pero interesado, hacia el espejo retrovisor para ver el asiento posterior del coche, donde Lomer, convertido en beagle, observaba a su amo follarse a una mujer que no era la suya.

—¿De dónde sacas estas historias? —preguntó Fix y, durante un momento, tocó el volante con la frente. Lomer no se lo contó, pero recordaba la sensación de reír con tantas ganas que no podía ni respirar. Entonces, entre las carcajadas y el ruido de los coches al pasar y la música latina procedente de algún lugar que no podían ver, distinguieron una serie de números de entre el batiburrillo que se oía en la radio: los suyos. Lomer y Fix los oyeron a pesar de que tenían el volumen bajísimo y se alegraron, aunque no había necesidad de decirlo. La noche estaba siendo demasiado tranquila y tanta tranquilidad empezaba a ponerlos nerviosos. Nunca creían que no estuviera pasando nada en Los Ángeles, sino que todavía no se habían enterado. Pusieron las luces y la sirena. Lome le dio instrucciones y Fix salió a toda velocidad por el carril del centro de la ancha calle, repentinamente vacío. Los peatones se detuvieron con la vista fija en el coche patrulla. Los dos policías sintieron la descarga que siempre los ponía en marcha. La llamada era por un conflicto doméstico, lo que podía ser una pareja que se peleaba a gritos y molestaba a los vecinos, un marido que pegaba a su mujer con el cinturón o unos chicos que se habían subido al tejado y disparaban a las ratas de las palmeras con una escopeta de balines. No era un robo a mano armada ni era un asesinato. Por lo general, la gente se sentía muy incómoda y echaba la culpa a quien hubiera llamado a la policía. Aunque algunas veces no era así.

Pasaron de Alvarado a Olympic y entraron en el escondrijo de las calles laterales. Se había hecho de noche y Fix paró la sirena, pero dejó las luces, de modo que en todas las casas las cortinas se separaron unos centímetros para que los ocupantes atisbaran, preguntándose quién tendría problemas y quién sería el inconsciente que había llamado a la policía en aquel barrio tranquilo donde todo el mundo tenía por lo menos una cosa que esconder. La casa a la que iban estaba a oscuras. Cuando los residentes de una casa saben que vas a por ellos, se toman la molestia de levantarse y apagar las luces. Siempre igual.

—Parece que llegamos tarde —observó Lomer—. Se han ido a dormir.

—Pues vamos a despertarlos —propuso Fix.

¿Tenían miedo? Fix se lo preguntaría más tarde. En los años posteriores, Fix Keating llegó a saberlo todo sobre el miedo, aunque aprendiera a adoptar una expresión totalmente impasible. Pero durante los años que pasó con Lomer siempre que cruzaba el umbral de una casa estaba seguro de que volvería a salir.

Era una casita pequeña con un jardín pequeño y cuadrado. Era como cualquier otra casa de la calle con la única excepción de un seto de buganvillas cubierto de flores del color intenso de las pastillas antihistamínicas.

—¿Cómo habrá llegado hasta aquí? —preguntó Lomer, pasando la mano por las hojas.

Fix llamó a la puerta, primero con los nudillos y después con la linterna. A la luz intermitente y azul del coche vio que estaba dejando pequeñas muescas en la madera.

—¡Policía! —gritó, pero quien estuviera dentro lo sabía ya.

—Voy a mirar por detrás —dijo Lomer, y se alejó silbando por la estrecha franja de jardín lateral, iluminando las ventanas con la linterna mientras Fix esperaba. No había estrellas sobre Los Ángeles; o quizá las hubiera, pero la ciudad despedía demasiada luz para verlas. Fix estaba mirando el pequeño cuarto de la luna cuando vio una luz brillante dentro de la casa a oscuras. Lomer encendió la luz del porche y salió por la puerta.

—La puerta de detrás está abierta —dijo Lomer.

—La puerta trasera estaba abierta —dijo Fix.

—¿Qué dices? —preguntó Franny. Dejó la revista y le subió la manta hasta los hombros. Fix tenía razón, Patsy le había traído una manta.

—Me he dormido.

—Es el Benadryl. Hace que no te den picores más tarde.

Fix estaba intentando encajar las piezas: la habitación, el día, su hija, Los Ángeles, la casa a la salida de Olympic.

—La puerta trasera estaba abierta y la delantera estaba cerrada con llave. Vas a dejar de darle vueltas, ¿no?

—Papá, dime de qué casa estás hablando. ¿La casa donde vives ahora? ¿La casa de Santa Mónica?

Fix negó con la cabeza.

—La casa a la que fuimos la noche en que dispararon a Lomer.

—Pensaba que le habían pegado un tiro en una estación de servicio —dijo ella. Eso era lo que les había contado su madre y, aunque hiciera cuarenta años, incluso más, se acordaba. Su madre había estado discutiendo con Caroline. Siempre que Caroline llegaba a casa más tarde de lo permitido, contestaba mal a Bert o daba a Franny una bofetada lo bastante fuerte como para que le sangrara la nariz, aprovechaba la oportunidad para recordarle a su madre que si hubiera sido una esposa decente y se hubiera quedado con su marido nada de eso habría sucedido. Si Beverly hubiera seguido casada con Fix, Caroline habría sido una ciudadana modelo: podría haber sido buena; sin embargo, su madre lo había estropeado todo al irse con Bert Cousins, de manera que nadie podía echarle a ella la culpa de cómo iban las cosas. Eso no era nuevo. El día de esa pelea en concreto llevaban ya más tiempo viviendo en Virginia del que ninguna de las dos niñas había vivido en Los Ángeles, pero la historia de la otra vida que habría podido llevar era la mejor baza de Caroline y la sacaba siempre que tenía oportunidad. Franny recordó la ocasión en que las tres volvían del colegio en coche, ella y Caroline vestidas con las faldas plisadas del uniforme y las blusas inarrugables del Sagrado Corazón. No conseguía acordarse de qué había hecho Caroline para empezar la discusión ni por qué aquella pelea parecía más seria que las otras. Pero algo de lo que dijeron hizo que su madre les hablara de Lomer.

—Así fue —le dijo su padre—. Le pegaron un tiro en la gasolinera Gulf de Olympic.

Franny se inclinó hacia delante sin levantarse de la silla y puso una mano en la frente de su padre. Su cabello, que había sido siempre gris en lo que alcanzaba su memoria, se había convertido en un cepillo blanco y luminoso después del último ciclo de quimio. Todo el mundo hablaba del pelo de su padre. Lo acarició con la palma de la mano.

—La verdad es que me gustaría saber de qué estás hablando —dijo Franny con un tono de voz bajo, aunque no los escuchaba nadie. En la sala nadie les prestaba la menor atención.

Fix, que nunca había puesto gran interés en compartir sus cosas, de repente parecía deseoso de contárselas. Quería que Franny lo entendiera.

—La casa era tan pequeña que nos dimos cuenta enseguida de que no nos costaría mucho encontrarlos. Del pasillo salían tres puertas: dos dormitorios y un baño, todas esas casas eran iguales. Los encontramos en el primer dormitorio: un padre, una madre, cuatro hijos, sentados en la cama, todos juntos, en la oscuridad. Encendimos las luces y ahí estaban, muy derechos, incluso el más pequeño. Era el padre el que había recibido la paliza. No acostumbra a suceder. Normalmente, es la mujer la que recibe, pero en ese caso parecía que acabaran de atropellar al hombre: tenía los labios partidos, uno de los ojos ya no lo podía abrir y la nariz estaba destrozada. Ahora mismo veo su cara tan bien como veo la tuya. Es curioso lo bien que recuerdo aquella casa y aquella gente. Iban descalzos y todos ellos tenían los pies sobre la cama.

Empezamos a interrogarlos y no conseguimos sacarles nada, ni una respuesta. El padre me miraba con su único ojo y yo me preguntaba cómo era posible que se mantuviera derecho. Tenía el cuello cubierto de la sangre que le salía de las orejas. Habría pensado que la paliza le había roto los tímpanos si no fuera por el hecho de que ninguno de los presentes en la habitación parecía oírnos. Lomer llamó pidiendo una ambulancia y refuerzos. Seguí hablando con ellos hasta que, al final, la hija mayor, que tendría unos diez años, me contestó que no hablaban inglés. La madre y el padre no hablaban inglés, pero los niños sí. Eran tres chicas y un chico. El niño tendría siete u ocho años.

»"¿Dónde está la persona que ha hecho esto?", les pregunté.

»Y todos volvieron a quedarse mudos, la niña tenía la mirada fija y al frente, como sus padres, hasta que la pequeña, que tendría unos cinco, más o menos como Caroline por aquel tiempo, miró hacia el armario sin el menor disimulo. No movió la cabeza, pero fue un gesto clarísimo. El tipo estaba en el armario. La hermana mayor le agarró la muñeca y se la apretó con muchísima fuerza, pero Lomer y yo dimos la vuelta y Lomer abrió la puerta del armario. Y ahí estaba el tipo, acurrucado entre la ropa. Era un armario pequeño, como los que tenía antes la gente, y, además del hombre escondido, ahí estaban todas sus pertenencias. Entendió la situación, no había escapatoria. Llevaba la camisa manchada de sangre y tenía la mano herida de dar golpes al pobre hijo de puta que estaba en la cama. Creo que hablaba tan poco inglés como el tipo al que había ido a pegar. Había escondido el arma en el bolsillo de un vestido del armario. Quizá imaginaba que nadie la encontraría y que podría volver a buscarla más tarde. Para entonces, habían llegado los refuerzos y al poco llegó la ambulancia. En aquella época todavía no se habían aprobado los derechos

Miranda, tampoco eran procedentes para un tipo que solo hablaba español. La familia de la cama se había echado a temblar y los niños estaban llorando, como si las cosas estuvieran bien cuando el tipo estaba en el armario y no tenían que verlo, pero, ahora que estaba de pie en la habitación, todos parecían tener más miedo. Se llamaba Mercado de apellido. Eso lo averiguamos más tarde. Trabajaba dando palizas a los mexicanos que habían pedido dinero prestado para que los introdujeran clandestinamente por la frontera y no habían conseguido devolver la deuda. Nadie que tuviera dinero o manera de obtenerlo les chistaba. Pegaban a la gente delante de su familia, delante de los vecinos. Esa era la visita de aviso y, si el dinero no llegaba al cabo de una o dos semanas, le pegaban un tiro en la cabeza. Todo el mundo lo sabía.

—¡Está usted despierto! —exclamó Patsy, y Franny dio un brinco. Patsy cogió la bolsita pequeña, la del antiemético, que estaba ya vacía. A las otras todavía les quedaba mucho—. ¿Ha descansado un poco?

—Sí, he descansado —contestó Fix, pero parecía agotado, ya fuera por la quimio, la historia o por ambas cosas. Franny se preguntó si Patsy se daba cuenta, pero en aquel momento ya no tenía un aspecto muy distinto del de cualquiera de las personas de la sala.

Patsy bostezó tras mencionar la palabra «sueño» y se tapó la boca con una manita cubierta por un guante.

—Un día me repantigaré en una de esas sillas, me taparé la cabeza con una manta y me echaré a dormir. La gente lo hace porque le molesta la luz, ¿quién sabrá que soy yo quien está bajo la manta?

—Yo no me daría cuenta —dijo Fix, y cerró los ojos.

—¿Tiene usted sed? —Patsy le dio unas palmaditas en la rodilla—. Si quiere, le traigo agua o un refresco. ¿Quiere una Coca-cola?

Franny estaba a punto de contestar que no necesitaban nada, pero Fix asintió.

—Agua, me gustaría beber un poco de agua.

Patsy miró hacia Franny.

—¿Y tú?

Franny negó con la cabeza.

Patsy se alejó en busca del agua, y Fix, a la espera, abrió los ojos para verla marchar.

—Entonces, ¿qué pasó? —preguntó Franny. Así eran las cosas cuando llevaba a su padre a quimioterapia en un momento en que ninguno de los médicos hablaba de curación: así eran las cosas, esas eran las historias que le contaba. Por ese motivo ella y Caroline se turnaban para volar hasta Los Ángeles: no habían vivido con él mucho tiempo. Así podían hacer que Marjorie descansara, porque era ella quien se ocupaba de todo. Pero, sobre todo, era para poder oír las historias que Fix se llevaría consigo. Esa noche, después de que su padre se acostara, llamaría a Caroline y le contaría la historia de Lomer.

—La casa se llenó de gente trabajando: policías, los de la ambulancia. Lomer encontró un sobre en la basura y pintó en él unos ratoncitos para entretener a la niña pequeña. Estaba claro que tenía un grave conflicto con sus padres y Lomer lo sentía por ella. Llevaron al padre al hospital en ambulancia y, Dios mío, probablemente, a la madre y los niños los dejaron en la casa para que alguien se los cargara, la verdad es que no lo sé. Quizá pasaron dos años antes de que volviera a pensar en ellos. Nos llevamos a Mercado a comisaría y lo fichamos. Cuando terminamos era casi la una de la madrugada y lo único que queríamos era tomar un café. El café de la comisaría no era apto para el consumo humano: así lo definía Lomer. Luego me dio por pensar que, si nos hubiéramos molestado en tener un café decente, Lomer habría tomado una taza en la comisaría, pero este tipo de pensamientos hacen que te vuelvas loco. Fuimos a una estación de servicio cerca de Olympic. No estaba cerca, tampoco lejos. El dueño se gastaba dinero en el café y había explicado a los empleados que era fundamental vaciar la cafetera y poner café recién hecho. Los clientes conducían un par de manzanas más para poner gasolina en un lugar donde hacían buen café. No era como ahora, que nadie te ayuda a llenar el depósito, pero puedes tomarte un maldito capuchino. Una buena jarra con café en una gasolinera, y con café bueno, era toda una innovación. El tipo preparaba el café y los policías iban y se quedaban en el aparcamiento tomándolo, y, de paso, acudía más gente porque se sentían seguros debido a la presencia de la policía. Era un pequeño ecosistema basado en el café. Así que fuimos para allí. Conducía yo. Cuando le toca a uno conducir, conduce toda la noche y al que no le toca va a buscar el café, así que Lomer entró. Supongo que no se dio cuenta de lo que iba a pasar. Estaría a un par de metros de la puerta cuando recibió un disparo. Y yo no vi nada porque estaba escribiendo en el cuaderno. Oí el tiro, levanté la vista y Lomer ya no estaba. Lo único que vi fue que el chaval de detrás de la caja levantaba las manos, con las palmas abiertas, y al tipo ese, Mercado, que se daba la vuelta y le disparaba a él también.

—¿Cómo? ¿Mercado? —preguntó Franny—. ¿El tipo que estaba en la casa?

Fix asintió.

—Eso fue lo que vi. La gasolinera era como todas las de la época, parecía una pecera con una luz brillante en lo alto, de modo que lo vi todo: latino, veinticinco años, uno setenta, camisa blanca, pantalones azules, algo de sangre en la camisa. Llevaba dos horas viéndolo sentado ante mi escritorio. Lo conocía, él me conocía. Miró por la cristalera y me vio. Volvió a disparar, pero debió de moverse porque la bala ni siquiera

dio en el coche, solo rompió la luna delantera de la gasolinera. Mercado salió de la gasolinera y corrió hacia la parte trasera. Oí un coche, pero no lo vi. Entré y vi a Lomer en el suelo.
—Fix se calló unos momentos—. En fin —añadió.

—¿Y?

—Estaba muerto —dijo Fix, negando con la cabeza.

—¿Y qué le pasó al otro, al de la gasolinera?

—Aguantó una hora, lo bastante para que lo metieran en
quirófano. Se murió durante la operación. Era un estudiante
que trabajaba en verano. Era un chaval que estaba haciendo
un trabajo de verano. Lo único que tenía que hacer era preparar el café y mantener la gasolinera abierta.

Patsy volvió con dos vasitos de plástico llenos de agua, los
dos con una pajita doblada.

—No te das cuenta de que quieres agua hasta que la ves.
Así son las cosas.

Franny le dio las gracias y cogió el vasito. Patsy tenía razón, le apetecía beber agua.

—Pero esto es un disparate —dijo Franny a su padre, aunque recordaba que su madre le había contado esa historia en
el coche, que su padre se había vuelto loco después de que
mataran a su compañero, que no había podido identificar al
hombre que había matado a Lomer—. ¿Cómo había conseguido Mercado salir de comisaría? ¿Cómo sabía que estabais
allí?

—Una de esas cosas raras del cerebro, o así me lo explica-
ron más tarde. Yo estaba desbordado y mezclé las imágenes,
crucé los datos de dos sospechosos. Pero yo te cuento lo que
vi. Mi compañero estaba muerto. No sabía cómo había pasado, pero el tipo estaba bajo una luz a unos cuatro metros y
nos miramos a la cara igual que tú y yo nos estamos mirando
ahora. Cuando los policías llegaron a la escena del crimen lo
describí minuciosamente. Demonios, si hasta les dije cómo se

llamaba. Pero Jorge Mercado estaba detenido en Rampart, llevaba allí toda la noche.

—¿Y el que había matado a Lomer? —preguntó Franny.

—Resulta que no lo había visto nunca en la vida.

—¿Así que nunca dieron con quien lo mató?

Fix dobló la pajita y bebió. Le costaba beber por la estenosis esofágica. El agua entraba muy poco a poco.

—No, lo encontraron —dijo finalmente—. Y los pusieron juntos.

—Pero tú identificaste al otro.

—Identifiqué a otro hombre delante de la policía. No identifiqué a otro hombre delante del jurado. Encontraron a alguien que había visto un coche que iba como loco cerca de la gasolinera. Se empeñaron en encontrar al conductor y después pusieron empeño en encontrar el arma que había tirado por la ventanilla. Cuando alguien mata a un chaval en una gasolinera, el departamento de policía hace un verdadero esfuerzo por encontrar al asesino. Si mata a un policía, la cosa cambia.

—Pero no había testigos —dijo Franny.

—El testigo era yo.

—Pero acabas de decir que no viste al tipo.

Fix levantó un dedo delante de él.

—No lo había visto nunca. Eso pensaba incluso cuando estaba sentado delante de él en el juicio. Nunca se arregló la cosa. El psiquiatra dijo que cuando lo viera lo recordaría y, cuando no lo recordé, dijo que quizá pasado el tiempo un día me despertaría y lo vería como si lo tuviera delante —dijo, encogiéndose de hombros—. Aunque no fue así.

—Entonces, ¿no fuiste testigo?

—Me dijeron quién era y dije que sí, que era él. —Fix sonrió a su hija con expresión de cansancio—. Y no te preocupes, era él. No tienes que olvidar que él también me había visto a mí. Me miró a través del cristal antes de intentar pegarme un tiro. Sabía quién era yo. Había matado a Lomer, había matado al chico y sabía que yo lo había visto. —Fix negó con la cabeza—. Ojalá me acordara del nombre del chico. En el funeral su madre me dijo que era un gran nadador, «una promesa», me dijo. Desearía poder recordar la mitad de lo que me ha sucedido en esta vida y olvidar la otra mitad.

Tras la muerte de Lomer, Beverly vivió dos años más con Fix, aunque le había prometido a Bert que se iba a divorciar. Se quedó porque Fix la necesitaba. El día de la pelea con sus hijas en Virginia, Beverly detuvo el coche y les dijo a Caroline y a Franny que no siguieran pensando que había abandonado a su padre porque no había sido así: se había quedado con él.

—Al final, conseguí quitarme a Lomer de la cabeza —prosiguió Fix—. Lo tuve siempre presente durante años hasta que un día, no sé bien cómo fue, lo olvidé. Dejé de soñar con él. Dejé de pensar en lo que habría pedido cada vez que paraba a comer y dejé de mirar al tipo que iba conmigo en el coche pensando en otra persona. Me sentí culpable, pero la verdad es que fue un alivio.

—Ahora, ¿vuelves a pensar en él?

—Sí, pienso mucho en él —dijo Fix. Alzó la mano hasta tocar los tubos de plástico que lo ataban a la vida y sonrió—. Lomer no tendrá que pasar por esto. No será nunca viejo ni estará enfermo. Seguro que, si le hubieran pedido su opinión, habría dicho que quería estar viejo y enfermo. Estoy seguro de que los dos habríamos dicho «por favor, dame cáncer a los ochenta años». Pero ahora… —Fix se encogió de hombros— soy capaz de verlo también de otro modo.

—A ti te ha ido mejor —observó Franny, negando con la cabeza.

—Eso ya lo verás más adelante —dijo su padre—. Eres joven.

3

La víspera del día en que Bert y su futura segunda mujer, Beverly, se fueron en coche desde California a Virginia, Bert se acercó a la casa de Torrance y le propuso a su primera esposa, Teresa, que se mudara con ellos.

—No quiero decir que vengas con nosotros, claro —aclaró Bert—. Vas a tener que embalarlo todo y vender la casa. Ya sé que eso llevará tiempo, pero, bien pensado, ¿por qué no vuelves a Virginia?

En otros tiempos, Teresa pensaba que su marido era el hombre más guapo del mundo cuando, en realidad, se parecía a las gárgolas que asomaban en lo alto de Notre-Dame con intención de asustar al mismo diablo. No lo dijo, pero estaba claro en el cambio de tono de Bert que el rostro de Teresa expresaba este pensamiento.

—Mira, no querías venir a Los Ángeles, viniste por mí, y, si no recuerdo mal, con no pocas protestas —prosiguió Bert—. ¿Por qué te quieres quedar ahora? Lleva a los niños a casa de tus padres, que empiecen el colegio y, cuando tenga tiempo, te ayudo a encontrar una casa.

Teresa estaba de pie en la cocina que hasta hacía poco habían compartido y se ciñó el cinturón de la bata. Cal iba a segundo curso y Holly acababa de empezar la guardería, pero Jeanette y Albie estaban todavía en casa. Los niños trepaban por las piernas de Bert como si se tratara de una atracción de Disneylandia: «¡Papiiiii, papiiiii!». Bert les dio unos golpecitos en la cabeza, como si fueran un tambor, siguiendo el ritmo.

—¿Y para qué quieres que esté en Virginia? —preguntó Teresa. Sabía la respuesta, pero quería oírselo decir.

—Sería mejor —dijo Bert; bajó la vista y miró a las queridas cabecitas despeinadas, una debajo de cada mano.

—¿Sería mejor para los niños que sus padres vivieran cerca el uno del otro? ¿Sería mejor que los niños no crecieran sin padre?

—Joder, Teresa: tú eres de Virginia. No es lo mismo que si te propongo que te vayas a Hawái. Toda tu familia está allí, tú serás más feliz allí.

—Me conmueve ver que piensas en mi felicidad.

Bert suspiró. Teresa le estaba haciendo perder el tiempo. Nunca había mostrado el menor respeto por su tiempo.

—Todo el mundo se está adaptando a los cambios menos tú, eres la única que se ha quedado anclada en el pasado.

Teresa se sirvió una taza de café de la cafetera eléctrica. Ofreció una a Bert, aunque este la rechazó con un gesto.

—¿Le habéis pedido al marido de Beverly que vaya con vosotros para que vea más a sus hijas? También sería mejor para ellas.

Un amigo común le había dicho a Teresa que el motivo de que Bert y la futura segunda señora Cousins volvieran a Virginia era que Bert tenía miedo de que el primer marido de su mujer intentara deshacerse de él, que encontrara la manera de que pareciera un accidente y no lo pillaran nunca. El primer marido era policía. A los policías, al menos, a algunos de ellos, se les daban bien esas cosas.

Fue una conversación breve tras la que Bert terminó visiblemente irritado, de la misma manera que siempre se irritaba con Teresa, pero bastó para que Teresa Cousins pasara el resto de su vida en Los Ángeles.

Teresa encontró un trabajo en la secretaría de la oficina del fiscal del distrito del condado de Los Ángeles. Buscó canguro para los pequeños y actividades extraescolares para los mayores. Los abogados de la oficina del fiscal tenían una ligera sensación colectiva de culpabilidad por haber encubierto a Bert durante su largo adulterio. Pensaban que estaban en deuda con Teresa y, por eso, cuando Bert se marchó, le ofrecieron trabajo. No tardaron en sugerirle que cursara estudios nocturnos y se formara como asistente legal. Teresa Cousins estaba agotada, enfadada y subempleada, pero se habían dado cuenta de que no era un pelele.

Bert Cousins había tenido un sueldo bajo como ayudante del fiscal del distrito, de modo que le tocó pagar una discreta cantidad en concepto de pensión para Teresa y los niños. Los bienes de sus padres no eran suyos y, por ese motivo, no se tuvieron en cuenta en el acuerdo. Pidió la custodia de los niños para los veranos enteros, desde el final hasta el principio del curso, y se la concedieron. Teresa Cousins luchó con mucho empeño para que le dieran solo dos semanas, pero Bert era abogado, sus amigos eran abogados y, a su vez, amigos del juez, y sus padres le podían dar el dinero necesario para pleitear durante una eternidad si la situación lo requería.

Cuando le comunicaron a Teresa que había perdido los veranos, maldijo y lloró bien alto, si bien en secreto se preguntó si no acababan de concederle el equivalente a unas vacaciones en el Caribe. Quería a sus hijos, no cabía la menor duda, pero se daba cuenta de que, aunque nunca lo reconociera en público, podría ser muy soportable pasar una de cada cuatro estaciones sin tener que luchar con dolores de garganta y peleas a puñetazos, peticiones de clases de *ballet* que no podía pagar y a las que no tenía tiempo de llevar a nadie; sin tener que pedir disculpas constantemente en el trabajo, cuando su empleo pendía de un hilo, por llegar tarde e irse pronto. No era desagradable del todo pensar en sábados por la mañana sin que Albie le saltara encima en la cama, a un lado y a otro como si estuviera esquiando en un *slalom* imaginario. La imagen del niño dando brincos sobre la segunda mujer de Bert, que, sin duda, dormía con un camisón de seda color crema con adornos de encaje negro que se lavaba en tintorería, el mero pensamiento de Albie saltando encima de ella le resultaba…, en fin, no le parecía mal del todo.

Durante los primeros años, los niños eran demasiado pequeños para viajar solos y tuvieron que organizar el acompañamiento. Un año la madre de Beverly voló con ellos; al año siguiente fue la hermana de Beverly. Bonnie se mostró angustiada y compungida ante Teresa, no pudo mirarla a los ojos. Bonnie se había casado con un exsacerdote y era capaz de sentirse culpable por todo tipo de cosas sobre las que no tenía el menor control. Otro año fue Wallis, la amiga de Beverly, quien hizo de acompañante. Wallis tenía una voz fuerte y una gran sonrisa para todos. Llevaba un vestido de algodón de color verde brillante. A Wallis le gustaban los niños.

—Venga, chicos —dijo a los cuatro pequeños Cousins—. Vamos a comernos todos los cacahuetes que haya en el avión.

Wallis se comportó como si precisamente tuviera que volar a Virginia ese mismo día y fuera muy divertido sentarse con los niños. Wallis lo hizo todo tan fácil que a Teresa se le olvidó llorar hasta que volvió sola a su casa.

En los vuelos de regreso acompañaba a los niños algún familiar de Teresa: un año fue su madre, otro su prima favorita. Bert pagaba el vuelo de cualquiera que estuviera dispuesto a pasar seis horas de avión con sus hijos.

Pero en 1971 se decidió que los niños ya eran lo bastante mayores para ir solos. O, más bien, que Cal de doce y Holly de diez eran lo bastante mayores para ocuparse de Jeanette, que, a los ocho años de edad no necesitaba nada, y de Albie, que, con seis, tenía todas las necesidades del mundo. En el aeropuerto, Teresa les dio los billetes que había enviado Bert y metió a los niños en el avión a Virginia sin ningún equipaje, una maniobra osada que no se habría atrevido a llevar a cabo cuando Bonnie o Wallis estaban al frente. Que Bert se ocupara de los niños en cuanto llegaran, pensó. Necesitaban de todo: podía empezar con cepillos de dientes y pijamas y seguir con el resto. Le dio una carta a Holly para su padre. Los cuatro tenían que lavarse los dientes. Jeanette, lo sabía, tenía caries. Le dio copias de las cartillas de vacunación, donde aparecían indicadas todas las dosis de recuerdo necesarias. Teresa no podía seguir faltando al trabajo para ir al médico. Los médicos siempre se retrasaban y, algunas veces, tardaba horas en volver a la oficina. La segunda señora de Bert Cousins no trabajaba. Seguro que tendría mucho tiempo para llevar a los niños de compras y al médico. Holly se desmayaba siempre que le ponían una inyección. Albie mordía a la enfermera. Cal se negaba a bajar del coche. En la última ocasión, había luchado con él, pero el niño había trabado un pie a cada lado de la puerta y no quiso salir, de modo que no había recibido la última dosis. No estaba segura de si Jeanette había sido vacunada o no porque no encontraba la cartilla. Lo puso todo en la carta. ¿Beverly Cousins quería quedarse con su familia? Ahí la tenía.

Sentaron a los niños a ambos lados del pasillo, los chicos a la izquierda y las chicas a la derecha, y les dieron unas insignias de aviador que solo Cal se negó a ponerse. Se alegraban de estar en el avión, de no tener vigilancia durante seis horas. De la misma manera que no soportaban separarse de su madre —eran incuestionablemente leales a su madre—, los cuatro niños Cousins consideraban que Virginia era su estado, incluso los dos más pequeños, que habían nacido después de que la familia se trasladara al oeste. Todos los niños Cousins odiaban California. Estaban hartos de que les dieran empujones en la escuela. Estaban hartos del autobús que los recogía en la esquina todas las mañanas y hartos del conductor, que no les concedía ni treinta segundos de espera si llegaban tarde por culpa de los remoloneos de Albie. Estaban hartos de su madre, por mucho que la quisieran, porque les gritaba si perdían el autobús y volvían a casa porque llegaría tarde al trabajo. Seguía echándoles la bronca durante el camino mientras los llevaba al colegio en coche a una velocidad escalofriante: tenía que trabajar, no podían vivir con lo que les daba su padre, no podía permitirse perder su trabajo porque no eran lo bastante responsables para llegar a la maldita esquina a tiempo. Conseguían que Teresa se callara molestando a Albie, cuyos chillidos llenaban el coche como gas mostaza. Y, sobre todo, estaban hartos de Albie, que en aquel momento estaba dando patadas al asiento delantero del avión después de tirar la Coca-Cola. Todo lo que había sucedido era por culpa suya. Pero también estaban hartos de Cal. Llevaba la llave de la casa colgada del cuello en una cinta sucia porque su madre le había dicho que le correspondía a él conducirlos a todos a casa después del colegio y prepararles la merienda. Cal estaba harto de hacerlo y la mayoría de los días dejaba a sus hermanos fuera y se encerraba durante una hora por lo menos para poder ver los programas de televisión que quería y tener la cabeza tranquila. Había una manguera al lado de la casa y algo de sombra junto al garaje, no se iban a morir. Cuando su madre volvía a casa del trabajo, la recibían en la puerta gritando por la tiranía a la que se veían sometidos. Mentían y decían que habían hecho los deberes, excepto Holly, que siempre los hacía, algunas veces sentada bajo el porche del aparcamiento, con los libros en el regazo, porque se desvivía por el refuerzo positivo que sus profesores le dedicaban continuamente. Estaban hartos de Holly y de sus buenas notas. En realidad, estaban hartos de todo menos de Jeanette y eso era porque nunca pensaban en ella. Jeanette se había refugiado en un silencio que habría inquietado a cualquier profesor o pediatra si se hubiera dado cuenta. Pero nadie se fijó nunca en ella. Y eso era lo que tenía harta a Jeanette.

Reclinaron los asientos tanto como pudieron. Pidieron juegos de cartas y refrescos. Disfrutaban en el avión, convertido en un refugio que no pertenecía a California ni a Virginia, los únicos lugares que habían conocido en su vida.

Fix cogía la única semana de vacaciones que tenía para estar con Caroline y Franny cuando las niñas iban a California en verano, mientras que, cuando los hijos de Bert llegaban a Virginia, este comunicaba a Beverly que su trabajo se había duplicado misteriosamente. Bert, tras decidir que la vida de un ayudante del fiscal era demasiado estresante, trabajaba en un bufete especializado en patrimonios y fideicomisos en Arlington. Era difícil imaginar la cantidad de gente que se ponía a rehacer el testamento en el preciso momento en que los hijos de Bert llegaban de California. Así pues, en esa ocasión, envió a Beverly sola al aeropuerto en el coche familiar. Aunque había pensado que podría ir a buscarlos él, en el último momento resultó que tenía que presentar unos documentos y no solo no podía ir al aeropuerto, sino que, además, le sería imposible ir a casa a cenar. Beverly había recogido a los niños en el aeropuerto en otras ocasiones, pero en realidad había ido a buscar a su madre, a Bonnie o a Wallis, que habían tenido la amabilidad de ir a verla con un billete gratis. Se alegraba tanto de verlas bajar del avión que casi ni se fijaba en los niños. Se cogía del brazo de su madre, de su hermana o de su querida amiga y juntas guiaban al rebaño para recoger las maletas y salían luego hacia el aparcamiento. Era una fecha que esperaba con ilusión.

Pero en esta ocasión Beverly se sentía extrañamente paralizada mientras esperaba sola en el extremo de la pasarela. Después de que desembarcaran todos los pasajeros, la azafata salió con los niños Cousins y Beverly firmó los papeles. Cuatro escalones, chico, chica, chica, chico, y cada uno de ellos parecía un refugiado de ojos vidriosos. Las niñas le dieron un abrazo lleno de decepción en la puerta de llegada mientras los chicos lo evitaban y caminaban tras ella hacia la recogida del equipaje. Albie canturreaba una canción indescifrable, posiblemente Cal también, aunque Beverly no estaba muy segura porque el chico se mantenía muy alejado. El aeropuerto estaba lleno de ruido y de familias felices que se reencontraban. Costaba incluso oír los propios pensamientos.

Esperaron junto a la cinta transportadora contemplando las maletas que daban vueltas.

—¿Qué tal el curso? ¿Habéis tenido buenas notas?

Beverly lanzó la pregunta a todo el grupo, pero la única que la miró fue Holly, que sacaba notas excelentes en todo, especialmente en lectura. Beverly preguntó si el tiempo era bueno cuando habían salido de Los Ángeles, si habían comido en el avión y si habían tenido un buen vuelo. Holly contestó a todo.

—El vuelo se ha retrasado treinta minutos porque había exceso de tráfico aéreo a la salida. Teníamos veintiséis aviones delante para despegar —contestó, alzando un poco su pequeña barbilla—. Pero había viento de cola y el piloto ha podido recuperar gran parte del retraso en vuelo.

La raya que le separaba el pelo de las dos coletas era tan irregular que parecía que la hubiera hecho un dedo de borracho en lugar de un peine.

Los chicos se habían dispersado en direcciones opuestas. Durante un segundo, Beverly vio a Cal de pie encima de otra cinta transportadora, tres cintas más allá, deslizándose entre las maletas que venían de Houston. Pero al instante Cal saltó para evitar la regañina de un empleado que se acercaba.

—¡Cal! —gritó Beverly entre la gente. No podía llamarlo a gritos entre tanta gente ni tan lejos, de modo que ordenó—: ¡Id a buscar a vuestro hermano!

Pero Cal le devolvió la mirada como si fuera una coincidencia insólita que se llamara Cal y aquella completa desconocida se hubiera dirigido a alguien con ese nombre. Apartó la mirada. Jeanette estaba al lado de Beverly con la vista fija en la correa de su bolsito. ¿Alguien se había ocupado de ver qué le pasaba a esa niña?

Finalmente, salieron todas las maletas del vuelo de la TWA de Los Ángeles a Washington-Dulles por la cinta transportadora y los viajeros que estaban aguardando las retiraron. No quedó ninguna sobrante. La multitud se dispersó y Beverly entrevió a Albie intentando arrancar un chicle viejo pegado en el suelo con lo que, desde lejos, parecía una navaja. Beverly se dio media vuelta.

—Muy bien —dijo, calculando qué hora sería y el tráfico que tendrían hasta Arlington—. Supongo que no han embarcado las maletas, no pasa nada. Solo hay que pasar por la ventanilla y rellenar unos papeles. ¿Tenéis el resguardo del equipaje? —preguntó a Holly. Era mejor dirigirse a ella, que parecía tener un deseo natural de agradar. Holly era su única esperanza.

—No tenemos ningún resguardo —le comunicó Holly. Tenía la piel muy pálida, llena de pecas, y el pelo liso y oscuro, con un aire a lo Pippi Calzaslargas que con frecuencia los adultos encuentran muy gracioso, y que provoca la risa de otros niños.

—Pero supongo que los teníais, ¿no os los ha dado vuestra madre?

—No tenemos resguardo —prosiguió Holly— porque no traemos equipaje.

—¿Qué quieres decir con eso de que no traéis equipaje?

—Quiero decir que no tenemos equipaje. –Holly no veía cómo podía decirlo con más claridad.

—¿Quieres decir que se os ha olvidado en Los Ángeles? ¿Lo habéis perdido? —Beverly se distrajo. Estaba buscando a Cal y no lo veía. A cada paso había carteles advirtiendo a los viajeros que no se sentaran ni se pusieran de pie en las cintas transportadoras.

Le temblaron un poco los labios, aunque su madrastra no se dio cuenta. A Holly le había parecido que había algo raro en eso de viajar sin equipaje, pero su madre le había asegurado que esas eran las instrucciones de su padre. Quería que lo tuvieran todo nuevo: ropa nueva, juguetes nuevos, maletas nuevas en las que traer el botín a casa. Quizá a su padre se le había olvidado decírselo a Beverly.

—Hemos venido sin equipaje —repitió sin alzar la voz.

Beverly bajó la vista para mirarla. Maldito Bert, cómo se le había ocurrido decir que podría ocuparse de la situación.

—¿Cómo?

A Holly le pareció terrible que le hubiera hecho decirlo una vez, pero era ya imperdonable que la obligara a repetirlo. Los ojos se le llenaron de lágrimas y empezaron a correr entre las pecas.

—No. Tenemos. Equipaje.

Ahora tendría problemas con su padre, al que ni siquiera había visto todavía. Eso sería lo peor, su padre se pondría furioso con su madre otra vez. Su padre siempre la llamaba irresponsable, pero era mentira.

Beverly movió los ojos a toda velocidad de un extremo a otro de la cinta transportadora. Los pasajeros y las personas que los habían ido a recibir eran cada vez más escasos, había perdido a dos de sus hijastros, la tercera lloraba y la cuarta estaba tan absorta en la correa de vinilo de su bolsito que era difícil no dar por hecho que era retrasada.

—Entonces, ¿por qué llevamos media hora esperando junto a la cinta del equipaje? —preguntó Beverly sin alzar la voz. Todavía no estaba enfadada. Se enfadaría más tarde, cuando tuviera tiempo para pensar en ello, pero en aquel momento todavía no entendía nada.

—¡No lo sé! —gritó Holly, llorando a lágrima viva. Tiró de la manga de la camiseta y se secó la nariz—. No es culpa mía. Tú nos has traído hasta aquí, yo no he dicho que tuviéramos equipaje.

Jeanette abrió la cremallera de su bolsito, buscó en él y le tendió a su hermana un pañuelo.

Cada año, el viaje de Beverly al aeropuerto era peor que el anterior porque siempre pensaba que iba a ser mejor. Dejó a sus cuatro hijastros en casa (primero los había dejado con su madre, luego con Bonnie, luego con Wallis y, ahora, bajo la vigilancia de Cal. En Torrance se quedaban solos, al fin y al cabo, y Arlington era más seguro que Torrance) y fue en coche hasta el aeropuerto de Washington-Dulles para recoger a sus hijas. Si bien los niños de Bert pasaban en el este todo el verano, Caroline y Franny se iban únicamente dos breves semanas: una con Fix y otra con los padres de Beverly, tiempo suficiente para que recordaran que les gustaba mucho más California que Virginia. Salían del avión como si se encontraran en un avanzado estado de deshidratación por haber llorado durante todo el vuelo. Beverly se dejaba caer sobre las rodillas para abrazarlas, pero parecían fantasmas. Caroline quería vivir con su padre. Lo pedía y suplicaba año tras año y siempre le decían que no. El odio que sentía por su madre traspasaba la tela de su camiseta rosa mientras esta la abrazaba contra su pecho. Franny se quedaba quieta y toleraba el abrazo. Todavía no sabía cómo odiar a su madre, pero cada vez que dejaba a su padre llorando en el aeropuerto daba un paso en esa dirección.

Beverly les dio un beso en la cabeza. Besó de nuevo a Caroline mientras esta intentaba alejarse.

—Me alegro muchísimo de que estéis en casa —dijo Beverly.

Pero Caroline y Franny no se alegraban nada de estar en casa. No se alegraban en absoluto. Y en ese estado de ánimo las chicas Keating regresaron a Arlington para reunirse con sus hermanastros.

Holly era amable, sin duda. Dio saltitos y palmadas cuando las niñas entraron por la puerta. Dijo que quería organizar otro espectáculo de baile en el cuarto de estar ese verano. Pero Holly, además, llevaba la camiseta roja de Caroline con una florecita de cinta blanca en el cuello que su madre le había hecho poner en una bolsa para donar a los necesitados porque estaba un poco descolorida y le venía pequeña. Sin embargo, Holly no era una niña necesitada.

Caroline ocupaba la habitación más grande con dos literas y Franny, que era menor, tenía la habitación más pequeña con dos camas. Las dos hermanas no estaban unidas por el afecto ni la afinidad, sino por un pequeño cuarto de baño al que se podía acceder por cualquiera de las dos habitaciones.

Dos niñas y un baño era una situación llevadera desde principios de septiembre a finales de mayo, pero en junio, cuando Caroline y Franny volvían de California, se encontraban a Holly y Jeanette instaladas en una de las literas al tiempo que Franny había perdido su habitación y la ocupaban los niños. Había cuatro chicas en una habitación y dos chicos en la otra con un baño del tamaño de una cabina telefónica que tenían que compartir los seis.

Caroline y Franny acarrearon su equipaje escaleras arriba. Pasaron delante de la puerta abierta de la habitación principal donde Cal estaba tendido sobre la cama de su madre, los pies sucios con calcetines sucios sobre las almohadas, viendo un partido de tenis con el volumen altísimo. A ellas no se les permitía nunca ir al dormitorio de matrimonio ni sentarse en la cama, aunque tuvieran los pies en el suelo, ni se les dejaba ver la televisión sin autorización explícita. Cal no apartó los ojos de la pantalla ni dio la menor señal de reconocerlas cuando pasaron.

Holly iba detrás, tan pegada que chocó con ellas cuando se detuvieron.

—He pensado que las cuatro podríamos bailar con camisones blancos, ¿vale? Podríamos empezar a ensayar esta tarde. Tengo algunas ideas sobre la coreografía, por si queréis que os las cuente.

En teoría, había cuatro niñas en el espectáculo de baile, aunque solo aparecían tres: Jeanette estaba desaparecida en combate. Nadie se había dado cuenta de su falta, pero también había desaparecido el gato de Franny, *Buttercup*. Este no había ido hasta la puerta para saludar a Franny, como habría sido lo normal tras dos semanas de ausencia. Beverly, ahogada en el océano de la vida infantil, no tenía un recuerdo claro de cuándo había visto al gato por última vez, pero los sollozos repentinos y paralizadores de Franny la empujaron a registrar la casa de arriba abajo. Beverly encontró a Jeanette debajo de un edredón, en el suelo, tras el armario de la ropa (¿cuánto tiempo llevaría allí?). Estaba acariciando al gato, que dormía.

—¡No quiero que coja mi gato! —gritó Franny, y Beverly se inclinó y le quitó el gato a Jeanette; esta lo retuvo unos segundos y luego lo soltó. Durante todo el rato, Albie fue siguiendo a Beverly por toda la casa cantando lo que las niñas llamaban «banda sonora del estríper»: «Bum chiqui bum, bum bum, chiqui bum».

Cuando la madre de las niñas se detenía, la banda sonora se paraba. Bastaba con que diera un solo paso para que Albie la acompañara con un «bum» en un tono que resultaba inquietantemente sexual en un niño de seis años. Intentó no hacerle caso, pero al cabo de un rato le resultó imposible. Cuando, finalmente, exclamó, a voz en cuello «¡Basta ya!», Albie se quedó mirándola. Tenía unos ojos castaños enormes y unos rizos castaños que le hacían parecer un animalito de dibujos animados.

—Lo digo en serio —dijo Beverly, esforzándose en respirar con calma—. Para ya.

Intentó buscar un tono razonable, maternal, pero, cuando se dio media vuelta para ponerse de nuevo en marcha, oyó un pequeño y apagado resoplido: «Bum chiqui bum».

Beverly habría deseado matarlo. Habría deseado matar a un niño. Le temblaban las manos. Se fue a su habitación con ganas de cerrar la puerta, correr el pestillo y echarse a dormir, pero desde el pasillo oyó el ruido del partido de tenis, el rugido del público. Asomó la cabeza por la puerta.

—¿Cal? —dijo, intentando no echarse a llorar—. Necesito mi habitación.

Cal ni pestañeó. No apartó los ojos de la pantalla.

—Todavía no ha terminado —contestó, como si Beverly no hubiera visto nunca un partido de tenis y no fuera capaz de entender que, cuando la pelota está en movimiento, el juego sigue.

Bert no era partidario de que los niños vieran la televisión. En el mejor de los casos, le parecía una pérdida de tiempo y una fuente de ruido. En el peor, se preguntaba si no alteraría su desarrollo cerebral. Le parecía que Teresa había cometido un inmenso error al dejar que los niños vieran tanta tele. Le había dicho que no lo hiciera, pero ella no lo escuchaba nunca cuando pretendía intervenir en la educación de los niños; en realidad, no lo escuchaba nunca. Por ese motivo, él y Beverly solo tenían un televisor en la casa y se encontraba en su dormitorio, que no estaba abierto a los niños, o no lo estaba habitualmente durante el año. Beverly habría querido desenchufar el aparato y llevarlo a lo que la persona que les había enseñado la casa llamaba «sala familiar», aunque nadie de la familia parecía pasar por allí. Siguió por el pasillo, con Albie a distancia de seguridad, canturreando su música. ¿Se lo habría enseñado su madre? Se lo tenía que haber enseñado alguien, los niños de seis años no entraban en los clubes de estríperes, ni siquiera aquel niño. Beverly entró en la habitación de las niñas, pero Holly estaba allí leyendo *Rebeca*.

—Beverly, ¿has leído *Rebeca*? —le preguntó Holly en cuanto Beverly entró en la habitación. Tenía una expresión alegre alegre alegre—. La señora Danvers me asusta muchísimo, pero voy a seguir leyendo. Si viviera en Manderley, no me quedaría si alguien intentara asustarme.

Beverly hizo un leve gesto de asentimiento y salió de la habitación. Pensó en intentar acostarse en la habitación de los niños, la que antes era de Franny, pero desprendía un olor difuso a calcetines, ropa interior y pelo sucio.

Bajó de nuevo las escaleras y encontró a Caroline dando vueltas por la cocina furiosa diciendo que iba a preparar *brownies* para su padre y enviárselos por correo para que tuviera algo para comer.

—A tu padre no le gustan las nueces en los *brownies* —dijo Beverly. No sabía por qué lo había dicho. Intentaba ayudar.

—¡Pues sí le gustan! —dijo Caroline, dándose la vuelta hacia su madre tan deprisa que tiró medio paquete de harina sobre la encimera—. Quizá no le gustaban cuando tú lo conocías, pero ahora ya no lo conoces. Ahora le encantan las nueces en todo.

Albie estaba en el comedor. Beverly lo oía cantar a través de la puerta de la cocina. Era asombroso cómo podía pasar horas y horas absorto en algo concreto. Franny se encontraba en el cuarto de estar, pasando las patas delanteras del gato por los brazos del vestido de una muñeca y llorando con tan poco ruido que su madre se convenció de que todo lo que había hecho en su vida hasta aquel momento era un error.

Beverly no tenía adónde ir, no tenía dónde esconderse de ellos, ni siquiera el armario de la ropa porque Jeanette no había salido de allí tras entregar el gato. Beverly cogió las llaves del coche y salió. En cuanto cerró la puerta a sus espaldas, se sintió como si estuviera sumergida bajo el agua, el aire caliente y sólido del verano le llenó los pulmones. Pensó en el jardín trasero de la casa de Downey, donde podía sentarse por las tardes, Caroline montada en el triciclo y Franny feliz en su regazo, envueltas en un aroma de azahar casi abrumador. Fix había tenido que vender la casa para pagarle la mitad de su escaso capital y la pensión de las niñas. ¿Por qué le había hecho vender la casa? En Virginia no era posible sentarse al aire libre. Contó cinco nuevas picaduras de mosquito nada más recorrer el camino de entrada hasta el coche y estas crecieron hasta alcanzar un par de centímetros de diámetro. Beverly era alérgica a las picaduras de mosquito.

Dentro del coche habría unos cuarenta grados. Lo puso en marcha, encendió el aire acondicionado y apagó la radio. Se tumbó sobre la abrasadora tapicería verde del asiento para que nadie pudiera verla desde dentro de la casa. Pensó en que, si en lugar de haber aparcado en el porche, estuviera en el garaje, se suicidaría.

Como los colegios públicos de California terminaban un poco más tarde que las escuelas católicas de Virginia, Beverly y Bert pasaban cinco días solos en la casa entre la marcha de las niñas de ella y la llegada de los niños de él. Un día, después de cenar, habían hecho el amor en la alfombra del comedor. No estaban cómodos; Beverly había ido perdiendo peso desde que se había mudado a Virginia y la clavícula y las vértebras se le mostraban con tanta claridad que podría haber trabajado como modelo en una clase de anatomía. A cada empujón, retrocedía un poco y le rozaba la piel contra la moqueta con mezcla de lana. Pero, incluso con la piel abrasada por el roce, se sintieron osados y apasionados. No se habían equivocado, le dijo Bert una y otra vez mientras descansaban, después, acostados sobre la espalda y contemplando el techo. Beverly contó que a la araña de cristal le faltaban cinco piezas. No se había dado cuenta antes.

—Todo lo que nos ha pasado en nuestra vida hasta este momento, todo lo que hemos hecho, tenía que suceder como ha sucedido para que pudiéramos estar juntos. —Bert le cogió la mano y se la estrechó con fuerza.

—¿Estás seguro? —preguntó Beverly.

—Lo nuestro es mágico —dijo Bert.

Esa noche, Bert le puso Neosporin en toda la columna y Beverly durmió bocabajo. Esas fueron sus vacaciones.

Lo más notable de las niñas Keating y los niños Cousins era que no se odiaban ni tampoco sentían la menor lealtad tribal. Los Cousins no preferían estar juntos y las dos niñas Keating podían vivir separadas perfectamente. Las cuatro niñas estaban enfadadas por tener que convivir en una única habitación, pero no se lo reprochaban mutuamente. Los chicos, que estaban siempre enfadados con todo, no parecían darse cuenta de que estaban acompañados de tantas niñas. Los seis tenían en común un principio general que hacía que relegaran cualquier rechazo mutuo a un papel muy secundario: ante todo, no soportaban a sus padres. Los odiaban.

La única que se sentía incómoda con esto era Franny, que había querido siempre a su madre. Durante el curso, algunas veces descansaban después del colegio, acurrucadas la una contra la otra tan estrechamente que se quedaban dormidas y tenían los mismos sueños. Franny se sentaba en la tapa del retrete por las mañanas y miraba cómo su madre se maquillaba, y por la noche se sentaba de nuevo en el retrete para charlar con su madre mientras esta tomaba un baño. Franny estaba segura de que no solo era la hija favorita de su madre sino, además, su persona favorita. Excepto en verano, cuando su madre la miraba como si solo fuera la cuarta de seis hijos. Cuando su madre se hartaba de Albie y anunciaba que todos los niños tenían que salir de la casa, «todos los niños» incluía también a Franny. Los helados tenían que comerse fuera. La sandía, fuera. ¿Desde cuándo no podía comerla en la mesa de la cocina? Era insultante y no solo para ella. Quizá Albie no fuera capaz de comer un plato de helado sin manchar el suelo, pero los demás sí podían. Y, sin embargo, tenían que salir todos. Salían, cerraban de un portazo y bajaban por la calle, correteando por la acera caliente como una manada de perros salvajes.

Los cuatro niños Cousins no culpaban a Beverly de sus tristes veranos, sino a su padre, y se lo habrían dicho a la cara si lo hubieran visto alguna vez. Cal y Holly no dejaban entrever que el comportamiento de Beverly les parecía imperdonable (Jeannette no decía nada y Albie…, bien, quién sabe lo que podría pensar Albie), pero Caroline y Franny estaban horrorizadas. Su madre los hacía ponerse en fila por orden de edad con la bandeja en la mano en lugar de dejar comida en la mesa y servir los platos, tal como hacía el resto del año. En verano abandonaban el mundo civilizado y se adentraban en las escenas de orfanato de *Oliver Twist*.

Un jueves por la noche del mes de julio, Bert convocó una reunión familiar en el cuarto de estar y anunció que a la mañana siguiente se iban al lago Anna. Les dijo que se tomaba el día libre y había reservado tres habitaciones en el motel Pinecone. El domingo por la mañana irían a Charlottesville a ver a sus padres y luego volverían a casa.

—Nos tomamos unos días de vacaciones, ya está todo organizado —les comunicó Bert.

Los chicos parpadearon, vagamente sorprendidos al pensar en un día que no sería como los otros; y también parpadeó Beverly porque Bert no le había anunciado nada previamente. Los niños vieron que Beverly intentaba captar la mirada de Bert, pero este no se dejaba. Un motel, un lago, comidas en restaurantes, una visita a los padres de Bert —estos los recibían sin ningunas ganas—, que tenían caballos, un estanque y una fabulosa cocinera negra llamada Ernestine que había enseñado a las niñas a hacer tartas el verano anterior. Si los niños hubieran tenido por costumbre hablar con sus padres, les habrían dicho que no tenía mala pinta, pero como no tenían costumbre de hacerlo, no dijeron nada.

Al día siguiente hacía un calor bochornoso. Los pájaros callaban para intentar conservar toda su energía. Bert ordenó a los niños que subieran al coche, aunque todos sabían que no era tan sencillo. Primero, se pelearían para ver quién tenía que sentarse con Albie y todos se quedarían esperando junto al coche. Los asientos delanteros, reservados para los padres, no eran una opción, aunque Caroline y Franny se sentaban allí cuando iban con su madre durante el curso. Eso dejaba las tres hileras traseras del coche. Al final, los niños se sentaban siempre por parejas en función del género o la edad, lo que significaba que con Albie se quedaban Cal o Jeanette, alguna vez Franny y nunca Caroline o Holly. Albie cantaba una apasionada versión de *Había cien botellas sobre la pared* en la que los números no disminuían progresivamente, sino que iban apareciendo al azar: cincuenta y siete, setenta y ocho, cuatro, ciento cuatro. Anunciaba que se iba a marear y fingía arcadas muy convincentes que obligaban a Bert a detenerse en el arcén para nada, aunque Jeanette terminaba vomitando sin la menor advertencia previa. A cada señal de salida, Albie preguntaba si esa era ya la suya.

—¿Estamos llegando? —preguntaba, y luego se echaba a reír. Nadie quería sentarse con Albie.

Justo cuando empezaban a darse empujones en el camino de entrada a la casa, Bert llegó con una bolsa de lona del tamaño de una caja de zapatos. Siempre iba ligero de equipaje.

—Cal —ordenó—: tú vas con tu hermano.

—Ya fui con él la última vez.

Nadie sabía si era cierto o falso. Además, ¿qué podría ser eso de «la última vez»? ¿La última vez que habían ido en coche? ¿El último viaje? Nunca iban de viaje.

—Pues esta vez también irás con él. —Bert lanzó su bolsa en la parte posterior del coche y la cerró.

Cal miró a su alrededor. Albie corría hacia las niñas y les clavaba el dedo para hacerlas gritar. Las cuatro niñas se mezclaban en el pensamiento de Cal: sus hermanas, sus hermanastras, era difícil distinguir una de otra para echarles la culpa. Entonces Cal miró a Beverly, su camiseta de rayas moradas, el largo cabello rubio ondulado y peinado a la moda, sus gafas oscuras de estrella de cine.

—Pues haz que vaya ella —dijo a su padre.

Bert miró a su hijo mayor y luego a su mujer.

—¿Que haga qué cosa?

—Que vaya ella con él. Que se siente detrás.

Bert le dio un cachete con toda la palma. Sonó con estrépito, pero no le pegó fuerte, solo le dio en un lateral. Cal se tambaleó, exagerando un poco. Le habían pegado más fuerte en el colegio y en aquella ocasión había merecido la pena, aunque solo fuera para ver cómo Beverly perdía el escaso color de su rostro. Cal se dio cuenta de que durante unos segundos Beverly no había tenido claro de qué bando se pondría Bert, se había imaginado viajando hasta el lago Anna sentada junto a Albie, y había creído morir. Bert dijo que estaba harto de tanta imbecilidad y que subieran al coche. Y eso hicieron, incluso Beverly, en silencio y con un sabor amargo en la boca.

Durante el camino, Bert mantuvo la ventanilla bajada, con el codo señalando hacia las colinas, sin decir nada. Tres horas más tarde, cuando llegaron al restaurante Arrowhead, hizo que se pusieran todos en fila y los numeró: Cal era el uno, Caroline era el dos, Holly era el tres.

—Que no somos la familia Trapp, hostia —refunfuñó Cal por lo bajo.

Franny lo miró con una mezcla de miedo e incredulidad. Aquello era una blasfemia tremenda.

—No digas palabrotas —dijo Franny. Bert podía decir palabrotas, aunque no fuera una buena idea, pero los niños no podían. De eso estaba segura. Incluso en verano era alumna del Sagrado Corazón.

Cal, que no solo era el mayor, sino también el más alto de los chicos, le puso la mano derecha sobre la cabeza y, tras cerrar los dedos sobre las orejas, apretó. No oprimió tanto como habría apretado la cabeza de una de sus hermanas; si hubiera sido una de sus hermanas, habría hecho más fuerza todavía, pero, con todo, hizo mucha.

Caroline, que era la mayor de las chicas, decidió quiénes iban a compartir camas en el motel Pinecone y, a la hora de cenar, dijo que dormiría con Holly. Eso significaba que Franny tenía que dormir con Jeanette. A Franny le gustaba Jeanette. También le gustaba Holly, aunque no quería dormir con Caroline, que era muy capaz de intentar ahogarla con una almohada en plena noche. A los chicos les correspondió una habitación y una cama a cada uno. Esa tarde, a las siete, los padres empezaron a agitarse y bostezar, y anunciaron que estaban agotados, que era hora de irse a dormir y que al día siguiente se lo pasarían muy bien.

Pero, al día siguiente, encontraron una nota bajo la puerta del cuarto de las chicas que decía: «Desayunad en la cafetería, cargadlo a la habitación. Nos vamos a levantar tarde, no llaméis a la puerta». Era la letra de su madre, pero no decía «Mami» o «Besos». No tenía ninguna firma. Un documento más en la creciente montaña de pruebas que demostraban que estaban solos.

Todas las puertas de la larga hilera de puertas azules estaban cerradas y las cortinas de todas las ventanas estaban corridas. Los coches aparcados delante de las habitaciones estaban húmedos de rocío, o tal vez había llovido durante la noche. Las chicas aguardaron fuera y llamaron a la puerta de Cal, situada a la derecha de la suya. Cal abrió un poco sin quitar la cadena y miró a Holly con un solo ojo.

—Nos vamos a desayunar —anunció Holly—. Podéis venir si queréis.

Cal cerró la puerta, quitó la cadena y volvió a abrir. Detrás de él estaba Albie, sentado en la cama y mirando los dibujos animados de la tele mientras golpeaba rítmicamente el lateral del colchón con los pies. Si a alguna de las chicas se le hubiera ocurrido quejarse de que eran cuatro en una habitación con dos camas, habría pensado en Cal, que compartía la suya con Albie. Cal compartía habitación con Albie en casa, de manera que quizá estaba acostumbrado. O quizá no.

—Vamos —dijo Cal.

Cal se parecía a su padre. Se bronceaba con facilidad y en verano tanto la piel como el pelo adquirían un tono dorado. Tenía los ojos azules, como su padre, mientras que los otros tres los tenían oscuros, como su madre. Albie se habría parecido un poco a la pecosa Holly, pero la sensatez de esta y el escaso juicio de aquel diluían cualquier parecido físico. Los cuatro eran delgados, pero Jeanette estaba demasiado delgada para parecerse a ninguno de los otros tres. Nadie mencionaba el lindo rostro o el cabello brillante color miel oscura cuando quería describirla: eran los codos y las rodillas los que destacaban como el pomo de una puerta. Cuando estaban juntos, no parecían niños de la misma familia, sino de un campamento, puestos al azar en el mismo lugar. El parentesco resultaba poco evidente, incluso entre hermanos.

—Dormirán hasta mediodía —dijo Holly, refiriéndose a sus padres. Mientras desayunaba, dibujó círculos con el tenedor en los huevos.

—Y cuando se levanten nos dirán que tienen que ir a dormir la siesta —dijo Caroline. Era cierto. Sesteaban como si fueran criaturas enfermas. Los niños asintieron. Cal estaba sentado junto a la ventana y se quedó mirando la carretera. Albie se entretuvo dando golpes en la base de la botella de kétchup con la palma de la mano hasta que cubrió las tortitas de salsa.

—Joder —dijo Cal, arrancándole el bote—. ¿No puedes estar quieto sin hacer ninguna tontería?

—Mira —dijo Albie, y levantó la tortita con la mano, de la que goteó el kétchup, delante de su cara.

Jeanette sujetó su tostada sobre el plato con dos dedos y le quitó la corteza con un cuchillo.

—Pues yo no pienso pasarme el día aquí esperándolos —anunció Caroline.

—¿Y qué otra cosa podemos hacer? —preguntó Franny, porque no había nada más que hacer. ¿Ver si había algún juego de mesa en el motel? ¿Una baraja? Era temprano, más o menos las siete, y el sol entraba por la cristalera de la cafetería como una invitación en bandeja de plata. Habría sido un buen día para nadar.

—Hemos venido para ir al lago, así que iremos al lago —dijo Caroline, leyendo el pensamiento a su hermana. O leyéndoselo, al menos, a medias. Llevaba puesto el traje de baño bajo la ropa. Los demás también. Caroline estaba mucho más enfadada que el resto, se le notaba en la voz. Aunque tal vez el más enfadado fuera Cal y se manifestara de distinto modo.

Jeanette levantó los ojos de la tostada.

—Vámonos —dijo. Era lo primero que decía desde que habían salido de Arlington el día anterior y la suya fue la última palabra.

¿Por qué iban a esperar a que se levantaran sus padres? Cuando salían con sus padres, los niños se dividían en dos grupos: los mayores (Cal, Caroline y Holly) y los pequeños (Jeanette, Franny y Albie). A los mayores se les permitía pasear, nadar en aguas profundas sin chaleco salvavidas, alejarse de la vista de los mayores y decidir qué querían para comer. En cambio, los tres pequeños bien podrían haber estado atados a un árbol con un único plato para comer. Nunca se confiaba en ellos. Sin que fuera necesario darle más vueltas, los seis decidieron ver la cuestión como una oportunidad.

Añadieron seis Coca-Colas y doce barritas de chocolate a la cuenta del desayuno, lo suficiente para aguantar hasta la hora de comer, si era necesario.

—¿A qué distancia está el lago? —preguntó Holly a la camarera que les estaba cobrando.

—Unos tres kilómetros, quizá menos. Hay que retroceder hasta la carretera 98.

—¿Y para ir andando?

La camarera escrutó a los niños. Varios de ellos parecían exactamente de la misma talla. Franny y Jeanette solo se llevaban ocho días.

—¿Dónde están vuestros padres?

—Se están vistiendo —contestó Caroline con voz aburrida—. Quieren que vayamos todos andando, han dicho que será una aventura. Y a nosotros nos toca enterarnos de por dónde se va.

Los otros niños la miraron con una sonrisa radiante por mentir tan bien. La camarera cogió un mantelillo de papel del montón y le dio la vuelta.

—Hay un atajo para ir andando. —En un extremo del mantelillo dibujó un rectángulo para representar el motel (que identificó con una «P») y en el otro extremo puso un círculo para representar el lago («L»). La línea quebrada que dibujó para unir ambos puntos fue su billete de salida.

En el aparcamiento, Cal intentó abrir todas las puertas del coche. Franny le preguntó qué necesitaba.

—Algo. Ocúpate de tus asuntos. —Se puso las manos a los lados de los ojos y atisbó por la ventanilla, intentando ver lo que fuera que quería.

—Si necesitas algo de verdad, sé forzar la cerradura —anunció Caroline.

—Mentirosa —contestó Cal, sin molestarse en mirarla.

—Claro que sé —insistió Caroline, y luego señaló a Jeanette —. Ve a buscarme una percha del armario.

Era cierto. Su padre les había enseñado ese mismo verano. El último fin de semana cuando estaban todos en casa de los abuelos, su tío Joe Mike había dejado las llaves dentro del coche de la tía Bonnie, y su padre había abierto la puerta con una percha para que Joe Mike se ahorrara los doce dólares que le habría costado llamar a un cerrajero. Después, Fix practicó con las niñas porque estas se mostraron interesadas y él dijo que era bueno aprender.

—La gente se equivoca porque cree que hay que tirar hacia arriba y no, hay que empujar hacia abajo —les dijo.

Caroline se puso a desenroscar el alambre de la percha. Eso era lo más difícil.

—Estás perdiendo el tiempo —dijo Cal.

—¿El tiempo de quién? Si tanta prisa tienes, vete —dijo Holly. Sentía curiosidad y estaba claro para todos que Cal también.

Albie iba dando vueltas alrededor del coche moviendo las caderas a un lado y a otro y canturreando lo del «bum bum».

—Cállate —ordenó Cal—. Si despiertas a papá, te arranco la cabeza.

En ese momento todos se dieron cuenta de que el coche estaba aparcado delante de la habitación de sus padres y se esforzaron en mantenerse en silencio.

Caroline apartó con el índice la junta de goma de la parte inferior de la ventanilla y metió la percha mientras los otros niños se arremolinaban para ver lo que hacía. Le preocupaba un poco que los coches no fueran todos iguales. El coche familiar era un viejo Oldsmobile y el coche de la tía Bonnie era distinto, quizá fuera un Dodge. La punta de la lengua le asomaba por la comisura de los labios mientras movía la percha a ciegas hacia lo que su padre había llamado «el punto clave», situado unos quince centímetros por debajo del sistema de apertura. De repente, lo localizó y notó que el alambre daba con el mecanismo de la cerradura. No intentó engancharlo, a pesar de las tentaciones, sino que dio un golpecito y empujó, tal como le había enseñado.

El seguro subió.

A pesar de su triunfo, las chicas tuvieron muy presente no cantar victoria en voz alta. Caroline sacó la percha y abrió el coche como si fuera algo natural. Incluso Albie le echó los brazos a la cintura.

—¡Has roto el coche! —dijo en un sonoro susurro que sonó como si fuera un gánster de película.

—Eso mismo —dijo Caroline, y le dio la percha como recuerdo de la mañana. Albie inmediatamente fue al coche que estaba aparcado junto al suyo y se puso a juguetear para ver si podía introducir la percha en la ventanilla. ¡Lo que habría dado Caroline por poder llamar a su padre desde el teléfono del motel! Quería que supiera que había hecho un excelente trabajo.

Cal le cogió la percha a su hermano y la examinó a la luz de su nuevo potencial.

—¿Me enseñarás a hacerlo? —preguntó, como si se dirigiera a Caroline o a la percha.

—Solo los policías pueden hacerlo —contestó Franny—. Y sus hijos. Si no, eres un delincuente.

—Yo seré delincuente —declaró Cal. Se metió en el coche, abrió la guantera, sacó una pistola y un botellín de ginebra, todavía cerrado y con el precinto.

A ninguno le sorprendió que hubiera un arma en el coche, aunque Cal era el único que lo sabía, y lo sabía porque había estado curioseando en la guantera unos días antes, mientras Beverly estaba comprando comida, demostrando una vez más que algunas veces basta con buscar un poco. Lo que les sorprendió a todos, incluido Cal, fue que Bert la hubiera dejado en el coche. Eso les hizo pensar que tendría otra en la habitación del motel. A Bert le gustaba tener un arma en el maletín, en la mesilla de noche y en el bolsillo de su escritorio. Le gustaba hablar de los delincuentes que había condenado y que nunca se sabía lo que podía pasar y que tenía que proteger a su familia y que no pensaba dejar que otro se le adelantara, pero la verdad pura y simple era que a Bert le gustaban las armas.

Lo más fascinante era la botella de ginebra. Sus padres tomaban una copa de vez en cuando, pero no como para llevar siempre consigo una botella. Nunca habían visto ginebra en el coche, aquello era algo especial.

—Sabes que no puedes coger eso —dijo Holly, mirando hacia la puerta de la habitación de sus padres. Se refería a las dos cosas.

—Por si pasa algo —dijo Cal. Metió el arma en la bolsa de papel junto con las chocolatinas y los refrescos.

Jeanette había cogido su Coca-Cola y dos chocolatinas y las había puesto en su bolsito. Le cogió la botella a su hermano y se puso a toquetear el sello hasta que lo despegó suavemente de una sola pieza. Después se pusieron en marcha en dirección al lago mientras Caroline se ocupaba del mapa.

Hacía más calor de lo previsto, aunque menos que el día anterior o la antevíspera. El cielo estaba volviéndose blanco y parecía aplastar el paisaje. Holly se rascó los brazos y se quejó de los mosquitos. Como su madrastra, era especialmente sensible a sus picaduras. Cruzaron el campo situado frente al motel, el que les había dicho la camarera; la hierba les llegaba hasta la cintura y a Albie le alcanzaba el pecho, pero si se ponían bien derechos podían llegar a ver las diminutas manchas de flores sobre los tallos.

—¿Veis el lago? —preguntó Albie. Llevaba manchada de kétchup la camiseta de rayas azules y amarillas que Beverly le había comprado. Tenía las manos pegajosas.

—Alto —dijo Cal, levantando la palma al cielo. Se detuvieron como soldados, todos a una—. Media vuelta —ordenó. Y dieron media vuelta.

—¿Qué es ese edificio de allí? —preguntó Cal, dirigiéndose a su hermano y señalando al otro lado de la calle.

—El motel Pinecone —dijo Albie.

—¿Y a qué distancia ha dicho la mujer que estaba el motel del lago?

En el silencio oían los coches que pasaban con un zumbido. En lo más profundo de la hierba, los grillos frotaban las alas y en lo alto cantaban los pájaros.

—Casi tres kilómetros —contestó Franny. Ya sabía que no se lo habían preguntado a ella, pero no pudo evitarlo. Se sentía incómoda ahí en medio, con las hierbas secas que le pinchaban en las espinillas. No había ningún camino a través del campo.

Cal señaló a su hermano. Era curioso lo mucho que se parecía a su padre, aunque no tuvieran nada en común.

—¿Albie?

—Casi tres kilómetros —repitió Albie. Empezó a dar golpes a las hierbas con la mano abierta y después se puso a agitar el brazo hacia adelante y hacia atrás como una guadaña.

—Así que sabes muy bien que no estamos allí y sabes también que no puedo ver el lago. —Cal reanudó la marcha y el resto fue tras él. El campo era más grande de lo que había parecido a lo lejos y al cabo de un rato dejaron de ver el motel Pinecone y cualquier otra cosa, solo la hierba y el cielo descolorido. Empezaron a dudar de si seguían caminando en la dirección correcta.

—¿Hemos llegado? —preguntó Albie.

—Cállate —ordenó Holly. Un saltamontes del tamaño del puño de un bebé saltó de la hierba seca, se enganchó a la camiseta de Holly y esta empezó a gritar. Franny y Jeanette se apartaron hacia la izquierda del grupo y, cuando se pusieron en cuclillas, se aseguraron de que nadie pudiera verlas. Estaban muy cerca, casi nariz con nariz, y Jeanette le dirigió una sonrisa antes de volver a levantarse.

—¿Y ahora? ¿Hemos llegado ya? —Albie dio un salto hacia delante con los pies juntos, pero casi no avanzó, tan densa era la hierba. Miró a su hermano—. ¿Hemos llegado ahora?

Cal se detuvo otra vez.

—Si te pones tonto, te hago volver —miró hacia atrás, donde se veía todavía el rastro que habían dejado en la hierba.

—¿Dónde estamos? —preguntó Albie.

—En Virginia —dijo Cal con una voz tan cansada como si fuera un adulto—. Cállate.

—Quiero llevar la pistola —dijo Albie.

—Y yo quiero la luna —dijo Caroline. Era una frase típica de su padre.

—Cal tiene una pistola —cantó Albie con una voz que sonó muy alta en el espacio abierto—. *¡Cal tiene una pistola!*

Volvieron a detenerse. Cal levantó un poco la bolsa para sujetarla mejor bajo el brazo. Dos golondrinas salieron de la nada y pasaron a su lado a toda velocidad. Albie no paraba de cantar. Jeanette sacó la lata de refresco del bolsito.

—Es demasiado pronto para beber —dijo Holly. Era miembro de los *boy scouts* y había leído el capítulo de tácticas de supervivencia en un manual—. Tiene que durarte mucho rato.

Jeanette hizo caso omiso y abrió la lata. Al verla beber, todos decidieron que tenían sed. En el lago habría más refrescos.

—Cal tiene una pistola —gritó Albie, aunque ahora con menos entusiasmo.

Holly miró hacia el cielo. Estaba completamente vacío. Ni una sola nube que ofreciera protección.

—Me gustaría un caramelito Tic Tac —dijo Holly.

Cal lo pensó unos instantes y luego asintió. Se sacó del bolsillo posterior del pantalón una bolsita del tamaño de tres sellos donde guardaba las pastillas de Benadryl que su madre le hacía llevar contra la alergia. Apartaron las hierbas y se sentaron, y Caroline abrió la bolsa de papel. Sacó la pistola con mucha ceremonia y la dejó a su lado, y después les tendió las Coca-Colas. A continuación, Cal dio a cada uno dos pastillas de color rosa brillante.

—A ti no debería darte ninguna, hoy me estás dando mucho la lata.

Pero Albie dejó la mano extendida en silencio hasta que finalmente Cal suspiró y le dio las dos que le correspondían.

—Esto es lo que necesitaba —dijo Holly, tras llevarse las pastillas a la boca y simular que las tomaba. Sacó la botella de ginebra de la bolsa y bebió un trago como si fuera Coca-Cola, pero se llevó una sorpresa. Estuvo a punto de escupirla, pero consiguió mantener los labios cerrados. Le tendió la botella a su hermana y luego se tumbó en el suelo.

—Ahora ya no me importa ir andando al lago —dijo Holly.

Jeanette dio un sorbo a la ginebra y tosió, después se inclinó y le dio sus pastillas a Albie.

—Ten, toma las mías.

Albie vio dos pastillas más en la mano. Ya tenía cuatro. Eran de un color rosa intenso que destacaba sobre la hierba incolora.

—¿Por qué? —preguntó Albie, tal vez receloso o tal vez no.

Jeanette se encogió de hombros.

—Los caramelos Tic Tac me dan dolor de barriga. —Era posible: a Jeanette todo le daba dolor de barriga, por eso estaba tan delgada.

Franny miró a Caroline, que se puso las pastillitas en la palma de la mano con ayuda del pulgar y después echó la cabeza hacia atrás, como si quisiera tragarlas con un buen trago de refresco. Caroline era siempre muy convincente. Franny se dio cuenta de que tampoco bebía ginebra. Tenía la boca cerrada cuando apartó la botella. Pero, cuando le llegó a ella, Franny optó por una solución intermedia: beber la ginebra y guardarse las pastillas. La ginebra resultó muy sorprendente: fue siguiendo la sensación de ardor que le bajaba por la garganta, le recorría el pecho y le llegaba al estómago. Era cálida y brillante como el sol y se le quedó entre las piernas, una sensación hermosa, como si el ardor le hubiera dado una especie de claridad física. Tomó otro sorbo antes de dársela a Albie, que se bebió la mayor parte.

A los niños no les importaba esperar, estaban acostumbrados. Hacía calor y la Coca-Cola seguía fresca. Era agradable estar tumbado un rato y contemplar el cielo vacío, no tener que escuchar a Albie molestando. Cuando se puso de pie, Cal dejó la lata de refresco junto a la pierna de Albie.

—No tires basura —protestó Franny.

—Las cogeremos luego —explicó Cal—. Tendremos que venir a buscarlo.

Así que todos dejaron las latas vacías junto a Albie, que estaba durmiendo debido a las cuatro pastillas de Benadryl y el gran trago de ginebra que había tomado bajo el sol ardiente. Cal recogió las pastillas de Holly y sus hermanastras, las metió en la bolsita y la guardó en el bolsillo. Las chocolatinas empezaban a fundirse y la pistola estaba caliente por haber estado al sol; lo metieron todo en la bolsa y se dirigieron de nuevo hacia el lago.

Cuando llegaron, los cinco se adentraron en el agua mucho más de lo que sus padres les habrían permitido si hubieran estado presentes. Franny y Jeanette buscaron alguna cueva y dos hombres que estaban en un bosquecillo junto al agua les enseñaron a pescar. Cal robó una bolsa de bollitos de chocolate de la tienda y no tuvo que utilizar el arma que llevaba en la bolsa de papel porque nadie le vio hacerlo. Caroline y Holly treparon a lo alto de una roca y saltaron al agua una y otra vez hasta que estuvieron demasiado cansadas para seguir trepando, para seguir nadando. A todos les ardía la piel por el sol, pero se tendieron en la hierba para secarse porque a ninguno se le había ocurrido llevar una toalla. Pero se cansaron de estar tendidos y decidieron volver.

El cálculo del tiempo resultó ser exacto. Albie se había despertado, pero estaba tranquilamente sentado en el campo, callado y confuso entre las latas de refresco, esforzándose por no llorar. No les preguntó adónde habían ido ni dónde estaba, se limitó a ponerse en pie y a sumarse a la hilera cuando esta pasó a su lado. A él también le había quemado el sol. Eran ya más de las dos de la tarde. Lo más sorprendente de todo fue que, a los pocos minutos de llegar al motel Pinecone y tumbarse en la cama de la habitación de las chicas con los bañadores húmedos para ver la televisión, los padres llamaron a la puerta, con aire tímido y avergonzado: qué barbaridad, cuánto habían dormido, qué cansados tenían que haber estado. Para compensarlos, irían al cine y saldrían a comer *pizza*. No parecieron darse cuenta de que iban vestidos con bañador, tenían la piel quemada y con picaduras de mosquitos. Los niños Cousins y los Keating les dedicaron una beatífica sonrisa de perdón. Habían hecho todo lo que habían querido, habían pasado un día maravilloso y nadie se había dado cuenta.

Así fue durante el resto del verano. Y fue así durante todos los veranos que los seis pasaron juntos. No todos los días eran divertidos; la mayoría no lo eran, pero hacían cosas, cosas de verdad, y no los atraparon nunca.

4

La música no cambiaba nunca. La cinta machacaba una y otra vez las mismas dos horas de grabación. La dirección consideraba que, o bien los clientes habían pagado y se habían ido, o bien estaban ya demasiado borrachos para darse cuenta de que las canciones empezaban a repetirse. Para advertir que George Benson cantaba otra vez *This Masquerade* había que estar en el bar sobrio y atento durante más de dos horas. Eso implicaba que las únicas personas que podían sentirse molestas por la reiteración eran quienes trabajaban en el bar, y el nivel de sobriedad y atención de muchos de ellos los dejaba fuera de la competición. Durante las ocho horas de trabajo, cualquier empleado oía cuatro veces la cinta, cuatro y media si le tocaba cerrar. Al final del primer mes, Franny habló con Fred, el mejor de los dos encargados nocturnos, supervisor del bar y del hotel restaurante contiguo, donde había más trabajo, más ocupación y menos beneficios. Fred dijo que no tenía importancia.

—Claro que importa —protestó Franny—, me está volviendo loca.

Franny llevaba un vestido negro y ceñido, corto y sin mangas, sobre una blusa blanca ajustada e iba calzada con zapatos altos y negros. Con su cabello rubio, largo y liso, recogido en una trenza floja, parecía la representación visual propia de los vídeos musicales de la alumna de escuela católica que había sido. Antes de aceptar aquel empleo, Franny no tenía claro que pudiera soportar lo indigno del uniforme, pero resultó que este, en realidad, no le molestaba. Lo verdaderamente irritante era la música: era Sinatra cantando *It Was a Very Good Year* lo que le daba ganas de salir por la puerta giratoria con una bandeja llena de cócteles en la mano y adentrarse en la oscura noche invernal.

Fred asintió. No se mostró paternalista ni desdeñoso, aunque tenía aspecto paternal y su respuesta fue del todo inútil.

—Fíate de mí. Llevo aquí casi cinco años, uno se acostumbra.

—Pero es que no quiero estar aquí dentro de cinco años. No quiero acostumbrarme. —El encargado nocturno apenas dio muestras de sentirse molesto. Franny insistió—: ¿Y no podrías tener un par de cintas diferentes? Podrían ser los mismos cantantes, no me quejo de la música. En fin, me gusta más otro tipo de música, pero no es esa la cuestión. Lo que me harta es la repetición: esos mismos cantantes también cantaban otras canciones.

—Tenemos más cintas por algún lado —dijo Fred echando un vistazo por el diminuto despacho sin ventanas—, pero nadie las cambia.

—Yo puedo cambiarlas.

Fred salió de su atestado despacho y le apretó un poco el hombro con un gesto conciliador. En aquel lugar todo el mundo era un poco tocón: las camareras se despedían con un beso, los encargados le ponían las manos en los hombros, alguno de los chicos que recogían las mesas, si no recibía una buena propina, podía darle un caderazo al abrirse paso junto al fregadero. Y los clientes..., joder, qué tocones eran los clientes. Durante los dos años que había pasado estudiando Derecho ni una sola persona le había puesto un dedo encima; claro que en aquella facultad todos comprendían el concepto de responsabilidad penal en las dos primeras semanas. A corta distancia, Franny olió un leve rastro de vodka flotando en el aire alrededor de Fred y le sorprendió que todavía pudiera percibirlo.

—Espera un poco y ni te fijarás en eso —dijo Fred con voz tranquilizadora.

Franny avanzó penosamente por el estrecho pasillo que comunicaba el despacho con la cocina, donde los cocineros ponían cintas pirata de Niggaz With Attitudes, un grupo de hip hop, en un radiocasete cubierto de grasa, pero a un volumen tan bajo que apenas se oía susurrar el «*Fuck da police*» por encima del estruendo de las cacerolas. Los hombres meneaban la cabeza siguiendo el ritmo y movían los labios repitiendo la letra sin rebasar los bajos límites de tolerancia de la dirección.

—Nena —pidió Jerrell desde la zona de trabajo—, sé buena y tráeme una limonada.

Se inclinó por encima de la plancha ardiente y se asomó por el pasaplatos para tenderle un vaso de plástico del 7-Eleven con tapa y pajita.

—Vale —contestó Franny. Cogió el vaso. Los cocineros, todos ellos grandes y negros, dependían de las camareras, todas ellas menudas y blancas, para que les trajeran bebidas del bar que les impidieran morir en el Sahara de la zona de freír.

—Confío en ti —dijo Jerrell, señalándola con un filete crudo antes de dejar caer la carne en la superficie candente que tenía delante.

Pero a Franny no se le olvidaba nunca la limonada ni cuántos sobres de azúcar quería, ni las galletitas saladas del bar que compensaran las sales que perdía en los ríos de sudor que caían sobre la plancha con un siseo explosivo y se desvanecían. Sabía lo que tomaba cada uno de los hombres. Franny era una profesional. Recordaba lo que habían pedido las diez personas sentadas a una mesa, quién quería Ketel One y quién Absolut. Era capaz de calmar a un hombre de negocios sin permitir que la monopolizara. Cuando salía ya de madrugada y recibía la bofetada helada de Chicago, se daba cuenta de que habría sido mucho mejor para ella ser una mala camarera y una buena estudiante de Derecho. Había dejado la carrera a mediados del primer semestre, aunque más cerca del principio, del tercer año. Arrastraba una enorme deuda por el préstamo a cuenta del salario de abogado que nunca tendría. Para alguien sin ninguna capacidad concreta ni tampoco la menor idea de lo que quería hacer en la vida, además de leer, servir bebidas era la forma de ganar más dinero sin quitarse la ropa. En aquel momento, solo tenía dos cosas claras: no quería ser abogado y no quería quitarse la ropa. Había intentado trabajar de camarera en un local normal, calzada con zapatillas negras y cargando bandejas llenas de comida, pero no ganaba lo suficiente para las cuotas mínimas del crédito. En el lujo oscuro y aterciopelado del bar de Palmer House los hombres con frecuencia, y de manera inexplicable, dejaban dos billetes de veinte para pagar una cuenta de dieciocho.

Llenó el vaso de cartón con hielo picado y limonada y, al ver que Heinrich, el camarero de la barra, estaba escuchando a un cliente que le contaba los siete males del mundo, roció el granizado con un chorro de Cointreau. Era la botella que quedaba en el extremo de la barra, cerca del grifo de refresco y, por lo tanto, la más fácil de coger; además, le parecía que pegaba bastante con la limonada. Habría pagado la copa, llegado el caso, pero no se permitía que los empleados consumieran alcohol durante el trabajo y menos todavía que invitaran a los hombres que trabajaban con cuchillos y superficies ardientes. Jerrell le había dicho que le daría diez pavos cada vez que le echara algo en el vaso, pero Franny no lo habría aceptado. También por ese motivo era una especie de criatura mítica entre los miembros del equipo de la cocina; las otras camareras aceptaban encargos de los cocineros, con frecuencia los olvidaban y, si se acordaban, nunca rechazaban el dinero.

Franny repasó mentalmente el derecho de responsabilidad civil en un esfuerzo por dejar de oír la música, intentando cubrir una cosa que odiaba con otra que despreciaba. Los elementos del asalto: el acto está destinado a causar temor a un contacto dañino o lesivo; y el acto causa verdadero temor a la víctima de que se produzca un contacto dañino o lesivo. La noche se estaba acabando. La marea alta de ginebra y tónica había ido cediendo paso al silencioso reflujo de las bebidas para después de la cena: copas de *brandy* y chupitos almibarados de Frangelico consumidos por clientes que se daban cuenta de que no estaban todavía lo bastante borrachos para irse a la habitación. A Franny le tocaba cerrar y en aquel momento la habían dejado sola para vigilar la sala: dos mesas de dos y un alma solitaria en la barra. Las otras dos camareras se habían ido ya, una para recoger a su hijo, que dormía en el sofá de su exmarido, y la otra para tomar alguna copa con un camarero de Palmer House en un bar menos caro. Ambas habían besado a Franny antes de irse y luego se despidieron la una de la otra con un beso. Franny adivinó que Heinrich había ido a fumar en el pasillo de la cocina, lo que le daba la oportunidad de deslizarse detrás de la barra y quitarse los zapatos. Flexionó los dedos de los pies antes de frotarlos contra el panal húmedo de la alfombra de goma negra; luego se metió en la boca tres guindas al marrasquino de uno de los cubos de guarnición y una rodaja de naranja porque eran mejores cuando se masticaban juntos. Y eso era lo que estaba haciendo en el preciso momento en que vio, con la boca llena de frutas químicamente alteradas, a Leon Posen. Apenas lo había visto de reojo, pero, en cuanto él levantó la vista, Franny ya no tuvo la oportunidad ni la voluntad de alejarse.

—Hola —saludó Leon Posen, sentado a dos asientos de distancia. Llevaba un traje gris oscuro y una camisa blanca con el botón superior del cuello desabrochado. Bien podría haber tenido una corbata doblada en el bolsillo. Si él hubiera extendido la mano y ella también, se habrían tocado los dedos con facilidad. Franny no prestaba atención a los clientes sentados a la barra. Si preferían no sentarse a una mesa, no le correspondía a ella atenderlos. No tenía ni idea de cuánto tiempo llevaba ahí sentado. ¿Diez minutos? ¿Una hora?

—Hola —contestó ella.

—Ahora eres más baja que hace un rato —señaló él.

—¿Sí?

—Te has quitado los zapatos.

Franny bajó la mirada hacia la dolorosa hendidura roja de la parte superior de cada pie, claramente visible a través de las medias. Seguía teniendo la marca durante horas, incluso en casa.

—Sí.

Él asintió. Tenía el pelo de color acero, denso como el de una oveja. Le costaría un verdadero esfuerzo llevarlo peinado.

—Sientan muy bien, pero me temo que con el tiempo destrozan los pies.

—Una se acostumbra —dijo Franny, y pensó en que Fred le había dicho eso mismo. Repitió la frase como si fuera un lema para desenvolverse en el mundo, en el bar donde se encontraba frente a Leon Posen. En aquel momento Lou Rawls cantaba *Nobody But Me,* cosa curiosa porque esa era la única canción de la que nunca se cansaba, una unión perfecta de sustantivos y verbos. «No tengo conductor que me conduzca, no tengo sirviente que me sirva.»

Leon Posen asintió; tenía la punta de los dedos sobre un vaso vacío con algo de hielo. Franny, desde el primer momento en que lo tuvo delante, empezó a perfilar el relato del encuentro. Pensó en que nada más llegar a casa buscaría los ejemplares de *Primera ciudad* y *Septimus Porter*. Localizaría los fragmentos que había subrayado en la universidad y los releería. Después despertaría a Kumar y le contaría que había hablado con Leon Posen en el bar, que él le había preguntado por sus zapatos. Kumar, al que se le daba muy bien no interesarse por nada, en este caso querría oír cada detalle y, cuando terminara, le pediría que empezara de nuevo. Incluso en ese mismo instante, sabía que repetiría muchas veces el relato del día en que había hablado con Leon Posen en Palmer House. «Si yo no hubiera ido a la Facultad de Derecho en Chicago y luego la hubiera abandonado, no habría estado trabajando en el bar», les contaría a su padre y a Bert.

Pero Leon Posen no había terminado. Todavía estaba delante de Franny, esperando que le dedicara un poco de atención mientras ella se dedicaba a pensar en él.

—¿Y qué necesidad hay de acostumbrarse a eso?

—¿Qué? —dijo, perdida.

—Me refiero a los zapatos.

Era igual que en las fotos. La nariz ocupaba un lugar destacado y, en segundo lugar, resaltaban unos ojos suaves, de párpados caídos. Su rostro era una caricatura de su rostro, un rostro destinado a ilustrar, en forma de dibujo, una reseña de libros en *The New Yorker*.

—Hay que ponérselos. Forman parte del uniforme. Y llevamos uniforme porque así ganamos más dinero.

Y aunque no lo mencionó, el uniforme era de poliéster, que por ridículo que fuera la verdad era que se lavaba muy bien y no necesitaba plancha. Franny no se molestaba en pensar en qué se iba a poner para ir a trabajar, otra ventaja que también tenía su colegio católico.

—¿Quieres decir que si te pones unos zapatos incómodos te dejaré más propina?

—Por supuesto —contestó Franny. Llevaba ya tiempo suficiente para saber que así era—, claro que sí.

La miró con aire triste. O tal vez esa era su expresión, como si se apenara por todas las mujeres que se habían visto obligadas alguna vez a llevar tacones. Resultaba muy seductor.

—Pues bien, si ese es el motivo, como todavía no te he dado la propina, podrías ponértelos otra vez, a ver qué pasa.

—Es que yo no soy su camarera —contestó ella, y lo lamentó al instante. *Leon Posen, ¡aléjate de la barra! Ve a sentarte a una de las mesitas con las velas parpadeantes. Acomódate en las butacas redondas de cuero rojo.*

—Lo serías si pidiera otra bebida —dijo él, alzando el vaso y haciendo sonar el hielo solitario—. ¿Cómo te llamas?

Ella le dijo su nombre.

—No he conocido a ninguna Franny —observó él, como si ella le estuviera haciendo un favor —. Franny, quisiera tomar otro *whisky*.

Franny debía servirle una bebida si estaba en una mesa, pero no si estaba sentado a la barra. En Palmer House no había sindicalistas, pero la división del trabajo era férrea. Franny sabía cuál era su lugar.

—¿Qué tipo de *whisky*?

Él le sonrió otra vez. ¡Dos sonrisas!

—Lo dejo en tus manos —contestó él—. Y ten en cuenta que tal vez yo sea de esos tipos raros que dejan como propina un porcentaje del total de la cuenta, así que lánzate.

Acababa de meter el pie izquierdo en el zapato con cierto esfuerzo cuando Heinrich, tras fumar el cigarrillo y envuelto en olor a menta, rodeó el borde de la barra y se acercó a ellos. Levantó dos dedos en dirección a Leon Posen, preguntándole con un gesto si quería tomar otra copa, sin molestarse en formular la pregunta en palabras, como si la suya fuera una relación tan sagrada que hubiera trascendido el lenguaje. Franny quitó el pie del zapato izquierdo y se apresuró a interrumpir al barman, arrojándose casi encima de este, que se vio obligado a atraparla. Le miró los pies cubiertos con las medias. Heinrich era un hombre de la edad de Leon Posen, la edad de su padre, lo que equivalía a decir que se adentraba en las tinieblas de la cincuentena. En sus tiempos se guardaban más las formas. En primer lugar, Franny no pintaba nada detrás de la barra y lo sabía. Aquel era el territorio de Heinrich.

—Necesito que me hagas un favor. —No tuvo que alzar la voz: estaba en sus brazos.

Heinrich se volvió hacia Leon Posen y alzó un poco las cejas, como si le hiciera una pregunta. Leon Posen asintió con la cabeza.

—Ven conmigo —dijo Heinrich. Llevó a Franny hasta el final de la larga barra donde el curasao y el Vandermint aguardaban en altos estantes de cristal a que les quitaran el polvo.

—¡Es Leon Posen! —susurró Franny.

Heinrich asintió, aunque no había manera de saber si con ello quería decir que ya lo sabía o que a qué venía aquello. Franny lo había oído hablar una vez en alemán, su voz sonaba más contundente en su lengua materna. ¿En qué idioma leía? ¿O no leía en absoluto? ¿Estaría bien traducido Leon Posen al alemán?

—Deja que lo atienda yo, te lo pido por favor —rogó Franny.

La piel de Franny era tan translúcida que mostraba más de lo que ocultaba. Era la única camarera que daba a los chicos que recogían las mesas el diez por ciento de las propinas que les correspondía, e igual hacía con los camareros de la barra. Heinrich siempre había pensado que había algo de alemán en ella, el pelo rubio, el hielo azul claro de sus ojos, pero los estadounidenses nunca eran alemanes. Los estadounidenses eran todos una mezcla.

—A ti no te corresponde atender en la barra —recalcó Heinrich.

—Soy capaz de poner un *whisky* en un vaso.

—A ti te toca servir las mesas. Y no me dedico a servir tus mesas cuando un cliente me parece interesante.

Heinrich se estaba preguntando cuánto podía pedirle. Le cruzó el pensamiento una petición excesiva: no serían los primeros en esconderse en el almacén.

—Por el amor de Dios, Heinrich, he estudiado literatura en la universidad. Puedo recitar de memoria los tres primeros párrafos de algunas de sus novelas.

Heinrich también había estudiado literatura en Berlín Occidental, aunque, sobre todo, se había centrado en el siglo XIX británico. ¡Qué lujo era leer a Trollope sabiendo que tras el muro tal cosa era imposible! Habría querido decirle: «¿Y adónde nos han llevado estos libros?». Pero, en vez de eso, se puso detrás de ella y deslizó la mano por la sedosa trenza desde los omoplatos. Siempre había querido hacerlo.

A Franny le dio igual. En ese momento se habría cortado la trenza y se la habría dado como un recuerdo. Regresó a su puesto tras la barra y tomó una botella de Macallan, no el de veinticinco años, sino el de doce. No tenía intención de pasarse. Cogió un vaso limpio, puso hielo y lo cubrió de *whisky*. Las piezas plateadas insertadas en la parte superior de cada botella hacían que servir fuera un verdadero placer. Daba precisión, control. Nadie podía convencerla de que era el trabajo más difícil.

Leon Posen miró hacia el final de la barra donde Heinrich descargaba un estante de copas de vino y las repasaba para mantenerlas limpias.

—Dime, ¿qué tendrás que darle a cambio?

—Todavía no lo sé —contestó Franny, depositando la servilleta y el vaso.

—Pregunta siempre el precio. Esta puede ser la lección de hoy. —Alzó el vaso—. Gracias, querida Franny, y buenas noches. —Pero Franny, aunque se daba cuenta de que se suponía que la conversación había terminado y tenía que ir a ocuparse de sus mesas, no se marchó. No quería hablarle de sus libros ni preguntarle qué había estado haciendo desde que había publicado *Septimus Porter* doce años atrás. No tenía intención de echar a perder aquella noche. Lo que sucedía era que en aquel momento, delante de Leo Posen, estaba viendo su vida con toda claridad. Y su vida le parecía aburrida y difícil. Matricularse en Derecho había sido un tremendo error cometido con la esperanza de agradar a otras personas y, debido a ese error de juicio, estaba llena de deudas, como si fuera una especie de personaje de Dickens, como el tipo de persona que aparecería en el programa de Oprah llorando, sin que tras tanto esfuerzo hubiera obtenido ningún resultado. Posen estaba tomando la bebida que ella le había servido. No estaba dispuesta a dejar que se marchara la brillante inteligencia que veía al otro lado de la barra. Era como si después de echar migas día tras día a los pájaros de repente apareciera una paloma de la Carolina en el respaldo del banco del parque. No solo era raro: era imposible. Y no iba a hacer ningún movimiento abrupto que pudiera molestarlo y espantarlo.

—¿Vive usted aquí? —preguntó ella. «Y cómo es eso —preguntó a la paloma—, si todo el mundo da por hecho que te has extinguido.»

Él lanzo una mirada hacia la sala, alzando los grandes párpados.

—¿En Palmer House?

—En Chicago.

Una pareja entró con un lío de abrigos, bufandas y sombreros, y se sentó ante la barra, dos taburetes más allá. ¿Por qué, le habría gustado preguntarles, con todos los taburetes vacíos para elegir, habían querido sentarse tan cerca? Desde donde estaba olía el perfume de la mujer, oscuro y no desagradablemente almizclado. Entonces se dio cuenta de que su intención era sentarse delante de ella. Ella era la camarera.

—En Los Ángeles —dijo Leon Posen, después de una gran lucha interna—. Aunque depende de cómo se mire.

—Un *whisky sour* —pidió el hombre, apilando la ropa de abrigo sobre el taburete que tenía a su lado. El montón de prendas de lana empezó a deslizarse; el hombre agarró la manga de un abrigo y luego inclinó la cabeza en dirección a la mujer—. Un daiquiri.

—Esto fuera —dijo la mujer, quitándose los guantes.

Franny no estaba segura de cómo decirles que no era su trabajo, pero Leon Posen sabía cómo expresarlo.

—No prepara combinados —les dijo—. Puede servir un *whisky* con hielo, pero si tiene dos ingredientes o más, necesitará a otra persona. —Miró a Franny—. ¿Es así?

Franny asintió. Su mera presencia allí era un engaño.

—Yo mismo podría preparar un *whisky sour.* —dijo Leon Posen al hombre. Luego, mirando a la mujer, negó con la cabeza—: Pero no soy capaz de preparar un daiquiri. Me parece que lleva alguna mezcla.

—No lo sé —dijo Franny.

—Deberían pedírselo al alemán. —Leon Posen les indicó a Heinrich, que seguía sacando brillo a las copas al otro extremo de la barra, haciendo caso omiso de modo deliberado—. Se pondrá muy contento, lo han ofendido.

—Sabe usted mucho sobre este sitio —dijo la mujer. Era muy tarde. Bajo el guante no se veía ningún anillo.

—Sobre este sitio no, pero sí sobre los bares —dijo Leon. Preguntó a Franny el nombre del camarero y Heinrich, cuyos oídos captaban frecuencias que un perro ni podría imaginar, oyó la pregunta y dejó el trapo.

—Un *whisky sour* —repitió el hombre.

Después de pedir sus bebidas y después de que Heinrich demostrara sus habilidades con una coctelera, la pareja recogió sus pertenencias y se las llevó a una mesilla del rincón, una mesa que habría correspondido a Franny si no se hubiera producido un intercambio tácito por el cual Heinrich les había servido las bebidas, se ocuparía de la mesa y de la propina.

—Yo nací en Los Ángeles —dijo Franny en cuanto la pareja desapareció misericordiosamente. Había estado esperando tanto tiempo para decirlo que ya no estaba segura de que la cuestión fuera pertinente.

—Pero tuviste la sensatez de largarte.

—Me gusta Los Ángeles. —En Los Ángeles siempre había sido niña. Recorría entera la piscina de la madre de Marjorie, rozaba el fondo con el traje de baño de dos piezas. La sombra de Caroline, medio dormida en una balsa inflable, era una nube rectangular sobre ella. Su padre estaba justo al borde del agua en una tumbona leyendo *El padrino*.

—Lo dices porque estamos en Chicago y es febrero.

—Y si Los Ángeles es tan horrible, ¿por qué vive usted allí?

—Tengo una esposa en Los Ángeles —dijo él—. Estoy en ello.

—Por eso los hombres vienen a Chicago —señaló Franny—: para alejarse de su mujer.

Franny se puso a penar pensando en la ley del divorcio y se le ocurrió que nunca se habría dedicado a los divorcios de manera profesional, antes de darse cuenta de que nunca se habría dedicado a nada relacionado con el derecho.

—Hablas como un camarero.

—No, yo solo sirvo las mesas. No puedo preparar combinados.

—Eres camarera para los que no queremos mezclas, y ahora me gustaría tomar otro *whisky*. El primero lo has servido muy bien en el vaso. —La examinó como si acabara de aparecer delante de él—. Vuelves a ser alta.

—Me ha dicho que así mi propina sería mayor.

Él negó con la cabeza.

—No, tú me has dicho que tal vez la propina fuera mayor, pero no lo será. Me da igual lo que midas. Quítate los zapatos y te invito a una copa.

¿En qué momento se había terminado el *whisky?* Había sido visto y no visto. Había estado mirando y no se había dado cuenta. Se había distraído un segundo. Franny cogió la botella del expositor que tenía detrás.

—No puede invitarme a una copa, va contra las normas de la casa.

—¿*Verboten?* —preguntó en voz baja Posen.

Franny asintió. El hielo del vaso brillaba y parecía entero, así que no consideró necesario cambiarlo por otro. Tampoco midió el *whisky,* se limitó a llenar el vaso igual que la vez anterior. El vertedor plateado hizo que se sintiera excesivamente segura de sí misma, de modo que acabó sirviendo demasiado y salpicó algo en la barra. Secó el resultado de su torpeza y puso el vaso sobre una servilleta nueva. Lo cierto era que lo suyo no era servir copas, ni siquiera las que contenían un único ingrediente.

—Entonces, ¿qué hace usted en Chicago?

—A lo mejor eres psicoanalista —dijo él. Sacó los cigarrillos de la americana y agitó el paquete para que saliera uno.

—Cuando cuente a mis amigos que serví unas copas a Leon Posen me preguntarán qué estaba haciendo en Chicago.

—¿Leon Posen? —preguntó él.

No había tenido en cuenta aquella posibilidad. No lo había visto nunca en persona, solo lo conocía de las fotografías de las cubiertas de los libros que, además, eran viejas.

—¿No es usted Leon Posen?

—Pues sí —contestó él—. Pero tú eres más joven que mi lector medio, pensaba que no me reconocerías.

—¿No le ha parecido que era una camarera más amable de lo normal?

Se encogió de hombros.

—Podrías estar tirándome los tejos.

Franny se dio cuenta de que se sonrojaba, cosa que no le sucedía con frecuencia en el bar.

Él movió la mano como si quisiera descartar su comentario.

—Olvídalo, era una idea ridícula. Eres una chica lista, lees libros y acabas de servir un *whisky* a Leon Posen, pero deberías llamarme Leo y dejar de tratarme de usted.

Leo. ¿Podía llamar Leo a Leon Posen?

—Leo —dijo ella para ver cómo sonaba.

—Franny —dijo él.

—No solo es porque usted sea Leon Posen... porque seas Leo Posen —se corrigió—: es que me interesa la gente en general.

—¿Te interesa saber por qué estoy en Chicago?

No sabía bien por qué, pero la conversación estaba tomando unos derroteros diferentes a lo previsto.

—Vale, no me interesa. Solo lo preguntaba por hablar de algo.

Él levantó el vaso y tomó un sorbo diminuto, apenas se mojó el labio superior, como si lo probara por pura cortesía.

—¿Eres periodista?

Franny se llevó la mano al corazón.

—Camarera.

Lo cierto era que Franny se lo había dicho todos los días delante del espejo del cuarto de baño después de lavarse los dientes y antes de salir hacia el trabajo: «Soy camarera». Gracias a la práctica, lo hacía a la perfección. Se sacó el pesado encendedor Zippo del bolsillo del delantal y levantó la tapa con el pulgar. Él se inclinó hacia delante y luego hacia atrás, negando con la cabeza.

—No, no tienes que mirar el cigarrillo, tienes que mirarme a mí. Cuando enciendes un cigarrillo tienes que mirar a los ojos.

Franny lo hizo, aunque era casi imposible. Leo Posen se inclinó hacia la llamita que tenía Franny en la mano y la miró a los ojos. Franny sintió que el corazón le daba un vuelco.

—Bien —dijo él, soplando el humo hacia un lado—. Así tendrás mejores propinas. Los zapatos no importan.

—Lo recordaré —dijo ella, y apagó la llama.

—Pues resulta que he venido a Chicago a tomar una copa —dijo él—. Estoy viviendo en Iowa City. ¿Has estado alguna vez en Iowa City?

—Creía que vivías en Los Ángeles.

Él negó con la cabeza.

—No te escapes, te he hecho una pregunta.

—No he estado nunca en Iowa City.

Tomó otro sorbo para ver si su bebida había mejorado ahora que tenía un cigarrillo y pareció obvio que sí.

—No va nadie a menos que tenga algo concreto que hacer. Pero, si uno se dedica al cultivo del maíz, a comerciar con cerdos o a escribir poesía, entonces va a Iowa City.

—Por eso no he ido nunca.

Él asintió.

—Los bares están llenos de estudiantes. No me gusta beber en un bar lleno de estudiantes, pero ese no es el verdadero problema.

Se calló. La esperó. A Leo Posen le gustaba que le dieran la réplica.

—¿Cuál es el verdadero problema?

—Resulta que el hielo de las copas contiene herbicidas, pesticidas y algo que me parece que debe de ser abono líquido. Se nota en el sabor. No es solo el hielo de los bares, claro, está en el agua, en el agua que no viene de Francia en botellas. He leído que en primavera, cuando la nieve empieza a fundirse, es mucho peor, la concentración es mayor. Se nota incluso cuando te lavas los dientes.

Franny asintió.

—Así que vienes a Chicago a tomar una copa porque el hielo de Iowa tiene productos químicos procedentes de la agricultura.

—Por eso y por los estudiantes.

—¿Estás dando clase allí?

Dio una calada al cigarrillo con aire distraído.

—Un semestre. Un error que cometí. En su momento me pareció que me ofrecían mucho dinero, pero nada es suficiente cuando se sopesan los costes. Nadie se detiene a explicarte lo del agua antes de firmar el contrato.

—¿Y no sería más sencillo hacer hielo en casa? Prepara cubitos con agua mineral francesa. Y puedes incluso lavarte los dientes con ella.

—En teoría sí, pero no hay manera de hacerlo. O te llevas la cubitera al bar o tienes que beber solo en casa, cosa que no hago.

—Pues ven a Chicago y toma un par de copas —dijo Franny, porque le gustaba que estuviera ahí, fuera cual fuere el motivo—. Es bueno moverse.

—Eso es —dijo él, dando una palmada sobre la barra—. Ir a Cedar Rapids no soluciona el problema.

—Des Moines tampoco.

—Vuelves a estar más baja.

—Me has dicho que me quitara los zapatos.

—¿Estás diciéndome que te has quitado los zapatos porque te lo he dicho yo?

—Prefiero estar descalza.

El negó con la cabeza, aunque Franny no supo si era un gesto de asombro o de desesperación; después aplastó la colilla en un pequeño cenicero de cristal.

—¿Alguna vez has querido ser escritora?

—No —dijo ella. Y le habría gustado añadir: solo quería ser lectora.

Le dio unas palmaditas en la mano que Franny había dejado sobre la barra por si él la necesitaba.

—Me alegro. He viajado mucho para tomar una copa lejos de cualquier escritor.

—¿Quieres que te sirva otra?

—Eres una chica estupenda, Franny.

El problema, y esa era una cuestión que Franny no tomaba a broma, era que no sabía cuánto tiempo llevaba Leo Posen sentado a la barra antes de que ella lo viera ni cuántas copas le había servido Heinrich antes de que ella lo relevara. Porque, si bien Leo Posen parecía perfectamente sobrio, le daba la impresión de que se mantenía impasible, bebiera lo que bebiera. Algunos hombres eran así. Pasaban de la sobriedad a un estado similar a la muerte sin etapas intermedias.

—¿Te alojas en este hotel? —preguntó ella con voz débil.

Él ladeó un poco la cabeza y esperó con expresión benevolente.

—Es que si tuvieras que meterte en el coche para volver a Iowa esta noche y atropellaras a alguien, me meterían en la cárcel.

—¿A ti? No parece justo.

—Así son las leyes sobre la responsabilidad de los establecimientos donde se sirve alcohol en el estado de Illinois.

—¿Y los demás camareros lo saben?

«Solo los que han estudiado algún tiempo en la Facultad de Derecho», quiso decir. Pero se limitó a asentir.

—Bueno, no te preocupes. Solo tengo que llegar hasta el ascensor.

Franny acercó la botella de *whisky*.

—Lo que suceda en el ascensor ya es asunto tuyo.

En ese momento las luces bajaron de intensidad. Heinrich siempre reducía la luz demasiado deprisa y parecía que lo dejara todo a oscuras. Cada vez que eso sucedía durante unos segundos se preguntaba si se le había roto algo en la cabeza.

—Eso es una señal —dijo Leo Posen, alzando la vista hacia el techo—. Pónmelo doble.

Tras acercarle un vaso más grande para servir el doble de *whisky*, Franny se puso los zapatos y se fue a atender sus mesas. Le dio cierto reparo darles la cuenta cuando hacía tanto rato que los había abandonado, pero ninguno de los clientes pareció molesto. Unos le dieron una tarjeta de crédito y los dos hombres de negocios le tendieron una cantidad de dinero en efectivo misteriosamente generosa y recogieron los abrigos para marcharse. Cuando regresó a la barra, Heinrich estaba poniendo film plástico sobre los cubos de acero de las guarniciones y guardando las guindas al marrasquino en la nevera.

—¿Te han dado propina por los zapatos? —preguntó Leo Posen. El *whisky* había desaparecido y Posen seguía apoyado en la barra con la mirada perdida.

—Pues sí.

—¿Cuánto?

Heinrich alzó la vista de su trabajo. No le preocupaba que fuera una pregunta improcedente: lo que sucedía era que nadie lo preguntaba nunca y quería saber la respuesta.

Franny vaciló.

—Dieciocho dólares.

—Eso no nos dice nada si no sabemos a cuánto asciende la cuenta. Si estaban bebiendo un *montrachet* de alguna añada importante, han sido unos tacaños.

—No han tomado *montrachet* —intervino Heinrich.

Franny suspiró. No podía explicar que necesitaba el dinero, que dormía en el sofá de Kumar para poder pagar los plazos del crédito.

—Veintidós dólares.

Heinrich soltó un silbido involuntario, el tipo de resoplido que se suelta tras un golpe, pero sin golpe.

—Creo que me he equivocado de profesión —comentó Leo Posen.

Heinrich lo miró con aire dubitativo.

—Tal vez a usted no le habrían dado la misma propina —dijo.

—¿Y la otra mesa? —preguntó Leo.

Franny levantó la mano, ya era suficiente.

—Nunca lo habría adivinado —dijo Leo dirigiéndose a Heinrich. Extendió la mano hacia el bolsillo y sacó una cartera marrón llena de tarjetas de crédito, fotos, dinero, recibos doblados. La dejó caer en la barra y sonó como una pelota de béisbol en un guante.

—Toma, quédatelo todo. No soy capaz de hacer cuentas.

Franny preparó la cuenta, dobló el papelito y la dejó sobre la barra en un vaso de cristal limpio. Así lo hacían en Palmer House, aunque solo fuera para recordar al cliente cómo había conseguido acumular una cuenta tan elevada. La paloma de la Carolina había estado a su lado en el banco toda la tarde, pero, ahora, ¿qué hacer? No puedes meterla en el bolso y llevártela a casa, y tampoco puedes quedarte a dormir en el parque esperando a que se vaya. Era de noche, hacía frío.

Leo Posen suspiró y abrió la cartera.

—¿Ni siquiera me vas a ayudar?

Franny negó con la cabeza y se puso a limpiar la barra. Sospechaba que el cálculo matemático era parte del problema, que cuanto más había bebido el cliente más le costaba calcular un porcentaje de propina razonable y optaba por la generosidad desmedida. Pero también se preguntaba si le daban más propina porque se sentían un poco incómodos al haber bebido demasiado. O con la esperanza de que corriera tras ellos y sugiriera que por dieciocho dólares estaba dispuesta a acostarse con cualquiera de ellos.

Leo Posen seguía sentado, aunque había amontonado pulcramente los billetes sobre la cuenta, y el vaso y la servilleta habían desaparecido. Todos los clientes del bar del hotel Palmer House se habían ido. Jesús, un camarero del restaurante, había pasado para comprobar que todas las mesas estaban limpias. Miró la espalda de Leo, había llegado la hora de pasar el aspirador.

Franny fichó, se puso el abrigo y volvió al bar. Era el largo abrigo acolchado que le había regalado su madre cuando se matriculó en Derecho, una especie de saco de dormir con mangas, lo había llamado su madre, y era cierto, muchas noches lo echaba sobre las mantas del sofá antes de meterse dentro. Se detuvo junto al taburete de Leo Posen.

—Me voy —anunció Franny, deseando, por primera vez desde que trabajaba en aquel sitio, que la noche fuera más larga—. Ha sido una noche memorable.

Él la miró.

—Voy a necesitar que me eches una mano —dijo él con una voz sin estridencias.

La paloma emprendió el vuelo del banco del parque y se puso en sus rodillas, empujando la cabeza contra los pliegues de su abrigo.

—Voy a buscar a Heinrich —contestó ella en voz baja, aunque estaban solos. Por ese motivo no podía hacerse cargo de los clientes de Heinrich, aunque fueran novelistas famosos, porque al final seguían siendo responsabilidad de Heinrich—. Él te llevará hasta el ascensor.

Leo volvió la cabeza ligeramente hacia la izquierda, como si quisiera negar con un gesto y se hubiera quedado a medias.

—No vayas a buscar al alemán, solo necesito...—Esperó mientras buscaba la palabra adecuada.

—¿Qué necesitas?

—Guía.

—Iré a buscar a alguien más fuerte.

—No te estoy pidiendo que me lleves.

—Será mejor.

—¿El ascensor no te pilla de camino?

¿No era en cierto modo un honor? Sería la parte más interesante de la historia y la que no contaría: que Leo Posen estaba demasiado borracho para salir andando por su propio pie del bar y había tenido que ayudarlo. No sería la mejor decisión de su vida, pero estaría lejos de ser la peor. Y en los años anteriores él había hecho mucho por ella con sus hermosas novelas. Cogió la mano de Leo Posen de la barra y se la puso en el hombro. Él se dejó hacer.

—De pie —ordenó Franny.

Algunos hombres son sorprendentemente altos cuando se levantan de los taburetes de una barra y se despliegan. El hombro de Franny, elevado gracias a los tacones, apenas le llegaba a la axila. Se apoyó en ella más de lo que esperaba, pero podía sostenerlo.

—Quédate de pie y mantén el equilibrio —dijo ella.

—Se te da bien.

Franny le movió la mano, que se había deslizado hacia el pecho izquierdo de modo involuntario. ¿Dónde estaría Heinrich? ¿Fumando compasivamente? Era posible que se enfadara con ella también por esto, aunque con el alemán era siempre difícil saber por qué podía ofenderse. Franny pasó el brazo por la cintura de Leo Posen mientras lo guiaba entre los oscuros icebergs de las mesas.

—Espera —dijo él. Franny se detuvo, él alzó la barbilla. Parecía estar intentando recordar algo o tal vez pedir otra copa—. Esta canción —dijo.

Franny escuchó. La cinta sonaba para la sala vacía. Cantaban Gladys Knight and the Pips. La esencia de la historia contaba que la relación había terminado y ninguno de los dos quería reconocer su culpa. Las primeras treinta veces que la había oído le había gustado, ahora ya no.

—¿Qué pasa?

Leo levantó la mano del pecho de Franny y señaló el aire.

—Esta es la canción que sonaba cuando he entrado antes. «No dejo de preguntarme qué voy a hacer sin ti» —canturreó.

A Heinrich le gustaba decir que el bar era Alemania Oriental, y Franny entendía su enfoque flexible en el trato con los empleados. Pero el vestíbulo del hotel estaba bajo el control del Este, lleno de espías soviéticos inesperados. «No entres en el vestíbulo —le dijo Heinrich al principio de trabajar allí—. En cuanto estás en el vestíbulo, te quedas solo. El bar ya no puede salvarte.»

Sin embargo, Franny imaginaba que la conocían tan poco como ella a ellos. El uniforme quedaba escondido bajo el abrigo y los zapatos podrían haber sido los de cualquier boba alojada en el hotel. El hotel Palmer House tenía un gran vestíbulo con grandes sofás de *chintz* ribeteados; algunos eran circulares, con la zona central alta, apuntando hacia las lámparas, como si fuera un fez. La alfombra oriental podría haber cubierto una pista de baloncesto. El techo, de la altura de dos pisos, era una pequeña capilla Sixtina en la que en lugar de Adán y Dios estaban las estrellas de la mitología griega: Afrodita y las ninfas escondidas tras las nubes. Era un vestíbulo de esos en los que se detenían los turistas para tomar fotos delante de los enormes arreglos florales. Peonías en febrero. Incluso a la una de la mañana había gente dando vueltas sin rumbo, y una fila de hombres y mujeres jóvenes vestidos con elegantes trajes negros esperaban tras los mostradores de mármol para prestar ayuda. Por lo menos, el bar cerraba. El personal de recepción pasaba ahí toda la noche.

Franny y Leo tuvieron un momento para examinar su reflejo en las puertas de latón del ascensor después de que ella pulsara la flecha que señalaba hacia arriba.

—Me parece que no pegas mucho conmigo —dijo él, encantado por la historia que sugería la imagen de ambos. Leo empezaba a oscilar y vio como se mecían sus reflejos de izquierda a derecha, de derecha a izquierda.

Franny le susurró que se quedara quieto. Los números se encendieron a medida que el ascensor se acercaba —cinco, cuatro, tres, dos— y las puertas se abrieron.

—Andando —dijo Franny, e intentó que entrara solo en el ascensor sin grandes esperanzas.

Él la miró.

—¿Andando adónde?

—Al ascensor, como has dicho.

Pero él no dejó de apoyarse en ella lo más mínimo y a Franny le pareció que no fingía. No se sentía capaz de entrar en el ascensor sin su ayuda. Leo Posen no dijo nada. Las puertas empezaron a cerrarse y, en una arriesgada exhibición de equilibrio, Franny hizo que se abrieran de nuevo con un pie.

—Vale —dijo Franny, aunque estaba hablando sola—. Vale, vale, vale. —Tiró de él y entraron los dos y las puertas se cerraron—. ¿En qué piso estás?

—No tengo ni idea. —Sus palabras eran claras pero pesadas, como balas de cañón sobre el polvo.

—¿Tienes una habitación en este hotel?

—Claro que sí —contestó él, ligeramente a la defensiva, lo que sembró la duda en Franny.

Las puertas empezaron a abrirse de nuevo y Franny pulsó el botón para cerrarlas y luego el correspondiente al piso 23. Existía el piso 24, pero era una buhardilla con llave propia.

—¿Llevas alguna llave en el bolsillo? Búscala.

—¿No quieres que te vean conmigo?

Franny apoyó a Leo Posen en un rincón del ascensor, donde mantuvo el equilibro sin dificultad. Le registró los bolsillos de la americana: los exteriores, el interior, y luego los del pantalón. Caroline y ella jugaban a ese juego con su padre en verano: cómo interrogar a un sospechoso, cómo cachearlo, cómo abrir un coche cerrado. A Fix le parecía que así les enseñaba los procedimientos policiales. En los bolsillos de Leo Posen encontró un pañuelo doblado (planchado y sin iniciales), un par de gafas de lectura, un tubo de caramelos de menta (faltaban dos), un resguardo de equipaje de un vuelo a Los Ángeles y su cartera. Se dispuso a examinarla. Las llaves de los hoteles ahora eran como tarjetas de crédito y algunas veces la gente las guardaba en la cartera.

—Eh —insistió Leo en un tono de ligera diversión que iba camino de desaparecer—. ¿No quieres que te vean conmigo?

El ascensor anunció su llegada con un discreto tintineo. Las puertas se abrieron y mostraron el enorme distribuidor del piso 23: contenía un gran sofá en forma de rombo con asientos en los cuatro lados, un espejo de dos metros y un teléfono antiguo sobre una mesa. Franny dio un golpe en el botón del quinto piso.

—No quiero que me vean contigo.

Posen se palpó los bolsillos de la americana para ver si Franny había pasado algo por alto.

—Te estoy molestando.

—Me has dejado de forma ostensible una propina muy generosa en la barra y ahora voy contigo a tu habitación. Es motivo de despido.

Por supuesto, llegado el caso podría recurrir a la ayuda legal de la Universidad de Chicago, donde alumnos del tercer curso ofrecían asesoría gratuita que valía exactamente lo que cobraban por ella. Tenía amigos. Podría hacer que su caso tuviera prioridad. Podría explicarles que la habían echado por prostitución cuando estaba haciendo lo que cualquier estudiante de literatura habría hecho: acompañar a Leo Posen sano y salvo a su habitación (¿era convincente? ¿Habría muchas estudiantes de literatura que quisieran acostarse con Leon Posen? ¿Y ella? En aquel momento, no. No, no quería). Al fin y al cabo, a la universidad le interesaba que conservara su trabajo para que pudiera saldar su deuda, pensó. Pero en ese momento recordó que ya no les debía el dinero a ellos: su préstamo había cambiado de manos, se había vendido dos veces y ahora pertenecía al Farmers Trust de Dakota del Norte. Su préstamo sí se había visto obligado a prostituirse. El quinto piso llegó y se fue: las puertas se abrieron a otro distribuidor idéntico y luego se cerraron. Volvieron al veintitrés. ¿Alguien del vestíbulo recelaría de los movimientos del ascensor? En la cartera había un permiso de conducir de Pensilvania a nombre de Leon Ariel Posen; tarjetas American Express, MasterCard, Visa, Admirals Club y de la biblioteca de Pasadena; varias fotos de escuela de una niña pelirroja que iba envejeciendo a medida que Franny pasaba de una a otra;

recibos doblados que no desdobló... y una llave del hotel Palmer House. Encontrada. Franny la miró, el agradable color verde oscuro, el nombre del hotel impreso en una caligrafía recargada, una banda magnética en la parte posterior que podría abrir una de las habitaciones del hotel.

—¿Cuál es el número de la habitación?

—Ochocientos doce.

Las puertas se abrieron de nuevo. Hola, veintitrés. Franny pulsó el ocho.

—Antes has dicho que no lo sabías.

—Antes no lo sabía —dijo él, mirando a lo lejos. El paseo no le estaba sentando bien. Las pequeñas sacudidas de cada vez que paraba o se ponía en marcha, los centímetros del recorrido más rápidos para recordar al pasajero el cable del que colgaba la caja. Quizá se había acordado del número solo para volver a pisar tierra firme. Las puertas se abrieron de nuevo y Posen intentó salir, como si quisiera avanzar sin su ayuda. Ella le pasó el brazo por los hombros de nuevo. Franny, vestida con un abrigo hecho para soportar veinte grados bajo cero, tenía calor. El rostro le brillaba de sudor. Le corría sudor por la parte posterior de las piernas y dentro de los zapatos.

—No perderás tu empleo —dijo él en voz baja, cosa que Franny le agradeció. No todos los borrachos eran capaces de controlarse así—. Les diré que somos amigos, eso es lo que somos.

—No estoy muy segura de que aprecien nuestra amistad —contestó Franny. Los pasillos, al igual que el distribuidor, estaban completamente vacíos. Tanto espacio desaprovechado era una forma de lujo muy del Viejo Mundo. Nunca había subido y tenía la sensación de estar cometiendo algún tipo de allanamiento de morada. Los pasillos eran interminables, como si no tuvieran punto de fuga, y de las paredes colgaban fotografías en blanco y negro de personajes famosos en su mejor momento: Dorothy Dandridge, Frank Sinatra, Judy Garland. Avanzaron y avanzaron. Franny los iba mirando: hola, Jerry Lewis. La alfombra era mareante, una mezcla de plumas de pavo real en amarillo y naranja y rosa y verde. Era difícil mirarla durante mucho rato, y eso que ella estaba sobria. Seguro que no combinaba nada bien con el *whisky*. En el pasillo había una bandeja del servicio de habitaciones con los restos de un sándwich Reuben, unas patatas fritas dispersas, una rosa en un jarrón pequeño, una botella de vino invertida en un enfriador de plata... 806, 808, 810, 812. Ya estaban en casa. Movió la cadera para que Leo Posen se apoyara en ella, y metió la llave en la cerradura. Una lucecita roja se encendió dos veces y se apagó.

—Joder —murmuró Franny, y lo intentó de nuevo. Luz roja.

—¿Y si me voy a tu casa?

—No puede ser.

—Podría dormir en el sofá.

—Es que precisamente yo duermo en el sofá —contestó Franny. Excepto las noches que dormía con Kumar, que no eran muchas porque no tenían una relación muy estrecha. Era un amigo. Franny necesitaba una casa.

—Ochocientos doce —dijo él, enderezándose un poco—. Ese es el número.

Franny pensó en llevárselo al bonito sofá en forma de rombo; un sitio para descansar si la espera del ascensor resultaba muy cansada. Era muy grande. Podía dejarlo ahí. Podía bajar y llamar a recepción desde un teléfono interior, decir que había visto un hombre durmiendo en el sofá del piso 18.

—Mil ochocientos doce.

Franny negó con la cabeza.

—Estás pensando en la obertura de Tchaikovsky. O en la guerra angloamericana. Pero tu habitación no es la 1812.

Leo Posen meditó unos instantes sobre lo que le decía, sin dejar de mirar la puerta cerrada que tenían delante.

—Quizá sí estaba pensando en la guerra —reflexionó—. ¿Podríamos parar un rato? Tengo que descansar un poco.

—Yo también —contestó Franny. Había puesto el despertador a las cuatro y media y no estaba dispuesta a subir al piso 18. Como si le daba por meter la tarjeta en todas las puertas del hotel.

—Pareces nerviosa —dijo él con voz somnolienta—. ¿Alguna vez has tenido problemas? —Parecía sentirse cada vez más cómodo con el modo en que apoyaba el peso sobre los hombros de Franny, y seguía moviendo los pies con torpeza, así que esta tenía la sensación de ir arrastrándolo por un sendero rocoso. Franny pasó por delante del banco del ascensor y siguió caminando.

—Los estoy teniendo ahora mismo —contestó Franny. Le daría una última oportunidad y lo dejaría. No podría reprochárselo. De hecho, ni siquiera la recordaría. Si se caían en el pasillo, ahí se quedarían. Era un palmo más alto que ella y cuarenta kilos más pesado. La aplastaría, le rompería el tobillo o la muñeca y no los encontrarían hasta que pasara el chico que metía las facturas por debajo de la puerta a las tres de la madrugada. No tenía seguro médico. Cuando llegaron a la habitación 821, Franny sacó la tarjeta del bolsillo del abrigo y la metió en la cerradura. Lanzó un destello rojo, otro destello rojo y, finalmente, uno verde. El pestillo soltó un chasquido y Franny movió el tirador. Ochocientos veintiuno. Le alegró saber que, al menos, se había dado cuenta del motivo de los errores.

Leo Posen no había dejado ninguna luz encendida. Franny lo arrastró hasta la cama y lo sentó en el borde mientras encendía la lamparilla. Una habitación bonita, un cabecero acolchado, cortinas pesadas, un elegante escritorio de imitación ante el que se podría sentar un famoso novelista y escribir una novela. En conjunto, una habitación demasiado agradable si el único objetivo era acoger a un borracho. Había una pequeña maleta sobre una silla con un abrigo en el respaldo. El servicio de habitaciones había pasado antes que ellos y había abierto la cama, dejando a la vista las almohadas blancas, las sábanas blancas, un sobre abierto tan invitador que, por unos momentos, Franny se preguntó si alguien se daría cuenta si se acostaba en el otro extremo de la enorme cama durante una hora. Si encontraban pelos suyos en la almohada le sería bastante más complicado defenderse legalmente de una acusación de prostitución.

—Ayúdame con este brazo.

Leo Posen se inclinó hacia delante y echó el brazo hacia atrás, de manera que Franny pudo quitarle la americana. No era la primera vez que lo ayudaban. Exhalo un suspiro largo y cansado, como si todo el peso del mundo hubiera caído sobre él.

Franny dejó la americana encima del abrigo y se inclinó para quitarle los zapatos. Leo Posen llevaba unos bonitos zapatos de cordones, brillantes y de piel tan fina y gastada que parecían guantes. Los dejo lo bastante lejos de la cama como para que no tropezara con ellos durante la noche. Luego le cogió los pies, los alzó y los puso en la cama mientras le daba la vuelta a todo el cuerpo. Ni se le ocurrió quitarle los pantalones o el cinturón.

—La próxima vez lo haré mejor —dijo él, hundiéndose en las sábanas suaves y frescas, las cálidas mantas.

Franny le puso una mano sobre el hombro para atraer su atención un instante.

—Que duermas bien —dijo con una voz tan suave como las almohadas porque, ahora que todo había pasado y estaba sano y salvo en la cama, volvía a sentir aprecio por él. Lo tapó.

—¿No puedes quedarte un poquito más? —preguntó sin ningún pudor, con toda tranquilidad, y a Franny le pareció que aquella era la principal diferencia entre un hombre y una mujer. Tenía los ojos cerrados y al final de la frase estaba ya dormido, de manera que Franny ni siquiera contestó. Lo tapó con la colcha y apagó la luz, después se sentó en el borde de la cama en plena oscuridad, en el extremo opuesto, y se cambió de zapatos. Llevaba unos zapatos planos en el bolso. Las suelas de los zapatos de trabajo solo habían pisado la alfombra del hotel y parecían nuevas. Los usaría durante años.

* * *

Si alguien hubiera preguntado a Fix Keating y a Bert Cousins en qué cosas coincidían, ninguno de los dos habría sido capaz de hacer una lista. Sin embargo, sin que lo hubieran hablado (nunca habían hablado de nada), ambos habían decidido que Caroline y Franny debían estudiar Derecho. Las chicas eran todavía muy pequeñas cuando se les ocurrió la idea, Caroline iba al colegio y Franny todavía dormía con muñecas, pero Fix y Bert habían diseñado el futuro como generales, cada uno en su campo. Ni Caroline ni Franny mostraban el menor interés por la historia de los Estados Unidos. Tampoco eran especialmente dadas al pensamiento racional. No destacaban por su capacidad para debatir, aunque poseían una energía ilimitada para gritarse la una a la otra. Pero no se trataba de lo que habían visto en Caroline o en Franny, sino de lo que habían visto en sí mismos.

Bert había puesto las mismas esperanzas en todos los chicos de la familia, incluso en Jeanette, que al menos podría dedicarse a la documentación de títulos de propiedad si conseguía terminar la carrera. El hecho de que esperara lo mismo de todos hacía que se considerara un hombre justo y sin favoritismos, y el tener un plan con tantos años de antelación le parecía que era garantía de cierto éxito. Al fin y al cabo, los Cousins se dedicaban al derecho. El bisabuelo de Bert había sido abogado de los ferrocarriles de Pensilvania y su abuelo había sido juez de un tribunal de primera instancia. El padre de Bert, William Cousins, al que llamaban Bill, se había dedicado al derecho inmobiliario para varias agencias de Charlottesville y se había ocupado, sobre todo, de redactar contratos para amigos que compraban grandes extensiones de tierras de cultivo en Virginia, esperaban a que se recalificaran los terrenos y los vendían para edificar pequeños centros comerciales. Era una buena fuente de ingresos que Bill abandonó pronto, después de que su esposa heredara de un tío sin hijos los derechos de explotación de la Coca-Cola para la mitad del estado de Virginia. A Bill Cousins le gustaba plantarse en mitad del cuarto de estar de su casa, mirar por la ventana hacia las hileras de nobles sicomoros que bordeaban el camino de entrada y pensar que el mundo era un lugar hermoso que no debería cambiar nunca.

Bert tenía la convicción jefersoniana de que un conocimiento básico del derecho era la base del éxito en la vida, de modo que confiaba en que, aunque alguno de sus hijos quisiera estudiar Enfermería o Magisterio, primero sacaran un título en Derecho. Esta convicción de que toda persona inteligente o interesante tenía que tener un conocimiento legal mínimo había sido un problema en sus dos matrimonios.

El punto de vista de Fix sobre la ley era más sencillo: quería que sus hijas estudiaran Derecho porque los abogados ganaban dinero. Si Caroline y Franny ganaban dinero por sí mismas, sería menor la probabilidad de que abandonaran a su marido por otro más rico. Fix estaba convencido de que la historia se repetía y nunca intentó disimularlo. Si había pasado una vez, bien podía volver a suceder, qué demonios.

Cuando Caroline tuvo trece años y Franny diez, Fix les compró sendos manuales de preparación para el examen de acceso a la Facultad de Derecho. Los envolvió en papel metalizado rojo y los envió a Virginia para Navidad junto con los regalos habituales que Marjorie había elegido: juegos de mesa, un conejito de peluche, un juego de acuarelas, un jersey, dos cajas de música.

—Es un poco disparatado, pero no me parece mala idea —comentó Bert, cogiendo el ejemplar de Franny mientras ella registraba los montones de papeles de envolver arrugados en busca de algún regalo perdido bajo el árbol.

—¿Lo dices en serio? —preguntó Beverly. Llevaba una bata hasta los pies de terciopelo verde oscuro, un regalo de Navidad cosido por su propia madre que a cualquier otra madre del mundo le habría sentado fatal, pero que a ella le daba un aire asombrosamente chic.

—Aunque solo lean un capítulo al mes, que no es gran cosa —dijo Bert, ojeando el índice—. No tienen ni que entenderlo, basta con que se familiaricen con el vocabulario, así conseguirán sacar una buena ñota más adelante.

Todavía tenía que trazar sus propios planes para formar a toda una familia de abogados, pero la iniciativa de Fix le parecía un buen punto de partida.

Caroline, vestida con un pijama de renos de franela roja, estaba dividida entre el deseo de enviar a la mierda a Bert y la conciencia de que el regalo era de su padre. Decidió que miraría el libro luego, cuando Bert no estuviera por ahí, para no darle ese gusto. Franny, por su parte, estaba abriendo un ejemplar de *Un árbol crece en Brooklyn,* regalo de su abuela. Desde la primera frase, incluso por el simple aspecto de las palabras de la primera página, tenía claro que eso sería lo que leería en las vacaciones de Navidad y no un libro de preparación a una Facultad de Derecho. Pero, cuando su padre llamó aquella misma mañana para desearles felices Navidades y decirles que era lo que más echaba de menos en este mundo y ojalá pudieran estar juntos (lo que hizo que se echaran a llorar cada una en un teléfono, Caroline en el de la cocina y Franny sentada en el suelo junto a la cama de Bert y de su madre), también les dio la noticia de que se había matriculado en Derecho. A partir del mes de enero, Fix Keating iría a las clases nocturnas de la Facultad de Derecho de Southwestern. Los estudios nocturnos duraban cuatro años en lugar de tres, pero no importaba, también Dick Spencer había cursado así la carrera. Le habría gustado haber empezado antes, como Dick, pero uno no puede pasarse la vida lamentando cosas.

—Si hubiera empezado a vuestra edad, ahora sería socio de algún bufete —dijo a las chicas. Por las mañanas le gustaba cantar «De unos abogados, en un despacho, trabajé unos meses cuando era un muchacho»—. Vosotras tenéis todo el tiempo del mundo para estudiar. Si empezáis ahora y yo también, podremos estudiar juntos cuando vengáis el verano que viene.

Estaban en vacaciones de Navidad y Franny no quería estudiar ni comprometerse a estudiar en verano. Fix les había dicho que las llevaría al lago Tahoe ese verano y alquilarían un pontón desde el que se podrían bañar. No estaba dispuesta a cambiarlo por pasar las vacaciones sentados alrededor de la mesa de la cocina haciéndose preguntas como si fuera un examen gigante.

Pero, cuando Caroline colgó el teléfono, ella sí se habría matriculado en ese mismo instante. Se fue a su habitación con el manual Kaplan bajo el brazo y cerró la puerta. Estudiaría Derecho con su padre.

Franny se sonó, se secó lo ojos y volvió al cuarto de estar. Su madre estaba metiendo los retazos de papel y los fragmentos de cintas rizadas en un bolsa de basura mientras Bert, sentado en el sofá, tomaba un café y contemplaba la estampa navideña: el árbol de Navidad, su bella esposa, el fuego en la chimenea, la dulce hijastra.

—Papá va a matricularse en Derecho —anunció Franny mientras se acomodaba con su novela en el sillón azul—. Por eso quiere que nosotras también estudiemos. Quiere que vayamos con él.

Beverly se incorporó sin soltar la bolsa llena y ligera.

—¿Fix va a estudiar Derecho?

Bert negó con la cabeza.

—Es demasiado mayor.

—No lo es —dijo Franny, contenta de poder dar explicaciones—. Irá igual que Dick Spencer. —A Franny le caían bien los Spencer, que los invitaban a comer en Lawry's todos los veranos cuando estaban en Los Ángeles.

A Bert el nombre le sonaba vagamente: se trataba de Dick Spencer, el ayudante del fiscal del distrito que había sido antes policía; en realidad, era Dick Spencer quien lo había invitado a una fiesta de bautizo en casa de Fix. La fiesta del bautizo de Franny.

—¿Y adónde irá? —preguntó Bert. Creía recordar que Spencer había estudiado en UCLA.

—A la facultad de Southwestern —contestó Franny, impresionada por recordar ese dato.

—Dios bendito —dijo Bert.

—Bien —dijo Beverly, apartándose un mechón rubio de los ojos —. Estupendo, me alegro por él.

—Por supuesto —dijo Bert—, pero le va a costar eso de ir a estudiar después de un día de trabajo. No sé cuándo tendrá tiempo para estudiar.

Franny lo miró con el cabello largo y rubio despeinado. En su prisa por abrir los regalos no se había molestado en peinarse.

—¿Tú no fuiste a la Facultad de Derecho?

—Por supuesto —dijo Bert—. Fui a la Universidad de Virginia. Pero no estudié en nocturno, sino como todo el mundo.

—Entonces no sería tan difícil —dijo Franny. Estaba orgullosa de su padre, que haría dos cosas a la vez. Las monjas le habían hecho creer que Dios prefería a la gente que se complicaba la vida.

—Era bastante difícil —dijo Bert, y tomó un sorbo de café.

Caroline bajó las escaleras y cruzó el cuarto de estar sin hacer ruido, de camino a la cocina para coger un segundo trozo de pastel de Navidad con la idea de que la ayudaría a estudiar.

—Así que tu padre va a estudiar Derecho —comentó Beverly con una sonrisa—. Qué bien.

Caroline se detuvo en seco como si su madre le hubiera disparado en el cuello un dardo lleno de neurotoxinas. Su rostro reflejó una mezcla de horror y rabia. El daño estaba hecho y era ya demasiado tarde para reparar el error.

—¿Se lo has contado? —preguntó Caroline, volviéndose hacia Franny con toda su rabia.

—Yo no… —empezó a decir Franny con un hilillo de voz que se extinguió de inmediato. Quería decir que no sabía que no pudiera decirlo, o que no sabía que fuera un secreto, pero las palabras se le secaron en la boca.

—¿Crees que papá quería que ellos lo supieran? ¿Por qué entonces no nos ha dicho que quería hablar con ellos?

Caroline se precipitó hacia Franny y golpeó el huesudo hombro de su hermana con la mano abierta; esta se cayó de la butaca, se desplomó sobre un brazo y se hizo daño en los dos, tanto en el que había recibido el golpe como en el que había soportado su peso. Franny se dio cuenta de que Caroline estaba furiosa con ella, más que de costumbre. Casi nunca le pegaba delante de los demás.

—Joder, Caroline —exclamó Bert, dejando la taza—. Para. Beverly, no permitas que pegue a Franny de esta manera.

Qué difíciles son las Navidades. Los cuatro formularon el mismo pensamiento de distinta manera. Beverly retrocedió imperceptiblemente. A nadie le gustaba ver que pegaban a Franny, pero lo cierto era que Beverly tenía miedo de su hija mayor y no intervenía, a menos que hubiera sangre.

—A mí no me digas nada —exclamó Caroline dirigiéndose a Bert, escupiendo las palabras —. Díselo a tu chivata.

Franny estaba llorando. A la hora de dormir el golpe de su hermana sería ya un morado. Caroline dio media vuelta y subió las escaleras pisando con fuerza; cada paso parecía un golpe. Tendría que estudiar sin pastel.

En cuanto Fix se matriculó en Derecho, sus conversaciones con las chicas pasaron a centrarse en todo tipo de delitos civiles.

—La señora Palsgraf estaba en la estación de tren de East New York Long Island esperando junto a una escalera mecánica —decía con tono intrascendente, como si les estuviera comentando la historia de su vecina. En realidad, solo se lo contaba a Caroline porque Franny había colgado el teléfono y había vuelto a la lectura de *Kristin Lavransdatter.* Durante las «Escuelas de Derecho de Verano», tal como las llamarían más tarde, Caroline y Fix se sentaban junto a la mesa de la cocina y Fix le exponía los distintos casos. Les decía que, si era capaz de explicarles un caso, entendía mejor el contenido legal del asunto—. La gente dice que la Facultad de Derecho sirve para enseñar a pensar, pero no es así. Es para enseñar a memorizar. —Levantó la mano y contó con los dedos—: «Negligencia, muerte culposa, invasión de la privacidad, difamación, violación de la propiedad…».

Caroline tomaba notas, Franny leía. Franny aprovechó el tiempo que pasaba estudiando su padre para leer *David Copperfield* y *Grandes esperanzas,* todo Jane Austen, las hermanas Brönte y, finalmente, *El mundo según Garp.* Caroline y Fix siempre habían estado muy unidos, pero ahora que tenían para debatir las diez excepciones de las normas que regían la composición de un jurado lo estaban todavía más. Caroline y Fix coincidían en que no había nada más aburrido que la ley de la propiedad, con un exceso de detalles y pocos razonamientos que les sirvieran de ayuda. No quedaba más remedio que avanzar penosamente por los casos con repeticiones interminables buscando algún truco mnemotécnico. ¿Qué es una oferta? ¿Qué es una aceptación? ¿Qué es un contrato? ¿Qué crea una tercera parte beneficiaria? El derecho de propiedad exigía una atención vigilante.

—Es una buena cosa que vayamos a tener dos abogados en la familia —dijo Fix a Franny la hora de la cena, refiriéndose a Caroline y a sí mismo—. Alguien va a tener que ganar dinero para comprarte todos estos libros.

—No cuestan dinero —contestó Franny—. Los saco de la biblioteca.

—Bien, gracias a Dios que hay bibliotecas —contestó Caroline.

Resultaba asombroso cuánta condescendencia podía caber en la frase «Gracias a Dios que hay bibliotecas». Fix se echó a reír y luego se calló. A Franny le pareció que reía sin ganas.

Fix había preferido a Caroline incluso antes de que empezara a estudiar Derecho. Como era mayor, habían tenido tiempo de convivir y conocerse antes del divorcio. También era porque el odio que Caroline sentía por Bert ardía como una llama y porque ponía todo el empeño en amargarle la vida a su madre y después contárselo a su padre. Fix le decía que no se tomara las cosas a la tremenda, pero, al mismo tiempo, disfrutaba con los detalles de su reportaje. También le habría gustado tener la oportunidad de amargarle la vida a Beverly. Caroline se parecía Fix: pelo castaño, piel que se bronceaba y adquiría un tono dorado en cuanto pisaban la playa. Franny se parecía demasiado a su madre: era demasiado rubia, delicada y descoordinada. Demasiado bonita y, al mismo tiempo, menos que su madre. Cuando su padre llevaba a las niñas al callejón situado tras la tienda de comestibles a las seis de la mañana con las raquetas y las latas de pelotas de tenis nuevas, Caroline le daba hasta veintisiete veces sin fallar. Zas, zas, zas sobre el muro que era la pared posterior del supermercado, moviendo los brazos con una gracia intuitiva. Franny, como mucho, le daba tres veces seguidas. Y eso solo había sucedido una vez. Pero la verdadera diferencia entre Caroline y Franny era que la primera se esforzaba en todo. Se lo tomaba todo en serio. Se tomaba en serio el derecho, el frontón, las notas de clase en asignaturas que ni le gustaban. Se tomaba muy en serio lo que su padre decía sobre su madre, lo que decía de cualquier cosa. Franny solo quería volver al coche y leer a Agatha Christie, y la mayoría de las veces le dejaban hacerlo.

Después de que su padre terminara la segunda jornada de examen de acceso a la profesión en California, llamó a las chicas a Virginia para decirles que la gente estaba muy loca. Llegaban al examen cargados con sus sillas, con lámparas que les daban suerte. Un tipo era tan supersticioso que llegó con un amigo y metieron a rastras un escritorio. ¡Locos! El examen era largo y difícil, como correr desde el parque MacArthur hasta la academia de policía en verano, pero para eso estaban los ensayos, así, cuando llega el momento de hacerlo, uno está preparado. Fix estaba preparado y ya había hecho el examen. Ya estaba hecho.

Franny se lo contó a Bert. Entró en su estudio, cerró la puerta antes de que él se lo dijera y se lo contó con voz tranquila: «Papá ya ha hecho el examen para ejercer como abogado».

Franny y Bert se llevaban bien, incluso cuando Bert y Beverly dejaron de llevarse bien y a pesar de que Caroline y Bert nunca se hubieran llevado bien. Bert levantó la vista de un montón de archivos que tenía delante.

—¿Ha aprobado?

—Acaba de hacer el examen, pero estoy segura de que aprobará —contestó ella. Cuatro años sin hacer nada más que trabajar, estudiar e ir a clase, de sacrificar todas sus vacaciones y todo su dinero: tenía que aprobar. No era posible que no aprobara.

Bert negó con la cabeza.

—En California el examen es muy duro. Mucha gente tiene que repetirlo.

—¿A ti te costó dos veces?

Bert, que tendía a ser presuntuoso con cualquiera, era amable con Franny. La miró, miró los hombros derechos de Franny y negó con la cabeza, como si lo sintiera, y luego volvió a su trabajo.

Fix no aprobó el examen.

Fue Marjorie quien llamó y se lo dijo a las niñas.

—Nadie aprueba a la primera. Conozco a muchos abogados y todos dicen que no importa. Vuestro padre tendrá que volver a presentarse. La segunda vez uno ya sabe a qué se enfrenta, es más sencillo.

—¿La segunda vez será el mismo examen? —quiso saber Caroline. Estaba llorando e intentaba no hacer ruido; había puesto la mano sobre el teléfono.

—No lo creo —contestó Marjorie con cierta vacilación—. Me parece que siempre es diferente.

—¿Y qué ha hecho? —preguntó Franny desde la extensión, consciente de que le tocaba a ella seguir con la conversación —. ¿Y qué ha hecho cuando se ha enterado?

Fix había pedido a Franny y a Caroline que rezaran por él en el día del examen, y eso habían hecho. Habían pedido a las monjas del Sagrado Corazón que también rezaran por él y, a pesar de todo, no había aprobado.

—Fuimos a casa de mi madre y preparó una cena rica para tu padre.

—Oh, eso está bien —dijo Franny, porque Marjorie tenía una madre capaz de hacer que cualquiera se sintiera mejor, fuera cual fuera la causa de su malestar.

—Le preparó un *gin-tonic* y un pastel de carne. Le dijo que era una pena que no hubiera pasado el examen, pero podría hacerlo mejor en otra ocasión. Le dijo que para la mayoría de las pruebas que nos plantea la vida solo tenemos una oportunidad. Creo que hizo que se sintiera mejor.

Para preparar el examen por segunda vez, Fix hizo fichas. Conocía a un tipo que lo había hecho para la segunda vez y había aprobado. Fix enseñó a las niñas las fichas ese verano. Las guardaba, clasificadas por temas, en una caja de zapatos. Había más de mil. Caroline las utilizaba para preguntar a su padre incluso cuando iban a lavar el coche. En realidad, no le planteaba la pregunta, sino que le daba la respuesta al tiempo que ocultaba la tarjeta presionando contra el pecho.

—«La doctrina según la cual una persona en posesión sin justo título de un terreno del que otra es propietaria puede llegar a adquirir la propiedad plena si se cumplen ciertos requisitos y el poseedor ilegitimo...»

Franny aguardaba de pie junto a las ventanas del túnel de lavado y seguía con la vista al coche que pasaba bajo los paños colgados del techo (continua), por los chorros de jabón (hostil), el aclarado (abierta y notoria), el difusor de cera (abierta). Dejaba que el lavacoches la llenara, pero ni por esas conseguía que se llevara los cuatro elementos de la posesión ilegítima.

Tan llamativo como las propias fichas fue que no funcionaron, aunque en la segunda ocasión Fix se llevó su propia lámpara de despacho. La madre de Marjorie le preparó otra vez la cena y le dijo que tendría que presentarse por tercera vez, no había motivo para avergonzarse, a mucha gente le pasaba, de modo que Fix se presentó por tercera vez y, cuando no consiguió aprobar, se rindió. Nadie volvió a hablar de la Facultad de Derecho, excepto en lo que concernía a Caroline y a Franny.

Cuando Caroline hizo el examen de acceso a la facultad tras estudiar dos años en Loyola College, su manual Kaplan estaba ya reparado con cinta adhesiva, subrayado en tres colores y lleno de notas. Los opositores son supersticiosos, de modo que mientras ponía cuidado en leer versiones actualizadas en sus grupos de estudio, en la cama de su dormitorio antes de irse a dormir leía el ejemplar que su padre le había enviado por Navidad a Virginia. La teoría que compartían Fix y Bert acerca de que tantos años de preparación darían como resultado un examen perfecto no fue exacta: Caroline Keating sacó 177 puntos en lugar de los 180 posibles. No sabía cómo había podido fallar esos tres puntos, pero nunca se lo perdonó.

* * *

Casi dos semanas después de que Franny dedujera milagrosamente que Leo Posen se alojaba en la habitación 821, lo metiera en la cama y saliera del hotel sin que nadie se diera cuenta, recibió una llamada telefónica en el bar. Eran las seis y diez; todas las mesas estaban llenas y todos los taburetes ocupados.

La gente aguardaba de pie, copa en mano, riendo y hablando en voz muy alta mientras esperaban que se desocupara algún asiento. Otra de las camareras, una chica llamada Kelly, divorciada y con un hijo, le puso la mano en los riñones y, rozándole la oreja con los labios pintados, le murmuró el aviso. Todo lo que hacía aquella gente era íntimo, incluso dar recados.

—Teléfono —susurró bajo el estruendo.

Franny nunca había recibido una llamada telefónica en el bar. A Kelly, en cambio, la llamaban todo el rato su exmarido, la canguro y su madre, que algunas veces cuidaba del niño. No pasaba día sin que este se enfrentara a alguna necesidad perentoria. Franny pensó rápidamente en todas las personas que podían morirse y se dio cuenta de que no tenía la menor idea. Había tanto ruido en la sala: las voces competían entre sí, el eterno tintineo de los vasos, Luther Vandross en la maldita cinta, lo que implicaba que luego vendría Bing Crosby. Heinrich sostenía el teléfono con el brazo extendido, como si fuera un trozo de carroña de la carretera, sin dejar de hablar con un cliente. Mantenía la barbilla un poco baja, abreviatura de un gesto que indicaba desaprobación. No hacía falta que lo dijera. Franny se llevó la mano al otro oído como si pudiera quitar el ruido.

—Hola, soy Leo Posen —dijo la voz.

—¿De verdad? —preguntó Franny. Si hubiera pensado un poco, habría dicho otra cosa. Había releído *Primera ciudad* después de acompañarlo a la cama y por ese motivo lo había tenido muy presente. Franny dudaba de que él recordara nada de aquella noche y, aunque algo recordara, ni se le había pasado por la cabeza que pudiera volver a tener noticias suyas. La idea de que Leo Posen pudiera llamarla por teléfono exigía un nivel de autoestima que Franny Keating no poseía.

—Debería haber llamado antes.

—¿Por qué? —preguntó ella.

—Te puse en una situación comprometida y no te he preguntado si habías tenido algún problema.

—No, no tuve ningún problema —contestó Franny. Miró por el bar e imaginó que sus personajes estaban bebiendo por ahí, el mismísimo Septimus Porter sostenía un vaso alto y sus hijas causaban todo aquel estruendo.

—No te oigo.

—He dicho que no tuve ningún problema. Aquí hay mucho ruido, es la *happy hour*. —Heinrich la miraba fijamente y Franny tapó el micrófono con la mano—. Es Leon Posen —le dijo, pero él se limitó a mover la cabeza y a apartarse.

—¿Puedes venir a Iowa City el viernes?

—¿Iowa?

—Tengo que ir a una fiesta y me ha parecido que podría gustarte.

Se calló unos momentos y Franny hizo un gran esfuerzo por escuchar, pero había demasiado jaleo en el bar. Aplastó el auricular con más fuerza contra su pobre oreja.

Finalmente, Posen volvió a hablar.

—En fin, no es cierto. Creo que no te gustará, pero pensaba que podría soportarla si vienes. Te reservaré una habitación en el hotel. No es el Palmer House, pero estará bien para una noche.

—No tengo coche —dijo Franny.

—¡Te envío un billete de autobús! Eso es todavía mejor. Con el tiempo que hace por aquí nunca se sabe. Me inquietaría pensar que tienes que conducir. ¿Te importa venir en autobús? Puedo enviarte el billete al hotel. Franny del bar de Palmer House, ¿cómo te llamas de apellido?

Vio que en el otro extremo del bar un hombre sentado a una de las mesas alzaba un vaso y lo agitaba. Jamás había que llegar a la situación de que un cliente tuviera que luchar por que le sirvieran otra copa.

—Keating. Oye, tengo que darme prisa —dijo, con los ojos fijos en ese vaso y en el modo en que el hielo brillaba sobre la cabeza de la gente—. Otra vez corro el riesgo de perder el trabajo. Puedo ir en autobús.

A Franny le tocaba trabajar ese día, pero nunca era difícil encontrar a alguien para hacer un viernes. Ese era el día de las buenas propinas y, en cuanto se cambió el turno, lo lamentó. Aunque no tuviera que pagar el billete de autobús o la habitación, el viaje le iba a costar dinero.

—Quiere acostarse contigo —le dijo Kumar cuando le contó lo de la llamada. Seguía despierto cuando Franny llegó del trabajo, sentado a la mesa de la cocina entre montones de libros y papelitos con notas.

No parecía en absoluto abrumado, aunque tenía que enviar esa misma noche un análisis de un artículo de cien páginas con un centenar de notas. No tenía energía para pensar en Franny y menos todavía para acostarse con ella.

Kumar tenía razón, por supuesto (¿por qué otro motivo haría ir a una camarera desde otro estado?), pero, por alguna razón, Franny no lo sentía así. Había esperado dos semanas para llamarla, ¿qué significaba aquello? ¿Que había intentado olvidarla y no había podido? ¿Que las camareras de Iowa no estaban dispuestas a follar?

—Quizá le gusta mi cerebro —dijo, y se rio de aquella broma tonta—. Mi compañía encantadora.

Kumar se encogió de hombros con un gesto conciliador, pero no dijo nada.

La noche en que conoció a Leo Posen había despertado a Kumar y le había contado la historia tal como había imaginado previamente. Eran casi las dos de la mañana cuando se metió en su cama en la habitación oscura y lo sacudió por el hombro.

—¡Adivina a quién he conocido! ¡Adivínalo!

A Kumar le gustaban sus libros. Habían hablado de ellos poco después de conocerse; Kumar había examinado los libros de Franny cuando esta fue a la cocina a preparar una cafetera y, cuando regresó con las tazas, él tenía entre las manos el ejemplar de *Septimus Porter*. Dejó a Updike en las estanterías, a Bellow y a Roth.

—¿Lees a Leon Posen? —preguntó, solo para asegurarse de que no se los había olvidado allí algún novio.

Franny y Kumar se habían conocido poco después de llegar a la Universidad de Chicago. Se sentaron juntos en clase de Daños y Agravios y decidieron estudiar juntos. Se hicieron amigos sin darse cuenta de que al poco no tendrían tiempo para la amistad. Ahora que Franny no tenía un céntimo y dormía en su sofá, era difícil saber qué era lo que más le molestaba a Kumar de aquel viaje a Iowa, si que una mujer que le habría gustado bastante, en el momento adecuado, viajara a otro estado para asistir a una fiesta con otro hombre, si habría preferido viajar con ella o si le habría gustado ir en lugar de ella.

Leo Posen la estaba esperando en la estación de autobuses de Iowa City. Llevaba puesto el mismo abrigo corto y un sombrero de fieltro gris y examinaba el horario de autobuses que colgaba de la pared tras una lámina de plexiglás, como si tuviera intención de viajar. Cuando la vio caminar hacia él, le dirigió una sonrisa más amplia y agradecida que las que le había dedicado en el bar.

—No estaba muy seguro de que saliera bien —dijo, mostrando durante unos segundos los dientes inferiores mal colocados. Se acordaría de contarle eso a Kumar porque si tenía intención de acostase con ella, si ese era su plan, la habría recibido con un beso.

—Es un viaje cómodo.

—No me entiendes —dijo con entusiasmo—: pensaba que me pasaría horas muerto de frío, mirando a todas las personas que bajaban de los autobuses de Chicago y que ninguna serías tú. Que tendría que volver más tarde por si me había equivocado con el horario. Y después me sentiría como un idiota, me diría que era ridículo pensar que podía enviar un billete a una desconocida y esperar que esta saliera por la puerta del autobús solo porque esa era mi voluntad. Lo había planeado todo. En realidad, estaba tan seguro de que no vendrías que había pensado en no venir a la estación.

—Habría sido horrible —dijo Franny, dándose cuenta en aquel mismo momento de que no tenía su número de teléfono ni su dirección.

Él negó con la cabeza.

—Me habría sentido fatal, idiota y viejo durante el resto del día, y después iba a llamar al jefe del departamento de la facultad y decirle que, dadas las circunstancias, no podía asistir a su fiesta.

—Bueno —dijo Franny, sin acabar de entenderlo todo—, me temo que te he estropeado los planes.

—¡Claro que sí, desde luego! ¡Has estropeado todo el día! —Se frotó las manos para calentarlas y después las hundió en los bolsillos.

La estación era mucho más agradable de lo que Franny había imaginado, los suelos estaban limpios y no había nadie durmiendo en los bancos de la sala de espera, pero hacía casi tanto frío dentro como fuera, el frío propio de finales de febrero en las praderas del Medio Oeste azotadas por el viento. El empleado que estaba en la taquilla llevaba gorro, guantes y un grueso abrigo.

—¿Quieres ir primero a tu hotel a cambiarte? ¿A descansar?

Franny negó con la cabeza.

—No tengo especial interés. —No tenía ningún sentido que él estuviera tan sorprendido: claro que Franny Keating estaba dispuesta a ir a visitar a Leo Posen. Quizá la pregunta era que en qué medida él se consideraba Leon Posen. Si se veía como un novelista famoso, tendría que haberse dado cuenta de que Franny acudiría, pero, si pensaba en sí mismo como alguien que había conocido a una chica en un bar, en ese caso tenía razón. En ninguna otra circunstancia se habría subido nunca a un autobús para ir a ver a alguien que había conocido en el bar. Tampoco habría acompañado a nadie a su dormitorio. La mera idea le provocó un escalofrío que no tenía nada que ver con la temperatura de la estación de autobuses. Sin embargo, al mirarlo, no tuvo la sensación familiar de haber cometido un tremendo error. Solo vio a Leo y se alegró de estar en Iowa.

Leo le cogió la bolsa de lona que llevaba colgada al hombro, la que había utilizado para llevar los libros de texto cuando era estudiante. Siempre había sido muy pesada. Ahora solo llevaba un camisón, un cepillo de dientes, una muda de ropa y el libro de relatos de Alice Munro que había estado leyendo en el autobús.

—Me parece que no tienes previsto quedarte mucho tiempo —dijo él.

—Solo esta noche.

—En ese caso, te enseñaré un poco de Iowa antes de que anochezca.

—Ya he visto mucho en el autobús mientras venía. Se parece a Illinois, si exceptuamos Chicago.

El viaje había durado cinco horas y media. Entre una y otra historia de Munro, había contemplado los campos nevados atravesados por cientos de miles de tallos rotos de maíz, así como las largas sombras que estos proyectaban a la luz de la tarde. Había apoyado la cabeza en la ventanilla.

Campo tras campo tras campo tras campo y ni una pizca de terreno despilfarrada en algo tan decorativo y banal como un árbol.

—Entonces ya habrás imaginado cómo es el resto —dijo él, y señaló hacia las grandes puestas que conducían al aparcamiento—. En ese caso, te invito a cenar.

Salieron al aire helado, donde una suave capa de nieve empezaba a cubrir las aceras recién limpiadas con la pala.

En el suelo se acumulaba la nieve de días anteriores, al igual que sobre los coches aparcados que nadie había movido y los pequeños arbustos que soportarían el peso de la nieve hasta la primavera. Sentía su propia fragilidad mientras el aire helado arremetía contra su abrigo. No era peor que en Chicago, tal vez incluso hacía un par de grados más, y, con todo, era como atravesar un muro de cristales rotos. Se imaginó a los primeros habitantes del país que cruzaron las praderas con sus caravanas en busca de una vida mejor. ¿Por qué se detuvieron allí? ¿Cojeaban los caballos? ¿Estaban en primavera? ¿Tenían tanta hambre que detuvieron los carros y dijeron «aquí nos quedamos»?

—Cuéntame otra vez por qué esto es mejor que Los Ángeles —pidió Franny. Le habría gustado cogerlo del brazo y apoyarse en él, le habría tapado el viento.

—En Iowa no estoy casado con nadie.

—Esperemos que esa afirmación sea también válida para la mayoría de los estados.

—Eso es lo que me gusta de ti, te tomas las cosas por el lado positivo.

Le puso la mano en la espalda y la guio hacia un restaurante italiano que parecía un bar de carretera.

—Me parece que me he adelantado —dijo Leo, mirando el reloj—. Todavía no es la hora de cenar, sino la de tomar una copa, ¿te va bien? Ya comeremos más tarde.

A Franny le bastaba con abandonar el mal tiempo. El viento se coló por la puerta a sus espaldas y recorrió las mesas con una ráfaga ártica, haciendo que los clientes levantaran la vista.

El restaurante, a diferencia de la estación de autobús, tenía una calefacción entusiasta.

—Me viene muy bien. —Franny se bajó la cremallera del abrigo, desenroscó la bufanda, se quitó el gorro. Llevaba botas con suela y puntera de caucho, forradas con la piel de viejos ositos de peluche. La vanidad no era para el invierno.

La camarera era una mujer que rondaba los sesenta años y llevaba un moño formado por una pila de rizos rubios y un chaleco negro que apenas conseguía contener su busto. Llevaba su nombre, Rae, bordado sobre el pecho izquierdo con letra cursiva.

—Aquí lo tenemos —exclamó Rae—. ¿Buscando un escondrijo antes de ir a trabajar?

—Eso es —dijo Leo.

—Yo he intentado largarme, pero no he podido —dijo Rae, mirando a Franny con ojos brillantes tras las rejas del rímel seco—. ¿Qué vas a tomar, guapa?

—Lo mismo que él —dijo Franny, señalando a Leo con la cabeza—. Y tal vez unos colines y un vaso de agua.

—Buena idea —dijo la mujer mientras cogía una botella de *whisky* del estante que tenía a su espalda—. Así el pan absorbe el *whisky*. ¿No vas a presentármelo?

—¿Pero no os conocéis? —preguntó Franny, confusa. Tuvo la sensación de que la camarera la había confundido con otra persona. Señaló con la mano al hombre que tenía a su lado—. ¿Conoces a Leo Posen?

A los dos les hizo muchísima gracia y soltaron una espléndida carcajada que iluminó el extremo de la barra de aquel restaurante triste y pequeño.

—Yo me llamo Rae —dijo la mujer, y le tendió la mano a Leo, que la estrechó con las dos suyas en un saludo afectuoso.

—Rae me prepara hielo —dijo Leo.

—Lo guardo en una bolsa para congelados. —Rae buscó en el congelador situado bajo la barra y sacó una bolsa en la que había escrito «no tocar» con un grueso rotulador negro—. Está convencido de que Iowa quiere envenenarlo con hielo malo.

—Ya me lo contó —dijo Franny, asintiendo.

—¿Te lo he contado? —preguntó Leo, quitándose la bufanda y el abrigo. También llevaba traje, en esta ocasión azul oscuro, y una corbata de rayas oblicuas.

—¿A quién te tengo que presentar? —preguntó Franny.

—A la audiencia de la conferencia de esta noche —dijo Rae, y utilizó un vaso alto para servirles el hielo—. Los escritores famosos tienen pocos seguidores en casa, pero me gusta ir a oírlos cuando tengo la noche libre. Hace años que voy, así conozco a mis clientes mientras trabajan. ¿Y sabes qué me dicen? Dicen: Rae, deberías ser tú quien escribiera libros.

Leo asintió con sinceridad.

—Deberías escribir.

Rae le dedicó una sonrisa y luego volvió su atención a Franny.

—Algunas veces los críos del programa presentan a los viejos. Hablando de todo, deberías enseñarme tu documentación.

Franny buscó la cartera en el bolso y después le tendió a la camarera el permiso de conducir; esta se sacó unas gafas del bolsillo de los pantalones y examinó el documento, algo que Franny no hacía nunca. Casi nunca pedía la documentación y, cuando lo hacía, daba por hecho que si alguien la mostraba era porque tenía la edad mínima.

Cuando Rae estuvo satisfecha, le tendió los dos vasos y el carnet a Leo.

—Mira esto —dijo—. Frances tiene casi veinticinco años. Si te soy sincera, te echaba diecisiete. Eso es lo que pasa cuando te haces mayor, todos empiezan a parecerte jovencísimos.

Leo cogió los vasos y miró el documento.

—¿La Mancomunidad de Virginia? —preguntó Leo, y dio media vuelta al carnet, quizá preguntándose si indicaba que era donante de órganos—. Pensaba que eras de Los Ángeles.

—Sí, pero aprendí a conducir en Virginia.

—Entonces, si no es alumna tuya y no sabe que tienes que dar una conferencia dentro de veinte minutos, ¿quién es? —preguntó Rae, todavía con tono de broma, pero mirando fijamente a Leo, que seguía examinando el permiso de conducir.

—Es mi camarera particular —contestó él sin prestar mucha atención. Y luego, acordándose, levantó la vista a Rae y sonrió—: Mi otra camarera.

Franny no lo corrigió. La mujer que estaba al otro lado de la barra dejó de prestarle atención. Sirvió Dewar's en dos vasos y los empujó hacia adelante.

—Son ocho —dijo. Los palitos de pan y el agua no eran asunto suyo. El extremo más cálido del bar se estaba llenando de gente, en el punto opuesto a la puerta, y se dirigió hacia allí para atenderlos.

Leo Posen dejo un billete de diez dólares en la barra. Si entendía lo que acababa de pasar con su amiga, la que le preparaba hielo en casa y se lo llevaba al trabajo en una bolsa de plástico, no dio la menor señal. Estaba concentrado en su bebida.

—Tengo que dar una conferencia y después hay una fiesta en mi honor. Es una de las obligaciones. No tengo muchas y aparecen todas por escrito en mi contrato. No tengo que ir a ninguna otra fiesta.

—¿Tenías intención de contarme lo de la conferencia?

Leo negó brevemente con la cabeza.

—Tal como me lo imaginaba yo, no tenía que decirte nada. En primer lugar, no creía que vinieras de Chicago en autobús. Y, si venías, estarías cansada y querrías ir a tu habitación del hotel. Yo siempre estoy cansado cuando llego a un sitio que no conozco. Los viajes me cansan, lo nuevo me cansa, y nunca voy a ningún sitio en autobús, de manera que pensaba que, si venías, te irías directamente a la cama. Está claro que tienes más aguante que yo.

—Pero aunque me hubieras dado esquinazo en el hotel mientras impartías la conferencia y me hubieras recogido luego para la fiesta, ¿no te parece que alguien podría haberme preguntado si me había gustado la conferencia?

Aunque no lo conociera personalmente, habría asistido a una conferencia suya. Y, si hubiera sabido que Leon Posen daba una conferencia en Iowa City, habría acudido en autobús. Kumar se habría sacudido sus responsabilidades como director de la revista de derecho, cosa que no había hecho nunca, para ir con ella. Eso era algo que Leo Posen no entendía.

—Oh, te habrían dicho: «Dios mío, qué conferencia más interminable». Y, por cierto, no estaría dándote esquinazo, sino ahorrándote el tostón. El impulso era amable.

Franny sonrió y Leo Posen miró su reloj y luego estiró el cuello en dirección a Rae. Esta reía con los nuevos clientes en el otro extremo de la barra, dándoles la espalda.

—Eres profesional, ¿qué truco hay para conseguir que la camarera vuelva cuando tienes prisa?

—Llevarla a tu conferencia —dijo Franny—. Funciona siempre.

Leo golpeó la esfera de su reloj como si lo pusiera en duda.

—Es que me vendría muy bien tomar otra copa antes de irnos.

Franny empujó su vaso hacia él. El hielo, fabricado con tanto cuidado, estaba empezando a fundirse y suavizaba el Dewar's con el agua embotellada en alguna antigua fuente francesa.

—Yo no bebo —dijo Franny—. Hago como si bebiera desde hace tiempo, así caigo mejor a los demás.

Leo miró el vaso y después miró a Franny.

—Dios mío —dijo—. Eres una maga.

5

En el pasillo de delante de su apartamento había aparcada una bicicleta desconocida; no estaba permitido dejarlas ahí, pero eso no le daba ninguna pista sobre quién podría ser el dueño. Jeanette abrió la puerta, cargada con las bolsas de la compra que se le clavaban en las muñecas, con el abrigo y las botas pesadas y agobiantes tras los cuatro tramos de escaleras, y se encontró a su hermano sentado en el sofá, con su hijo sobre las rodillas.

—¡Mira, mira! —exclamó su marido. Fodé estaba tan entusiasmado que le dio un abrazo antes de ayudarla a dejar las bolsas de plástico. Bintou, la canguro, corrió para cogerle las bolsas del otro brazo y luego echarle una mano para quitarse el abrigo. Los dos la trataban como si fuera una reina.

—¿Albie? —preguntó Jeanette. No cabía la menor duda de que era su hermano, pero no era lo mismo ver a un muchacho que a un hombre. El pelo de Albie, que había sido una suave maraña de rizos oscuros, ahora era una gruesa trenza, tan larga que Jeanette se preguntó si se la habría cortado desde que se habían visto por última vez. ¿Y de dónde venían aquellos pómulos tan marcados? Según decían, el ADN de la tribu mattaponi corría por la familia de su madre. Quizá los mattaponi habían resurgido en el más joven de los Cousins. Parecía que Albie estuviera haciendo ese papel.

«Mi indio salvaje», decía Teresa cuando Albie corría por la casa gritando. Ahí estaba ahora, tan delgado y tan quieto como un cuchillo.

—Sorpresa —dijo Albie. La palabra era una simple constatación de un hecho que podría haber descrito de otro modo: «Me sorprende encontrarme en tu cuarto de estar y a ti te sorprende verme». Y luego añadió lo que más le había sorprendido—: Tienes un bebé.

Dayo, el bebé, estaba agarrado a la trenza de Albie como si fuera una cuerda. Dedicó a su madre una enorme sonrisa para decirle que estaba contento de que hubiera vuelto a casa y que le gustaba mucho aquel invitado exótico.

—Bufanda —pidió Bintou, y desanudó la lana húmeda del cuello de Jeanette. Se quitó el gorro y sacudió la nieve a medio fundir. Estaban en febrero.

Jeanette se volvió hacia su marido.

—Mi hermano —dijo, como si fuera Albie quien acababa de entrar por la puerta. Parecía una cuestión de pura casualidad que Albie estuviera sentado en el cuarto de estar, como cuando dos hermanos que llevan tiempo sin verse se encuentran en un aeropuerto o en un funeral.

—¡Lo he visto en la calle! —exclamó Fodé—. Se marchaba de nuestro edificio andando con una bicicleta cuando yo volvía del trabajo.

Albie asintió para confirmar aquella historia inverosímil.

—Ha venido corriendo detrás de mí. He pensado que era un loco.

—Nueva York —explicó Bintou.

El entusiasmo por la novedad inundaba a Fodé, lo desbordaba, todavía estaba emocionado.

—Pero yo te he llamado por tu nombre: ¡Albie, Albie! Los locos no te llaman por tu nombre.

Jeanette no quería otra cosa que entrar en casa y pensar un poco. La habitación estaba demasiado llena: Albie y Dayo estaban sentados en el sofá como si fueran invitados mientras ella, Fodé y Bintou seguían de pie. ¿Acababan de entrar o llevaban tiempo esperando? ¿Se habría perdido gran parte de su conversación?

—¿Y andabas por mi calle? —preguntó Jeanette a Albie—. ¿Por la mía precisamente, con todas las que hay en el mundo?

—Venía a verte. He llamado al timbre —aclaró Albie. Y se encogió de hombros como si dijera, bueno, lo he intentado.

—Pero se ha equivocado de timbre —intervino Bintou—. No ha llamado aquí.

Jeanette se volvió hacia su marido. Aquello no tenía ni pies ni cabeza.

—¿Cómo has sabido que era mi hermano? —En el piso no había fotos de Albie, y Fodé no lo había visto nunca, desde luego. Jeanette intentó pensar en cuándo había visto a su hermano por última vez: tenía dieciocho años y estaba subiendo a un autobús en Los Ángeles. Hacía años y años de aquello.

Fodé se echó a reír e incluso Bintou se tapó la boca con la mano.

—Mírate —dijo Fodé.

En lugar de mirarse, Jeanette observó a su hermano. Era la versión exagerada de sí misma: más alto, más delgado, más moreno. No habría dicho nunca que se parecían, a menos que se compararan con los africanos occidentales del cuarto de estar. Era gracioso pensar que alguien del piso se parecía a ella cuando Dayo no se parecía a nadie más que a su padre y a la canguro. Cuando Bintou la recibía en la puerta por las noches con Dayo atado al pecho de modo ingenioso con varios metros de una tela amarilla, Jeanette no podía evitar preguntarse «¿De verdad que este niño es mi hijo?».

—¿Tanto nos parecemos? —preguntó a su hermano, pero Albie no contestó. Estaba intentando desenredar de su pelo los deditos diminutos.

—Quería esperar para verte tan feliz —dijo Bintou, apretando a Jeanette en el brazo—. Ahora me voy, son cosas de familia.

Se inclinó sobre el bebé y lo besó en la cabeza una y otra vez.

—Hasta mañana, hombrecito —y añadió algo más en susu, unas cuantas palabras que parecían un canto destinado a unirlo con sus raíces en Conakri y la madre patria.

—Voy a acompañar a Bintou —dijo Fodé—. Así tendréis tiempo para hablar.

Tenía que dejarlos. No podía seguir conteniendo la buena noticia, su entusiasmo al recibir la visita de un familiar. Se puso el abrigo, el gorro y la bufanda de Jeanette porque estaban ahí mismo, a Fodé le importaba poco que un objeto fuera suyo o de Jeanette.

—¡Adiós, adiós! —dijo, agitando la mano, como si tuviera intención de acompañar a Bintou hasta Guinea. La menor despedida de Fodé estaba llena de ceremonia.

—Explícame esto —dijo Albie en cuanto se cerró la puerta y oyeron alejarse los pasos por la escalera en una animada elegancia de palabras francesas. Fodé y Bintou hablaban francés cuando estaban solos—. ¿Son pareja?

A Jeanette le dolió admitirlo, pero se encontró mejor en cuanto salieron, había más espacio, más aire.

—Fodé es mi marido.

—¿Y tiene dos mujeres?

—Bintou es nuestra canguro. Los dos son de Guinea, los dos viven en Brooklyn. Aunque eso no los convierte en pareja.

—¿Estás segura?

Jeanette lo estaba.

—No hace falta que busques cómo volverme loca, me basta con verte. ¿Mamá sabe dónde estás?

Albie no le hizo caso.

—Entonces, este es tuyo de verdad. —Extendió los brazos tanto como le permitía su trenza y movió a Dayo hacia delante y hacia atrás mientras el bebé reía y agitaba las piernas—. ¿Te imaginas lo que dirían los viejos Cousins? Harían que se lo dieras a Ernestine.

—Ernestine ha muerto —dijo Jeanette. Por culpa de la diabetes: primero, los pies; luego, se quedó ciega. Su abuela había dado parte de las pérdidas de Ernestine en la carta navideña anual hasta que, finalmente, llegó la noticia de la muerte de la cocinera y ama de llaves. Jeanette no había vuelto a pensar en Ernestine desde entonces, y en la clara imagen de su rostro que le vino repentinamente a la memoria vio su propia deslealtad. Ernestine era la única persona en casa de sus abuelos que Jeanette apreciaba.

Albie pensó en la noticia durante unos instantes.

—¿Y alguien más?

Por supuesto, había muerto más gente, pero a Jeanette no se le ocurría nadie que fuera cercano a Albie. Negó con la cabeza. El bebé empezó a meterse la trenza de Albie en la boca y Jeanette lo cogió en brazos; no estaba muy segura de que a Albie le gustara tener la saliva del bebé en la trenza ni de que a ella le gustara que el bebé tuviera el pelo en la boca. Le ofreció a Dayo el brazo y de inmediato el niño se puso a mordisquearle la muñeca con las encías doloridas por los dientes que querían abrirse paso. La miró a los ojos mientras chupaba y mascaba. A Jeanette la tranquilizaban aquellos bocados, le hacían volver a sí misma, a la habitación, a aquel momento.

—Si ibas a tener un niño africano, ¿no podías haberle puesto un nombre menos africano?

Jeanette pasó los dedos por el denso cabello de su hijo.

—La verdad es que se llama Calvin, pero no me salía llamarlo por su nombre. Durante mucho tiempo lo llamábamos «el bebé». Fodé empezó a llamarlo Dayo.

Albie se enderezó involuntariamente y luego se inclinó para mirar al niño en los ojos.

—¿Cal?

—¿Dónde has estado? —preguntó Jeanette.

—En California. Era hora de que me fuera.

—¿Todo este tiempo en California?

Albie sonrió brevemente ante esa idea descabellada, y en su sonrisa Jeanette vio algo del hermano que había conocido.

—Ni siquiera cerca —contestó. Llevaba las mangas del jersey negro arremangadas hasta los codos y se veían los tatuajes negros que le rodeaban las muñecas como amplias pulseras. Todo era negro: los tatuajes, el jersey, los pantalones, las botas. Jeanette se preguntó si llevaba los ojos pintados o si tenía las pestañas así de negras.

—¿Así que vives aquí? —No era esa la pregunta que quería hacer Jeanette, pero no era fácil formular una única pregunta.

—No lo sé. —Estiró el brazo y tocó con el dedo la barbilla de Dayo, haciendo que el bebé se riera otra vez—. Ya veremos cómo va.

En ese momento Jeanette vio la bolsa de deporte delante del sofá, a pocos centímetros de las botas de invierno que llevaba puestas. Había estado mirando a Albie tan intensamente que ni se había fijado.

Albie se encogió de hombros como si nada de aquello hubiera sido idea suya.

—Tu marido me ha dicho que puedo dormir en el sofá hasta que encuentre donde meterme.

Tendría que ser el sofá, a menos que fuera la mesilla de café o la única butaca en la que Fodé se sentaba para estudiar o bien la diminuta mesa de la cocina. El bebé dormía con ellos en su cuarto, en una cunita encajada entre la cama y la pared. Si Jeanette tenía que ir al baño por la noche, se las apañaba para salir de las sábanas y reptaba hasta los pies de la cama. Jeanette se sentó en el sofá, y el bebé, que empezaba a gatear, extendió los brazos para ir al suelo. Jeanette lo dejó allí.

—No pienso quedarme para siempre —añadió Albie.

Aquello era lo más parecido a una disculpa que podría decir Albie y Jeanette se sobresaltó porque, aunque no tenían sitio, tiempo ni dinero para que viviera con ellos, aunque no le perdonaba que hubiera desaparecido durante los últimos ocho años, en los que solo había enviado de vez en cuando una postal para que supieran que no estaba muerto, la idea de que se marchara le hacía querer levantarse y cerrar la puerta con llave. ¿Cuántas noches habría necesitado un lugar para dormir y no había llamado a Holly, a su madre o a ella? Si estaba con ella en aquel momento era señal de que algo había cambiado. El niño había cogido el tirador de la cremallera de la bolsa e intentaba ver cómo funcionaba.

—Te quedas aquí —declaró Jeanette.

* * *

Albie y Jeanette no eran de Virginia. Los dos habían nacido en California y, por ese motivo, los dos habían formado un equipo, si bien a regañadientes. Jeanette se sacó el pasaporte por primera vez a los veintiséis años, después de quedarse embarazada, después de que ella y Fodé se casaran. Él quería llevarla a Guinea para que conociera a su familia. Mientras rellenaba los formularios, se detuvo en «Lugar de nacimiento». Quería escribir: «en Virginia no». Ella era de *en Virginia no*. Cal había torturado a Albie y a Jeanette por haber nacido en un lugar de menor categoría.

—Mirad bien a vuestro alrededor —les había dicho una vez Cal cuando iban en coche a Arlington desde el aeropuerto de Washington-Dulles, rodeados de un paisaje de un verde jamás visto en el sur de California—. Os dejan venir porque sois pequeños y papá ha conseguido el permiso. Cuando seáis mayores os detendrán en el aeropuerto y os meterán de vuelta en el mismo avión.

—Cal —dijo su madrastra. Se limitó a decir su nombre. Conducía y no quería complicar la cosa, pero dirigió sus grandes gafas de sol a lo Jackie Onassis hacia el retrovisor para que quedara claro que hablaba en serio.

—También te enviarán a ti de vuelta —le dijo Cal mientras miraba por la ventana—. Tarde o temprano.

Después de que Cal muriera no se volvió a hablar de que Jeanette, Holly y Albie fueran a Virginia. De vez en cuando, su padre volaba a Los Ángeles y los llevaba al parque acuático de SeaWorld y al Knott's Berry Farm, o a un restaurante de West Hollywood donde unas chicas nadaban en una pecera gigante mientras la gente cenaba, pero los veranos eternos y sin vigilancia de la comunidad fraternal de Virginia habían pasado ya a la historia. Albie, por supuesto, volvió más tarde, después del incendio, para pasar un año desastroso, y Holly pasó dos noches ya adulta en un intento de calibrar hasta qué punto había alcanzado la paz y el perdón a través del *dharma,* pero Jeanette dio por perdido el estado y sus residentes, entre los cuales estaban su padre, todos sus abuelos, sus tíos y tías, un puñado de primos hermanos, su madrastra y sus dos hermanastras. Dijo adiós a todo. Se refugió en lo que consideraba que era su verdadera familia: Teresa, Holly y Albie, las tres personas que estaban con ella en Torrance cuando se lavaba los dientes por la noche. Era curioso, pero hasta ese momento no había comprendido por completo en qué medida su padre se había «ido» del todo, los había dejado años atrás y no volvería nunca como no fuera para pasar el día en un parque de atracciones. Su madre dormía sola en su habitación, igual que Albie dormía solo en la suya. Jeanette, gracias a Dios, tenía a Holly. Pasaba las noches en la cama mirando respirar a Holly y prometiéndose que odiaría menos a Albie. Aunque fuera irritante y misterioso, también era su hermano y no tenía otro.

Pero aquellos fueron malos tiempos para la caridad emocional y, por muchas que fueran las noches en que Jeanette tomó la decisión de ser más amable, no lo consiguió. Sin su padre, sin Cal, los cuatro miembros que quedaban de los Cousins del sur de California fueron encerrándose en su carácter, como si las habilidades sociales que habían ido adquiriendo durante su vida hubieran desaparecido en un instante tan breve como el tiempo que tarda una abeja en picar a un chico. La velocidad a la que su madre corría del trabajo a la escuela pasando por la tienda de comestibles se había duplicado. Estaba siempre llegando, marchándose, nunca estaba en casa. No encontraba el bolso, las llaves del coche. No podía preparar la cena. Un buen día, Holly dio con una caja, en el cajón del escritorio del cuarto de estar, con cheques firmados y ya pagados y practicó la firma de su madre: Teresa Cousins, Teresa Cousins, Teresa Cousins, hasta que fue capaz de copiarla con la presión exacta, el mismo ángulo del bolígrafo sobre el papel. El trabajo de Holly en el arte de la falsificación supuso que pudieran seguir participando en las salidas del colegio y devolver el carnet de notas a tiempo. Holly, que creía que todo mérito debía un reconocimiento justo, enseñó a su madre sus habilidades, y Teresa delegó en Holly la tarea de pagar las facturas sin decirle si aquello constituía una recompensa o un castigo. La incapacidad de Teresa para llevar las cuentas familiares era legendaria y se remontaba a la época en que estaba felizmente casada con Bert. Antes de que Holly se ocupara del talonario de cheques, llegaban por correo los avisos de impago y estos se perdían al instante, de modo que un par de veces al año la casa se sumía en la oscuridad. La electricidad no era una gran pérdida, si no se tenía en cuenta la televisión, y el titilar de las velas en la mesa mientras cenaban cereales les hacía pensar en los ricos y en los enamorados. Pero, cuando la cisterna del baño dejaba de funcionar y las duchas se secaban, la situación resultaba intolerable. Todos estaban de acuerdo en que la factura del agua había que pagarla a tiempo. Holly, que cuando todavía no tenía catorce años era ya buena en casi todo, lo era también en matemáticas. Empezó a gestionar las cuentas tal como había aprendido en clase de economía doméstica (asignatura que le había enseñado también a hacer chapuzas de emergencia y cenas imaginativas). Cuando se dio cuenta de la desastrosa situación de su estado financiero, colgó un presupuesto rudimentario en la nevera todas las semanas, tal como la señorita Shepherd había explicado a las niñas que deberían hacer más adelante, cuando se casaran. Al final de la página, Holly escribía en rotulador: «Tenemos la cantidad X para gastar». Incluso Albie le hacía caso.

Por su parte, Jeanette arrastraba la escalera de la cocina al jardín y cogía todas las naranjas de los árboles, luego llevaba a la casa un cubo para preparar zumo con el viejo exprimidor de metal. Era mucho trabajo, pero lo hacía porque era costumbre de la familia tomar zumo de naranja natural. Por la noche, su madre cogía la jarra de la nevera y se preparaba un zumo con vodka. Nunca preguntaba cuál de ellos había tenido el detalle de preparar el zumo, y Jeanette, a diferencia de su hermana, no se atrevía a decirlo. Su madre todavía era capaz de responder a una situación concreta —si hubiera vertido el contenido de la jarra de zumo, lo habría recogido—, pero no sentía la menor curiosidad por nada. No volvió a plantearse ninguna pregunta, excepto en relación con Cal.

Teresa casi nunca hablaba de Cal, pero algunos gestos la traicionaban, como el hecho de que antes compraban montones de pizzas congeladas Tombstone y ahora se estremecía en cuanto se acercaba al pasillo de congelados en que las vendían. ¿Era porque Cal había comido tantas pizzas Tombstone con salchichas y *pepperoni* o era que no podía soportar el nombre de la marca[1]? En cualquier caso, no se hablaba del asunto. Ahora llamaban por teléfono y les traían las pizzas a casa.

Una noche, cuando estaban todos cenando *pizza* y viendo la televisión, su madre formuló en palabras lo que tenía siempre en la cabeza.

—Contadme lo de Cal.

Habían estado mirando un viejo programa de Jacques Cousteau. No tenía nada que ver.

—¿Qué quieres que te contemos? —preguntó Holly. No entendían bien a qué se refería. Hacía ya más de seis meses que Cal había muerto.

—Lo que sucedió ese día —contestó Teresa, y luego añadió, por si no habían entendido lo que estaba diciendo—: En casa de vuestros abuelos.

¿Nadie se lo había contado? ¿Su padre no se lo había explicado? No era justo que eso también recayera en Holly, pero así fue. Jeanette no levantó los ojos del plato. Y Albie..., bueno, Albie tampoco sabía qué había pasado. En ese momento, Holly agradeció a Caroline que hubiera elaborado un

---

[1] *Tombstone* significa «lápida». *(N. de la T.)*

guion; si no, no habría sabido qué decir. Holly contó a su madre que las niñas habían salido de la casa después de Cal porque Franny había decidido que quería volver y ponerse pantalones largos para protegerse de las garrapatas, y que había dos caminos para ir a los establos desde la cocina de la casa de los Cousins, así que Cal y las chicas habían tomado un camino distinto y se encontraron con él cuando volvieron a salir. Por supuesto, su madre conocía la casa de los Cousins. Teresa y Bert se habían casado en el porche delantero y habían bailado delante de doscientos invitados bajo una carpa colocada en el césped. En el armario del pasillo guardaban un álbum forrado de piel de color crema con las fotos de la boda. Su padre era guapo. Su madre, pecosa y pálida, con su cabello negro y su estrechísima cintura, parecía la novia de un cuento de hadas, la niña novia.

—¿Por qué esperasteis a que Franny se cambiara de pantalones? —preguntó su madre—. ¿Por qué no la esperó su hermana?

—Caroline esperó también —respondió Holly—, esperamos todas. Las chicas estábamos juntas.

Holly contó a su madre que vieron a Cal tumbado en el césped y, al principio, pensaron que les estaba gastando una broma. Luego, las otras niñas volvieron corriendo a la casa, pero Franny se quedó con Cal por si acaso.

—¿Por si acaso qué? —A Teresa no le gustaba que hubiera sido Franny quien se hubiera quedado.

A Holly le costó decir las palabras porque procedían de una época de su vida en que creía todavía en la posibilidad de que las cosas fueran de otro modo.

—Por si acaso se despertaba —contestó.

—Yo lo vi —dijo Albie, sin dejar de mirar la pantalla del televisor. Era un anuncio, una mujer guapa untando mantequilla de cacahuete en una rebanada de pan.

—Tú no viste nada —replicó Holly. Albie no había estado con las chicas, pero tampoco con Cal. Albie estaba durmiendo. Todos coincidían en este punto.

—Me fui antes de que vosotras llegarais. Vi todo lo que sucedió antes de que llegarais.

—Albie... —dijo su madre con tono comprensivo, ya que creía que entendía su estado de ánimo. Ella también se había visto excluida de la historia.

—Estabas durmiendo —dijo Holly.

Albie dio media vuelta y le tiró el tenedor a su hermana; lo lanzó como si fuera una jabalina, con intención de atravesarle el pecho, pero rebotó en el hombro de Holly sin hacerle daño. Albie tenía diez años y era de gestos torpes.

—Le dispararon un tiro y yo fui el único que lo vio.

—Albie, para —rogó su madre. Le pasó las manos por el pelo. Los niños se dieron cuenta de que se arrepentía de haberles hecho aquella pregunta.

—No me ha hecho nada —dijo Holly con una actitud fría y despectiva que llenó a Albie de furia.

—Fue Ned, el del establo —gritó Albie—. Le disparó a Cal con la pistola de papá. ¡La del coche, la que Caroline había cogido del coche! Yo lo vi y vosotras no visteis nada porque yo era el único que estaba allí. Ni sabían que yo estaba allí.

Jeanette y Holly lloraban ya. Su madre lloraba. Albie gritaba que las odiaba, *las odiaba,* y que eran todas unas mentirosas. Así terminó la conversación.

Aquel agosto, durante los peores días de todos los que habían pasado en Virginia, Caroline había decidido ya que iba a ser abogada y, por ese motivo, explicó a las otras niñas —Holly, Franny y Jeanette— exactamente lo que había sucedido, aunque ninguna de ellas había estado presente. Eso fue después de que corrieran rápidas como caballos hasta la casa y Ernestine llamara a la ambulancia, después de que llevaran a Ernestine hasta donde estaba Cal. Ernestine, a la que le sobraban veinticinco kilos y llevaba zapatos que no eran de su talla, corrió con las niñas por el campo mientras la anciana señora Cousins esperaba en la casa a que llegara la ambulancia para dar indicaciones. En algún momento, Caroline elaboró toda la historia. ¿Cuándo tuvo tiempo de hacerlo? ¿Mientras corrían? ¿Cuándo volvieron a la casa? Cal se alejó en la ambulancia con las luces lanzando destellos y la sirena aullando sin motivo (ah, pero cuánto le habría gustado a Cal) y los Cousins la siguieron en coche en dirección al hospital. Ernestine estaba intentando encontrar a Albie que, entre tanta confusión, había desaparecido. Su padre corría por el aparcamiento de su despacho en Arlington para saltar al coche y correr a Charlottesville para ver a su hijo por última vez. Nadie sabía dónde estaba Beverly. Entonces fue cuando Caroline rodeó a las otras tres niñas, en la casa de los Cousins, las metió dentro del baño del piso de arriba y cerró la puerta a sus espaldas. Solo lloraba Franny, seguramente, porque había pasado quince minutos con Cal mientras las otras niñas corrían a la casa y volvían corriendo. Solo Franny comprendía que Cal estaba muerto. Ni siquiera el personal de la ambulancia había dicho la palabra «muerto», a pesar de que sabían que no podían hacer nada por él. Caroline ordenó a su hermana que se callara.

—Escuchadme —dijo Caroline, como si no la escucharan siempre. Aquel verano tenía catorce años. Habló con voz aguda y apresurada. Tenía briznas de hierba en las piernas y en las zapatillas de deporte—. No estábamos con él, ¿me entendéis? Cal se fue a los establos solo. Nosotras salimos de la casa más tarde y lo vimos en el césped, ahí donde estaba, y, en cuanto lo vimos, volvimos corriendo a la casa para decirlo.

Eso es todo lo que sabemos. Si alguien nos pregunta, solo diremos eso.

—¿Por qué tenemos que mentir? —preguntó Franny. ¿En relación con qué tenían que mentir cuando, además, se suponía que no debían mentir nunca? ¿No era ya todo bastante malo sin tener que complicarlo más? Caroline, empujada por la frustración de las circunstancias y la estupidez de Franny, le dio una bofetada. Franny no la vio venir y no se preparó, de modo que la bofetada hizo que se diera un golpe en la cabeza contra el armarito de la ropa. El chichón empezó a hincharse de inmediato. Otra cosa que tendrían que explicar.

A Caroline le irritó el golpe que se había dado su hermana contra la puerta cuando estaba poniendo todo su empeño en que se quedaran en silencio. Se volvió hacia Holly y Jeanette, más dignas de confianza.

—Podemos llorar y alterarnos todo lo que queramos, esperan que estemos muy afectadas. Pero lo estamos por lo que ha pasado, no porque hayamos visto nada.

En aquel momento, si Caroline les hubiera dicho que la única salida que tenían era dejarse crecer el rabo y trepar a los árboles, lo habrían hecho. Caroline pensaba en su culpabilidad y tal vez, porque Caroline era así, en cómo podría afectar todo aquello a su proceso de admisión en la universidad. En otoño tenía que empezar la enseñanza superior.

—Cuéntame otra vez lo que pasó —le dijo Teresa una tarde a Jeanette. Hacía ya un año que Cal había muerto. Por lo general, nadie de la familia le preguntaba nada a Jeanette. Holly estaba estudiando en casa de unas amigas de su misma calle y Albie montaba en bicicleta con un grupo de amigos que había hecho recientemente. Jeanette y su madre estaban solas juntas, cosa poco frecuente. Su madre soltó la frase como si no tuviera la menor importancia, como si fuera una de las muchas cosas que había olvidado. «¿Dónde está mi pintalabios? ¿Quién ha llamado por teléfono?»

Jeanette todavía veía a Caroline en el baño, oía la claridad de sus indicaciones. Veía que el sudor le había humedecido el pelo en las sienes y le había empapado el cuello de la camiseta amarilla. Pero ya no era capaz de ver a Cal. En un año su rostro se le había borrado.

—Yo no estaba allí —contestó Jeanette.

—Claro que estabas allí —insistió su madre, como si a Jeanette se le hubiera olvidado.

«Si quieres encontrar al culpable, tienes que formular la misma pregunta una y otra vez», había dicho Franny a Jeanette un verano, cuando estaban en Virginia. Años atrás, antes de que Cal muriera. Era una de las habilidades policiales que Franny intentaba enseñarle junto con abrir coches y desmontar el auricular de un teléfono para poder escuchar las llamadas ajenas sin que nadie se enterara. «Tarde o temprano siempre hay alguien que se va de la lengua», había dicho Franny.

Jeanette se preguntó si su madre estaba intentando que se fuera de la lengua.

—Cal se cansó de esperarnos —dijo Jeanette—, quería ir a ver los caballos y dijo que nosotras ya lo alcanzaríamos.

—Y lo alcanzasteis —dijo su madre.

Jeanette se encogió de hombros, un gesto horrible dadas las circunstancias, muy poco considerado.

—Era demasiado tarde.

Después de que Cal muriera, su madre perdió por fin las pecas, como si también ellas la abandonaran. Jeanette le miraba la nariz e intentaba concentrarse, recordar qué aspecto tenía antes de que sucediera todo aquello.

—Entonces, ¿quién dio las pastillas a Albie? —preguntó su madre.

—Cal —dijo Jeanette, sorprendida al ver lo bien que se sentía al decir una verdad—. Siempre se las daba Cal.

Con todo lo que sucedió aquel día, nadie se inquietó por la ausencia de Albie, excepto Ernestine. Tras registrar la buhardilla y el sótano, dijo que debía de haberse ido con Beverly. Nadie sabía dónde estaba Beverly. Había cogido uno de los coches de los abuelos y no le había dicho a nadie que se iba. Si se había ido a la ciudad, tal vez se hubiera llevado a Albie. Cualquier otro día, la mera idea de que Beverly se llevara a Albie a cualquier sitio, fuera el que fuera, habría hecho que las chicas se partieran de risa.

* * *

«Los malditos niños de la bicicleta», los llamaban los vecinos de Torrance, y así terminaron por denominarse ellos mismos. Oían que los llamaban así a gritos cuando cruzaban algún jardín, pasaban entre los coches hasta provocar el agudo derrapaje de los frenos, describían círculos en los aparcamientos por el mero placer de aterrorizar a las madres que iban cargadas con los carritos de la compra. Los vecinos querían matarlos, creían que casi los habían matado y, al mismo tiempo, tenían miedo de que fueran ellos quienes los mataran. Albie, miembro de la tribu mattaponi; Raúl, el hijo nacido allí de unos salvadoreños nacidos allá, y dos chicos negros: el pequeño, más guapo y de aspecto somnoliento, se llamaba Lenny, y el otro, el más alto de los cuatro, se llamaba Edison. Habían empezado a montar juntos cuando tenían once y diez años, cuando eran solo niños irritantes que sus madres querían echar de casa por las tardes. Fueron peligrosos desde el principio, pasaban por delante de los coches y los obligaban a dar un volantazo y desviarse hacia el jardín de algún vecino. En una ocasión, un coche saltó por encima del bordillo y se dio contra un poste telefónico mientras los chicos seguían adelante, ululando tal como imaginaban que harían los indios. El verano en que casi todos tenían ya doce años, un coche abrió la puerta de manera inesperada y envió a Lenny por los aires. Los otros tres frenaron a tiempo de ver a su joven amigo dar volatines gimnásticos con el cielo azul como telón de fondo. Si hubiera caído de cabeza, se habría matado, pero extendió la mano y se destrozó la muñeca de tal manera que el hueso le atravesó la piel. No habían pasado dos semanas cuando Albie se la pegó en una mancha de aceite en el asfalto que envió la bicicleta al suelo. Se rompió el hombro y se desgarró una oreja de tal manera que necesitó treinta y siete puntos de sutura. Edison y Raúl siguieron pedaleando con cuidado por los carriles bici del parque durante el resto del verano sin asustar a nadie, ni siquiera a ellos mismos. Edison fue a casa de Albie a visitarlo y se quedó de pie junto al sillón reclinable en la sala de estar a oscuras. Albie tenía que estar en el sillón casi todo el tiempo por culpa del hombro.

—Cualquiera tiene un mal verano —dijo Edison, y Albie, que sabía que eso era verdad, le dio a su amigo un Tylenol con codeína mientras miraban dibujos animados.

Cuando terminaron de estudiar en la Jefferson Middle School, Albie, Lenny y Edison tenían catorce años y Raúl tenía quince. Eran altos, pero todavía crecerían más. De lejos, era imposible saber si los ciclistas eran muchachos o eran hombres. Iban demasiado deprisa y, puesto que siempre estaban intentando ver cuál de ellos corría más, el grupo describía curvas frenéticas, como la cabeza de carrera en una competición.

Cuando terminaron el colegio, los Malditos Chicos de la Bicicleta robaron menos caramelos y se concentraron en los espráis de nata que se metían en los bolsillos de las sudaderas cuando iban a los supermercados Albertson's. Después se tumbaban todos en el suelo del dormitorio de Albie para disfrutar del breve y agradable estímulo de los fluorocarburos o aspirar pegamento de aeromodelismo en bolsas de papel. Cada una de las cuatro madres se lamentaba de lo malos que eran los chicos con los que se juntaba el suyo y, a excepción de Teresa, creían que eran los demás quienes tenían la culpa de todo.

Un caluroso día del verano en el que casi todos tenían catorce años, a la bicicleta de Raúl se le soltó la cadena. Estaban a varios kilómetros de casa, en una estrecha vía de servicio que discurría junto a un campo que se extendía tras un polígono industrial. Los chicos esperaron mientras Raúl se agachaba junto a la bicicleta y ponía la cadena en su sitio. El campo no estaba segado y crecían todo tipo de hierbas y hierbajos, muertos meses atrás. Así era Torrance. Albie se tumbó en el asfalto que estaba a una temperatura que rozaba lo insoportable, un par de grados más de lo que podía aguantar. Le sentaba bien en el hombro. Le habría gustado llevar gafas de sol, pero ninguno de ellos tenía. Se sacó un encendedor Bic azul del bolsillo gigante de los pantalones; también guardaba allí una pipa con una pequeña pieza de madera sobre la diminuta cestita de mezcla, pero era solo para presumir. Hacía tiempo que no le quedaba hierba ni dinero del que había robado a Holly, que lo había ganado haciendo de canguro, de modo que, en lugar de colocarse, levantó el brazo y encendió el mechero bajo el sol.

—¿Qué haces? —preguntó Lenny. Había intentado sentarse en el suelo, pero estaba demasiado caliente. No podía creerse que Albie lo aguantara.

—El fuego se comunica con el fuego —dijo Albie, pensando que sonaba profundo. Luego volvió la cabeza hacia la derecha, hacia el campo, y vio dos polillas marrones hundiéndose en la hierba seca y, sin pensarlo demasiado, extendió el brazo hacia la derecha, hizo crecer la llama del Bic y la acercó a la hierba.

Era un campo destinado al fuego. La llama lamió la muñeca de Albie mientras este apartaba la mano y rodaba un par de veces sobre sí mismo antes de levantarse de un brinco y coger la bicicleta. El fuego se propagó con un zumbido y después crepitó como si unas manos humanas arrugaran hojas rígidas de celofán.

—Joder, tío —exclamó Raúl, retrocediendo a trompicones—. ¿Qué has hecho?

Fueron alejando las bicicletas poco a poco, estiraban de vez en cuando una pierna para montar, pero ninguno se dio la vuelta para marcharse. Los cuatro estaban helados, hipnotizados, les recorría un escalofrío mientras contemplaban cómo crecía milagrosamente aquel animal que devoraba la tierra en todas direcciones; en todas las direcciones donde crecía la hierba, pero a ellos, que estaban en el asfalto, no los amenazaba. El fuego les llegaba a la altura de la cintura, del pecho, era lo más maravilloso que habían visto nunca, las láminas de color naranja colgaban suspendidas en el aire como un espejismo del desierto. Algo visto y no visto. Sobre las llamas caracoleaba el humo negro, anunciando a todo el vecindario la hazaña secreta de Albie. «¡Fuego! ¡Fuego!», estarían gritando en el polígono industrial, aunque ya estaba empezando a extinguirse por los laterales. El fuego era muy exigente. Los chicos vieron que buscaba más hierba, cualquier cosa para seguir vivo. Los habría quemado con ganas si con ello hubiera conseguido vivir un minuto más.

—Tenemos que irnos —dijo Edison, aunque sonó como si hubiera dicho «¿Estáis viendo esto?».

Podían olvidar lo de esnifar pegamento, el gas de los espráis de nata, la hierba. Podían incluso olvidar las bicicletas.

A partir de aquel primer minuto no desearon otra cosa que el fuego primigenio. Oyeron sirenas a lo lejos. El día anterior habrían corrido hacia el ruido, habrían seguido los camiones de color rojo en dirección a la acción como si fueran *groupies* detrás de sus músicos favoritos. Pero, aquel día, ellos eran la acción y sabían que tenían que salir de ahí como alma que lleva el diablo.

El abuelo Cousins había enseñado a Albie y a Cal a fabricar pistolas de cerillas un verano en Virginia. Lo único que hacía falta era una pinza de madera de las antiguas, un par de gomas elásticas, una caja de cerillas de cocina y un poco de papel de lija. Los niños habían recibido la orden de prestar atención al viejo, que era indeciblemente aburrido, y, a su vez, este había recibido la orden de contarles alguna historia de la familia. Y se le ocurrió explicarles cómo se fabricaba una pistola de cerillas. Por supuesto, en Virginia no suponía el mismo peligro, ya que, al menos durante aquel verano peculiar de lluvia incesante, el mundo era profundo, frondoso y a prueba de incendios. En Virginia, la gente almacenaba leña en los garajes con la esperanza de que algún día estuviera lo bastante seca para quemarla. Tras fabricar las pistolas, el abuelo puso la cerilla en su sitio y zing, envió el misil volando hasta el porche en un bonito arco de llama.

—No lo hagáis nunca en el establo —les había dicho su abuelo cuando les tendió su invento—. En realidad, no deberíais hacerlo nunca solos. ¿Me oís? Si vais a disparar cerillas, tengo que estar presente.

Cal estaba muy poco impresionado. A la menor oportunidad, cogía de la guantera del coche el arma de su padre, se la metía en el calcetín, bajo los pantalones, y se ataba el cañón al tobillo con un pañuelo. Aquel día, mientras su abuelo les contaba con gran ceremonia cómo hacer una pistola con cerillas, la llevaba ahí.

Pero Albie no tenía ningún arma y, por ese motivo, el lanzador de llamitas le interesó hasta tal punto que, cuando cinco años más tarde en Torrance intentó hacer una, lo consiguió. Puso los materiales en la mesa del comedor y fabricó una para cada uno de los miembros de su cuadrilla. Tras una única sesión de entrenamiento en el jardín trasero de Edison, donde quemaron papeles y *kleenex* tirados sobre el césped a distintas distancias, incendiaron una montaña de cajas de cartón vacías apiladas detrás de la licorería y dos matojos secos situados delante de una estación de servicio Exxon. Cuando se despertaban temprano, tiraban cerillas a los periódicos que esperaban en las aceras y frente a la puerta de la casa de sus vecinos. Y, cuando dominaron la técnica, se dedicaron a disparar a los periódicos sin bajar de la bici. Cogían un autobús hasta Sunset Strip, lanzaban cerillas a las palmeras y luego aguardaban para ver cómo las ratas bajaban a toda velocidad por los delgados troncos cuando las ramas secas ardían en lo alto. Intentaron disparar también a las ratas, pero no funcionó. Las ratas, además de ser rápidas, no eran especialmente inflamables.

Durante todo el verano se dedicaron a incendiar cosas, a pesar de la sequía y del viento, a pesar de los carteles en los que el Oso Smokey advertía junto a la carretera del riesgo de incendios. A la mierda el oso: los bosques incendiados no les interesaban. Les gustaba la precisión, el arte de la llama, el periódico que ardía solo, el solar abandonado. Se dedicaron a encender cerillas durante los dos primeros meses del primer año que pasaron en el colegio de Shery. Como ladrones en las tiendas tenían un historial irregular, pero como pirómanos era muy difícil pillarlos, o así fue hasta que incendiaron el colegio.

Raúl tenía clase de Arte a última hora los viernes, un momento tranquilo al final de la semana en el que podía dibujar a sus anchas dragones muy detallados que echaban fuego entre los árboles. Justo antes de salir del aula, el segundo después de que sonara el timbre y todos empezaran a guardar las libretas frenéticamente en las mochilas, se inclinó hacia delante y abrió el pestillo que mantenía la ventana cerrada. El aula de Arte estaba en el sótano de la escuela, las ventanas eran grandes y quedaban a ras de tierra. Nadie miraba hacia él y nadie lo vio. Lo hizo, simplemente, porque podía hacerlo. Ya la cerraría la señorita Del Torre, la profesora de Arte, antes de irse a casa. Y, si no se le ocurría y era una imbécil, ya la cerraría el personal de limpieza al terminar las clases.

—Quiero ir a ver una cosa —dijo Raúl a los demás chicos el sábado por la mañana. No tenían nada mejor que hacer, de modo que ni siquiera se molestaron en preguntarle qué quería ver, se limitaron a subir a las bicicletas y seguirlo hasta el colegio. Los llevó detrás de un seto bajo que tapaba la vista de la ventana desde la calle, miró al aula de Arte y empujó el cristal; apenas le dio un golpecito y la ventana se abrió. Albie, entusiasmado ante las posibilidades que ofrecía un sábado interesante, ocultó las cuatro bicicletas tras el seto mientras Lenny, que era el más menudo, era el primero en colarse en la escuela. Una vez dentro, se puso en pie, les sonrió y saludó con la mano. Encontró otra ventana en el otro extremo del aula que era más ancha, una puerta a otro mundo, y uno por uno los Malditos Chicos de la Bicicleta entraron en el colegio.

No tenía explicación que el colegio, que era la principal fuente de disgustos de su vida, se transformara en el lugar más atractivo de la tierra simplemente por el hecho de que fuera sábado. «Qué diferencia puede suponer un día —cantaba la madre de Albie cuando todavía cantaba—. Veinticuatro breves horas.» Los pasillos parecían amplios y silenciosos sin las hordas de chicos furiosos y adultos amargos y derrotados. Sin el zumbido de las luces eléctricas, los rayos de sol se deslizaban sobre las paredes y por las baldosas de linóleo y formaban charcos brillantes alrededor de sus pies. Edison se preguntó cómo sería ser viejo, tan viejo como su padre, y volver al colegio. Se imaginó que sería algo así, el edificio totalmente suyo, porque no entraba en su cálculo que en el futuro asistieran otros niños a la escuela. Raúl se detuvo y miró las obras ganadoras del concurso de arte expuestas en un panel de corcho. Solo dos de los dibujos eran buenos: un carboncillo de una chica con un vestido de verano y un pequeño bodegón de dos peras en un cuenco. Les habían concedido una mención mientras que la obra ganadora era un ridículo *collage* de un rascacielos hecho con diminutas fotos de otros rascacielos. Se preguntó si la señorita Del Torre, que era una imbécil integral, tenía siempre demasiada gente a su alrededor para darse cuenta de qué alumnos tenían verdadero talento.

En algún momento perdieron a Lenny de vista. Ninguno se dio cuenta de que había desaparecido hasta que lo vieron caminar hacia ellos por el pasillo.

—Tíos —dijo, agitando el brazo como si fuera posible que no lo vieran—. Venid aquí, tenéis que ver esto.

El chirrido de las zapatillas de tenis resonó por los pasillos y el ruido hizo que Albie se echara a reír, y todos ellos se rieron mientras caminaban por la interminable hilera de taquillas, todas ellas cerradas, todas ellas idénticas.

—Mirad esto —dijo Lenny, y se metió en el baño de los chicos.

Para un alumno de primer curso en una escuela secundaria pública de Torrance (y, especialmente, para Lenny, que no era tan alto como los demás y, a pesar de sus esfuerzos, era muy delgado) ningún lugar era más terrible que el aseo. Hacía todo lo posible por no ir nunca, aunque algunas veces tenía la sensación de que pensar tanto en ello le daba más ganas de ir. Pero aquel lugar, que la misma víspera le había parecido tan peligroso y repugnante como la guarida de un yonqui, lleno de una mezcla de hedor a sudor, a mierda y a meados de adolescentes, el acre hedor a miedo de un muchacho, ahora estaba perfectamente limpio. Olía a lejía de modo difuso, incluso agradable, como la piscina pública. De hecho, la disposición de los objetos —los espejos y lavabos en un lado, la hilera de retretes con puertas de metal verde en la otra— guardaba cierta simetría apacible. Había un enorme espacio entre los retretes y los lavabos, de modo que no era fácil que nadie te diera un empujón si no era a propósito. Por primera vez los chicos se dieron cuenta de que tres hileras de baldosas rodeaban toda la habitación, tres franjas azules meramente decorativas. Raúl se dirigió a un urinario y echó atrás la cabeza al ver el sol.

—¿Cuándo han puesto aquí ventanas?

Como nadie podía impedírselo, entraron en el de chicas y se encontraron con que era idéntico, salvo por que la franja de la pared estaba pintada en tonos rosados y que, en lugar de urinarios, había una máquina dispensadora de Tampax en la que habían escrito «CÓMEME» rayando el esmalte blanco. También habían intentado borrarlo sin éxito. En cierto modo, era decepcionante. Incluso Albie y Raúl, que tenían hermanas, pensaban que sería más interesante.

Todos los armarios de suministros estaban cerrados, igual que el despacho del director, una verdadera pena, ya que les habría gustado registrar los cajones. Hablaron de intercambiar todos los objetos de dos aulas, o tal vez solo cambiar algunas cosas de sitio para que la gente se preguntara si se estaba volviendo loca, pero al final decidieron no tocar nada. Se estaba bien en el colegio un sábado y, si querían volver, era mejor que lo dejaran todo tal como estaba.

Así que no tenía ningún sentido que Albie dejara caer las cerillas en el aula de Arte cuando estaban a punto de marcharse. Ahora llevaba siempre librillos de cerillas en los bolsillos para hacer prácticas de abrirlos y encender una con una sola mano. Pero en esta ocasión, después de encender la cerilla, tiró el librillo entero hacia el extremo opuesto de la habitación, cerca de la ventana por la que habían entrado, más o menos por la misma razón que Raúl había abierto la ventana: sin ningún motivo. No era para impresionar a los otros chicos, que estaban siempre tirando cerillas encendidas por todas partes. No era relevante que estuvieran en el aula de Arte, simplemente, estaban allí, y tampoco, en realidad, estaban en el colegio en sábado por ningún motivo concreto. La cerilla cayó en una gran basura de metal que llegaba hasta la cintura, diez veces mayor que cualquier papelera de un aula en la que, como mucho, los chicos tiraban un ejercicio con una mala nota. La basura del aula de Arte debería haber estado vacía, todo en el colegio estaba limpio y vacío, pero en el fondo de la bolsa de plástico verde había todavía unas hojas impresas arrugadas y un par de trapos oleosos utilizados para limpiar los pinceles tras lavarlos con aguarrás, de modo que la papelera se incendió como si fuera la mismísima boca del infierno y lanzó una llamarada que hizo que Albie retrocediera de un salto, como si tuviera un muelle, y que los otros chicos se dieran la vuelta. Las llamas alcanzaron las cortinas verdes de poliéster con doble forro que permitían oscurecer la habitación cuando la señorita Del Torre hacía presentaciones con diapositivas de lo más destacado de la historia del arte. Las cortinas eran de la época de sus padres y ardieron más deprisa que la hierba seca del campo, las llamas llegaron al instante al recubrimiento acústico del techo y se expandieron sobre la cabeza de los chicos hasta el otro extremo de la sala, donde las pinturas, pinceles, papeles y jarras de disolventes esperaban como si fueran cócteles molotov dispuestos a estallar. El humo no se parecía en nada al que les gustaba oler cuando estaban al aire libre. Este era una mezcla de tinta y alquitrán. Oleoso, viscoso y negro. Corrió hacia ellos y devoró el aire mientras las llamas de color naranja devoraban las cortinas. Toda la sala, con fuego en los cuatro extremos, se les echó encima. Habían entrado en el aula por la ventana, pero cuando la miraron vieron que ya no era posible salir por allí.

Nunca habían provocado un incendio en el interior de un edificio, no habían visto nunca un fuego como aquel, de modo que aplicaron erróneamente lo que habían aprendido en el exterior: se quedaron quietos mirando, ya que su teoría era que ellos habían prendido el fuego y este tenía que respetarlos. En ese momento se disparó la alarma de incendios del colegio. Conocían el sonido del timbre, tan ensordecedor que parecía proceder de su cabeza. Les gustaban los simulacros de incendio, todo se caía al suelo, las chicas se preocupaban porque no les permitían llevarse el bolso, todo el mundo se ponía en fila y salían deprisa y en orden. La alarma los hizo reaccionar y los salvó. Habían hecho tantos simulacros que en ese momento hicieron lo que les habían enseñado: agacharse, permanecer juntos, correr hacia la puerta. Una llama prendió en la camiseta de Albie con una imagen de *El Barón Rojo* y se quemó la espalda. En el pasillo, Edison se la quitó y se quemó la mano. Mientras corrían hacia la puerta, unos aspersores que nunca habían visto regaron el largo y vacío pasillo y disolvieron las obras candidatas al concurso de arte. Empujaron una puerta lateral, corrieron al sol y se dejaron caer sobre la hierba junto al aparcamiento, jadeando y tosiendo, resoplando chamuscados, con el olor a humo metido en la piel. Albie pensó un instante en su hermano, se preguntó si para Cal morir fue algo parecido. Los cuatro chicos se quedaron tendidos en la hierba, las lágrimas corrían por las mejillas ennegrecidas, tan entusiasmados de estar vivos que eran incapaces de moverse. Y allí seguían cuando, apenas un minuto más tarde, los bomberos los encontraron.

Para Teresa fue una decisión casi imposible enviar a Albie a Virginia a vivir con Beverly y con Bert. Sin duda, necesitaba un padre, pero otro padre, cualquier otro padre habría sido preferible. Beverly y Bert no habían matado a Cal. En el fondo, Teresa lo sabía. Habían sido negligentes en el control de los chicos, pero, tal como la reciente catástrofe de Albie confirmaba, ella también lo había sido. Sin embargo, prefería echarles la culpa. Casi hacía que se sintiera bien, aunque tal vez «bien» no fuera la palabra adecuada. Podía llamar por teléfono a Bert y preguntárselo: «¿Te sientes *bien* si me echas la culpa de lo de Albie? ¿Te parece que "bien" es un término apropiado?».

Lo que Teresa tenía claro era que no podía ocuparse de su segundo hijo varón y, puesto que nadie se ofrecía a acogerlo, no sabía qué otra cosa podía hacer. Al final, Albie fue a Arlington, a un colegio privado y, cuando fracasó, lo enviaron interno a Carolina del Norte y, después, a una escuela militar de Delaware. El verano que volvió a Torrance tenía dieciocho años y todavía no había terminado los estudios secundarios, dado que en el internado no había pasado de curso. Holly y Jeanette estaban en casa de vacaciones de la universidad e intentaron llevarlo a la playa, a fiestas con amigos que él podía recordar, pero Albie parecía atornillado al sofá, donde miraba concursos y comía palomitas cubiertas de una gruesa capa de azúcar. No decía más de veinte palabras diarias. Las contaba. Registraba el armario de los licores de izquierda a derecha, aunque las botellas no estuvieran guardadas en ningún orden especial. No empezaba nunca una botella si no había terminado antes la anterior.

Un buen día dijo que había recibido una llamada de Edison. Su antiguo amigo trabajaba montando conciertos en un club de San Francisco y le había dicho que lo único que tenía que hacer Albie era sacar los amplificadores de los autobuses y conectarlos en el escenario. Edison compartía piso con otros chicos y Albie podía poner un colchón en el suelo. Albie parecía casi entusiasmado con la idea, todo lo entusiasmado que Jeanette, Holly y su madre podían recordar que fuera capaz de estar por cualquier cosa. Cargar con cosas, enchufarlas parecía un trabajo que era capaz de hacer, de modo que Teresa le compró un billete de autobús a San Francisco y le preparó un montón de sándwiches de mantequilla de cacahuete. Holly y Jeanette le dieron cada una cien dólares de sus ahorros. Cargó la bicicleta en la parte baja del autobús junto a la bolsa, y Jeanette, su hermana y su madre esperaron para decirle adiós hasta que se sentó junto a la ventana. Se marchaba otra vez. Sería el problema irresoluble de otra persona. En el fondo, estaban todos aturdidos por el alivio.

Esa noche, mientras Albie se lavaba los dientes, Fodé entró en el cuarto de baño. Llamó a la puerta, entró y cerró tras él. El baño era un buen sitio para hablar, aunque no hubiera espacio suficiente para que dos hombres adultos estuvieran cómodos de pie. Albie se apretó contra el lavabo y Fodé, vestido con un pantalón de pijama y una camiseta blanca, rodeó el montón de cajas de plástico llenas de toallas dobladas, juguetes de baño y pañales.

—Oye, hermano —le dijo Fodé—. Quiero decirte una cosa. Vas a quedarte con nosotros. Una semana, un año, el resto de tu vida, el tiempo que necesites: nosotros te acogemos.

Albie tenía el cepillo de dientes en la boca y un hilillo de espuma mentolada le colgaba del labio inferior cuando el marido de su hermana le puso una mano en la nuca y acercó su frente a la suya. ¿Una costumbre tribal? ¿Una señal de sinceridad? ¿Una insinuación? Todo lo que Albie sabía de su hermana era lo que recordaba vagamente de su adolescencia y no sabía nada de su loco marido africano. Frente con frente. Albie asintió. Necesitaba un sitio donde dormir aquella noche.

Fodé sonrió.

—Bien, bien, bien. Tu hermana necesita a su familia. Calvin necesita a su tío. Y a mí me vendría bien tener un hermano, estoy muy lejos de mi casa.

—Claro —contestó Albie.

—Puedes hablar conmigo. Eso es lo que hacemos. Miras por esta casa, que es tu casa, y te parece que todo el mundo está ocupado. —Negó con la cabeza—. Se me da muy bien parar. Dices: «Hermano, para, ven y siéntate conmigo», y aquí estoy. Me dices lo que necesitas. —Fodé se calló y lo miró de nuevo con la cara tan cerca que era difícil enfocar la vista—. Albie, ¿qué necesitas?

Albie pensó en lo que le decía. Se inclinó hacia adelante para escupir la pasta en el lavabo. Tenía la cabeza a punto de estallar.

—¿Tylenol?

Ante aquella modesta petición, Fodé sonrió ampliamente y relucieron sus dientes, sus gafas, su amplia frente: todo reflejaba la luz. Estiró el brazo hacia Albie, abrió el botiquín y señaló el segundo estante.

—Tylenol —anunció con satisfacción—. ¿Estás mal?

—Dolor de cabeza. —Albie hizo un rápido inventario del botiquín: paracetamol, paracetamol pediátrico y gotas para el oído, gotas para los ojos, gotas para la nariz.

Fodé llenó el vasito amarillo comunal del lavabo y se lo tendió a Albie.

—Te quedarás dormido enseguida. Esto ayuda. Has tenido un largo viaje hasta llegar a casa.

Albie se tomó cuatro pastillas y asintió, un asentimiento que servía también de gracias y buenas noches. En respuesta, Fodé asintió con solemnidad, salió del baño y cerró la puerta a sus espaldas. Jeanette le había dicho de dónde venía la más afectuosa de las criaturas, pero no se acordaba. ¿Namibia, Nigeria, Ghana? Luego se acordó.

Era Guinea.

A pesar del incentivo adicional de la presencia de Bintou con la que, dado que no era la segunda esposa de su cuñado, bien podría enrollarse cuando el niño estuviera durmiendo una siesta, Albie no fue capaz de quedarse en el apartamento todo el día. Por un lado, hacía un calor tropical. El radiador silbaba y repiqueteaba como si alguien estuviera matándolo a golpes con una tubería de plomo en el sótano. Ni Bintou ni Dayo parpadeaban ante el ruido, pero Albie se desesperaba. No era extraño que Jeanette y Fodé se fueran a trabajar tan temprano. Un humidificador llenaba la habitación diminuta de neblina, probablemente, en un intento de recrear un clima subsahariano en aquel terrario de Brooklyn.

—Es bueno para los pulmones —dijo Bintou, sonriendo, cuando Albie se levantó para ver si podía apagarlo. La ventana que llevaba a la escalera de incendios estaba atrancada, de modo que bajó los cuatro pisos para fumar. La tercera vez que bajó a la calle a fumar se llevó la bicicleta y dio un paseo por la suave nieve afelpada. A la una había conseguido trabajo como mensajero en bicicleta.

Era el trabajo que encontraba en cualquier ciudad, el único empleo para el que creía que la vida lo había preparado. Ni siquiera podía considerarse pirómano puesto que ahora tenía veintiséis años y desde los catorce no encendía ni una chimenea. Cuando le preguntaron cuándo podía empezar a trabajar dijo que en ese mismo instante y luego se dedicó el resto del día a descifrar Manhattan. No era complicado.

—¡Estoy muy orgulloso de ti! Y eso significa que quieres quedarte. Los que vienen de paso no encuentran trabajo el primer día. Y los invitados tampoco encuentran trabajo el primer día. Ahora eres residente. Llevas un día aquí y la ciudad ya es tuya —exclamó Fodé.

Jeanette sonrió a su hermano, la sonrisa pequeña de Jeanette, con los ojos ligeramente en blanco. Parecía decir «Cómo son estos africanos». Iba vestida con el traje de trabajo, una falda y un jersey. Se había quedado embarazada cuando cursaba el segundo año del posgrado en Ingeniería Biomédica. Al final resultó que Jeanette era la lista de la casa. La noche anterior le había contado a Albie que, en lugar de seguir el plan original de abortar, ella y Fodé decidieron llevar a cabo un experimento social radical al que denominaron «Tener el bebé» y, dado el resultado del experimento, ella había dejado los estudios y ahora trabajaba como ingeniera del servicio posventa en Philips. Se ocupaba de instalar, formar personal y dar mantenimiento a los equipos de resonancia magnética en todos los hospitales desde Queens al Bronx.

—Los conecto: les enseño el manual —dijo de modo inexpresivo. Seguiría trabajando en eso, explicó a Albie la noche anterior mientras le hacía la cama, a pesar de que era un trabajo mecánico y aburridísimo, al menos hasta que Fodé terminara el doctorado en Salud Pública en la Universidad de Nueva York y Dayo tuviera una edad en la que pareciera soportable enviarlo a una guardería. Una «guardadayo», la llamaban.

—Si no sigo estudiando, el experimento social radical será un fracaso porque tendré que suicidarme —susurró Jeanette mientras remetía la sábana tras los cojines del sofá.

Albie sostuvo al niño mientras Jeanette calentaba la cena que Bintou les había dejado. Fodé puso la mesa y abrió una botella de vino mientras les contaba lo que le había sucedido durante el día.

—A los estadounidenses les encanta la idea de vacunar a los africanos. ¿Hay algo mejor que una fila de niñitos nigerianos polvorientos esperando que los vacunen en la portada del *New York Times?* Pero las madres de Nueva York piensan que ya no les toca vacunar a sus hijos. Dicen que las vacunas no son lo bastante naturales, que a lo mejor provocan algo más grave que lo que evitan. Me he pasado el día intentando convencer a una serie de universitarias que tienen que vacunar a sus hijos y no paraban de discutírmelo. Tengo que estudiar Medicina. Si no soy doctor en Medicina, no me hacen ni caso.

—Yo te haré caso —dijo Jeanette—. No hace falta que vayas a la Facultad de Medicina.

—Una mujer me ha dicho que no cree en la epidemiología. —Fodé se tapó la cara con las manos—. Es tremendo.

—En Nueva York ya no hay sarampión —dijo Jeanette, dándole unos golpecitos en el hombro—. Lo hemos superado.

Jeanette lavó las hojas de la ensalada. Fodé envolvió las rebanadas de pan en papel de plata y las metió en el horno. Trabajaban los dos en un espacio diminuto sin chocar.

—Cuéntame cómo te ha ido a ti el día —le dijo Fodé a Jeanette—, pensemos en algo mejor.

—¿Quieres pensar en demostraciones de resonancias magnéticas hechas en los sótanos de los hospitales?

Fodé se detuvo durante un momento, sonrió y negó con la cabeza.

—No, no. —Se volvió hacia su cuñado, contento por tener otra oportunidad—. Lo que quiero decir es que… Albie, cuéntanos tú cómo te ha ido el día.

Albie se cambió el niño de brazo y habló dirigiéndose al crío:

—Hoy me han parado los seguratas de cuatro edificios. Les he enseñado mi carnet, me han dicho que podía pasar y luego me ha parado otro en el ascensor para decirme que no podía subir.

Fodé asintió, impresionado.

—Teniendo en cuenta que eres blanco, es algo que llama la atención.

—Y casi me da un autobús M16.

—Vale ya —dijo Jeanette, poniendo un cuenco con ensalada en medio de la mesa—. No sigas tú tampoco contando más cosas sobre cómo te ha ido el día.

—Pues ahora le toca a Dayo —dijo Albie.

Fodé le cogió el bebé de los brazos.

—Dayo, me encantaría oírtelo contar a ti más que a nadie: hijo mío, dinos, ¿ha sido un buen día para estar vivo?

—Tío —dijo Dayo, y le tendió las manos a Albie para volver con él.

Albie, que había vivido en el límite durante tanto tiempo y en algunas ocasiones había ido incluso más allá, miró por la ventana para ver las luces que brillaban en los incontables apartamentos de Brooklyn. Se preguntó si eso era lo que hacía la gente: ¿preparaban la cena con la familia, sostenían bebés, se contaban lo que les había pasado durante el día? ¿Así era la vida para ellos?

La bicicleta de Albie era una amalgama de tantos repuestos que ya no podía considerarse que fuera una Schwinn. Su trabajo consistía en entregar pequeños paquetes, formularios de seguros certificados y manuscritos prometedores. Algunas veces era un contrato y tenía que esperar a que lo firmaran antes de volver al punto de partida. De vez en cuando le pedían que firmara como testigo. Nueva York era la tierra de las entregas infinitas. Siempre había alguien con un objeto que tenía que estar en otro lugar, y eso le ocupaba el día entero. Pasaba por delante de los autobuses, entre los taxis y asustaba a los conductores de Connecticut igual que el maldito niño de la bicicleta que había sido. Los turistas lo veían venir hacia ellos y se quedaban en el bordillo. Cuando llegaba a su destino, se echaba la bicicleta al hombro, como si fuera su hermano pequeño, y se la llevaba al ascensor. Albie era casi ocho centímetros más alto que su padre, lo que hacía de él una persona alta, aunque no altísima. Pero, como era extraordinariamente delgado, parecía muy alto. Algunas veces las recepcionistas palidecían al verlo acercarse con un sobre marrón en la mano, la bicicleta al hombro. Parecía un esqueleto viviente con sus tatuajes negros, su gruesa trenza negra, como si la muerte misma hubiera ido a buscarlas, dispuesta a llevárselas montadas en el manillar.

—Deberías pensar en incrementar las calorías que consumes —le dijo Jeanette cuando volvía cojeando al apartamento por las noches.

—Gajes del oficio —decía Albie. Era cierto y falso a la vez: había visto algún mensajero gordo.

Albie ganaba dinero y, después de un par de meses de pensar que se marcharía al día siguiente o al otro, empezó a darle a Jeanette la mitad para el alquiler, el café, el vino y la educación de Dayo o la de la propia Jeanette. La otra mitad la cambiaba por billetes de mil y los metía en el bolsillo de su bolsa de lona. Al principio había intentado darle el dinero a Fodé, pero este no quiso ni mirarlo. Al día siguiente esperó a su hermana en el metro y se lo dio a ella. Jeanette asintió y se guardó los billetes en el bolsillo.

—¿No crees que deberíamos ir a terapia algún día? —le preguntó Jeanette mientras pasaban por delante de la yogurería, el zapatero, los mercados coreanos con los cubos llenos de narcisos. Quizá pensaba que le daba dinero para terapia—. En cuanto nos pongamos en forma psicológicamente, podríamos convencer a mamá y a Holly para que hagan terapia por teléfono con nosotros.

Albie le había dicho que no estaba preparado para llamar a su madre todavía, pero Jeanette ya lo había hecho. En realidad, telefoneaba a Teresa casi a diario desde el trabajo y se lo contaba todo.

—¿Y qué pasa con papá? —preguntó Albie. La calle estaba llena de gente y le pasó el brazo por encima de los hombros mientras andaban. No sabía por qué. No lo había hecho nunca, pero era agradable. Andaban de manera parecida.

—Creo que papá ha estado años yendo a terapia, seguro que ya ha terminado.

—¿Y no nos ha telefoneado nunca?

Jeanette negó con la cabeza.

—No se le habrá ocurrido.

Albie había ido a Brooklyn para recuperarse psicológicamente y, en ciertos aspectos, ya estaba recuperado, excepto por la bebida, ya que seguía consumiendo alcohol con rigurosa regularidad, y por el *speedball,* que le ayudaba a pasar la segunda mitad del día. Fumar no contaba. Las malas costumbres eran siempre una cuestión de perspectiva y, si se analizaba el presente a través de la lente del pasado, cualquiera diría que estaba estupendamente. Había ahorrado dinero suficiente para encontrar donde alojarse por su cuenta, pero nunca se ponía a buscarlo. En cierto modo, a pesar de la cómica falta de espacio, Fodé y Jeanette le hacían sentir que no debería irse nunca. Dayo quería agarrarse a sus piernas en cuanto entraba por la puerta, poner los pies sobre los de Albie y rodear con los brazos los musculosos muslos para ponerse en pie. Decía «tío» con toda claridad, era la palabra que mejor pronunciaba. No se cansaba nunca de decirla. A Albie le gustaba aquel sofá demasiado corto para él. Le gustaban los días en que volvía a casa por la tarde y le decía a Bintou que se tomara unas horas libres mientras él se llevaba al niño al parque. Le gustaba la sensación —para la que no tenía nombre— que experimentaba cuando veía a Fodé esperándolo en las escaleras de la calle por la noche con una cerveza. Se marcharía algún día, pero hasta ese momento llevaba a casa *noodles* de sésamo fríos de Chinatown, doblaba las sábanas por la mañana y las guardaba detrás del sofá, buscaba algún motivo para salir algunas noches por semana para darles un poco de intimidad y, cuando volvía a casa muy tarde, giraba la llave en la cerradura tan silenciosamente que nunca los despertaba.

—¿Dónde estuviste anoche? —le preguntaba Jeanette, y Albie pensaba «Me echaste de menos».

Al principio, Albie iba a bares o cines las noches que pasaba fuera, pero no tardó en darse cuenta de que los bares y los cines de Nueva York podían comerse todos los ingresos de un día de trabajo. Así que se quedaba en la biblioteca hasta que cerraba, luego se iba a la sala de lectura de la Ciencia Cristiana hasta que esta cerraba, y después, en función de la calidad del libro que estuviera leyendo y de la cantidad de *speed* que tuviera en el cuerpo, iba a la lavandería, que estaba abierta las veinticuatro horas, y se sentaba entre polillas muertas, secadoras ruidosas y el penetrante olor del suavizante para la secadora. Como se había hecho amigo de las recepcionistas de las editoriales en las que tenía que hacer entregas y les preguntaba qué estaban leyendo, siempre tenía algún libro. En ningún otro sitio le hacían regalos, pero a las recepcionistas de las editoriales no les importaba darle un ejemplar a un mensajero en bicicleta, aunque pareciera el mismo mensajero de la muerte.

—Ya me contarás qué te parece este —le decían y, a cambio, él les dedicaba una sonrisa. La sonrisa de Albie era deslumbrante, la maravilla de la ortodoncia infantil en abierto contraste con el resto de su físico. Al recibir una sonrisa como aquella, las recepcionistas tenían la sensación de que, a cambio, él también les había dado un regalo.

Una noche de principios de junio, Albie estaba en una lavandería de Williamsburg pasada la medianoche. Los taxis seguían circulando a toda velocidad, pero ya hacían menos ruido. Albie estaba leyendo la novela que había empezado el día antes y había perdido la noción del tiempo. Era mucho mejor que las habituales novelas negras que leía porque la recepcionista de la editorial Viking tendía a darle libros mejores, no se limitaba a las novedades. En una ocasión le había dado un ejemplar de *David Copperfield* y le dijo que le parecía que le gustaría, sin muchos rodeos, como si Albie fuera el tipo de persona que le recordara a Dickens nada más verla, y por ese motivo lo leyó. Se suponía que lo había leído el año que pasó en el colegio de Virginia. Lo había paseado durante un mes, igual que otros chicos de la clase, pero él ni había intentado abrirlo.

—Si te hubiera conocido cuando estudiaba en Virginia, habría aprobado —le dijo, después de terminarlo.

—¿Eres de Virginia? —le preguntó la recepcionista. Tendría la edad de su madre, quizá fuera un poco más joven, y era evidente que era una mujer lista. A Albie le gustaba aquella mujer, aunque las conversaciones no duraban más de un par de minutos o tres. Albie tenía que ir a otros sitios y el teléfono de la recepción no dejaba de sonar. La mujer lo cogió y, sin esperar respuesta, pidió que esperaran unos segundos.

—No soy de Virginia, pero viví allí cuando era un chaval.

—Espera un segundo —dijo ella. Cuando volvió, le dio un ejemplar de una edición de bolsillo de un libro titulado *Co-*

munidad—. El año pasado tuvo mucho éxito, ganó un premio, el National Book Award, y vendió muchísimo, ¿lo conoces?

Albie negó con la cabeza. El año anterior estaba todavía en San Francisco y el dinero de hacer de mensajero lo gastaba íntegro en heroína. Podría haber caído un meteorito en la costa este sin que él se enterara.

La mujer dio la vuelta al libro y dio un golpecito a la diminuta fotografía del hombre que aparecía en la contracubierta.

—Era el primer libro que escribía después de quince años, quizá más. Por aquí ya daban por hecho que no publicaría nada más.

Sonó el teléfono y todas las luces de llamada en espera parpadearon. Había que volver al trabajo. Le dio el libro y se despidió con un gesto de la mano. Él le dedicó una sonrisa y un movimiento de cabeza antes de marcharse.

En retrospectiva, Albie diría que supo desde el principio, quizá desde mediados del primer capítulo, que algo raro pasaba. Aunque, en retrospectiva, todo se ve con total claridad. Lo cierto era que el libro se apoderó de él mucho antes de que se reconociera. Esa era la cuestión que le parecía más disparatada, lo mucho que le había gustado el libro antes de saber de qué iba.

Trataba de dos familias vecinas en Virginia. Una pareja lleva mucho tiempo en su casa, la otra acaba de mudarse. Comparten el mismo camino de entrada a las dos casas. Se llevan bien. Se piden cosas prestadas, se cuidan los niños mutuamente. Se sientan en la terraza del vecino por la noche, beben y hablan de política. Uno de los padres se dedica a la política. Los niños —son seis en total— entran y salen de las dos casas, las niñas comparten cama. Era fácil ver hacia dónde iban las cosas, aunque el libro no se extendía sobre el romance miserable. Más bien trataba de la tremenda carga de sus vidas: el trabajo, las casas, las amistades, los matrimonios, los niños: como si todas las cosas que habían querido y por las que habían luchado hubieran cimentado la imposibilidad de cualquier tipo de felicidad. Los niños, que al principio eran vagamente encantadores y ocupaban un lugar secundario, resultan ser un puñado de víboras. El mayor y el pequeño son varones y hay cuatro chicas en medio. Dos chicas en casa del político, dos chicas y dos chicos en casa de la médica de la que este está enamorado. Sobra un marido, sobra una esposa. El niño más pequeño es insoportable. Quizá sea ese el verdadero problema. Simboliza lo que no se puede superar. Los enamorados, con sus matrimonios, sus casas y sus trabajos, aprovechan cualquier pretexto para verse en secreto, pero, en realidad, lo que de veras quieren es huir de sus hijos, en particular del menor de todos. Los niños, que con frecuencia tienen que cargar con el pequeño, le dan Benadryl para que no dé la lata. El mayor lleva las pastillas en el bolsillo porque es alérgico a las picaduras de abeja. Le dan al pequeño Benadryl y lo meten en el cesto del cuarto de la ropa bajo un montón de sábanas para poder irse en bicicleta a la piscina sin cargar con él. ¿No es lo que quiere todo el mundo, tener un rato de tranquilidad?

Albie puso el pulgar en la página y cerró el libro. De repente, en la lavandería hacía frío. Había dos punks jóvenes, el chico con el pelo de punta con gomina, la chica con dos imperdibles en la nariz. Fumaban sentados mientras su ropa negra daba vueltas en la lavadora. La chica dedicó a Albie media sonrisa, tal vez pensaba que era uno de ellos.

¿Sabía que eran pastillas de Benadryl? Las llamaban Tic Tac, pero ¿lo sabía él? Se despertaba debajo de una cama, en un campo, en el coche, en el sofá cubierto por mantas. Se despertaba en el suelo del cuarto de la ropa en Virginia, enterrado bajo las sábanas. Nunca supo por qué se despertaba en lugares en los que no recordaba haberse dormido.

—Porque eres un bebé —decía Holly—. Los bebés necesitan dormir más.

Tenía las manos frías. Volvió a meter el libro en la bolsa de mensajero y salió con la bicicleta a la calle, escuchando el tic tic de los radios mientras los pequeños punks lo miraban, pensando que se iba sin la ropa limpia. Sabía cómo seguía el libro, lo que no había leído: que el hermano mayor, llamado Patrick, moriría; dado que le habían dado todas las pastillas al niño pequeño, cuando estas fueran necesarias, ya no quedaría ninguna. Sabía que ese ni siquiera era el tema central del libro.

Albie caminó por la calle arrastrando la bici. ¿Se reconocía en las novelas policíacas danesas? ¿En los *thrillers* postapocalípticos? ¿Existía la remota posibilidad de que se sintiera protagonista de todo lo que leía?

No, no era ese el problema.

Cuando volvió al apartamento eran casi las dos de la mañana. Se dirigió al dormitorio y se detuvo a los pies de la cama; Jeanette, Fodé y Dayo dormían profundamente. Quizá su subconsciente había aceptado que vivía allí y por eso ya no oían el sonido de sus pasos, o tal vez estaban tan cansados al final del día que cualquiera podría plantarse en su habitación y no se habrían dado cuenta. Aunque las persianas estaban echadas, había luz en la habitación. Estaban en Nueva York, la oscuridad nunca era completa. Dayo estaba en la cama, dormía entre los dos, boca arriba. Jeanette tenía una mano sobre el pecho del niño. Era casi insoportable ver dormir a los demás. ¿Le había contado a Fodé lo que había pasado? Seguramente, le habría dicho que tenía un hermano que había muerto, pero ¿qué más sabía? Albie no se lo había contado a nadie. Ni a los chicos de las bicicletas ni a los mensajeros con los que desayunaba, ni a Elsa, en San Francisco, con la que compartía jeringuilla. Nunca había hablado de Cal. Albie cubrió el pie de su hermana con la mano; el pie, una sábana, una manta y una colcha. Apretó el pie y, en sueños, ella intentó zafarse, pero Albie lo sujetó hasta que Jeanette abrió los ojos. A nadie le gusta despertarse y ver a un hombre en su habitación. Jeanette soltó un gritito ahogado, un sonido de espanto que conmovió a Albie. Su marido y su hijo seguían durmiendo.

—Soy yo —dijo Albie—. Levántate.

Señaló la puerta del dormitorio y salió al cuarto de estar para esperarla.

6

Leo Posen había alquilado una casa en Amagansett para el verano. No tenía vistas al mar, para poder permitírselo tendría que haber escrito un libro muy diferente, pero era una casa bonita con amplios corredores y dormitorios soleados, un balancín en el porche del tamaño de un sofá, una cocina con una mesa enorme que parecía ensamblada por los peregrinos para celebrar un día de Acción de Gracias más próspero. La casa era de una actriz que estaba filmando una película en Polonia durante el verano y solo la utilizaba en esa estación. La agente de la inmobiliaria había dejado bien claro que la casa no se había alquilado jamás, pero la actriz era gran admiradora de Posen. De hecho, estaba esperando que le dieran un papel en la película *Comunidad,* el de la médica que se liaba con su vecino, y confiaba en que Leo, rodeado de sus bonitos objetos y sus retratos, pensara en ella.

Leo le dijo a la mujer de la inmobiliaria que, en honor a la verdad, no había ninguna película en perspectiva.

La agente no insistió. Incluso ella, que nada tenía que ver con el mundo del cine, sabía que los derechos se negociaban antes de la publicación. Por un instante se preguntó si ella misma podría comprar los derechos de *Comunidad*.

—No se preocupe —dijo la mujer—. Cuando hagan la película, seguro que sigue queriendo un papel.

Leo había alquilado la casa con la esperanza de pasar el verano trabajando en una nueva novela que su agente había vendido a su editor a partir de un breve resumen y *Comunidad* seguía haciendo sonar las máquinas de hacer dinero. Había alquilado la casa, además, con intención de dar gusto a Franny. Leo le dijo que no tendría que hacer nada más que tumbarse en el gran sofá de la sala y leer todo el día, o podía ir en bicicleta a la playa y leer.

—Arena, olas, rosas japonesas... —dijo Leo mientras cogía un mechón de su fascinante cabello y lo dejaba caer entre sus dedos. Por las noches, después de cenar, se sentarían en el porche y le leería lo que había escrito durante el día—. No parecen malas vacaciones.

Pero fueron unas malas vacaciones. El problema, según advirtieron demasiado tarde, era la casa misma, que se alzaba en lo alto de una colina para recibir las brisas de la tarde, si bien estaba rodeada de un gran seto para tener cierta intimidad. Los frutales dispersos por la pradera habían florecido tarde debido al largo y crudo invierno, de modo que a principios de junio los cerezos estaban cargados de flores de color rosa. Un jardinero iba los miércoles para ocuparse de los parterres dispuestos en hermoso desorden, el mismo día en que un peruano con una red acudía para limpiar la piscina de las flores del cerezo. Había cinco dormitorios con el techo abuhardillado y todos ellos con distintos tipos de ventanas, claraboyas y tragaluces; asientos en las ventanas, edredones acolchados, alfombras tejidas a mano sobre el *parquet* de roble en espiga. Leo Posen le había dicho a la agente de la inmobiliaria que buscaba algo mucho más pequeño, pero ella descartó la idea.

—Algo más pequeño le saldrá más caro porque este es un trato especial —le explicó—. No puede ni imaginarse lo que costaría esta casa si se la alquilaran a precio de mercado. Y tiene suficiente con cerrar la puerta de las habitaciones que no quiera usar.

Eso podría haber resuelto el problema si no hubiera sido por el hecho de que la naturaleza tiene horror a las habitaciones vacías en verano en Amagansett, especialmente si esas habitaciones son propiedad de una actriz y las ha alquilado un escritor.

Todo el mundo quiso hacerles una visita. Eric, su editor, que debería haber contratado a un vigilante para que patrullara por el límite de la propiedad con un arma, fue el primero en llamar y decir que sería estupendo verse fuera de Nueva York y hablar de las ideas de Leo sobre su nuevo libro. Eric podía llegar el jueves, enfrentándose al tráfico, pero Marisol, su mujer, tenía que acudir a un estreno esa noche. Marisol tendría que coger el autobús el viernes.

¿Marisol? Leo vaciló unos instantes y luego asintió alegremente a todo: sí, sí, lo pasarían muy bien. Colgó el teléfono y miró el cuaderno de notas amarillo que tenía delante, luego por la ventana. Llovía y se sentó a contemplar los cerezos durante un rato, preguntándose si alguna vez habrían fabricado un cuaderno de notas de un cerezo. Después bajó las escaleras para ver si a Franny le parecía que tenían que ir al pueblo a comer.

—Está bien que Eric venga —Leo dijo a Franny. Llovía poco y se sentaron bajo un toldo en el café donde habían comido ya tres días seguidos. Era muy agradable—. Le puedo pedir que te busque un empleo. Eres buenísima editando textos, mejor que él, aunque esto último no pienso decírselo.

Franny negó con la cabeza.

—No se lo pidas.

Se acercó la camarera y Leo tocó el filo de su copa de vino. Eran ya las dos pasadas, una hora muy tardía para comer.

—Aunque no se lo pida, ya se le ocurrirá a él mismo. Solo le mencionaré que estás buscando algo. O quizá se lo diga a Marisol.

—Eric me conoce —contestó Franny—. Si quiere contratarme, ya sabe dónde estoy.

Sin duda, Eric se habría dado cuenta de que Leo y Franny no vivían en Nueva York; de hecho, no vivían en ningún sitio durante más de cuatro meses seguidos, lo que complicaba la posibilidad de tener un trabajo estable. En cualquier caso, Franny no tenía claro que quisiera ser editora.

—Eric te conoce de algunas cenas, no ha pasado tiempo contigo. Por eso mismo esto va a ir muy bien.

Cuando Eric llegó el jueves dijo que prefería quedarse en casa para cenar. Había cenado fuera todas las noches y, en cualquier caso, sería mucho más fácil hablar en la casa. Eric era un hombre seco en todos los sentidos, un corredor menudo al que alguna vez le habrían dicho que el azul combinaba con el color de sus ojos. Franny no lo había visto nunca vestido de otro color. Eric alzó la vista para mirar la escalera y tocó la barandilla con afecto. Leo miró a Franny.

—Te parece bien, ¿verdad?

Debió de darse cuenta en aquel momento, pero no fue así. Franny pensó que se trataba de una cena, una noche. Fue a la cocina y llamó a Jerrell, del hotel Palmer House, y le preguntó cómo se preparaban unos filetes. En aquel momento estaría empezando su turno. Estaría picando perejil.

—Nena, vuelve aquí cagando leches. Nadie me llena el vaso como lo haces tú.

Franny se echó a reír.

—¿Voy a dejar mis vacaciones para ir a servirte limonada en el bar? Pórtate como un amigo y échame una mano.

Jerrell estaba de pie en la oficina del director y este lo estaba mirando fijamente. Los cocineros no recibían llamadas. Le dijo que sazonara la carne con un poquito de Old Bay y la pusiera en la sartén.

—Quiero decir «un poquito», la mezcla esa no es para carne. —Después le dio unas nociones básicas sobre cómo preparar espárragos y patatas cocidas—. Compra la ensalada y un pastel. Por ahí habrá alguien con pasta, no te empeñes en hacerlo todo.

Franny fue a la tienda de comestibles, a la carnicería, a la panadería; después fue a la bodega y eligió los vinos, además del *whisky* y la ginebra. Cuando volvió a la casa, descargó el coche. Leo y Eric se habían excusado por no ir al pueblo diciendo que tenían que hablar lo antes posible de la novela y quitarse el trabajo de encima. Los oía reír en el porche cerrado situado en el lateral de la casa, donde Leo había decidido que se podía fumar. Grandes risotadas estridentes. Franny les llevó dos vasos de hielo y una botella de Macallan como gesto de cortesía. Llevaba la ropa de ir a la playa: pantalones cortos, chancletas y una camiseta blanca. Tenía veintinueve años. Jugaban a las casitas y ella jugaba a hacer de anfitriona.

—Eric, ¿tú has visto bien a esta chica? —dijo Leo desde su butaca, pasándole el brazo por las caderas y atrayéndola hacia sí—. ¿No te parece perfecta?

—Un sueño —dijo Eric, y le pidió a Franny un vaso de Pellegrino o de Perrier con hielo.

Franny asintió, alegrándose de haber pensado en comprar agua con gas. Volvió a la cocina. Estaban hablando de Chéjov, no de la novela. Eric se preguntaba si había mercado para una nueva traducción de toda su obra en una serie de diez volúmenes. Franny se preguntó cuáles de sus relatos les podrían parecer tan graciosos.

Franny, como feminista, no pudo dejar de preguntarse por qué había preparado la cena para Leo y para Eric el jueves por la noche sin esperar la menor ayuda, pero, cuando llegó Marisol de Nueva York al día siguiente, vestida con una túnica de lino bordada y un *foulard* rojo de lino, se sentó en el porche y dijo que lo que le sentaría bien era una copa de vino blanco, un rico *chablis,* si tenían, Franny sintió un latigazo, como si acabaran de atizarle con una goma elástica en la nuca. Lo cierto era que ella le había preguntado a Marisol qué quería y esta, mientras hurgaba en el bolso en busca de un cigarrillo, tan encantada al ver que había alguien más fumando, le había contestado. Así pues, ¿dónde estaba el problema?

—Este sitio es maravilloso —declaró Marisol, sonriendo mientras cogía la copa de la mano de Franny—. Pero es que no conozco a nadie con tanta suerte como Leo.

Por motivos idénticos a los de la noche anterior, decidieron que tampoco saldrían a cenar. Marisol hizo un ademán hacia los cerezos.

—¿Salir de aquí e irnos al pueblo? ¿Cenar con todos los que estaban en el autobús? Ni loca.

Marisol dirigía una galería de arte en SoHo. La idea de estar en la casa de la actriz, escuchando los grillos de la actriz, le parecía estupenda.

Franny se mantuvo inexpresiva, pero Leo fue capaz de intuir el problema. Dio una palmada con un gesto de alegría.

—Podemos preparar lo mismo que anoche, la cena fue perfecta. Comamos lo mismo, ¿crees que será complicado? —dijo, preguntando a Franny.

—Marisol no come carne —anunció Eric con la más amable de sus sonrisas. Eric y Marisol eran más o menos de la edad de Leo, acabarían de cruzar la frontera de los sesenta. Tenían un hijo que estaba terminando la residencia en Dermatología en el hospital Johns Hopkins y una hija que estaba en casa cuidando de su bebé.

—Pescado —declaró Marisol, levantando la mano como si fuera un *boy scout* haciendo una promesa—. En realidad, soy vegetariana, pero como pescado cuando salgo.

Miraron a Franny, toda inocencia y expectación, los tres acomodados en los suaves cojines de color marfil que cubrían las butacas de mimbre. No podía volver a llamar a Jerrell. Le diría que era una gilipollas. Y, para preparar pescado, tendría que llamar a su madre.

—¿Algo más? —preguntó Franny.

Eric asintió.

—Tráenos algo para picar, algunos frutos secos o galletitas. O quizá una mezcla de las dos cosas.

—Algo para picar —repitió Franny, y se fue a la cocina para buscar las llaves del coche.

Las cosas entre Leo y Franny no se basaban en aquellas premisas. Llevaban cinco años juntos y su relación estaba construida sobre la admiración y la incredulidad mutuas. A pesar del tiempo que llevaban juntos, a Leo le costaba creer que ella siguiera con él: no solo era más joven (no solo más joven, sino *tajantemente* joven) y más hermosa de lo que podía tener derecho a merecer llegado a aquel punto, sino que era la cuerda gracias a la cual había podido izarse a pulso y volver a trabajar: era la electricidad, la chispa. Franny Keating era la *vida*. Por su parte, Franny pronunciaba el nombre de «Leon Posen» como si dijera «Antón Chéjov», y lo tenía a su lado en la cama. El tiempo no atenuaba la sorpresa. Y lo que era todavía más: él encontraba sentido a la vida de Franny, cosa de la que ella no era capaz.

Lo que no quería decir que no tuvieran problemas: ahí estaba el futuro, siempre desconocido, pero si lo analizaban con realismo resultaba obvio que estaba condenado en algún momento por los treinta y dos años que los separaban. Y el pasado, porque Leo seguía casado a efectos legales. Su mujer, que vivía en Los Ángeles, se negaba al divorcio, pues quería seguir percibiendo parte de sus derechos de autor, un optimismo conmovedor, dado el tiempo que Posen había pasado sin publicar ningún libro. Leo se había negado a ceder cualquier obra que todavía no hubiera escrito. Después publicó un *best seller* que le supuso un anticipo considerable que fue gastando, un premio en metálico e importantes ventas en el extranjero. Cuando entraron en la fase de cheques por derechos de autor, su mujer confirmó a su abogado su convicción de que había tenido razón al resistirse a cualquier acuerdo.

A aquellas alturas, Leo debería haber sido rico, pero tenía que seguir aceptando prestigiosos puestos de autor invitado en diversas instituciones prósperas para que le cuadraran las cuentas, y esas ocupaciones le impedían trabajar en su nuevo libro. Sí, ingresaba una cantidad de dinero inmensa, pero se dispersaba en incontables vías. Tenía ya una exmujer, de la que sí estaba divorciado y a la que pagaba una importante pensión, así como la que pagaba a la esposa que debería haber sido su segunda exmujer. Le costaba carísima. La hija del primer matrimonio siempre necesitaba dinero porque, aunque en realidad necesitaba muchas cosas más importantes que el dinero, esta era la mejor manera de expresar sus necesidades, y había dos hijos del segundo matrimonio que se negaban a dirigirle la palabra. Uno estudiaba segundo curso en Kenyon College y el otro cursaba primero en Harvard-Westlake, en Los Ángeles. Los costes de los estudios, así como sus menores deseos, estaban a cargo de Leo.

Franny sabía que hacía ya tiempo que tenía que pensar en su propia vida, pero Leo se aferraba a ella como un niño a su mantita, y la verdad era que resultaba maravilloso que la necesitara tanto la persona a la que más admiraba en este mundo, que le dijera que era indispensable. Era mucho mejor que tramitar la admisión en algún posgrado cuando no sabía qué quería estudiar, de manera que tendía a viajar con él y aparecía con bonitos vestidos en las cenas de los profesores en Stanford o Yale. Algunas veces volvía a trabajar al Palmer House durante un par de meses y vivía en el apartamento que tenían en North Lake Shore Drive. Leo le pagaba el préstamo, de modo que se sentía a salvo, pero echaba de menos la posibilidad de ganar dinero propio. En cualquier caso, era bueno ver a los amigos. Y el Palmer House siempre la aceptaba.

—Esto es una locura —le decía él por teléfono después de superar con creces el punto de bebida tras el cual no debería telefonear—. ¿Estoy aquí, totalmente solo, para que tú puedas trabajar de camarera? Ve al aeropuerto, por favor, esta misma noche, en cuanto te levantes por la mañana, y coge un avión. Te envío un billete. —Esa última frase era ya una broma entre ellos, si bien en este caso lo decía muy en serio.

—Si no te pasa nada. —Franny tenía cuidado en no decir nada importante en conversaciones como aquellas. Al día siguiente él no se acordaría de nada—. Y es bueno para mí. Necesito trabajar de vez en cuando.

—¡Pero si ya has trabajado! Me has inspirado todo el rato cuando nada en este mundo me inspiraba. Te daré un sueldo. Te daré un cheque. El libro es tuyo, joder, Franny. El libro eres tú.

Por supuesto, cuando escribía el libro aseguraba lo contrario. Decía que lo que le había contado no había sido más que el desencadenante de su imaginación. El libro no iba de su familia, nadie los reconocería.

Pero ahí estaban.

Además de la diferencia de edad, del hecho de que tuviera una mujer con la que no convivía y de que hubiera escrito una novela sobre su familia que, en su forma final, le dio náuseas —aunque cuando la leía le parecía apasionante—, Franny y

Leo se llevaban muy bien. Y no le reprochaba la novela, le parecía brillante, era una obra brillante de Leon Posen en la que ella había sido una influencia decisiva.

Pero, puestos a enumerar todos los problemas, había uno que merecía una mención especial, por mucho que Franny se negara a verlo como tal: Franny no bebía. Leo sentía su abstinencia como un juicio de valor, aunque ella no le diera importancia. Leo se daba cuenta cuando estaban con amigos, entonces, ella daba la vuelta al coche después de comer en la ciudad porque él había tomado tres copas excesivas de vino. Lo notaba cuando estaba solo y ella se encontraba en el otro extremo del país. Franny le contó que había tenido un accidente mucho tiempo atrás y que lo había provocado ella por haber bebido, por ese motivo había dejado de beber. Leo había sacado el tema algunas veces, pero siempre tenía la sensación de que hablaba con la Franny que había asistido a una Facultad de Derecho. Leo pensaba que Franny estaba dejando escapar una gran oportunidad al no seguir estudiando.

—¿Y mataste a alguien en ese accidente? —preguntó él.

—No.

—¿Hubo heridos? ¿Atropellaste un perro?

—No.

—¿Te hiciste daño?

Franny exhaló un profundo suspiro y cerró el libro que estaba leyendo, *La marcha Radetzky*, de Joseph Roth. Se lo había recomendado él.

—¿Podrías cambiar de tema, por favor?

—¿Eres alcohólica?

Franny se encogió de hombros.

—Que yo sepa, no. Probablemente no.

—Entonces, ¿por qué no tomas una copa para hacerme compañía? Podrías tomar una copa en casa. No voy a pedirte que conduzcas.

Franny se inclinó hacia él y le dio un beso, besar era su recurso habitual para poner fin a las disputas.

—Venga, pon tu magnífico cerebro a pensar en mejores pretextos para pelearnos —le dijo afectuosamente.

Franny fue a la cocina y llamó a su madre a Virginia.

—Pescado para cenar —dijo Franny—. Para cuatro, algo sencillo y que no pueda cagarla.

—¿No podéis salir a cenar fuera? —le preguntó su madre.

—Me parece que no. Me parece que esta casa es el Hotel California de la canción: la gente entra y no quiere marcharse. Seguramente, pensaría lo mismo si no me ocupara yo de cocinar.

—¿Cocinar? ¿Tú? —preguntó su madre.

—Sí, vale.

—¿Has mirado en los armarios de la actriz?

Franny se echó a reír. Su madre era capaz de dar en el blanco.

—Bikinis Etro, multitud de vestiditos de seda, montones de jerséis largos de cachemira, ligeros como una pluma, zapatos como nunca has visto otros iguales. Tiene que ser diminuta, no te puedes imaginar lo pequeño que es todo.

—¿Qué pie calza?

—Uno pequeñísimo.

Franny había intentado meter el pie en una sandalia, como si fuera la hermanastra de Cenicienta.

—Si voy, puedo ayudarte a cocinar —se ofreció su madre.

Franny sonrió y suspiró. Su madre también tenía los pies diminutos.

—No quiero más compañía. En este momento, el problema es la compañía.

—Yo no soy compañía, yo soy tu madre —contestó alegremente Beverly.

Durante unos instantes, Franny pensó que sería muy agradable tener a su madre en el otro extremo del sofá leyendo algún libro. Casi siempre Franny iba sola a Virginia o su madre iba a verla cuando estaba en Chicago trabajando en el bar. Las pocas veces que Leo y su madre habían coincidido se habían mostrado fríos y educados. Su madre era más joven que Leo. Beverly había leído *Comunidad* y, aunque le había gustado que la convirtiera en médico, habría preferido que la hubiera dejado fuera de la historia. Beverly no creía que Leo Posen se preocupara de verdad por su hija y se lo había dicho en una ocasión mientras tomaba una copa con él. No, la madre de Franny no era lo que necesitaban para completar las vacaciones de verano.

—Por favor, limítate a ayudarme con el pescado.

Beverly dejó el teléfono para ir a buscar la receta de sopa de pescado.

—Si, por una vez en la vida, me haces caso en todo, tendrás un éxito tremendo.

Y su madre tenía razón. La llenaron de alabanzas. Eric y Marisol dijeron que no podrían haber comido mejor en Manhattan. La madre de Franny había pensado en todo: la ensalada con nectarinas, qué marca de galletitas de queso comprar, la propia Franny estaba tan impresionada como sus invitados. Pero, en esa ocasión, Leo tampoco la acompañó a la tienda y nadie apareció por la cocina para preguntar si le echaba una mano troceando los pimientos morrones, y, cuando salió al porche para decir que la cena estaba lista, Eric, que estaba en mitad de otra historia graciosa de Chéjov, alzó la mano, de modo que tuvo que esperar casi quince minutos a que terminara mientras no podía dejar de pensar en las gambas que se suponía que solo podían cocer tres minutos. Al final de la cena, los invitados estaban tremendamente agradecidos, con total sinceridad, no podrían haber sido más amables, y Eric se arremangó la camisa azul de lino con un gesto teatral antes de recoger los platos y llevarlos al fregadero, pero eso fue todo.

El sábado por la mañana llamó por teléfono Astrid, la agente de Leo. Su secretaria había telefoneado a la oficina de Eric el día anterior por un asunto que no tenía nada que ver con Leo y durante la conversación le comentó que Eric estaba en casa de Leo en Amagansett. Astrid tenía una casa en Sag Harbor a la que, en verano, iba todos los jueves por la noche y se marchaba los lunes por la mañana. ¿De veras pensaban que no iban a verla? Astrid anunció que irían a Amagansett esa misma tarde. El plural incluía a uno de sus autores, un joven muy prometedor que pasaba dos semanas en su casa mientras se ocupaba de las últimas revisiones.

—Te doy la dirección —dijo Leo con cierta resignación.

—No seas tonto —contestó ella—, todo el mundo sabe dónde está esa casa.

—¿Astrid? —La cara de Eric adoptó una expresión de cierta desesperación. Estaba haciendo el crucigrama del periódico del sábado. No se había afeitado y no tenía intención de hacerlo.

—No me ha pedido permiso —contestó Leo, aunque a Leo le gustaba Astrid. El hecho de que a Eric no le gustara era prueba de que Astrid hacía bien su trabajo.

—Me da náuseas —protestó Eric.

Marisol bajó las escaleras vestida con un traje de baño rojo y un sombrero de ala ancha.

—Me voy a la piscina —declaró.

—Viene Astrid —dijo Eric.

Marisol se detuvo y se puso las gafas de sol.

—Bueno, vive en Sag Harbor, tampoco se va a quedar aquí.

Franny fue en coche a Bridgehampton y compró la comida en una tienda *gourmet* que vendía platos cocinados a un precio disparatado, la metió en el coche y de repente, al darse cuenta de que ninguno de los invitados tenía la menor intención de marcharse, volvió a entrar y compró la cena. Leo le había dado su tarjeta de crédito. El total fue una pequeña fortuna. Cuando llegó a la casa, Astrid estaba allí con un joven y pálido escritor llamado Jonas que tenía el pelo negro brillante y llevaba pantalones de lino amarillos. Comía el doble que todos los demás juntos. Franny se dio cuenta con consternación de que no quedarían restos para la comida del día siguiente.

—¿Y por qué volver a editar a Chéjov? —preguntó el joven escritor a Eric sirviéndose pechugas de pollo a las finas hierbas y salmón al limón—. ¿Por qué no tienes el valor de publicar a algunos jóvenes escritores rusos?

—Tal vez porque no trabajo en una editorial rusa. —Eric se sirvió una copa de vino y llenó la de Marisol—. Oh, y porque no sé ruso.

—Jonas sabe ruso —contestó Astrid como una madre orgullosa.

—*Konechno* —dijo Jonas.

Astrid asintió.

—Jonas está muy metido en la historia de los *refúseniks,* los judíos a los que se les negaba el permiso de salida de la Unión Soviética.

—Los *refúseniks* no existen —declaró Leo—: abrieron la puerta y los dejaron salir en los años setenta.

—Me he dedicado a estudiar el tema de los *refúseniks* —replicó Jonas—. Y podéis creerme si digo que hay muchos judíos oprimidos en Rusia.

—¿Así que debería publicar a algunos rusos jóvenes que escriben sobre los *refúseniks* en lugar de algún estadounidense que ha estudiado el tema? ¿No sería eso más valiente?

—A mí no me publicas.

Eric sonrió satisfecho al pensar en ello.

—Ni para ti ni para mí: pongamos que Chéjov es mi tema de estudio y los *refúseniks* son el tuyo. Ya no estamos a la última ninguno de los dos.

—¿Es cuscús? —preguntó Marisol a Franny, señalando la ensalada con pepinos y tomates.

—Es sémola israelí, un poco más gruesa —contestó Franny, tendiéndole el plato.

La premonición de Franny en la tienda *gourmet* resultó ser exacta. Cuando llegó la hora de cenar, Leo y sus invitados seguían echados en varios sofás por toda la casa. Jonas, al parecer, estaba trabajando en un manuscrito o, por lo menos, tenía un montón de papeles en las rodillas y un bolígrafo entre los dientes. Era curioso que hubiera llevado el manuscrito a la comida. Eric entró en la casa procedente de la piscina y declaró que, si bien hacía un par de horas le había parecido imposible volver a comer, ahora empezaba a tener hambre otra vez. O, como mínimo, necesitaba una copa.

Leo levantó la vista y sonrió.

—Buena idea.

Tras una larga velada en la que Franny no tuvo que cocinar, pero sí calentar, disponer en las fuentes y servir, tras el consumo de una extraordinaria cantidad de vino y el expolio del Calvados y el *sauternes* de la actriz para la copa posterior («Franny, toma nota de lo que estamos robando», dijo Leo mientras registraba la despensa. «Quiero acordarme de sustituirlo»), cuando todo el mundo había salido al porche a fumar, Franny se quedó en un comedor en el que parecía que Baco hubiera montado una fiesta. Tomó aire y empezó a apilar platos.

El novelista joven y alto la siguió a la cocina. Durante un minuto pensó que estaba interesado en ayudar, hasta que se dio cuenta de que, simplemente, estaba interesado. En aquel momento llevaba gafas, aunque no recordaba que las llevara cuando leía.

—Mi contrato es con la editorial Knopf —le dijo, cogiendo una copa de vino y poniéndola sobre un trapo de cocina—. *Entre nous,* te diré que esperaba que fuera FSG. Desde que estaba en la facultad he deseado publicar con FSG, pero —se encogió de hombros y se inclinó sobre el fregadero— así es la vida.

—¿No quisieron el libro?

Jonas pareció ofendido.

—Dinero —contestó—. Todo el mundo sabe que FSG nunca tiene dinero.

Franny estaba aclarando los platos cuando Leo entró.

—¡Aquí estás! —exclamó, dirigiéndose al joven novelista. Tenía los brazos abiertos y sostenía un vaso alto en una mano—. Quería enseñarte un árbol. —Algunas veces, cuando bebía, hablaba a voces y Franny se preguntó si, con todas las ventanas abiertas, los vecinos podrían oírlo.

—¿Un árbol? —preguntó Jonas. Tenía las gafas ligeramente empañadas por su proximidad al fregadero.

Leo le pasó un brazo por los hombros y se lo llevó de la cocina.

—Ven a verlo. El cielo de la noche está hermoso.

—¿De verdad, Leo? —gritó Franny a sus espaldas—. ¿Un árbol? ¿No se te ocurre una idea mejor?

Astrid no pasó allí la noche, pero el joven escritor sí se quedó, Jonas dijo que tenía tendencia a marearse en el coche si había bebido y, desde luego, había bebido. Miró por la casa, declaró que la situación era muy Fitzgerald y quedarse a dormir formaría parte de todo aquello. Astrid, que se habría quedado si la hubieran invitado, se ofreció para volver a buscarlo al día siguiente hacia la hora de comer.

Cuando la última pieza de porcelana danesa de la actriz estuvo de vuelta en las vitrinas, las encimeras estuvieron secas y la basura estuvo en el exterior de la casa, Franny se detuvo para contemplar su obra. Los invitados le habían dado tres días de mucho trabajo, pero estaba acostumbrada a ese tipo de tareas. No a cocinar, pero sí a llenar vasos y vaciar ceniceros, a poner las cosas en su sitio y a ir de un lado para otro, a escuchar en silencio la conversación ajena. Al día siguiente era domingo y todo acabaría. Franny se sentía orgullosa de sí misma: lo había hecho todo bien. Leo estaría agradecido por lo atenta que había sido con sus amigos.

Tras un desayuno resacoso en el que todos los que querían huevos los pidieron cocidos de distinto modo, Leo anunció que tenía que trabajar. Metió el cuaderno, los bolígrafos, el *whisky* y dos volúmenes de Chéjov (Eric lo había convencido para que escribiera la introducción de la nueva edición aunque, por supuesto, después de que terminara su novela) en una bolsa de lona y cruzó el césped en dirección a la diminuta casita que había en la parte trasera de la finca. Con un pequeño escritorio, una cama, un butacón, una otomana y una lámpara de pie, era fácil imaginar que habían arreglado el lugar exactamente para ese propósito: no para escribir, porque Leo no estaba escribiendo, sino para alejarse de las hordas de polillas que se sentían atraídas por la magnífica llama de la casa.

—Me alegro de que esté trabajando —dijo Eric a Franny. Sostenía la taza de café con las dos manos, mirando con aire pensativo en dirección al lugar por donde Leo había desaparecido, de la misma manera que una mujer en la playa podría contemplar el punto del horizonte por donde se había marchado un barco ballenero—. Tenemos que animarlo, asegurarnos de que sigue adelante. No puede perder otra vez el ímpetu.

Franny no le contestó que no había ímpetu que perder porque no existía ningún libro. Se preguntó qué le habría contado Leo.

—Seguirá en cuanto todo se calme y se quede tranquilo —dijo ella sin concretar mucho.

Franny se preguntó si podría preguntarle qué autobús tenían previsto para volver a Nueva York. Miró a Eric, su cabello gris largo y rizado, sus gafas en lo alto de la cabeza.

—Ya me diréis qué autobús vais a coger —dijo Franny— y así os podré llevar; seguro que hay alguno en domingo.

Marisol negó con la cabeza.

—Con el del viernes ya tuve suficiente, no quiero ni imaginarme cómo será en domingo. —Miró a su marido—. ¿Cuándo vuelves tú?

Eric movió la cabeza hacia adelante y hacia atrás como si estuviera calculando una propina.

—¿El martes? Quizá el martes. Tengo que comprobarlo.

Marisol asintió y separó las hojas de moda del resto del periódico.

—Bueno, me quedaré un día más. Llegué un día más tarde que tú.

Jonas entró en la cocina vestido con un bañador verde y una camiseta.

—¿Podría tomar un café? —preguntó, entrecerrando los ojos para protegerse de la luz—. Me voy a nadar un poco.

Franny tenía ganas de decir muchas cosas, pero en ese preciso momento se distrajo, asombrada, con el bañador.

—¿De dónde has sacado el bañador?

Jonas lo miró.

—¿Este bañador? No me acuerdo. Quizá lo compré en REI.

Vestido con la camiseta y a la luz del día, no parecía tener más de veinte años.

—¿Es tuyo? ¿Lo has traído?

Todos se quedaron mirando a Franny.

—Sí, lo traje —contestó él. Pellizcó el tejido con dos dedos—. ¿Le pasa algo?

—¿Viniste con ropa de repuesto?

Jonas entendió entonces por dónde iban las preguntas de Franny y respondió a la anfitriona con una mala defensa:

—Me mareo con facilidad en el coche y no me gusta viajar de noche. Astrid dijo que la casa era grande.

Franny estaba en el mercado cuando llegaron y no lo había visto entrar con una maleta. Ahora, además, tendría que lavar las sábanas de su dormitorio. En ese momento, el teléfono empezó a sonar, y Jonas, en un gesto de independencia, se sirvió café y salió por la puerta trasera.

—Quiero hablar con mi padre —declaró la voz al teléfono.

—¿Ariel?

No hubo respuesta; dado que Leo tenía tres hijos, dos de ellos varones y solo la chica le dirigía la palabra, si llamaba una voz femenina y quería hablar con su padre solo podía ser Ariel.

—Espera un minuto —dijo Franny—. Está en el fondo del jardín, tengo que ir a buscarlo.

Eric le dirigió una mirada inquisitiva con ánimo de averiguar las intenciones de Ariel, pero Franny hizo caso omiso. Cruzó la hierba húmeda, pasó bajo los cerezos, más allá de la piscina en la que Jonas estaba ya tumbado con el torso desnudo sobre el trampolín, la taza de café junto a su cabeza. Cuando llegó a la puerta de la casita entró sin llamar.

—Ariel al teléfono —anunció.

Leo estaba tumbado sobre la cama con un volumen de Chéjov en las manos. Miró a Franny y sonrió.

—¿Te importaría decirle que estoy trabajando? Dile que ya la llamaré.

—Ni hablar —contestó Franny.

—Ahora no puedo hablar con ella.

—Bueno, pues yo tampoco, así que te sugiero que vayas a la cocina y cuelgues el teléfono.

Franny salió de la casita y se dirigió al fondo del jardín. Sabía donde había un hueco en el seto y pasó por ahí: cruzó el jardín del vecino, bajó por el camino de entrada a la casa, salió a la calle acompañada por el repiqueteo de las chancletas. Le habría gustado tener una bicicleta, un sombrero, algo de dinero, pero, al mismo tiempo, no deseaba nada más que estar sola. No podía evitar la sensación de que se había ganado a pulso todo lo que le había salido mal. Si hubiera hecho algo con su vida, nadie le pediría que preparara un capuchino y, si hubiera hecho algo con su vida, estaría encantada de preparar capuchinos porque no sería ese su trabajo. Prepararía el café porque era una persona amable y simpática. Podría sentirse a gusto siendo amable sin preguntarse constantemente si era algo más que una guapa camarera. A medida que se acercaba a los treinta años, deseaba ser algo más que una musa o, como su padre había dicho la última vez que lo había visto en Los Ángeles: «Ser la amante de un hombre no es una profesión».

Su padre no había leído *Comunidad*, pero su hermana sí.

—No contiene nada especialmente difamatorio —dijo Caroline a Franny—, se ha cubierto las espaldas.

—Menos mal que no haces tú la reseña del *Times*.

—Te lo voy a decir de otra manera: no me gustó, pero no voy a demandarlo.

—Si casi no sales en el libro.

Caroline se echó a reír.

—A lo mejor es eso lo que me irritó. En cualquier caso, si lo demandara sería una querella colectiva e involucraría a toda la familia.

—Bueno —contestó Franny—, sería una buena manera de que volviéramos a estar juntos.

Era curioso lo mucho que echaba de menos a Caroline en aquellos momentos. Aunque en su adolescencia se llevaran muy mal, en el fondo estaban unidas por un afecto peculiar. Franny y Caroline conocían las mismas historias. Caroline trabajaba como abogada de patentes en Silicon Valley. No había nada más difícil. Estaba casada con un diseñador de *software* llamado Wharton; en realidad, Wharton era su apellido, pero todos lo llamaban así porque su nombre de pila era Eugene. Franny pensaba que Wharton había suavizado el carácter de su hermana: conseguía hacerla reír. Franny no recordaba que su hermana se riera nunca cuando vivían juntas; al menos, delante de ella. Caroline y Wharton tenían un niño llamado Nick.

Franny había pasado mucho tiempo con Caroline el semestre en que Leo había dado clases en Stanford. Caroline le daba la lata para que volviera a estudiar Derecho, y Franny era capaz de darse cuenta de que esa insistencia procedía del afecto.

—Hazme caso —decía Caroline—. Ya sé que la facultad es una porquería, incluso sé que el ejercicio profesional puede ser una porquería. Pero tarde o temprano tendrás que hacer algo. Si crees que vas a encontrar algo a tu medida, cuando cumplas ochenta años seguirás mirando los anuncios de ofertas.

—Parece como si quisieras convencerme de que contraiga un mal matrimonio.

—Pero es que no tiene por qué ser un mal matrimonio. ¿Cómo es posible que no te des cuenta? Sácate el título y dedícate a luchar contra la discriminación en el alojamiento o busca trabajo en una editorial y redacta contratos para los autores.

Franny sonrió y negó con la cabeza.

—Ya lo pensaré —contestó a su hermana.

Pero no lo había pensado. Y ahora estaba en Amagansett andando por el pueblo para evitar la presencia del hombre al que quería y la de sus amigos. Franny se dedicó a mirar los escaparates y, cuando vio un periódico en un banco, se sentó y lo leyó entero. La luz era tan suave, tan dorada, que casi podía disculpar a sus invitados por querer quedarse. Esperó hasta que estuvo segura de que era demasiado tarde para que le pidieran que les preparara la comida. Pasó por delante del restaurante que a ella y a Leo les gustaba con la esperanza de encontrarlos allí. Finalmente, decidió volver. No tenía otra cosa que hacer. Tenía intención de subir a su dormitorio sin que se enterara nadie, pero la vieron desde el porche lateral y la saludaron con la mano.

—¡Franny, qué día hemos pasado sin ti!—dijo Leo, como si no tuviera nada de extraño su ausencia ni tampoco su regreso.

Astrid, de vuelta de Sag Harbor, asintió.

—He tenido que traer unos sándwiches para comer, queda un poco de sorbete.

—Y Eric y yo hemos ido al pueblo y hemos comprado cosas para cenar —dijo Marisol.

—Alguien tendrá que volver al pueblo —dijo Eric—, no hemos comprado cantidad suficiente.

Franny los miró, instalados en el porche, tamizados por las mosquiteras y por la luz tangencial a sus espaldas, por el parterre de lirios amarillos que los separaba de ella. No era muy distinto a la imagen de unos tigres en el zoo.

—Ha llamado Hollinger —anunció Leo—. Viene en coche de Nueva York con Ellen. Llegarán dentro de una hora más o menos.

—¿Hollinger? —preguntó Astrid—. No me lo habías dicho. ¿Cómo ha sabido dónde estabas?

John Hollinger no era uno de los autores de Astrid. Su novela *El séptimo relato* había derrotado a *Comunidad* en la lucha por el Pulitzer, y los dos escritores insistían con gran énfasis en que ese hecho no había alterado su amistad, si bien lo cierto era que tampoco habían sido nunca grandes amigos.

Marisol hizo un gesto desdeñoso.

—Seguro que tarda más de una hora, siempre llega tarde.

En otros tiempos, Franny se habría sentido abrumada ante la idea de que John Hollinger fuera a su casa a cenar, pero aquellos tiempos habían pasado ya. Ahora él y su mujer eran solo dos platos más a la mesa. Con ellos dos eran ya ocho, dando por hecho que Jonas y Astrid no se irían nunca.

—¿Y qué tal tú? —preguntó Eric mirando a Franny como si por fin recordara que había pasado el día fuera—. ¿Has pasado un buen día?

Franny se protegió los ojos con la mano y lo miró, desconcertada.

—Claro —dijo. Era lo único que necesitaban para liberarla de la conversación.

Había seis cajas de cartón en la larga mesa de madera de la cocina, media docena de mazorcas de maíz todavía con hojas verdes.

Oyó un ruido como si algo rascara y una de las cajas se abrió de golpe.

Leo entró en la cocina y se detuvo tras ella.

—Siento lo de Hollinger —dijo, dándole un beso en la sien—. No me ha preguntando nada, ha telefoneado para anunciar su llegada inminente. Deberíamos haber alquilado una habitación en un motel en Kansas para pasar el verano.

—Nos habrían encontrado.

—He pasado el día escondido en la casita del jardín para que todo el mundo piense que estoy escribiendo una novela. ¿Dónde has ido?

—¿Qué hay en las cajas? —preguntó Franny, aunque sabía perfectamente qué había en ellas.

—Marisol ha pensado que sería divertido comer langosta.

Franny se volvió y lo miró.

—Dijo que era vegetariana. ¿Sabe cómo cocinarlas?

—Me parece que no es tan complicado, solo hay que ponerlas en agua. Oye —dijo, poniéndole las manos en los hombros y mirándola directamente de un modo que le hacía parecer muy valiente—, tengo que decirte una cosa, aunque prefería no hacerlo: Ariel viene a pasar un par de días.

De todas las cosas posibles de este mundo, la convivencia de Franny y Ariel bajo un mismo techo no era una de ellas. Cuando Ariel iba a Nueva York, Franny se alejaba del barrio de Gramercy Park. Era la única manera de que se respetaran: no coincidían nunca.

—He contestado yo al teléfono: sabe que estoy aquí, así que no querrá venir —dijo Franny.

—Me parece que solo quiere ver la casa. Cometí el error de contárselo hace unos meses. Entonces no pensaba que la alquilaríamos. Dice que necesita un descanso.

Franny se distrajo con el ruido procedente del interior de las cajas. Se dio cuenta de que estas se desplazaban poco a poco por la mesa. La imagen de las langostas en la oscuridad era tan terrible como la idea de que Ariel Posen estuviera de camino a Amagansett; si no era eso, estaba experimentando algún tipo de transferencia emocional. Leo siguió su mirada fija en la mesa.

—«Debería yo haber sido un par de ásperas garras / corriendo por los fondos de mares silenciosos...» —Leo recitó a T. S. Eliot mientras contemplaba los intentos de fuga del contenido de las cajas.

—Leo, me odia. Lo ha dejado bien claro.

Leo hizo acopio de la energía suficiente para esbozar una lánguida sonrisa.

—Quizá este verano deje de odiarte y nos llevemos todos bien. Tarde o temprano tendrá que ser así.

—¿Cuándo? —preguntó Franny.

No quería saber cuándo dejaría de odiarla (ya conocía la respuesta), sino cuándo llegaría.

Leo suspiró y la atrajo hacia su pecho, el amplio y cálido pecho de la literatura.

—No lo sabe. Probablemente, mañana; posiblemente, el martes. Dijo que si conseguía arreglarlo todo tal vez esta noche, pero no creo que tengamos que preocuparnos por esa posibilidad.

—¿Traerá a Button? —Button era la hija de Ariel, la nieta de cuatro años de Leo Posen, su única nieta.

Leo la miró con sorpresa.

—Claro que vendrá con Button.

Claro.

—¿Y alguien más?

Leo se dirigió a la nevera y cogió una botella de vino blanco que había quedado sin terminar de la comida. Se sirvió lo que quedaba en un vaso que estaba junto al fregadero.

—Quizá un novio. Un tal Gerrit. Creo que es holandés. Me ha dicho que todavía no sabe qué planes tiene él. Quizá se porte mejor si tiene que impresionar a alguien.

—«¿Debería yo, después del té con pastas y helados, / tener la energía de forzar el momento hasta su crisis?» —preguntó Franny a las langostas, citando también a T. S. Eliot.

—¿Y qué se supone que significa eso? —preguntó Leo.

Franny negó con la cabeza.

—Nada, son los versos siguientes.

—No, esos no vienen a continuación —contestó Leo, y salió con la copa de vino en dirección al porche.

Franny se metió unas tijeras en el bolsillo y se llevó las seis cajas al coche. Franny, que se consideraba una persona sin talento, era muy capaz de hacer cosas que otras personas creerían imposibles. Sentía cómo las langostas rascaban mientras se deslizaban pesadamente por los oscuros rincones de las cajas de cartón.

—¿Necesitas que te eche una mano? —preguntó Jonas, acelerando el paso cuando la vio. Venía de la piscina y tenía el pecho y la espalda abrasados por el sol de manera irregular.

—No hace falta —dijo Franny, dejando las cajas en el suelo para abrir la puerta del coche.

—¿Vas al pueblo?

—Otra vez al pueblo. —Franny colocó a las pasajeras en el suelo de la parte trasera, tres en cada lado.

—Voy corriendo a buscar mi camiseta —dijo él, alegrándose por la oportunidad que se le ofrecía—, necesito algunas cosas del pueblo. Te acompaño.

Franny empezó a decirle que no, a explicárselo, pero se limitó a asentir. Dejó que se cerrara tras él la puerta de la cocina, esperó diez segundos, se subió al coche y se marchó.

Franny y Leo no hablaban de boda, excepto algunas veces de modo sentimental, en la cama, las manos de él bien abiertas en la espalda de Franny. E incluso en esos momentos se limitaban a decir que, si no hubiera sido por el futuro y el pasado, se habrían casado enseguida. Pero nunca hablaban del elemento que lo impedía en el presente: la hija de Leo.

Por lo general, Franny intentaba no pensar en Ariel; se habían visto ya algunas veces y siempre había sido un desastre. Franny no aspiraba a gustar a la hija de Leo, pero confiaba en sentir algún día cierta compasión por ella. Para ello, cuando Ariel aparecía se forzaba a pensar en su propio padre, en imaginar a Fix con alguien más joven que ella misma, relegando a la pobre Marjorie. Imaginaba a Fix saliendo con su camarera favorita, no solo durante un fin de semana, sino durante cinco años. Su padre enamorado de una camarera sin oficio ni beneficio que lo esperaba en algún motel cuando él salía a operaciones de vigilancia. Cuando era capaz de ver las cosas de ese modo, era más fácil de sobrellevar la lava de la rabia de Ariel. La verdad era que Franny no soportaba que nadie la odiara. Ni el colegio del Sagrado Corazón ni la facultad la habían preparado para eso. La Facultad de Derecho había intentado endurecerla, pero no había hecho gran cosa en la universidad.

Franny encontró un sitio para aparcar a dos manzanas del agua y llevó las seis cajas hasta el extremo del embarcadero, más allá de los pescadores con sus cubos y sus cañas, más allá de los turistas que paseaban cogidos de la mano. Quería que las langostas tuvieran agua profunda. Quizá fueran tan tontas de meterse en la cazuela de otro al día siguiente, pero no quería que abandonaran la playa a los pocos minutos de su liberación. Puso las seis cajas en fila y las abrió. Navidad en el muelle. Fiesta para los crustáceos. Eran negras y verdes, no del color rojo eléctrico que tendrían después de hervidas. Estaban despiertas, llenas de energía por la proximidad del agua salada, agitaban las pinzas atadas con impaciencia. Nunca sabrían de lo que acababan de librarse, aunque, dado que eran unas simples langostas, probablemente nunca sabrían nada de nada. Cogió las tijeras, las metió en la caja y puso cuidado en cortar las gomas sin pellizcar ninguna de las patas ni perder un dedo (era fácil cortar la primera goma de cada langosta, la segunda era ya otra cosa). Cuando terminó, volcó cada una de las cajas en el mar; las langostas cayeron con un agradable sonido al chocar con el agua y luego se hundieron hasta desaparecer de su vista.

Cuando Franny tuvo cargado ya el coche con todas las provisiones y volvió a la casa, era ya tarde. Vio de refilón a Leo en el porche hablando con alguien que estaba junto a la puerta (¿eran ya nueve a cenar? Aquello era ya demasiado) mientras los demás estaban por ahí. Un elegante Audi plateado estaba aparcado junto a la casa, los Hollinger habrían llegado. Franny pensó que sería muy agradable darse una ducha antes de verlos, pero no era posible. Empezó a llevar las cajas y bolsas a la cocina. Había hecho ya tres viajes cuando Leo entró con un hombre alto y joven con una larga trenza negra.

—Franny —dijo Leo.

Franny puso sobre la mesa la pesada caja que tenía en los brazos, mitad licor, mitad vino. Había otra en el coche. Dejó las manos encima de la caja para que las botellas no se movieran. En cuanto lo vio, se dio cuenta de la gravedad de lo que había hecho, el inmenso error de haber dado lo que no era suyo. Sin duda, lo sabía en el momento en que lo estaba contando, pero entonces no le había importado. Era el modo en que Leo la escuchaba, el modo en que le hacía tantas preguntas, cómo le pedía que se lo contara todo otra vez. Nada en su vida se podía comparar a la luz de su atención.

—Joder —dijo Albie —, si estás igual.

Albie era más alto y más delgado de lo que Franny habría imaginado. Llevaba una camiseta sin mangas y unos pantalones enormes con grandes bolsillos. Tenía los brazos oscuros y musculosos, las muñecas tatuadas. Era al mismo tiempo su hermano y un desconocido.

—Tú no —contestó Franny.

¿No se le había ocurrido que Albie aparecería tarde o temprano? Después de que saliera el libro, durante los primeros meses había esperado verlo aparecer tras cada esquina, pero el tiempo había ido pasando. ¿Se había olvidado de él?

—¿Cómo nos has encontrado?

—Lo he encontrado a él —dijo Albie, señalando a Leo—. Es la persona más fácil de localizar del mundo.

—Es bueno saberlo —dijo Leo.

—No se me había ocurrido que hubieras sido tú —dijo Albie, dirigiéndose a Franny—, pero todo encaja. Alguien tenía que habérselo contado.

Habían querido ir al establo a cepillar los caballos. Si cepillaban los caballos y limpiaban algunas de las casillas, Ned les dejaba montar a la yegua por turnos durante la tarde. Pero Albie los estaba volviendo locos. ¿Qué hacía que era tan intolerable? En aquel momento, con Albie delante de él, Franny era incapaz de recordarlo. O quizá no hacía nada malo. Quizá era que alguno de ellos tenía que vigilarlo mientras deambulaba entre los caballos y nadie quería hacerlo. Albie no era el monstruo que le decían que era; en realidad, no le pasaba nada. Solo era un niño pequeño.

—A Albie le apesta el aliento —anunció Franny, y se volvió hacia él—: ¿No te has lavado los dientes esta mañana?

Así empezó todo. Holly se inclinó hacia delante y olfateó el aire delante de la boca de su hermano. Puso los ojos en blanco.

—Tic Tac, por favor.

Caroline miró a Cal.

—Pues sí. Ya sabes que no va a lavarse los dientes, creo que no se los ha lavado desde que llegamos aquí.

Cal se sacó del bolsillo la bolsita. Tenía cuatro y le dio las cuatro.

—¿Todas? —preguntó Albie.

—Apestas —dijo Cal—. Si no te las comes, vas a asustar a los caballos.

Jeanette salió entonces. No dijo adónde iba, pero los demás contaron luego que tuvieron que esperarla.

—¡Quiero ir! —dijo Albie.

Franny negó con la cabeza.

—Ernestine nos ha dicho que tenemos que estar juntos.

Esperaron hasta que se quedó dormido. Nunca tardaba mucho. Cal llevó a Albie al cuarto de la ropa y lo dejó bajo una montaña de toallas depositadas en el suelo. Era domingo y Ernestine estaba preparando una gran cena; nunca lavaba en domingo.

Y ahora, veinte años más tarde, ahí estaba Albie, en la casa de veraneo de la actriz, tras leer lo que había sucedido aquel día que había pasado durmiendo en una novela escrita por una persona a la que no había visto en su vida. Franny negó con la cabeza. Tenía las manos frías. Nunca había tenido tanto frío.

—Lo siento —dijo sin voz, y tuvo que repetirlo—. Ya sé que no vale para nada, pero lo siento. Ha sido un tremendo error por mi parte.

—¿Qué error es ese? —dijo Leo. Se acercó a la caja y cogió una botella de Beefeater—. Me voy a tomar una copa, ¿alguien quiere otra?

—¿Creías que nunca me enteraría? —preguntó Albie—. Bueno, quizá tenías razón, he tardado mucho en enterarme.

—Antes de que llegaras, estaba intentando explicárselo —dijo Leo, sirviéndose un poco de ginebra en un vaso—. Los escritores se inspiran en muchas cosas, no en una sola.

Franny miró a Leo con ganas de que cogiera su vaso y se fuera al porche a fumar con otros invitados.

—Déjanos hablar un rato —le dijo Franny—. Esto no te concierne.

—Claro que me concierne, se trata de mi libro.

—Sigo sin entenderlo —dijo Albie, señalando a Franny y luego a Leo—. ¿Cómo es posible que él haya terminado contando mi vida?

—Es que no es tu vida —dijo Leo—, eso es lo que intento explicarte. Es mi imaginación.

Albie se dio media vuelta como un látigo, alzó las manos hasta la altura de los hombros de Leo y le dio un empujón. Leo, sobresaltado, dejó caer el vaso al suelo y la cocina se inundó del limpio olor a ginebra.

—No entiendes qué hago aquí, ¿verdad? —dijo Albie—. No tienes ni idea de lo que me está costando no matarte. Y si te has inventado mi vida, entonces entenderás lo poco que me juego.

Franny podría haber dado un paso hacia Leo, podría haberle puesto las manos en el brazo, pero en aquel momento se decantó por Albie. Se había portado mal con él: ella y Leo se habían portado mal, los dos.

—Escucha, vámonos y hablemos —dijo a Albie—. Vámonos fuera y habla conmigo.

Leo retrocedió, como si le hubieran dado un golpe, congestionado. Leo (más bajo, más pesado, duplicaba con creces la edad de Albie) juraría más tarde que le había pegado. El vaso rodó junto a sus pies, milagrosamente entero.

—Voy a llamar a la policía —dijo Leo. Oía su respiración irregular.

—Aquí nadie va a llamar a la policía —dijo Franny.

—¿De qué demonios hablas? —dijo Leo.

Marisol entró en la cocina por la puerta de vaivén, Eric detrás de ella.

—Franny, ¿dónde están mis langostas? —preguntó Marisol.

Al principio, Franny no fue capaz de entender de qué estaba hablando o por qué estaba en la casa, pero luego se acordó.

—Se han ido —contestó, sin dejar de mirar a Albie.

—¿Tienes la menor idea de lo que cuestan unas langostas? Eric tocó a su mujer en el hombro.

—Vámonos al cuarto de estar —dijo—, tienen un invitado.

—¡Nosotros somos los invitados! —Marisol se había puesto un vestido de seda de color verde esmeralda y un collar liso de oro. Los Hollinger habían llegado y se había vestido para la cena. Solo Hollinger figuraba por encima de Posen en la jerarquía literaria, y muchos ni siquiera estarían de acuerdo con eso. Hollinger había tenido una carrera más regular, había ganado más. La cena, toda por hacer, estaba sobre la mesa en distintas cajas, en bolsas de la compra.

—Jonas me ha dicho que las has metido en el coche, ¿les pasaba algo?

Albie se volvió hacia Franny.

—¿Trabajas para ellos?

Franny soltó el brazo de Albie y le cogió la mano.

—Tenemos que irnos.

—¿Quién es? —preguntó Marisol. Marisol, que no era nadie, a la que nunca habían invitado.

—Es mi hermano —dijo Franny.

—No es tu hermano, maldita sea —gritó Leo con un vozarrón que salió por las ventanas y se oyó más allá del jardín.

Franny había cometido un error aquella mañana cuando había salido de la casa sin el bolso, pero no iba a volver a equivocarse.

—Quédate aquí —dijo a Leo—. Todo va a ir bien.

Albie cogió la botella de ginebra.

—No vas a marcharte con él —dijo Leo.

—Si no me voy con él, lo invito a cenar. Y se instalará en la habitación de los invitados, ¿de acuerdo?

—Vamos a ver —dijo Eric—, ¿por qué no sacamos unas bebidas para los invitados? Marisol, coge el sacacorchos y unos vasos. Podríamos sentarnos y tomar una copa. Tú tienes la ginebra —dijo Eric, señalando a Albie con la cabeza; luego se volvió hacia Franny—. Los Hollinger están aquí, han llegado mientras estabas en el pueblo. Sal y saluda.

Eric estaba intentando mantener la fiesta en paz y que todo volviera a su cauce. Franny se dio cuenta entonces de que Eric no sabía quién era Albie, ni quién era ella, además de la novia de Leo. Porque cuando Leo la llamaba «su inspiración», cosa que hacía continuamente, nadie creía que lo hiciera en sentido literal. Para Eric, la historia de las dos parejas vecinas, sus terribles hijos, no era más que la trama de una novela. En aquel momento, Franny quiso salir a hablar con Leo, tranquilizarlo, pero Marisol había abierto la puerta de la cocina. Todos oyeron las voces que venían del vestíbulo, ¡tantas voces! «Hola, hola», el sonido de las puertas de los coches, risas, la voz de Ariel llamando a su padre.

* * *

Si, pasado el tiempo, Beverly o Bert hubieran tenido que contar la historia, habrían dicho que se habían divorciado después de que muriera Cal. Y, sin duda, era cierto, pero ese «después» resultaba engañoso, puesto que relacionaba la muerte y el divorcio como si hubiera una relación causal entre ambos hechos, como si Beverly y Bert hubieran sido una de esas parejas en las que, tras la muerte de un hijo, toma cada uno un sendero de pesar diferente y no consiguen volver a caminar juntos. Y no había sido así.

Bert reprochaba a Beverly que hubiera dejado a los seis chicos solos en la casa de campo con Ernestine y sus padres, que no hubiera dicho a nadie que había cogido el coche de la señora Cousins para ir a Charlottesville, meterse en un cine y ver dos veces seguidas la película *Harry y Tonto* (no tenía previsto verla dos veces, pero el cine estaba tan vacío, silencioso y fresco que no pudo resistirse. Lloró al final de la película y mientras se mostraban los títulos de crédito; y, en lugar de salir al vestíbulo con el rímel corrido, decidió quedarse). ¿De verdad creía Bert que Beverly vigilaba a los niños todo el rato? ¿De verdad creía que, si se hubiera quedado en casa aquella tarde, tras leer otro libro en su cuarto, otra revista, echar otra siesta, después de que hubiera muerto oficialmente de aburrimiento, habría ido con ellos al establo a peinar los caballos? Lo cierto era que también dejaba a los chicos solos cuando estaban en Arlington, los dejaba para conservar la cordura. Por lo menos, en la casa de campo había algún adulto vigilando. ¿O es que sus padres no tenían ninguna responsabilidad por lo que había sucedido en su propiedad? ¿Y qué pasaba con Ernestine? Aunque no se lo hubiera advertido, Beverly había dejado a los niños al cuidado de Ernestine. La mujer tenía más criterio parental que Beverly, Bert y los padres de este juntos. Y a Ernestine le parecía bien que fueran caminando casi un kilómetro hasta el establo.

Bert no debería haber insistido en que Beverly y los niños pasaran una semana en casa de sus padres en el campo mientras él se llevaba el coche a Arlington para trabajar. Si pensaba que los niños necesitaban compañía para ir al establo, entonces debería haberse quedado y haber ido él. Beverly no quería ser una invitada en casa de los padres de Bert, que estaban todo el rato preguntando a los niños por su maravillosa madre: «¿Cómo está Teresa?» «¿Qué hace Teresa?» «Que vuestra madre sepa que será siempre bienvenida en esta casa.»

Los niños tampoco querían quedarse con los padres de Bert. Habían sido mucho más felices en el motel Pinecone, donde habían estado en veranos anteriores. En casa de los padres de Bert tenían que quitarse los zapatos al entrar y secarse los pies con una toalla. Como no se les permitía entrar en el cuarto de estar bajo ningún concepto, se había convertido en un juego pasar corriendo a toda velocidad cuando oían que alguien se acercaba. Una figurita de porcelana de un caballero inglés y su lebrel se cayó de una mesa y se rompió.

Los padres de Bert no querían que estuvieran allí. Los habían invitado a que prolongaran su inesperada visita con la esperanza de ver a su hijo, no a los hijos de este, a su segunda esposa ni a sus hijas. Pero entonces Bert se marchó.

Tampoco Ernestine quería que estuvieran allí. No podía con todo. Suponía ocho bocas más que alimentar (siete después de que Bert se marchara), montones de ropa, juegos que inventar, peleas que apaciguar, empleados que aplacar. Casi toda la carga del trabajo recaía sobre los hombros de Ernestine y, sin embargo, la llevaba sin quejarse.

Bert volvió a Arlington porque en las condiciones de una semana de trabajo normal resultaba caro, poco práctico y muy peligroso encontrar un lugar para seguir con su romance con su ayudante. Linda Dale (tenía dos nombres de pila y no contestaba si se la llamaba con uno solo) había dicho que, para variar, le gustaría cenar con él en un restaurante como la gente normal, acostarse en una cama de verdad, despertarse en plena noche y hacer el amor mientras estaban medio dormidos, y luego volver a hacerlo en la ducha a la mañana siguiente. Bert no estaba locamente enamorado de Linda Dale: era irritable, exigente y muy joven, pero si ella le decía cosas como esas cuando él llamaba a la oficina, ¿qué se suponía que tenía que hacer? ¿Quedarse en la casa de campo?

Bert estaba en la oficina cuando su madre llamó para contarle lo que le había pasado a Cal. Subió al coche y se saltó todos los límites de velocidad de manera que el viaje de dos horas hasta el hospital de Charlottesville duró solo una y media, tal como habría hecho cualquier padre. Ni se le pasó por la cabeza pasar primero por su casa para recogerla.

Algunas veces a Beverly y a Bert les costaba recordar qué era lo que los había destruido. Cuando Beverly se echó a llorar por la aventura de Bert, por las braguitas rojas poco familiares que había encontrado en su cama sin hacer, Bert se quedó sobrecogido. La muerte de un chico se imponía sobre la infidelidad. La muerte de un hijo se imponía sobre todo. Beverly casi podía comprenderlo. Si la pena y la pérdida pudieran medirse, ganaba Bert, y aquel era el momento de reconciliarse, por su matrimonio y por los niños que quedaban. Pero aceptar las circunstancias no era lo mismo que perdonar. Permanecieron juntos y caminaron hacia delante, y, aunque su matrimonio duró seis años más tras la muerte de Cal, ninguno de los dos lo recordaba así. Los dos dirían que la pena con la que había cargado cada uno por su cuenta los había separado mucho antes.

Si el final del matrimonio de Bert y Beverly no se podía atribuir a Cal, tampoco se podía achacar a Albie, aunque los recursos emocionales de la pareja estaban tan agotados cuando Albie llegó de California que este no tuvo que hacer gran cosa más que verlos caminar hacia el abismo. El mero hecho de que él apareciera fue suficiente. Cinco años, dos meses y veintisiete días después de la muerte de Cal, Albie lanzó un librillo de cerillas encendidas en la papelera del aula de Arte de la Shery High School, en Torrance. Teresa llamó a Bert y le contó lo del incendio, le dijo entre lágrimas de agotamiento que Albie estaba detenido en un centro de menores. Bert colgó e hizo que Beverly llamara a su exmarido para que soltaran al chico. Luego llamó a Teresa para decirle que era una madre incompetente. ¿Era sábado por la mañana y ni siquiera sabía adónde había ido su único hijo varón con su bicicleta? Le dijo que su hogar era inadecuado, inseguro y no tenía otra alternativa que enviarle a Albie. Bert tuvo esa conversación por el teléfono de la cocina mientras Beverly salteaba cebollas para hacer ternera Stroganoff para cenar. Apagó el fuego debajo de la sartén y subió lentamente las escaleras en dirección al dormitorio de Caroline. Con frecuencia se escondía allí ahora que su hija mayor estaba en la universidad. A Bert no se le ocurría buscarla en esa habitación.

Por supuesto, Teresa podría haberle contestado muchas cosas, pero, en el fondo de la exagerada crueldad de su exmarido, había una verdad muy simple: Teresa no era capaz garantizar la seguridad de Albie. Teresa no creía que Bert pudiera hacerlo, pero distintos amigos y distinto colegio en el otro extremo del país podrían ofrecerle una oportunidad. El lunes por la mañana, el director llamó para decir que Albie y los otros chicos estaban expulsados durante la investigación y, si esta los consideraba culpables (cosa muy probable, teniendo en cuenta que los habían visto salir corriendo del edificio en llamas el sábado por la mañana y habían confesado que habían provocado el fuego), la expulsión sería definitiva. El martes Teresa llamó a Bert. Enviaba a Albie en avión.

Albie, que tenía casi quince años, caminó hasta el jardín posterior, dejó caer la maleta, se sentó en una silla de hierro forjado blanca y encendió un cigarrillo. Su padre seguía forcejeando con las grandes planchas de cartón que habían unido con cinta de embalar para formar una especie de caja en torno a la bicicleta que transportaba el coche. Bert le había dicho ya en el camino desde el aeropuerto de Dulles que Beverly no estaría en casa aquella noche para cenar. Los jueves por la noche, Beverly tenía clase de francés en la universidad y después se iba a cenar con los compañeros de clase para seguir hablando en francés. «Está intentando encontrarse», dijo su padre, y Albie miró por la ventanilla.

«Entonces, ¿cómo vendrá del aeropuerto?», preguntó Bert cuando Beverly le anunció que no estaría en casa. Bert cayó directamente en la trampa.

Cuando consiguió desembalar la bicicleta, Bert salió con ella del garaje como si fuera la mañana de Navidad. Tenía intención de decir «¡Mira, como nueva!». Pero vio un paquete de cigarrillos y, lo que era peor, el encendedor Bic rojo sobre la mesa, delante de su hijo. La bicicleta no parecía tener pie de cabra, así que la apoyó contra una de las sillas del jardín.

—No tienes permiso para llevar encendedor —dijo Bert, aunque la frase sonó más como una pregunta que como una afirmación.

Albie lo miró, desconcertado.

—¿Por qué no?

—Porque has prendido fuego al maldito colegio. ¿Me estás diciendo que tu madre no te ha prohibido acercarte al fuego?

Albie sonrió ante la franca estupidez de su padre.

—No he prendido fuego al colegio. He incendiado el aula de Arte. Ha sido un accidente y, además, necesitaban una nueva aula de Arte. El colegio está ya abierto otra vez.

—Entonces te lo diré yo: estás castigado y no puedes acercarte a nada relacionado con el fuego. Eso significa que nada de incendios ni de cigarrillos.

Albie dio una profunda calada. Volvió la cabeza hacia un lado y sopló el humo para no molestar. Además, estaba fumando fuera de casa precisamente para no molestar.

—El fuego es uno de los elementos, como el agua o el aire.

—Pues estás castigado a no acercarte a un elemento.

—¿Y puedo encender el fuego de la cocina?

Los dos estaban mirando el encendedor de gas que había sobre la mesa. Cuando Bert se acercó para cogerlo, Albie lo atrapó con la mano, mirando abiertamente a su padre. Aquel fue el momento crucial: Bert podía darle un bofetón a su hijo o no dárselo. Albie bajó el cigarrillo y alzó el rostro con los ojos muy abiertos. Bert se enderezó y dio un paso atrás. Nunca había pegado a sus hijos y no pensaba empezar en aquel momento. Las contadas ocasiones en que había dado una bofetada a Cal se repetían en su pensamiento en un bucle continuo.

—No fumes en casa —dijo Bert, y entró.

Albie contempló la casa. No era la misma en la que había estado cuando era chico, no la había visto nunca. En algún momento desde la última vez que Albie había estado en Virginia, Bert y Beverly se habían trasladado y no se lo habían comunicado a Holly, a Albie ni a Jeanette. ¿Por qué iban a hacerlo, si nadie pensaba que Holly, Albie o Jeanette volverían a ir a su casa? Pero en el aeropuerto su padre tampoco había dicho nada de la casa nueva. ¿Se le había olvidado? ¿Creía que Albie no se daría cuenta? Era una casa de ladrillo rojo sangre con un pórtico con columnas estriadas blancas, una reproducción a pequeña escala de la mansión en la que vivían los padres de Bert a las afueras de Charlottesville. Tenía un frondoso jardín con plantas y árboles desconocidos para Albie, todo muy pulcro y bien mantenido. Podía distinguir el extremo de una piscina cubierta con una lona para el invierno. Desde el patio, veía la cocina a través de la ventana, los bonitos cazos de cobre que colgaban del techo, pero, si se levantaba y abría la puerta y cruzaba la cocina, no sabría hacia dónde tenía que tomar. No sabía en qué cama se suponía que tenía que dormir.

Caroline ya no viviría en casa, habría ido a estudiar los primeros años de universidad, y, si Albie se hubiera parado a pensar, habría concluido que tenía muchos amigos que la invitaban a pasar las vacaciones. Seguro que tenía algún empleo para todo el verano como monitora en algún campamento o algún trabajo en prácticas que le impediría volver o incluso telefonear. Caroline siempre había dejado claro que en cuanto se fuera no volvería nunca más. Caroline era una bruja desde todos los puntos de vista, pero era también quien organizaba todas las actividades subversivas durante los veranos de su infancia. Caroline los odiaba a todos, especialmente a su propia hermana, pero era ella quien hacía las cosas. Cuando Albie pensó en ella y la recordó forzando el coche con una percha y sacando la pistola de la guantera, negó con la cabeza. Nunca había adorado a nadie en este mundo como había adorado a Caroline.

Eso significaba que solo estaría Franny. No había visto a ninguna de las niñas desde que se habían terminado los veranos en Virginia, cinco años atrás, pero le costaba más recordar a Franny. Era raro porque era la persona de la familia más cercana a él en edad. Recordaba que estaba siempre llevando el gato de un lado a otro y, en sus recuerdos, la niña y el gato se mezclaban: tiernos, menudos, deseosos de agradar, propensos a las siestas, siempre encima de las rodillas de alguien.

Albie se quedó en el jardín fumando mientras la luz se volvía dorada entre las zonas verdes de la zona residencial y el aire fresco le pinchaba en los brazos. No quería entrar en la casa y preguntarle a su padre dónde tenía que dormir. Pensó en rebuscar en su maleta para encontrar la generosa bolsa de hierba que le habían dado sus amigos como regalo de despedida, pero concluyó que ya había desafiado bastante a su padre aquel día. Una cosa era que le quitaran el mechero en un mundo lleno de cerillas y otra muy distinta que le arrebataran la hierba. Podía dar una vuelta por el barrio en bicicleta, familiarizarse con la zona, pero se quedó sentado. Cuando Franny llegó y aparcó en el camino de entrada, apenas había hecho algo más que pensar en moverse.

Franny llevaba una blusa blanca con las mangas arremangadas y una falda plisada azul, calcetines hasta la rodilla, unos zapatos oxford: el uniforme universal de cualquier alumna de colegio católico. Era pálida y delgada, llevaba el pelo recogido y, cuando él se puso de pie y tiró el cigarrillo, durante unos momentos de incertidumbre no tuvo claro si la relación entre los dos era buena o no. Franny dejó caer la mochila en el suelo y fue hacia él con los brazos extendidos. Franny, que no comprendía que Albie vivía al otro lado de un grueso muro y que nadie podía estrecharlo entre sus brazos, lo abrazó con fuerza. Era cálida y fuerte, y desprendía un tenue olor agradable a sudor de niña.

—Bienvenido a casa —dijo. Solo tres palabras.

Albie la miró.

—¿Te han obligado a quedarte fuera? —preguntó Franny, mirando la maleta de Albie—. ¿Al menos, podrás ir al garaje?

—Aquí se está bien.

Franny miró la casa. La luz del estudio de Bert estaba encendida.

—Entonces, nos quedamos aquí. ¿Quieres algo? Tendrás hambre.

Albie parecía hambriento. No solo por la delgadez de todos los niños Cousins, sino por sus ojos hundidos. Parecía que pudiera comerse un cerdo entero, como una pitón, sin que eso llegara a saciarlo.

—La verdad es que no me sentaría mal beber algo.

—Lo que tú me digas —dijo Franny, de camino ya a la casa, pensando en el almacén secreto de 7-Up que su madre censuraba.

—Ginebra.

Franny miró a Albie y sonrió. Ginebra un jueves por la noche.

—¿Te he dicho ya que me alegra que estés aquí? A lo mejor no te lo he dicho: pues me alegra. ¿Vienes conmigo?

—Dentro de un minuto —dijo él.

Mientras Franny estaba fuera, Albie miró el cielo. Unos animales revoloteaban (¿gorriones, murciélagos?) y se oía el estruendo de algo similar a los grillos. Ya no estaba en Torrance.

Al poco salió con dos vasos medio llenos de hielo y ginebra y una botella de 7-Up bajo el brazo. Llenó su vaso de refresco, lo removió con el dedo, y luego miró a Albie mientras mecía la botella de 7-Up.

—Paso.

—Todo un hombre.

Brindaron como en las películas, igual que hacía Franny con sus amigas en las fiestas de pijama después de escamotear discretamente alguna bebida en la despensa familiar. Franny había bebido alcohol de vez en cuando, no en su casa, tampoco con los amigos del colegio ni con Albie, pero, si había alguna ocasión para romper las normas, era aquella.

—Salud.

Franny hizo una pequeña mueca al notar el sabor mientras Albie se limitaba a sorber y sonreír. Encendió otro cigarrillo porque pegaba con la ginebra. Tenía la sensación de que ahí sentados, sin hablar, estaban recuperando su amistad. Habían pasado demasiadas cosas, había pasado demasiado tiempo como para intentar ponerlo todo en palabras en aquel momento.

Al cabo de un rato, salió Bert. Parecía contentísimo de ver a Franny allí. Le dio un beso en la sien, el humo del cigarrillo camuflaba el olor a ginebra.

—No sabía que estabas en casa.

—Estamos los dos en casa —contestó Franny con una sonrisa.

Bert hizo sonar las llaves del coche.

—Me voy a buscar una *pizza*.

Franny negó con la cabeza.

—Mamá ha preparado la cena, está en la nevera. Ahora la caliento.

Bert pareció sorprendido, aunque era difícil saber el motivo. Beverly siempre preparaba la cena. Cogió la maleta de Albie.

—Entrad, niños. Está haciendo fresco.

Entraron todos cuando empezaba a anochecer. Franny y Albie cogieron los vasos, los cigarrillos y el encendedor, y siguieron al padre de Albie por la puerta.

7

—¿Así que fue el hijo de Bert Cousins quien consiguió que rompieras con el viejo judío? —preguntó Fix. Estaban de camino a Santa Mónica con las ventanillas bajadas. Iban al cine. Caroline conducía. Franny iba detrás, inclinada hacia delante entre los dos asientos.

—¿Cómo es que no he oído nunca esta parte de la historia? —preguntó Caroline.

—¿Quieres hacer el favor de no llamarlo «el viejo judío»? —rogó Franny a su padre.

—Perdona. —Fix se llevó una mano al corazón—: El viejo borracho. Que Dios lo tenga en su gloria en Sión. Lo que quiero decir es que me quito el sombrero ante el chaval, por fin se ha ganado mi respeto.

Franny se imaginó llamando a Albie para decírselo.

—No es que me marchara esa misma noche y no volviera nunca: nos quedamos en Amagansett todo el verano.

Y ahí siguieron Ariel y su insoportable novio holandés, la pequeña y triste Button, un largo y horrible verano lleno de invitados. El final de la relación entre Franny y Leo representado ante una casa llena de gente. Hacía de ello más de veinte años y sentía con intensidad la tristeza de aquellos momentos.

—Pero en esencia fue eso, ¿no? —preguntó Fix—. El chico puso el clavo en la rueda.

Caroline negó con la cabeza.

—No, Albie identificó el hecho de que la rueda tenía un clavo —señaló.

Franny, sorprendida por la precisión del análisis de su hermana, se echó a reír.

—No debería haber dejado los estudios de Derecho —dijo Franny— y así sería tan lista como tú.

Caroline negó con la cabeza.

—Eso no es posible.

—Cambia de carril —indicó Fix, señalando la dirección—. En el semáforo, gira a la izquierda.

Fix tenía la guía de calles Thomas Brothers sobre las rodillas. No quería que Franny utilizara el móvil para guiarlos.

—¿Tenéis idea de por qué han tardado tanto en hacer la película? —Caroline echó un vistazo al retrovisor y luego aceleró hábilmente para adelantarse a un Porsche que se aproximaba. Caroline, para variar, conducía mejor que nadie.

—Leo no quiso vender los derechos para la película, de modo que no pudo hacerse nada hasta después de su muerte. Supongo que no ha sido fácil negociar con su mujer.

Natalie Posen. Milagrosamente, seguían casados y seguían peleando cuando Leo murió, quince años atrás. Durante todos aquellos años, había sido su mujer y ahora era su viuda. Franny la había visto en una única ocasión, en el funeral; era mucho más menuda de lo que había imaginado. Estaba sentada en el primer banco de la sinagoga y flanqueada por dos hijos que se parecían a Leo: uno de la nariz para arriba y otro de la nariz para abajo, como si cada uno hubiera heredado la mitad de la cabeza de su padre. Ariel estaba al otro lado de la sinagoga con la pequeña Button muy crecida y con su madre, la primera señora Posen. Eric aparecía mencionado en el programa como portador honorario, era ya demasiado mayor para llevar una sexta parte del peso del ataúd. Había llamado a Franny para darle la noticia de la muerte de Leo, todo un detalle teniendo en cuenta el tiempo transcurrido. Franny le preguntó qué había sido del libro que se suponía que Leo estaba escribiendo aquel verano.

Eric contestó que, tristemente, no existía tal libro.

Los demás estaban todos ahí, maltratados por el tiempo: Eric y Marisol, Astrid, los Hollinger, una docena más de asistentes; todos los invitados de aquel verano y los que habían acudido para reivindicar su figura delante del resto del mundo. Franny se quedó en el fondo, de pie junto a la pared, en un gallinero integrado por exalumnos, admiradores devotos y antiguas novias. Natalie Posen había decidido enterrar a su marido en Los Ángeles, dando así a su despecho un carácter eterno.

—La mujer —prosiguió Fix—. Pues si nos ponemos a buscar motivos para sentirnos bien, demos gracias a su mujer.

—¿A la mujer de Leo?

Fix asintió.

—Es la heroína en la sombra.

—¿Y eso?

Era el cumpleaños de Fix, cumplía ochenta y tres, y tenía metástasis en el cerebro. Franny se esforzaba tanto como podía en hacerle caso.

—Si no se le hubiera agarrado como un pitbull para conseguir más dinero, Leo Posen habría sido un hombre libre.

—Ah. —Caroline asintió. Se teñía el pelo del mismo castaño cálido y rojizo que tenía cuando eran niñas. Había seguido el ejemplo de su madre y se había mantenido en forma. Se había convertido en la hermana menor de Franny.

—No veo por dónde vais —dijo Franny.

Fix sonrió. Caroline siempre se las pillaba al vuelo.

—Si Leo hubiera estado divorciado —explicó su hermana—, se habría casado contigo.

—Franny, hija mía. —Su padre se dio la vuelta con cierta dificultad para mirarla—. A lo mejor es esa la única bala que has podido esquivar en tu vida.

Franny y Caroline habían decidido tiempo atrás que era un despilfarro de recursos que las dos fueran a ver a su padre a la vez. Con padres divorciados en extremos opuestos del país, con maridos cuyos padres también necesitaban dedicación en las vacaciones familiares, Franny y Caroline se repartían la carga. Entre las dos sumaban demasiados días de vacaciones o de baja, billetes de avión, ausencias en funciones del colegio y faltas sin justificar. Si las dos hermanas habían llegado a sentir con el tiempo cierto afecto la una por la otra, este no se manifestaba en las visitas. Aunque se lo propusiera, Franny no iba más allá de Los Ángeles cuando viajaba a la zona de la bahía de San Francisco. Ahora Albie vivía ahí, a dos horas de Caroline. El hijo mayor de Caroline, Nick, estaba terminando sus estudios en la cercana Universidad de Northwestern, de manera que al menos, cuando Caroline y Wharton iban a pasar el fin de semana con él, Franny podía ir hasta Evanston para verlos a los tres. Franny había visto muy poco a las dos hijas de Caroline, de la misma manera que Caroline apenas conocía a los dos chicos de Franny. Pero, por mucho que Franny hubiera convivido con ellos, Ravi y Amit no eran sus hijos biológicos, sino de su marido, y Caroline, aunque se empeñara en sentir otra cosa, no era capaz de conceder carta de ciudadanía a un hijastro.

Así pues, en circunstancias normales, ni Franny ni Caroline habrían coincidido en Los Ángeles para celebrar el cumpleaños de Fix, pero, desde que su padre había superado ya los plazos de supervivencia previstos por sus oncólogos, ambas habían incrementado el número de visitas. Aquel cumpleaños sería el último, un rápido vistazo al asiento del copiloto lo confirmaba, y en honor a la ocasión las dos hermanas habían alterado sus costumbres y habían decidido reunirse en California.

—Bien, ¿qué vamos a hacer en el gran día? —había preguntado Caroline la noche anterior—. Pide lo que quieras.

Estaban sentados en el cuarto de estar, los cuatro, en la casa de Santa Mónica a la que Fix y Marjorie se habían mudado cuando finalmente dejaron Downey tras la jubilación. La casa era casi un milagro; si bien distaba de ser magnífica, estaba a dos calles de la playa. Cuarenta años atrás Fix había conocido a un policía que jugaba al póker con un juez especializado en quiebras. Le soplaron que se subastaba la casa. Entonces fue cuando Fix anunció por fin a Marjorie que quería casarse con ella. Darían como primer pago la herencia reciente de una tía de Ohio de Marjorie. La comprarían, la alquilarían durante veinte años y, cuando se jubilaran, ya sería suya.

—¿Esta es tu propuesta de matrimonio? —preguntó Marjorie, pero aceptó.

—Pero ¿qué pintaba papá en todo esto? —preguntó Franny a Marjorie años más tarde, cuando por fin oyó la historia completa. Fix y Marjorie llevaban a las chicas a ver la casa de Santa Mónica cada vez que estas iban a verlos. La señalaban desde el coche, diciendo que era suya, que un día vivirían allí—. Si tú eras la dueña del dinero, ¿por qué tenías que casarte con él? Podrías haber comprado la casa y alquilarla tú sola.

—Tu padre quería una casa en la playa y yo quería casarme con tu padre —contestó Marjorie, y se echó a reír al oír su propia frase. Intentó explicarse mejor—: Quería casarse conmigo, pero tardó un poco en darse cuenta. Me gusta pensar que, al final, los dos salimos ganando.

Marjorie acababa de inyectarle el suplemento alimenticio por la sonda PEG. Frente a los ochenta y tres años de Fix, Marjorie era una joven anciana de setenta y cinco años, pero daba la impresión de que había dejado de comer el mismo día que su marido. Bajo el jersey le sobresalían los omóplatos como si fueran rejas.

—Vamos al cine —propuso Fix—. Vayamos a la primera sesión de tarde de la película de Franny.

—Fix —protestó Marjorie con voz cansada—. Ya hemos hablado de eso.

—¿Mi película? —preguntó Franny, aunque, sin duda, sabía de qué estaba hablando. También se había referido al libro como «el libro de Franny».

—La del libro que tu novio escribió sobre nosotros. Me gustaría tener la oportunidad de ver una película sobre mi vida. —Fix parecía encantado con la idea—. No he leído el libro, ya lo sabes. No tenía ganas de darle mi dinero a ese hijo de puta. Pero, ahora que se ha muerto y el dinero irá a su mujer, ya me da igual. Además, he leído una crítica en el periódico y dice que la actriz que hace de vuestra madre es bastante mala. Supongo que habrá echado chispas.

Marjorie levantó su delgada mano.

—Paso. Vete con las chicas. Os estaré esperando con pastelitos cuando volváis.

Unas pocas horas libres merecían el cheque de la pensión de un mes.

—Papá, ¿no te parece que sería más divertido quedarse en casa y arrancarnos las uñas con unas tenazas?

Franny se había sentido culpable y asustada cuando se publicó *Comunidad,* pero nunca negaría que habían sido días de gloria: la comida con los editores en La Grenouille, la ceremonia del premio en la que Leo subió al estrado, la gira eterna para presentar el libro en la que, noche tras noche, este leía un fragmento del libro a multitudes hechizadas que después hacían cola para decirle que su obra les había cambiado la vida. Posen era otra vez famoso, estaba expuesto a la luz pública, y cada noche en una habitación distinta de hotel se lo agradecía todo a ella, acunaba su cabeza entre las manos mientras hacían el amor. No era capaz de dejar de mirarla. Leo Posen la quería, le estaba agradecido, la necesitaba. A pesar del alto precio que Franny había pagado, se había sentido recompensada.

Pero ver ahora la película le haría evocar algo más que la traición a su familia. La película también hablaba del fracaso de una antigua relación, la muerte solitaria del hombre al que había querido, según la versión vendida por su segunda mujer.

Mientras Leo estaba escribiendo el libro, Franny no había imaginado lo que podría llegar a ser vivir con *Comunidad* y, después de leerlo, fue ya demasiado tarde para hacer nada. Pero la película era otra cosa. La película todavía estaba por hacer. Franny le rogó a Leo que no cediera los derechos. Comprendía que semejante promesa supondría una importante pérdida económica y, sin embargo, se lo suplicó con el manuscrito en las manos.

Leo se los cedió porque Franny era su sol, su luna y hasta la más débil de las estrellas, y escribió en una ficha:

Para Frances Xavier Keating:
En ocasión de su vigesimoséptimo cumpleaños, le cedo los derechos cinematográficos de *Comunidad,* para ahora y para siempre, como muestra de mi amor y mi gratitud eternos.

LEON ARIEL POSEN

Y mantuvo su palabra, incluso más tarde, cuando casi nunca hablaban y Franny sospechaba que necesitaba dinero. Tras su muerte, Franny no mencionó a nadie aquella promesa. ¿A quién podía contárselo? ¿A la viuda? Sabía que una pequeña ficha de cartulina no tenía la menor oportunidad de imponerse a una flotilla de abogados. De manera irracional, se le metió en la cabeza que se la robarían en cuanto la vieran.

—No —dijo Franny. No, no quería ver esa película, especialmente con su padre y su hermana y cientos de desconocidos amontonados en el cine de Santa Mónica comiendo palomitas.

Fix soltó una carcajada y dio una palmada sobre los brazos del asiento reclinable.

—Vaya, es como si fuerais dos niñas pequeñas. Nada en la película puede haceros daño. Deberíais ver cómo un viejo que se muere, atrapado en un cuerpo achacoso, disfruta viéndose representado por un guapo actor de cine. Y, en cualquier caso, es una historia vieja. Tenéis hasta mañana para recuperaros. Es mi cumpleaños y nos vamos al cine.

Caroline aparcó el coche y Franny sacó la silla de ruedas del maletero. Hacía tiempo que Fix ya no conducía, pero no quería vender el coche. Existía siempre la posibilidad de que el destino cambiara de signo, de que se encontrara una cura en el último momento y que las partes de su cuerpo devoradas por el cáncer se regeneraran. Fix decía que la esperanza era la sangre de la vida y tampoco podría sustituir ese coche por otro similar. Era un Crown Victoria, un antiguo coche de policía sin distintivos que había comprado al departamento. Franny lo llamaba el *Batmóvil* porque era capaz de ponerse a doscientos veinticinco kilómetros por hora si era necesario.

Fix no lo había intentado nunca, pero le gustaba decir que se sentía bien al saber que era posible.

Franny abrió la puerta del coche y levantó del suelo los pies de su padre, lo hizo rotar suavemente hacia fuera y después lo cogió por el brazo.

—Cuenta hasta tres —dijo Franny, y contaron juntos mientras él se mecía hacia delante y hacia atrás para coger impulso. El coche preparado para alcanzar un Ferrari robado no era de gran ayuda para levantarse. Franny tiró de él y Caroline lo atrapó con la silla en cuanto estuvo de pie. Hacía apenas un mes Fix no se dejaba manipular de aquella manera. Un mes atrás no quería utilizar el andador e insistía en sujetarse a Marjorie, incluso después de haberse caído más de una vez. Pero eso ya era tiempo pasado. Dejó que Franny le acomodara las piernas sobre los reposapiés y le dio las gracias.

La actriz propietaria de la casa de Amagansett había querido hacer el papel de Julia en la película, es decir, el de la madre de Franny. Por supuesto, no sabía que Franny era una persona de verdad que dormía en su cama y en sus sábanas de algodón egipcio. Leo había echado la culpa a Albie del final de su relación. Creía que, si Albie no los hubiera encontrado, habrían seguido viviendo juntos tan felices. Pero Caroline tenía razón: Albie no pinchó la rueda con un clavo, el clavo ya estaba ahí. Sin embargo, mientras que a Leo le dio por atribuir a un inocente sus problemas personales, a Franny le gustaba la idea de culpar a la actriz y al maldito casoplón. Nadie debería tener tanto dinero como para comprarse una casa semejante y después ni siquiera tomarse la molestia de vivir en ella. La piscina era larga y profunda y no parecía una piscina, sino los cimientos de una larga casa construida en 1800 y arrasada después por una tormenta. La piscina estaba alimentada por una fuente natural. Nadie sabía exactamente de dónde venían ni la fuente ni la piscina, ya que eran más antiguas que la casa de la actriz. Y eso solo era una pequeña parte: tenía rosales trepadores que cubrían la pared del este y luego se extendían en una maraña gigantesca sobre el tejado inclinado en una milagrosa profusión de flores. Era una tormenta de rosas de color blanco y rojo, media docena de tonos de rosa que se amontonaban durante todo el verano en una sucesión de florecimientos. Una alfombra de pétalos cubría el césped en verano. Y en el dormitorio de la actriz había colgado un Klimt, pequeño pero indiscutiblemente auténtico, el retrato de una mujer con un parecido casi ancestral con la actriz. ¿Quién era capaz de tener un Klimt en una segunda residencia? Franny achacaba a la casa su final. Nadie podía abandonarla, excepto la propietaria. Una noche, después de que su relación terminara, Leo llamó a Franny para decirle que la actriz lo había invitado a Amagansett a cenar. Le dijo que quería hablar sobre la película, aunque él le había dicho que no habría tal película. «Ven de todos modos», insistió la actriz.

—¿Te acuerdas de todo el champán de la nevera? —le dijo Leo por teléfono a Franny.

Franny se acordaba del champán.

—Pues nos lo bebimos. —Desde su apartamento en Cambridge, Leo suspiró—. Pero no pasó nada. Eso era lo que quería contarte. Al final, no fui capaz de subir al piso de arriba con ella. Para mí, aquella era todavía nuestra habitación, Franny. No podía.

De acuerdo con los criterios de la industria cinematográfica, tanto la actriz como sus intentos desesperados por participar en la película eran ya agua pasada. Hacía tiempo que la actriz ya no tenía ningún interés romántico. Ya no desempeñaba ni papeles de madre. A los sesenta años, era incluso demasiado vieja para hacer el papel de la bruja en los cuentos de hadas. Se había tenido que conformar con un puñado de papeles de viuda de algún noble, de vez en cuando hacía el de una senadora o la implacable presidenta de alguna empresa en una serie por cable que obtenía buenas críticas. Era el único consuelo al que pudo aferrarse Franny cuando se apagaron las luces del cine de Santa Mónica: en algún sitio, la bella actriz vería la película *Comunidad* y se acordaría de lo mucho que se había esforzado por obtener el papel de Julia.

Pero eso no fue ningún consuelo.

Franny y Caroline, sentadas con su padre, se vieron asaltadas en la oscuridad por el mismo pensamiento improbable: ¿habría sido peor ver una película sobre su verdadera infancia? Un verano, Bert se dedicó a perseguirlos con la cámara de super-8 y los acosaba como si fuera Antonioni mientras corrían entre los aspersores y entraban y salían del plano con la bicicleta. Holly hacía girar el *hula-hoop* en torno al estrecho eje de sus caderas. Albie saltaba delante de ella mientras se quitaba la camiseta. La voz de Bert llegaba desde el otro lado de la cámara, ladrándoles que hicieran algo interesante, pero eran niños haciendo de niños y, por ese motivo, vistos tras el paso del tiempo, eran fascinantes. Quizá esa película todavía estuviera guardada en una caja en el altillo de la casa de su madre o en el fondo de un archivador en el garaje de Bert. Franny pensó que la siguiente vez que fuera a Virginia podría intentar encontrarla y proyectarla. Así verían al verdadero Cal corriendo y borrarían el recuerdo del chico huraño que lo representaba en la película. Una película sobre la vida real sería francamente mejor que aquella, incluso si hubieran tenido una cámara detrás de ellos para registrar el completo desastre de su infancia, si hubieran conservado incluso los peores momentos, habría sido mejor que la contemplación de aquellos desconocidos haciendo un burdo intento de replicar su vida. Holly y Jeanette se habían fusionado en una sola niña que no era ni la una ni la otra, sino una horrible criatura que caminaba dando pisotones y cerraba la puerta con un portazo cuando discutía. ¿Cuándo habían hecho nada parecido? Pero, por supuesto, los niños actores no intentaban interpretar a niños de verdad. Ni siquiera sabrían que el libro tenía nada que ver con gente real y, en cualquier caso, tampoco habrían leído el libro. ¿La película era insoportable porque nada se ajustaba a la realidad o precisamente porque algunas cosas sí eran auténticas? De vez en cuando se producía un destello de familiaridad en las pequeñas crueldades entre las dos familias.

—No sois vosotros —declaró Leo cuando Franny terminó de leer el libro—. En el libro no aparece nadie de tu familia.

Estaba sentado en el cuarto que utilizaba como estudio en el apartamento que compartían en Chicago, el pisito que tenían antes de que llegara el dinero. La tenía sobre las rodillas y le acariciaba el pelo mientras Franny lloraba. Había cometido una tremenda equivocación y él lo había convertido todo en algo permanente y hermoso. Aquel era el clavo en la rueda. O quizá no. Quizá el daño no se produjo cuando Franny lo leyó o Leo lo escribió, sino aquel día en Iowa cuando Leo, que se lavaba los dientes mientras Franny se duchaba, había escupido la pasta de dientes, había apartado un poco la cortina de la ducha y había dicho:

—He estado pensando en la historia que me contaste sobre tu hermanastro.

Lo que había pensado en aquel momento, desnuda bajo el agua, mientras el champú le corría por el cuello, era que Leo Posen la había escuchado y había considerado que la muerte de Cal era digna de reflexión. Leo extendió el brazo y describió un círculo en torno a su pequeño pecho enjabonado.

Lo que no había pensado en la ducha era que un día, a los cincuenta y dos años, tendría que contemplar el resultado de su sonriente consentimiento representado en una pantalla.

En aquel momento el personaje de Cal todavía no había muerto, todavía faltaba un rato. Los niños habían drogado ya un par de veces al personaje de Albie. El de Caroline había abofeteado y pellizcado al de Franny cada vez que la cámara las había enfocado, y la película, en realidad, ni siquiera iba sobre los niños. Iba de la madre de una familia y del padre de la otra, de cómo se miraban por las noches a ambos lados del camino que llevaba a sus casas. El personaje que representaba a la madre de Franny se pasaba la mano por el pelo largo y rubio mientras miraba al infinito, prueba irrefutable de que luchaba con el peso de su infidelidad. Llevaba pijamas de quirófano de color azul que parecían hechos a medida para realzar su bonita silueta. La madre de la película se debatía entre el hospital, sus hijos, su vecino que era, a su vez, su amante, la esposa de este que era, además, su amiga. Solo el desventurado marido parecía no pedirle nada. Se desplazaba por los laterales de la pantalla, recogiendo los platos de las niñas mientras ella ocupaba el centro de la cocina. Y volvían a llamarla para que saliera.

—¡Basta ya! —gritó Fix. Se incorporó un poco, como si quisiera salir andando del cine, pero no quitó los pies del reposapiés. Caroline saltó de su asiento y lo detuvo en el aire mientras Fix se precipitaba hacia el amplio espacio reservado delante de las sillas de ruedas, interponiéndose para impedir la caída. Se debatieron en la oscuridad, los dos con una rodilla y ambas manos sobre el suelo pringoso. Franny abrazó a su padre para sujetarlo, pero él se debatía para liberarse.

—¡Puedo levantarme solo! —gritó.

Todos los ojos de la sala se dirigieron hacia ellos. Nadie los hizo callar. En la pantalla, la escena había cambiado. El personaje de Cal corría por la calle, delante de la casa de los vecinos, en pleno día, y su hermano corría detrás, intentando atraparlo. La luz era suficiente para que el público viera que el ruido procedía de un anciano en una silla de ruedas. Dos mujeres intentaban ayudarlo. Nadie tenía la menor idea de que ellos eran la película

—¡Fuera! —gritó Fix en un lamento—. ¡Fuera!

Consiguieron sentarlo de nuevo, pero tenía las piernas retorcidas. Fix le dio una patada a Franny, pero esta volvió a colocarle los pies en los soportes. Caroline se puso detrás de la silla y Franny agarró los dos bolsos. Si bien no salieron huyendo con su padre, sí fueron tan deprisa como pudieron. Franny se adelantó a toda velocidad y abrió la puerta que daba paso al largo y alfombrado pasillo; después cruzaron el vestíbulo, el estridente arco iris de neón que se encendía intermitentemente sobre el puesto de palomitas y pasaron por delante de los adolescentes que ejercían de porteros, vestidos con americanas marrones de poliéster. ¡Bang! Salieron por las puertas de cristal a una insoportable marea de luz solar.

—¡A la mierda! —gritó Fix en el aparcamiento. Una madre con dos niños cruzaba hacia ellos pero se detuvo, cambió de idea y tomó otro camino. Franny se echó a reír y ocultó el rostro con las manos. Caroline se inclinó hacia delante y apoyó la cabeza en el hombro de su padre.

—Feliz cumpleaños, papá —dijo, y le dio un leve beso en el cuello.

—¡A la mierda! —repitió Fix, esta vez con menos energía.

—Sí —dijo Franny, y le acarició el hombro—. ¡A la mierda!

Después fueron a la playa. Franny y Fix no tenían ganas, dijeron que estaban cansados y querían irse a casa, pero Caroline conducía el coche.

—No quiero que este sea el recuerdo del cumpleaños de mi padre —dijo, pisando el acelerador para recordarles de lo que era capaz el coche; de lo que ella misma era capaz—.

Quiero borrar la película de mi vista, vamos a ir a contemplar el mar un rato.

—Toma por Altamont —dijo Fix. Tenía la voz débil, como si no le quedaran más fuerzas tras sus gritos contra la película.

—¿Crees que lo mataremos si vamos ahora a la playa? —preguntó Franny a Caroline.

Fix sonrió.

—Pues, entonces, quiero ir. Quiero morirme en la playa con mis hijas. Podríamos llamar a Joe Mike para que me de la extremaunción.

—Joe Mike ya no es sacerdote —dijo Caroline.

—Bueno, lo haría por mí.

Les costó todavía más sacar a su padre del coche por segunda vez. No tenía fuerzas para ayudar, pero Franny y Caroline lo consiguieron. Por supuesto, Caroline tenía razón al haber querido ir a la playa. Casi todos los días en Santa Mónica eran hermosos, aunque aquel, gracias a que ya no tenían que contemplar la película en un cine, era el más hermoso de todos. Fix tenía derecho a aparcar el Crown Victoria en la zona de minusválidos y pudieron dejar el coche en un sitio estupendo a pesar de que ya no había plazas libres.

—Ponerle una multa de doscientos dólares a un cretino que ha aparcado sin derecho en una plaza para minusválidos —dijo Fix meneando la cabeza—: ese es un placer que no conoceréis.

Franny empujó la silla de ruedas por la acera que el viento había cubierto de arena. Lo contemplaron todo: las gaviotas y las olas, las chicas con bikini, los chicos con bermudas, el socorrista subido a su torre de madera observándolo todo como si fuera un dios. Sin que nadie los mirara, unos jóvenes tan guapos que deberían estar haciendo anuncios de loción bronceadora o de juventud eterna jugaban al voleibol. La gente corría con su perro, comía helados o tomaba el sol en toallas de vivos colores del tamaño de sábanas.

—¿No te intriga saber quiénes son todos estos? —se maravilló Caroline—. Es jueves, ¿no trabajan?

—Están celebrando mi cumpleaños —dijo Fix—. Les he dado el día libre.

—¿Y por qué esos niños no están en el colegio? —Caroline miró hacia media docena de niños con cubos trabajando con empeño para distribuir de otro modo la arena.

—¿No te acuerdas de cuando yo os traía a la playa? —preguntó Fix.

—Todos los años —dijo Franny.

Fix miró las olas a lo lejos, las diminutas figuras de hombres deslizándose sobre el agua sobre tablas de color amarillo brillante.

—No veo ninguna chica por ahí —observó Fix.

—Las chicas están tumbadas sobre las toallas —señaló Franny.

Fix negó con la cabeza.

—Eso no está bien. Yo os habría enseñado a surfear. Si hubierais vivido aquí conmigo, os habría enseñado.

Caroline se inclinó hacia delante y peinó el cabello de su padre con los dedos. Cuando era joven lo único que quería era vivir con su padre y no se lo habían permitido.

—Si tú no sabías hacer surf.

Fix asintió despacio, mirando las olas, reflexionando sobre ello.

—No era buen nadador —declaró.

Contemplaron a un chico con una cometa con un dragón rosa y rojo que ascendía en vertical a toda velocidad, giraba en círculos frenéticos y después caía en picado. Observaron a dos chicas en bikini que pasaban patinando a su lado, casi rozando las rodillas de Fix con sus largas piernas.

—Vuestra madre no era así —dijo Fix, mirando todavía a los surfistas.

Franny no sabía de qué estaba hablando, ¿se refería a las patinadoras? Pero Caroline le respondió:

—¿Mamá no era cirujana ortopédica?

—Vuestra madre era mejor, eso es todo. No me corresponde a mí defenderla, pero quiero que lo sepáis: no era como la mujer de la película.

Las dos hermanas se miraron la una a la otra por encima de la silla de ruedas. Caroline ladeó un poco la cabeza.

—Papá, ninguno de esos personajes era uno de nosotros —dijo Franny.

—Exacto —contestó Fix, y le dio unas palmaditas en la mano, como si quisiera decirle que se alegraba de que lo hubiera entendido.

Cuando estuvieron de nuevo en el coche, Caroline y Franny miraron cada una su móvil. Los habían apagado para la película y se habían olvidado de volver a ponerlos en marcha.

—Me gustaría tener un móvil —declaró Fix—. Así podría formar parte del club.

—Mira en tu guía Thomas Brothers —dijo Caroline, haciendo fluir bajo el pulgar un río interminable de mensajes procedentes del trabajo.

Franny tenía dos mensajes, uno de Kumar, que quería saber dónde estaba el talonario, y otro de Albie que decía «¡LLÁMAME!».

—Un segundo —dijo Franny, y bajó del coche.

Albie contestó al instante.

—¿Sigues en Los Ángeles?

Se habían enviado algunos correos electrónicos la semana anterior. Franny le había dicho que iría para el cumpleaños de su padre.

—Ahora mismo estoy delante del mar.

—Necesito que me hagas un favor enorme y me lo debes porque no me dijiste que estrenaban esta semana esa puta película.

—No vayas a verla —le advirtió Franny. El chico seguía con la cometa del dragón en lo alto. Ahora sí había viento suficiente.

—Mi madre está enferma. Lleva tres días fatal y no quiere ir al hospital. Me dice que está bien y que está mal al mismo tiempo, y yo creo que está mal. Puedo llegar esta noche, pero temo que tenga que ingresar ahora mismo. No consigo dar con los vecinos por teléfono y su mejor amiga está fuera. Mamá no ha sido nunca una persona sociable y, si tenía muchos conocidos, yo no lo sé, de manera que no tengo a quién llamar. No quiero enviar una ambulancia y asustarla cuando quizá no le pase nada. —Albie se calló un minuto e inspiró—. Quisiera saber si podrías ir a echar un vistazo. Jeanette está en Nueva York y Holly está en Suiza, hay que joderse. Puedo llamar a mamá y decirle que vas. Se pondrá furiosa pero, al menos, te abrirá la puerta.

Franny miró el Crown Victoria, consciente de que el coche podría volar hasta casa de Teresa. Miró a su padre y a su hermana, sentados en la parte delantera del coche, contemplándola a través de las ventanillas como si llegaran tarde a una cita.

—Por supuesto —dijo Franny—. Dame la dirección. Luego te llamo y te digo si tienes que venir.

Se produjo una pausa en el teléfono y Franny se preguntó si se habría cortado la llamada. No se le daba muy bien manejar el móvil. Y entonces oyó la voz de Albie:

—Oh, Franny —dijo.

—Tu madre no sabe nada de la película, ¿verdad?

—Mi madre ni siquiera sabe que existe el libro —dijo Albie—. Al parecer, una novela no es mal sitio para esconder las cosas.

Hacía ya más de veinte años que Albie había ido en tren a Amagansett. Había terminado de leer el libro antes de salir y se lo había dado a Jeanette. Anduvo los cinco kilómetros que separaban la estación de la casa de la actriz y llamó a la puerta para averiguar cómo era posible que su vida hubiera caído en manos ajenas.

Después, tras la discusión con Leo, Franny y Albie salieron por la puerta trasera sin ver a Ariel o a Button. Se dirigieron a la casita situada en el fondo del jardín y pasaron junto a John Hollinger. Este llevaba un traje de baño arrugadísimo y fumaba un cigarrillo. Estaba contemplando la belleza de la noche.

—Este sitio es espectacular —les dijo, maravillado.

Franny y Albie dejaron apagadas las luces de la casita y se bebieron la ginebra a morro, pasándose la botella una y otra vez. A nadie se le ocurrió buscarlos allí, pero era muy probable que nadie los buscara en absoluto. Tal vez Leo y sus invitados estuvieran en el porche al otro lado del césped, fumando y bebiendo la ginebra que habían traído los Hollinger. Leo despotricaría contra el loco exhermanastro de Franny que había aparecido de la nada furioso, pero no mencionaría el motivo del enfado del hermanastro.

—¿Le has dicho a Jeanette que venías? —le preguntó Franny.

—No, no. —Albie negó con la cabeza en la oscuridad—. Jeanette habría querido venir conmigo y Jeanette lo habría matado.

—A él no —contestó Franny. El ardor de la ginebra era agradable y familiar. Se dio cuenta de que había estado guardando la bebida para la ocasión necesaria—. La culpa fue mía.

—Sí —dijo Albie—, pero yo no habría dejado que Jeanette te matara.

—Tengo que hacer una buena obra de urgencia —dijo Franny cuando volvió al coche. Explicó la situación a Caroline y a su padre—. Os dejo en casa y me voy a ver qué le pasa, no será mucho rato.

—¿Estabas hablando por teléfono con Albie? —preguntó Fix.

—Sí.

—¡Qué locura! —exclamó Caroline—. ¡Qué casualidad! —Incluso ella estaba impresionada.

Pero no era tan raro: Franny y Albie eran amigos. Ella y Kumar habían ido a su boda. Tenían una foto de su hija, Charlotte, en la nevera. Por lo general, se felicitaban por sus cumpleaños.

—Bueno, no puedo hablar en nombre de tu hermana, pero ni se te ocurra dejarme en casa —dijo Fix—. Hace siglos que no veo a Teresa Cousins.

—¿Y desde cuándo conoces a Teresa Cousins? —preguntó Caroline. En otros tiempos, las cuatro chicas hablaban por la noche, en las literas, cuando pasaban juntas el verano, y especulaban sobre lo perfecto que sería que el padre de Caroline y Franny se casara con la madre de Holly y Jeanette. Todo cuadraría.

—Cuando Albie prendió fuego al colegio. ¿No os he contado nunca esa historia? Vuestra madre me llamó y me pidió que lo sacara del centro de detención de menores como un favor especial para ella, como si mi trabajo fuera hacerle favores a ella.

—Conocemos esa parte —dijo Caroline—; cuéntanos la de Teresa.

Fix negó con la cabeza.

—Si uno lo piensa, resulta sorprendente que me lo entregaran. No me conocían casi nada, pero les enseñé la placa y les dije que estaba allí para llevarme a Albert Cousins. Dos minutos más tarde estaba firmando unos papeles y me lo entregaban. Estoy convencido de que ahora no hacen así las cosas, al menos, con los delincuentes juveniles. Si no recuerdo mal, había dos o tres chicos más en su pandilla, un par de negros y un mexicano. El sargento de guardia me preguntó si también me los quería llevar.

—¿Y qué hiciste con ellos? —inquirió Franny. No acababa de entender que hubiera podido oír una historia tantas veces sin darse cuenta de que no le contaban todos los detalles interesantes.

—Los dejé ahí. Si no quería llevarme uno, menos quería tener a los cuatro. Recuerdo que primero el chico había ido al hospital, se había quemado la espalda porque la camiseta se había incendiado. Le habían dado la parte superior de un pijama, pero todavía apestaba a humo. Le hice ir en coche con las ventanillas bajadas.

—Eres un tipo muy frío, papi —dijo Caroline.

—Frío yo..., no te jode. Salvé al chico. Fui yo quien lo sacó. Lo llevé al parque de bomberos, donde trabajaba vuestro tío Tom. Entonces estaba en la zona de Westchester, de camino al aeropuerto de Los Ángeles. Me quedé parado en el atasco del aeropuerto con el hijo de Bert Cousins que olía como un pozo de carbón. Él y vuestro tío tuvieron una conversación de hombre a hombre sobre piromanía. Vuestro tío también era un chico aficionado a prender fuego a las cosas. No quemaba colegios, ojo, solamente solares y trastos que no importaban a nadie. Muchos bomberos empiezan como pirómanos. Primero aprenden a prender fuego y luego a apagarlo. Tom se lo explicó todo a Albie y luego lo llevé a Torrance. Me pasé todo el puto día en el coche.

—Y entonces fue cuando conociste a Teresa Cousins —concluyó Caroline.

—Y entonces fue cuando conocí a Teresa Cousins. Una mujer muy agradable, eso sí lo recuerdo. Había pasado por muy malos tragos, pero mantenía la cabeza bien alta. Pero el chico era un salvaje.

—Mejoró —dijo Franny.

—Me parece que sí, que ha mejorado. Primero, me entero de que consiguió que rompieras tu compromiso con el judío —Fix levantó la mano—. Vale, perdona: he vuelto a llamarlo judío. Quería decir el borracho. Y ahora se preocupa por su madre.

—No estábamos comprometidos —dijo Franny.

—Franny —dijo Caroline—: no le restes mérito a Albie.

—¿Vive en la misma casa en Torrance? —preguntó Fix.

Franny leyó la dirección.

Fix asintió.

—Sí, es la misma casa. Ya te digo yo cómo llegar sin tener que coger ninguna vía rápida.

«Uno vive con sus historias a cuestas —pensó Franny, cerrando los ojos—. Todas las cosas que no he escuchado, que no recuerdo, que no he entendido, que no he presenciado: todos los caminos llevan a Torrance.»

En Virginia, los seis niños compartían dos habitaciones y un gato, comían del plato del otro y utilizaban las mismas toallas de baño, pero en California todo estaba separado. Holly, Cal, Albie y Jeanette nunca habían sido invitados a la casa de Fix Keating, de la misma manera que Caroline y Franny nunca habían visto donde vivía Teresa Cousins. Bert y Teresa habían comprado la casa en Torrance en los años sesenta, cuando Bert empezó a trabajar en la oficina del fiscal del distrito de Los Ángeles: no estaba demasiado lejos del centro ni de la playa. Tenía tres dormitorios, uno para Bert y Teresa, otro para Cal y otro para Holly. Cuando llegaron Jeanette y Albie, todos compartieron habitación. La casa era su punto de partida, el puerto desde el que planeaban embarcarse rumbo a una vida mejor. Al final, todos se fueron marchando de la casa, con la única excepción de Teresa. Primero Bert, luego Cal, luego Albie, luego Holly y, finalmente, Jeanette. Jeanette empezó a hablar el último año que ella y Teresa vivieron juntas, antes de irse a la universidad. Para sorpresa de ambas, se reían y se lo pasaban bien.

En realidad, la historia no resultó ser tan mala. Mientras Teresa trabajaba, día tras día, año tras año, en la oficina del fiscal, Torrance mejoró. El barrio, que en otros tiempos era el típico lugar que se abandona en cuanto mejoran las circunstancias económicas, se convirtió en una zona prometedora y próspera. Teresa plantó un jardín de plantas crasas sobre un lecho de roca siguiendo un proyecto que vio en una revista. Añadió una terraza a la casa, convirtió el cuarto de los chicos en un estudio. Los agentes inmobiliarios le dejaban notas manuscritas en el buzón preguntándole si estaba interesada en vender la casa y ella las tiraba al cubo de reciclaje. A Teresa le gustaba su trabajo como asistente legal y se le daba bien. Los abogados le decían siempre que se matriculara en Derecho —era más lista que muchos de ellos—, pero ella no les hizo caso. Siguió trabajando hasta los setenta y dos años y se jubiló con una de esas generosas pensiones que terminarán llevando al estado de California a la bancarrota. Muchos abogados que hacía tiempo que trabajaban en otro lugar volvieron para brindar por ella en la fiesta de la jubilación; entre todos, le regalaron un reloj.

Una vez al año, iba a Nueva York a ver a Jeanette, a Fodé y a los niños. Los quería, pero Nueva York la abrumaba. Los californianos estaban acostumbrados a vivir en una casa, tener coche y césped. Echaba de menos un poco de espacio. Ahorró dinero y compró un billete a Suiza para ver a Holly en el centro zen. Durante diez días se sentó en un cojín junto a la que era en aquel momento la mayor de sus hijos con vida y no hizo otra cosa que respirar. A Teresa le gustaba lo de respirar, pero el silencio le parecía sobrecogedor. Veía la vida de sus dos hijas como si fuera Ricitos de Oro en casa de los tres ositos: demasiado cálida, demasiado fría, demasiado dura o demasiado blanda, aunque se guardaba sus opiniones para no parecer criticona. Albie volvía a Torrance dos o tres veces al año. Teresa hacía una lista de cosas que necesitaban mantenimiento y Albie las iba tachando, ya fuera poner un motor nuevo en la puerta del garaje o limpiar el calentador. Tras toda una vida haciendo trabajos de todo tipo, Albie se había convertido, por pura necesidad, en una persona capaz de arreglar cualquier cosa. En aquel momento trabajaba en una empresa de Walnut Creek que fabricaba bicicletas. Le gustaba. Por Navidades envió a su madre un billete de avión para que estuviera con ellos y se sentara junto al árbol con él, su hija y su mujer. Algunas veces las palomitas, la chimenea y las interminables partidas de cartas la abrumaban, así que se disculpaba y se iba al baño a llorar junto al lavabo. Después se aclaraba la cara, la secaba y volvía al cuarto de estar como nueva. Aquella era la vida que había deseado, pero nunca había esperado que se hiciera realidad.

Teresa salió con unos pocos abogados después de que Bert se marchara, con un par de policías, ninguno de ellos casado. Era su norma y nunca la había quebrantado, ni siquiera para tomar una copa después del trabajo, cosa que era, según se apresuraban a recordarle, su única pretensión. Aproximadamente cuando Jeanette se fue a la universidad, Teresa se enamoró de Jim Chen, un abogado de oficio que defendía todo tipo de causas, y vivieron diez años de felicidad antes de que él sufriera un ataque al corazón en el aparcamiento del juzgado. Había mucha gente, lo vieron caer y llamaron a urgencias. Una secretaria que había seguido un cursillo de reanimación cardiopulmonar cuando sus hijos eran pequeños se ocupó de él hasta que llegó la ambulancia, pero en algunas ocasiones todos los esfuerzos son inútiles. A esas alturas, Teresa ya sabía que la vida era una sucesión de pérdidas. Había otras cosas, cosas mejores, pero las pérdidas eran tan sólidas y ciertas como la tierra misma.

Ahora Teresa tenía algo en la barriga que hacía que se doblara de dolor, un dolor tan fuerte que le provocaba convulsiones, hasta que desaparecía y podía respirar de nuevo. Si hubiera tenido la sensatez de ir al médico tres días antes, cuando empezó, podría haber ido en coche, pero, tras tres días de ayuno, estaba ya demasiado débil para conducir. Podía llamar a Fodé y preguntarle qué hacía, Fodé era médico, pero Teresa era muy capaz de mantener la conversación mentalmente sin necesidad de molestarlo en el otro extremo del país: le diría que buscara a alguien que la llevara al hospital o, en su defecto, que llamara a una ambulancia. Teresa no quería hacer ninguna de las dos cosas. Estaba tan cansada que le parecía un triunfo llegar al cuarto de baño, a la cocina a buscar un vaso de agua y luego volver a la cama. Tenía ochenta y dos años. Suponía que sus hijos aprovecharían ese dolor para dar respuesta a la pregunta sobre si debería seguir viviendo sola en su casa o tenía que irse a vivir a una residencia en el norte, cerca de Albie. No podía irse con Jeanette, la gente se iba a Brooklyn para enamorarse, escribir novelas y tener hijos, pero no para envejecer, y no podía irse con Holly, aunque imaginaba que morir en un centro zen podría tener sus ventajas espirituales.

El segundo día se le ocurrió que quizá aquel dolor, fuera lo que fuera, podría ofrecer una respuesta sobre su futuro en el sentido más amplio: quizá aquel dolor que le parecía que la estaba matando realmente la iba a matar. Seguía teniendo apéndice en algún sitio y, si bien parecía que la apendicitis era el tipo de cosas de las que solo se morían los niños cuando estaban de campamento, era posible que el suyo hubiera aguantado todo ese tiempo para detonar al final. En fin, no sería tan malo. ¿Peritonitis? No sería una muerte tan rápida como la de su querido Jim Chen en el aparcamiento, pero casi. Cuando se encontró un poco mejor, localizó la llave de la caja fuerte, los papeles del coche, el testamento. Solo una persona que negara abiertamente el futuro sería capaz de trabajar durante toda la vida entre abogados sin hacer testamento. Todo lo que tenía se dividía en tres partes. La casa, que llevaba ya mucho tiempo pagada, se había ido revalorizando, y tenía ahorros. En cuanto los chicos dejaron el colegio, había empezado a sobrarle dinero. Lo puso todo en la mesa de la cocina y se sentó para escribir una nota. No quería que pareciera una carta de suicidio porque no tenía la menor intención de suicidarse, pero pensó que quien fuera a la casa debería encontrar algo más que las llaves del coche y su cadáver. Miró el cuaderno en el que acostumbraba a hacer la lista de la compra. En la parte superior había unas alegres margaritas bailando, con maceta y todo, sobre una serie de letras de color rosa distribuidas al azar que decían «Cosas pendientes». Nunca se había parado a pensar que era una tontería comprar un cuaderno que pusiera «Cosas pendientes», pero en aquel momento no tuvo fuerzas para ir a buscar un folio en blanco. El dolor volvía y quería regresar a la cama.

No estoy del todo bien.
Por si hace falta.
Os quiero,

Mamá

Eso era suficiente.

Albie fue lo único que alteró un plan que, de modo más o menos confuso, Teresa había decidido al tercer día que era muy inteligente. Albie había llamado demasiadas veces para saber cómo se encontraba y las explicaciones que le había dado Teresa fueron variando en función del momento. En varias ocasiones, Teresa se limitó a no contestar. La idea de coger el teléfono le parecía excesiva. Pero contestó en una ocasión y Albie le dijo que se levantara y dejara abierta la puerta de entrada, que Franny Keating iría a verla.

—¿Franny Keating?

—Ha ido a ver a su padre, le he pedido que pase a ver cómo estás.

—Conozco gente que puede venir a ver cómo estoy —protestó Teresa con un tono que resultó patético, incluso para sus propios oídos. Tenía amigos, por supuesto: simplemente, había tomado la decisión de quedarse en casa y experimentar con la muerte.

—Seguro que sí, pero me he cansado de esperar a que los llames. Ve a abrir la puerta, estará allí dentro de un minuto.

Teresa colgó el teléfono y se miró, vestida con una bata de algodón cerrada con cremallera. La llevaba puesta desde hacía tres días y estaba arrugada por el sueño inquieto y el sudor. No se había bañado ni se había lavado los dientes o se había mirado al espejo desde que había empezado a encontrarse mal. No era lo mismo que llegara Franny Keating a su casa que Beverly Keating, pero en aquel momento a Teresa le costaba distinguir a la una de la otra. Beverly Keating, después Beverly Cousins y más tarde Beverly Señora-de-Mengano; Teresa no recordaba lo que le había contado Jeanette, excepto que se había casado con otro después de Bert. Beverly Señora-de-Mengano era tan escandalosamente guapa que incluso ahora, cincuenta años más tarde, le dolía pensarlo. Beverly aparecía siempre en las fotos que los niños traían del verano, como si Catherine Deneuve pasara por ahí mientras jugaban en la piscina o se columpiaban y apareciera por casualidad en el encuadre cuando se cerraba el obturador. No quería morirse pensando en la belleza de Beverly Keating. Además, Beverly era más joven que Teresa; no mucho, pero también importaba eso. No tendría ni ochenta años.

La recorrió una oleada de dolor y tuvo que agarrarse al sillón reclinable para mantenerse derecha. En lo más profundo de la pelvis, de arriba abajo, de cadera a cadera. ¿Cáncer de útero? ¿Cáncer de huesos? ¿Podría avanzar tan deprisa? Si no abría la puerta, la chica de los Keating llamaría a su padre. Albie había dicho que había ido a visitar a su padre. Sería también viejo, pero llamaría a algún amigo policía para que rompiera la puerta. Así funcionaban los policías: del pensamiento al ariete. Sintió que le corría el sudor por el cráneo. En un minuto tendría empapado el cabello corto y gris. Soltó el sillón reclinable y se dirigió hacia la puerta de entrada. Cada paso le hacía jurar para sí: cagüenlaputa, cagüenlaputa, cagüenlaputa. Lo utilizaba como un mantra, un punto focal para calmar su respiración, tal como le había enseñado Holly. Abrió la puerta y la mosquitera; después volvió arrastrando los pies para cambiarse de ropa y lavarse la cara. Confiaba en encontrar algún enjuague bucal, no tenía energía suficiente para lavarse los dientes.

No habían pasado ni cinco minutos cuando oyó una voz.

—¿Señora Cousins?

Y, cinco segundos más tarde, la voz le resultó más familiar.

—¿Teresa?

Oyó que se abría la mosquitera.

—Un minuto.

Se puso los pantalones de chándal y se calzó unas zapatillas de deporte, se pasó una toalla por la cabeza. Dolía. Llevaba el pelo demasiado corto, pero ¿a quién tenía que impresionar? Jeanette le había dicho que parecía que acabara de salir de la quimioterapia. Holly le dijo que parecía una monja budista. Albie no hablaba de su pelo.

—¡Hola, soy Franny! —dijo la voz.

—Sí, Franny. Albie me lo ha dicho. —Teresa cerró los ojos, esperó, inhaló, cagüenlaputa, exhaló, cagüenlaputa. Ayudaba un poco.

Cuando consiguió llegar al cuarto de estar, había dos mujeres, una rubia y una castaña. La rubia era agresivamente natural, una cola de caballo grisácea, sin maquillaje, un top de algodón atando en la nuca con una cuerda. La castaña iba más arreglada, pero la verdad es que ninguna de las dos llamaba la atención. Ninguna era tan bonita como Holly o Jeanette. Teresa sonrió por pura fuerza de voluntad.

—Esta es mi hermana Caroline —dijo la rubia—. Espero que no te importe que hayamos venido, Albie estaba preocupado por ti.

—Ahora le da por preocuparse —dijo Teresa, intentando no jadear—. Es curioso, si uno piensa en todas las preocupaciones que nos ha causado, que sea él quien se inquiete.

—Son cosas que pasan —dijo Caroline.

Teresa las miró largo rato. Había visto tantas fotos, había oído tantas historias. Caroline era la agresiva, Franny la apaciguadora. Las dos habían tenido buenas notas en su colegio católico, pero Caroline era más lista. Franny era más cálida.

—Ya sé que esto es un poco raro, chicas, pero ¿he llegado a conoceros alguna vez?

Una de ellas había terminado Derecho y la otra había abandonado la carrera. No recordaba exactamente cuál de ellas, pero seguro que lo adivinaba si las miraba bien.

—En el funeral de Cal —dijo Franny—. Me parece que solo nos vimos esa vez.

Teresa asintió.

—Y no me acuerdo.

—¿Cómo te encuentras? —preguntó Caroline. Directa al grano. Con autoridad. Teresa tenía la sensación de que, si le decía una mentira, Caroline daría un paso hacia delante y le palparía la barriga.

—Me he encontrado mal —dijo, poniendo la mano en una silla—, pero ya voy mejor. Ya me he levantado. Es difícil a mi edad. Cualquier cosa te deja hecha polvo.

—¿Y no quieres que te vea un médico? —preguntó Franny.

«Si hubiera querido ir al médico —pensó Teresa—, ya habría ido.» Pero no quería ser desagradable. Eran buenas chicas, Albie les había pedido que fueran. No tenían la culpa.

—No —dijo.

La más lista entrecerró un poco los ojos.

—Estamos aquí, podemos llevarte al hospital. Si tienes que llamar a una ambulancia a las once de la noche, será mucho más complicado. Lamento decírtelo, pero no tienes muy buen aspecto.

Señorita Argumentación Racional. A estas alturas seguro que era socia del bufete en el que trabajaba.

—Tengo ochenta y dos años —contestó Teresa. Sentía el sudor en el rostro—. Hace ya tiempo que no tengo buen aspecto.

—Entonces, ¿no quieres ir? —preguntó Caroline. Que conste que el acusado declinó la oferta de transporte al hospital a pesar del consejo del abogado.

—Siento que mi hijo os haya hecho venir por nada. Si me hubiera preguntado primero, les habría dicho que no os llamara.

Se irían dentro de un minuto y podría sentarse. Podría dejarse caer. No volvería a la cama, no quería otra cosa que el sofá del cuarto de estar.

—De acuerdo —dijo Franny—. Pero mi padre está en el coche y quiere saludarte. Sal a saludar a mi padre y te dejamos tranquila.

—¿Fix está en el coche?

Franny asintió.

—Hoy es su cumpleaños. Tiene ochenta y tres, por eso hemos venido. —Franny esperó unos segundos, pero Teresa no se movió. Decidió seguir adelante—: Papá tiene cáncer de esófago, está muy enfermo.

—Cuánto lo siento. —Teresa apreciaba a Fix Keating. Solo lo había visto el día del incendio, pero lo recordaba como un hombre muy agradable. Albie, radiante en su rabia de muchacho de catorce años, se había encerrado en su cuarto tras un portazo mientras ella y Fix se sentaban en la cocina y tomaban una copa juntos. Había zumo de naranja natural en la nevera y Teresa preparó un par de destornilladores con vodka. Cuando Fix levantó el vaso y brindó con ella, la miró a los ojos y dijo «solidaridad». A ella le pareció lo más elegante del mundo.

—Decidle que entre —dijo Teresa, preguntándose cuánto tiempo duraría aquello y si tendría que ofrecerles algo de beber. No sería capaz.

Caroline negó con la cabeza.

—Llevamos fuera toda la tarde, no podremos hacerle subir estos escalones.

Había tres escalones ante la puerta de entrada, una barandilla de hierro forjado a cada lado que Albie había puesto el año pasado para facilitar el acceso a Teresa. Si los bajaba, Teresa tampoco podría volverlos a subir.

—Saludadlo de mi parte —dijo.

—Papá se muere —dijo Franny.

«Yo también», quiso decir Teresa. Miró a una de las chicas y luego a otra. De repente, se dio cuenta de que la estaban manipulando: hija de poli bueno, hija de poli malo. No iban a ninguna parte. Otra oleada de dolor ascendió desde debajo del ombligo. Llevaba demasiado tiempo de pie diciendo cosas amables. Cerró los ojos, e intentó respirar por la boca mientras clavaba los dedos en el respaldo de la silla.

—Cogeré tu bolso y cerraré —dijo Franny—. ¿Está en la cocina? ¿Llevas allí las tarjetas del seguro médico?

Teresa movió unos milímetros la cabeza para confirmarlo mientras la otra chica se acercaba y la rodeaba con los brazos. Era amable, pero no cabía la menor duda de que la estaba cogiendo en brazos.

—¿Puedes andar? —preguntó Caroline.

Había subido aquellos escalones miles de veces y ahora se sentía como Eva Marie Saint mirando hacia el abismo en el monte Rushmore en la película *Con la muerte en los talones*. Las chicas Keating se pusieron una a cada lado y la alzaron en vilo. Nunca había sido una mujer grande ni alta, como sus hijos, ni siquiera antes de empezar a encogerse. No se sentía como una carga. Eran chicas fuertes, saltaba a la vista. Eran sus secuestradoras, la llevaron por el césped y la metieron en el asiento trasero del coche, le alzaron los pies mientras hacían pivotar su cuerpo de un modo que resultaba inquietantemente profesional, como si se dedicaran habitualmente a secuestrar ancianos. La ataron con el cinturón de seguridad y, cuando Teresa soltó un grito porque no soportaba el roce sobre la barriga, se lo quitaron.

—Teresa Cousins —saludó Fix desde el asiento delantero—: nos volvemos a ver.

—Papá —pidió Caroline—, dime por dónde vamos.

Teresa percibió la urgencia de la voz de Caroline. No bastaba con ir al hospital, había que ir de inmediato.

Fix le dio indicaciones para ir al Torrance Memorial Medical Center. Ni siquiera necesitó la guía Thomas Brothers, lo tenía todo en la cabeza.

El dolor se atenuó un poco y Teresa miró por la ventanilla. Suspiró al verse sentada en la parte trasera del coche, al verse apartada de su plan. Quizá el plan de morir no era bueno. Hacía otro hermoso día californiano.

—Feliz cumpleaños —dijo a Fix—: lamento lo de tu salud.

—Cáncer —dijo—, ¿y tú? ¿Qué tienes?

Franny estaba hablando por el móvil.

—Tenemos a tu madre en el coche, nos la llevamos al hospital.

—Ni idea, quizá se me ha reventado el apéndice.

Caroline apretó el acelerador y el Crown Victoria salió como un caballo de carreras.

—¿Está Albie al teléfono? —preguntó Fix—. Déjame hablar con él.

—Papá —dijo Franny.

Su padre tendió la mano hacia atrás. Teresa puso su mano en la de Fix y la apretó muy suavemente.

—Albie, mi padre quiere hablar contigo.

—¿Tu padre? —preguntó él.

Franny le dio el móvil a su padre.

—Hola, hijo —dijo Fix, sacando de algún sitio fuerzas para adoptar un tono algo más enérgico—. Tenemos aquí a tu madre, la llevamos para que se ocupen de ella, no te preocupes.

—Gracias —dijo Albie—: me has salvado dos veces.

—Nos quedaremos con ella hasta que averigüen qué le pasa. Quiero que sepas que no la dejaremos tirada en la puerta.

—Eso está bien —dijo Teresa, mirando por la ventanilla mientras las casas de sus vecinos pasaban a toda velocidad.

—¿Voy para allá? —preguntó Albie.

Fix miró a Teresa en el asiento trasero, parecía un pajarillo desplumado caído del nido, todavía respiraba, pero parecía transparente, descoyuntada.

—Quizá podrías venir mañana, ¿qué te parece? Luego te llamamos. ¿Cómo se cuelga este chisme? —Fix preguntó esto último dirigiéndose a todos y después pulsó el botón rojo.

—Nuestros hijos son buenos chicos —dijo Teresa dirigiéndose a Fix—. Después de toda la guerra que han dado, han salido bien.

Teresa estaba impresionada por el mal aspecto de Fix. El cáncer era una mala jugada del destino.

Caroline metió el coche por la entrada de urgencias. Franny entró para buscar una silla de ruedas para Teresa mientras Caroline sacaba la de su padre. Caroline y Franny los hicieron bajar del coche trabajosamente. Costó menos sacar a Teresa. Cerró los ojos y apretó los labios, pero no dijo nada. Pesaba muy poquito. Fix, en aquel momento, sufría un ataque de dolor y tenía los miembros tan rígidos que era difícil moverlo. El día estaba siendo más largo de lo previsto y no habían cogido el Lortab. Se sujetaba las costillas con las manos, tal como hacía cuando estaba cansado, como si intentara no descoyuntarse. Franny se preguntó si sería posible conseguir una pastilla en urgencias para el camino de regreso a Santa Mónica. No era probable. Caroline y Franny llevaron a Fix y a Teresa hasta el mostrador de recepción donde una joven latina con los ojos muy pintados y una camiseta escotada miró alternativamente las dos sillas de ruedas. La parte inferior de un crucifijo de oro se hundía en el exagerado canalillo del escote.

—¿Los dos? —preguntó.

—Ella —dijo Franny.

Caroline salió a aparcar el coche.

—Voy a llamar a Marjorie y a decirle que ponga los pasteles en la nevera.

—¡Es tu cumpleaños! —exclamó Teresa, acordándose de la mujer de Fix—. Te lo he echado a perder.

Fix se echó a reír con unas carcajadas como no le oían desde hacía tiempo.

—¿Que has echado a perder mi ochenta y tres cumpleaños? Me temo que no.

—¿Tarjetas del seguro?

Franny tenía el bolso de Teresa y le pidió permiso para registrarle la cartera. Hurgó debajo de un pañuelo de papel arrugado, las llaves de la casa, un tubo de pastillas de menta. En la cartera encontró la tarjeta Medicare, la suplementaria Blue Cross Blue Shield y el carnet de conducir. ¿Todavía conducía?

—¿Nombre? —preguntó la chica, leyendo el cuestionario de la pantalla del ordenador, ya que no parecía saberse las preguntas de memoria.

—Venía aquí cuando los niños eran pequeños —dijo Teresa, mirando a su alrededor como si acabara de despertarse de un sueño—. Puntos, anginas, otitis. Pero no he vuelto desde que los niños se marcharon. Sin niños no hay urgencias. Habré venido a hacerme una mamografía o a ver a algún amigo enfermo, pero no he vuelto a urgencias.

—Los datos están en las tarjetas —contestó Franny a la chica.

—Traje a Cal cuando le picó una abeja —dijo Teresa.

—Le picó una abeja en Virginia —dijo Fix, intentando aportar su granito de arena.

—Se supone que tenemos que preguntárselo al paciente —dijo la joven—, nos ayuda a valorar su estado.

Franny la miró y luego miró significativamente a Teresa. La chica suspiró y empezó a teclear.

—La primera vez que le picó una abeja vinimos aquí.

—Pensaba que no le habían picado nunca —dijo Franny.

Bert había reunido a todos los chicos en el cuarto de estar, en Virginia, la mañana del funeral de Cal. Les dijo que Cal no podía haber sobrevivido a la picadura de una abeja. Lo dijo con intención de consolarlos, para que no creyeran que podrían haber hecho algo para salvarlo. Aunque, por supuesto, podrían haberlo salvado. Podrían haber dejado de insistir para que Cal le diera a Albie todas las pastillas de Benadryl cada vez que querían que Albie se callara, y podrían haber convencido a Cal de que no se las diera cuando no había nadie más, así le habría quedado alguna en el momento en que las necesitó. Podrían haber ido hasta donde estaba en lugar de no hacerle caso durante media hora, cuando pensaban que les estaba tomando el pelo.

—Así nos enteramos de que era alérgico —dijo Teresa—. Fue la primera vez.

—¿Qué edad tenía? —preguntó Caroline. Estaba detrás de ellos. No se habían dado cuenta de que había vuelto. Caroline estaba pensando en sus hijos, ¿les habría picado alguna vez una abeja? Intentó acordarse.

Teresa cerró los ojos, repasando a sus hijos, ordenándolos por talla de memoria.

—Tendría unos siete años. Albie intentaba andar, así que las niñas tendrían tres y cinco. Eso es. Cal y Holly estaban jugando en el jardín y yo tenía a los pequeños dentro de casa. Cuidar de cuatro niños sola era mucho lío. ¿Tenéis hijos, chicas?

—Tres —contestó Caroline—: un chico y dos chicas.

—Dos chicos —contestó Franny.

—Pero no son suyos —apuntó Fix.

—Así que a Cal le picó un abeja —dijo Caroline, intentando mantener el rumbo de la conversación.

—¿Medicación? —preguntó la chica latina.

Franny hurgó en el bolso de Teresa y sacó dos frascos que había encontrado en el lavabo del baño, Lisinopril y Restoril.

Teresa miró los frascos de color naranja que había sobre el mostrador y luego miró a Franny.

—He pensado que a lo mejor lo preguntaban —dijo Franny, aunque quizá había ido demasiado lejos al coger las pastillas. No le gustaría que nadie registrara su botiquín.

—Siempre les he dicho a las chicas que se fijaran en todo.

—¿Familiares?

Se miraron.

—Albie, supongo —dijo Franny.

—¿Vive aquí? —preguntó la chica mientras los dedos se cernían sobre el teclado.

—Bien, póngame a mí. Frances Mehta —dijo Franny, y dio a la chica el número del móvil.

—¿Parentesco?

—Hijastra —dijo Franny.

—Espera... —dijo Fix, mientras buscaba la palabra exacta para definir el parentesco entre Teresa y su hija.

—Así está bien —dijo Caroline a la chica.

Cuando terminó de rellenar los impresos, la chica de la recepción les dijo que esperaran.

—Ahora vendrá la enfermera a buscarlos.

—Pues que se dé prisa —ordenó Caroline con tanta autoridad como pudo—. Está muy mal.

—Lo comprendo, señora —dijo la chica. El peso de sus pestañas suponía una carga para ella. Parecía que estuviera a punto de caer dormida.

Franny llevó la silla de Teresa y Caroline la de su padre tan lejos del televisor como pudieron. En el exterior todavía había luz.

—Deberíais iros a casa —dijo Teresa cuando la pusieron en un rincón—. Ya estoy aquí, ahora vendrán a buscarme. No os tenéis que preocupar por si me escapo corriendo.

—Ahora me llevo a papá a casa y luego vengo a buscar a Franny —dijo Caroline.

—Hay demasiado tráfico —dijo Fix—. Mejor que nos quedemos todos aquí hasta saber qué sucede. Si me pongo mal, me ingresan y ya está. Me gusta Torrance. Muchos policías vivían por aquí.

—Termina la historia —rogó Franny a Teresa.

Pero contestó Fix en su lugar.

—En una ocasión tuve un caso curioso: un tipo se paró en un semáforo con la ventanilla bajada, entró una abeja y le picó. Así de sencillo. Se le cayó el pie del freno y el coche se metió en el cruce, donde lo embistió otro coche. Probablemente, ya estaba muerto en el cruce. Nadie supo lo que había sucedido hasta la autopsia. Fui a ese mismo sitio un par de días más tarde, aunque no estaba buscando ninguna abeja, pero quería echar un vistazo. Allí mismo había un callistemon, un árbol lleno de flores y de abejas.

Teresa asintió como si la historia fuera muy pertinente.

—Cuando vino Cal del jardín estaba pálido como un muerto. Recuerdo su carita, estaba aterrorizado, y pensé que le pasaba algo a Holly. Se estaban persiguiendo siempre con rastrillos y escobas y pensé que algo le había pasado. Le pregunté: «Cal, ¿dónde está Holly?». Y, cuando di media vuelta para ir a buscarla, soltó un terrible aullido, como si intentara aspirar aire a través de un agujerito. Extendió los brazos para detenerme y se cayó de golpe. Se le estaban hinchando los labios, las manos. Fui a cogerlo y vi una abeja en la camiseta. Seguía allí, como el asesino que tras cometer un crimen se queda rondando.

—Eso pasa –dijo Fix.

Caroline se inclinó hacia delante y cogió la mano de su hermana. A nadie le podía sorprender, estaban escuchando una historia terrible. Franny rodeó con los dedos los de Caroline.

—Si no hubiera sido porque vi la abeja, estoy segura de que habría muerto entonces, a los siete años, pero gracias a ella comprendí al instante lo que estaba pasando. Me planté en la puerta como un rayo, lo metí en el coche en dos segundos. El hospital no está lejos, ya lo sabéis, y en esos tiempos no había tráfico. Yo iba diciéndole: «Calma, calma, concéntrate en respirar».

—¿Y qué hiciste con los otros niños? —preguntó Caroline.

—Los dejé ahí. Creo que ni cerré la puerta. Bert se puso como loco cuando se lo conté. Yo estaba asustadísima, pero la verdad es que también estaba orgullosa, le había salvado la vida a Cal. Bert me dijo que no podía dejar a los niños solos, que tenía que haberlos metido en el coche. Pero Bert no estaba allí y, en cualquier caso, hiciera lo que hiciera Bert siempre pensaba que yo era un desastre de madre. Si me hubiera dedicado a recoger a los niños y meterlos en el coche, Cal habría muerto. Eso me dijo el médico. Me explicó que para Cal una picadura de abeja era algo muy peligroso y que la segunda vez sería todavía peor. Pero no es posible tener a un niño encerrado durante el resto de su vida, al menos a un chico como Cal. Siempre le estaba dando la lata para que llevara las pastillas, y tenía un vial de epinefrina y una jeringuilla en la casa, pero Bert no se llevó la epinefrina a casa de sus padres y dudo que supiera poner una inyección. Nadie vigilaba que Cal llevara consigo las pastillas. —Teresa negó con la cabeza—. Pero no le echo la culpa a Bert. Antes sí, pero ya no. Las cosas que uno necesita nunca están cuando las necesitas de verdad. Eso ya lo sé. Podría haber sucedido cuando estaba en casa conmigo.

—No podemos protegernos —dijo Fix, y se inclinó hacia delante para poner una mano sobre las de Teresa—. Eso de que protegemos a los demás es una historia que nos inventamos.

—Bert juró que iba a talar los naranjos del jardín. Están siempre llenos de abejas cuando hay flor. Odiaba los árboles, como si le hubieran hecho daño a su hijo. Pero al cabo de unos días se le olvidó. Se nos olvidó a todos. —Se calló y miró a su alrededor—. La sala de urgencias entonces estaba en la parte trasera del hospital, ahora es mucho más bonita. Todo es nuevo.

Después de un TAC y un reconocimiento, el médico pasó a hablar con ellos.

—¿Es usted el señor Cousins? —preguntó a Fix.

—No —dijo Fix

Eso no pareció inquietar en lo más mínimo al médico. Estaba ahí para darles información y eso hizo.

—Parece que la señora Cousins tiene un absceso diverticular en el colon sigmoide. Vamos a calmar un poco todo con antibióticos y le daremos algo para que esté más cómoda. Esta noche controlaremos los hematíes y la fiebre; la mantendremos en ayunas y la examinaremos de nuevo por la mañana, a ver qué tal sigue. ¿Lleva mucho tiempo enferma?

Caroline miró a Franny.

—Tal vez unos tres días —dijo Franny.

El médico asintió. Anotó algo en la ficha que llevaba, les dijo que la habían puesto en una habitación y se marchó. Lo imaginaron dando por hecho que se trataba de una familia muy poco atenta. ¿Por qué no le habían llevado antes a la anciana? No tenía sentido que se lo explicaran.

—No es cáncer —dijo Teresa a los Keating cuando pasaron para despedirse—. Pero me temo que tendré que pasar la noche aquí.

Llevaba un monitor cardíaco y un gotero que le entraba por una vía en el dorso de la mano.

—Pues has tenido suerte —dijo Fix. Se alegraba por ella.

—Oh —dijo Teresa, llevándose a la frente la mano libre—. Cáncer. Lo siento, no debería haber dicho eso. Me están dando morfina, estoy un poco atontada.

Fix movió la mano para indicar que no importaba.

—Volveré más tarde para ver cómo vas —dijo Franny.

Teresa le dijo que no lo hiciera.

—He hablado con Albie —dijo Teresa—. Estará aquí mañana a primera hora, voy a dormir hasta que él llegue. La verdad es que estoy muy cansada. Y, además, has venido para ver a tu padre, no a mí. Ya me habéis dedicado medio día.

—Pues habría sido mejor que te dedicáramos el día entero —dijo Caroline—: la segunda parte ha sido mejor que la primera.

—Podemos esperar hasta que te duermas —dijo Fix, sintiéndose a la vez caballeroso e indeciso. Llevaba demasiado rato en la silla de ruedas. Necesitaba volver a casa y recostarse en su sillón. Le había sentado bien llevar a otra persona al hospital, para variar; pensar en el estado de Teresa y no en el suyo. Pero no era posible pasar por alto el dolor tanto rato. Había vuelto con un bate de béisbol.

—Se me están cerrando los ojos. Cuando estéis en la puerta, me habré dormido ya. —Teresa sonrió a Fix y, fiel a su palabra, cerró los ojos. Debería haberse casado con Fix Keating, pensaba cuando el sueño la envolvió en sus suaves brazos. Fix Keating era un buen hombre, pero ella estaba enferma y él estaba enfermo, ¿cómo habría podido cuidarlo?

Caroline y Franny empujaron la silla de ruedas de Fix hasta el ascensor. Se encontraban en otra zona del hospital; habían entrado por urgencias y lo habían recorrido de punta a punta hasta las habitaciones de los pacientes. Salieron al exterior por un lugar desconocido y a Caroline le costó un poco encontrar el coche. Cuando consiguieron meter la silla de ruedas en el maletero y encontraron la salida del aparcamiento, Fix estaba dormido en el asiento delantero y Franny pudo meter la dirección de la casa de Santa Mónica en el móvil.

Ni Franny ni Caroline dijeron nada durante largo rato. Quizá esperaban la confirmación de que su padre no las oiría, pero ¿por qué? ¿Qué habían hecho? La cabeza de Fix cayó sobre el reposacabezas. Tenía la boca abierta. Si no hubiera estado roncando débilmente, se habrían preguntado si estaba muerto.

—Cuando ha dicho eso de que Cal se puso blanco y luego hizo un ruido extraño... —dijo Caroline.

Franny asintió. El hijo mayor de Kumar, Ravi, tenía asma. Un verano, en el lago, en Wisconsin, tuvo que hurgar en la mochila para encontrar el inhalador: el niño hacía el mismo ruido que Cal hizo antes de morir, un siseo agudo que, si bien no era lo contrario que respirar, era, al menos, el final de la respiración.

—Me cuesta mucho recordar lo que pensé en aquel momento —dijo Caroline—. Cal estaba ya muerto, pero yo tenía la sensación de que podía hacer algo. Podía asegurarme de que nadie supiera nunca que habíamos dado el Benadryl a Albie. Podía devolver el arma al coche. ¿Por qué demonios Cal tenía la maldita pistola? —Caroline se volvió hacia Franny—. ¿Quién olvida una pistola en el coche y no se entera jamás de que su hijo adolescente la lleva atada a la pierna? ¿Y por qué me preocupé tanto? Cal estaba ya muerto y la pistola no tenía nada que ver con eso. Como si aquel árbol enorme se hubiera caído sobre la casa y yo me hubiera dedicado a recoger las hojas para que nadie se diera cuenta de lo que había pasado.

—Éramos niños. No teníamos ni idea de lo que hacíamos.

—Lo empeoré todo —reflexionó Caroline.

Franny negó con la cabeza.

—No podías empeorarlo. No había nada peor. —Apoyó la frente en el asiento delantero.

—Quizá debería habérselo contado a Teresa.

—¿Haberle contado qué cosa?

—No sé, que Cal no estaba solo, que estábamos todos con él cuando murió.

—Holly y Jeanette también estaban con nosotras y no se lo contaron nunca a Teresa. O, quién sabe, quizá sí. No tenemos ni idea de lo que sabe Teresa de lo que sucedió en Virginia.

—A menos que vaya al cine este fin de semana.

—Tu sentimiento de culpa no es nada al lado del mío —dijo Franny—. No se puede ni comparar.

Caroline y Franny no celebraron el octogésimo tercer cumpleaños de su padre. El tráfico, que había sido tolerable cuando se dirigieron a casa de Teresa, estaba totalmente colapsado por la salida a la playa desde Torrance, de modo que llegaron a casa ya de noche. La consecuencia de su amabilidad fue que Fix había estado demasiado tiempo en la silla de ruedas y demasiado tiempo en el coche. Le irradiaba el dolor desde los pies y las manos hasta los huesos del rostro, aunque este era poca cosa al lado del dolor que se concentraba en el centro del cuerpo.

—Dejad que me vaya a dormir —dijo a Marjorie cuando lo metieron en la casa. Tuvo que inclinarse sobre él para oír su vocecilla—. No puedo aguantar esto —dijo, tironeando la camisa e intentando quitársela.

Marjorie lo ayudó a desabrocharse los botones. Durante el curso de su enfermedad, Fix había perdido sus reservas. No era capaz de soportar lo inesperado. Habían estado demasiado tiempo fuera y ahora le rozaba el hueso contra el hueso.

—¿Estabais con Teresa Cousins? —preguntó Marjorie a Franny en el mismo tono que le habría preguntado «¿Lo habéis llevado a South Central a fumar *crack*?».

—Su hijo me ha llamado justo después de ir al cine, había que llevarla al hospital —dijo Franny.

Habrían tenido que llevar primero a su padre a casa. Estaban cerca cuando Albie había llamado, pero no se le había ocurrido que era ella quien tenía que tomar la decisión, no Fix.

—No sabíamos que tardaría tanto rato.

Caroline puso una pastilla de Lortab en una cucharita diminuta y se la dio a su padre. Así era más fácil tragar las pastillas.

—¿Y no tiene familia? —Marjorie siempre había tenido mucha paciencia con las chicas, ya desde el principio, cuando Fix las llevaba a casa de su madre para nadar. Pero lo de que llevaran a su padre de un lado a otro para hacer un favor a alguien que casi ni conocían era poco menos que intentar matarlo.

—Sí tiene familia —dijo Franny—, pero no viven aquí. Papá dijo que quería verla.

—Si no la conocía, ¿por qué iba a querer verla? —Marjorie pasó las manos por los hombros de la arrugada camiseta de Fix—. Voy a meterte en la cama —le dijo.

Franny miró a su hermana, las dos seguían de pie en la salita después de que Marjorie se llevara a Fix.

—Si todavía queda algo que pueda joder hoy, dímelo.

—No ha sido culpa tuya —dijo Caroline, y se frotó la cara. Ninguna de las dos había comido nada desde hacía horas, no tenían hambre—. No sabías lo que iba a pasar. Y, en cualquier caso, teníamos que ir los tres. Teresa se lo merecía. Entiendo que Marjorie no pueda comprenderlo, pero, aunque haya sido un error, se lo debíamos a Teresa.

Franny sonrió a su hermana con expresión de cansancio.

—Querida mía —dijo Franny—. ¿Qué hacen los hijos únicos?

—No lo sabremos nunca —dijo Caroline.

Caroline subió al dormitorio que compartían para llamar a Wharton y desearle buenas noches. Franny salió al jardín para llamar a Kumar.

—¿Has encontrado el talonario? —preguntó Franny.

—Sí, pero podías haberme contestado hace seis horas, cuando te lo he preguntado.

—La verdad es que no he podido —dijo Franny con un bostezo—. Si hubieras estado aquí hoy, me comprenderías. ¿Han vuelto bien los chicos del entrenamiento de fútbol?

—No los he visto —dijo Kumar.

—No me eches una bronca, estoy destrozada.

—Ravi está en la ducha. Amit simula hacer los deberes en el ordenador, pero cambia a un horrible juego en cuanto dejo de mirarlo.

—¿Lo estás vigilando? —preguntó Franny.

—Sí —dijo su marido.

Marjorie dio unos golpecitos en el cristal de la cocina y le hizo un gesto para que entrara.

—Tengo que irme —dijo Franny.

—¿Piensas volver?

—Por eso no te preocupes —contestó Franny, y colgó el teléfono.

—Tu padre quiere que vayas para darte las buenas noches —dijo Marjorie con aspecto de cansancio—. No me puedo creer que siga despierto.

—¿Está ahí Caroline?

Marjorie negó con la cabeza.

—Tu padre ha dicho que quería hablar contigo.

Franny prometió no distraerlo demasiado.

Marjorie había puesto las dos camas juntas y las había cubierto con una manta y una colcha grandes para que pareciera que seguía siendo una cama de matrimonio, aunque la de Fix era una cama de hospital. Estaba más cómodo un poco incorporado, le dolía menos el pecho y tragaba mejor la saliva, de manera que dormía así. Y así lo encontró Franny, vestido con su pijama azul claro, mirando el techo.

—Cierra la puerta —ordenó Fix, y dio unas palmaditas en la cama a su lado—. Es una conversación privada.

Franny se sentó junto a su padre.

—Siento haberte arrastrado hasta Torrance —se disculpó Franny—. Estaba pensando en Albie y Teresa, y debería haber pensado en ti.

—No hagas caso a Marjorie —contestó Fix.

—Marjorie está pendiente de ti. Por eso hemos tenido que ir a ver a Teresa, porque no tiene a nadie como Marjorie.

—Olvídate de todo esto durante un rato. Tenemos que hablar en serio. ¿Puedes escucharme? —Fix parecía pequeño y demacrado, una sombra de sí mismo—. Sube un poquito más la cama —ordenó Fix. Y, cuando Franny la hubo subido, añadió—: Bien. Así. Ahora abre el cajón de la mesilla.

Era un cajón grande, profundo y largo, lleno de libros de crucigramas, sobres, una guía de bolsillo de senderismo por California, un libro de poemas de Kipling, un par de artilugios para hacer ejercicio con las manos, monedas sueltas, Vicks VapoRub, un rosario. Le sorprendió el rosario.

—¿Qué estoy buscando?

—Está en el fondo.

Franny sacó el cajón un poco más y levantó los papeles. Ahí encontró el arma. No tuvo que preguntar nada. La sacó y la dejó sobre sus rodillas.

—Vale —dijo Franny.

Fix se inclinó hacia delante, le tocó la mano, puso la suya sobre el arma y sonrió.

—Cuando me jubilé, Marjorie me hizo prometer que lo devolvería todo. Dijo que ya no quería más armas cuando nos fuéramos a la playa, así que no se lo dije.

—Sí. —Franny puso la mano sobre la de su padre. Sintió la delicada estructura de su esqueleto bajo la piel de papel. Imaginó que sería como tocar el ala de un murciélago.

—Una Smith & Wesson del treinta y ocho. Fue la mía durante mucho tiempo.

—Ya me acuerdo —dijo Franny.

—No salía nunca de casa sin ella.

—¿Quieres que la cuide yo por ti? —Franny no estaba muy segura de cómo hacerlo. No podía meterla en el equipaje, no podía llevarla en el avión o a su casa en Chicago con Kumar y los chicos. No quería el arma, pero seguro que se le ocurría algo.

—No puedo con ella, es demasiado pesada; no puedo ni sacarla del cajón —dijo él—. Uno le da vueltas a muchas cosas, pero esta ni me la imaginaba.

Cuando ella y Caroline eran pequeñas iban a la sala de tiro de la academia de policía en verano y disparaban a dianas de papel. Era la única cosa del mundo que se le daba mejor a Franny que a Caroline: sabía disparar. Los amigos de Fix pasaban por ahí y se maravillaban de las dianas de Franny. «Contrata a esta chica», decían los policías, y Franny, que tenía buen ojo y buen pulso, resplandecía.

—No te preocupes —dijo Franny.

—¿Crees que podrías pegarme un tiro? —le preguntó su padre.

—La pastilla de Lortab te hará efecto ahora mismo, papá. Duérmete. —Apartó la mano de su padre del arma, se inclinó y le dio un beso en la frente.

—Está haciendo efecto ya, así que escúchame. No tenemos mucho tiempo para hablar los dos solos. No puedo sostener el arma, pero eso solo lo sabes tú. A nadie se le ocurrirá. Muchos policías terminan pegándose un tiro al final de su vida si están mal. No tiene nada de malo.

El arma pesaba sobre las rodillas de Franny.

—Papá, no pienso pegarte un tiro.

Fix la miró, la boca abierta y, sin las gafas, Franny vio los ojos turbios por las cataratas. ¿Así era como Cal había mirado a Teresa el verano en que tenía siete años, cuando la abeja reptaba sobre su camiseta? ¿Así la miró Cal cuando murió? No se acordaba.

—Necesito tu ayuda, Franny. Tu ayuda. Marjorie guarda las pastillas en otro sitio. No sé dónde están y, aunque lo supiera, no sería capaz de alcanzarlas. Y no sabría cuáles tendría que tomar. Llena este tubo de alimento como si yo fuera un coche. Si me pego un tiro, a nadie le importará.

—Nos importará. A mí me importará, te lo aseguro.

—Marjorie y Caroline irán mañana a la tienda y tú te quedarás conmigo. Ponte dos pares de esos guantes, los desechables, uno encima de otro. Pon mi mano sobre el arma y luego tu mano encima.

Franny puso sus manos sobre las de su padre. No sabía si achacar aquello al dolor o al calmante.

—Papá.

—Cógela y mantenla con la empuñadura hacia afuera. Yo estaré contigo. Lo haremos paso a paso. La sostendrás bajo mi barbilla, la inclinarás un poco, unos veinte grados. Cuando esté bien puesta, quiero que te eches hacia atrás, no te hará daño.

¿Por qué no se lo pedía a Caroline? Eso era lo que quería saber. Caroline era su hija favorita. Confiaba en ella. Pero Caroline no habría querido ni escucharlo.

—No puedo hacerlo —dijo Franny.

—Cuando el arma se dispare, déjala caer. Déjala ahí donde haya caído. Te quitas los guantes y te los metes en el bolsillo. Vas al espejo, te aseguras de que no te has manchado, llama luego al 911. Eso es todo lo que tienes que hacer. Nadie pensará que has sido tú. Y no serás tú, seré yo. Tú solo me ayudarás. No es mi intención ponerte en un apuro. —Se le estaban cerrando los ojos, los abría y se le volvían a cerrar.

—Pues sería un buen apuro —dijo Franny. Siempre había tenido la sensación de que abandonaba a su padre porque vivía con su madre, vivía en el otro extremo del país, vivía con Bert. Qué raro era que a esas alturas tuviera la sensación, aunque solo fuera un instante, de que negarse a disparar a su padre era otra forma de fallarle.

—La gente se asusta de cosas equivocadas —dijo Fix, con los ojos cerrados—. Los policías se asustan sin motivo. Vamos por ahí pensando en qué encontraremos al otro lado de la puerta: está fuera, está en el armario, pero no, las cosas no son así. Lo que le sucedió a Lomer es una anomalía. Para la gran mayoría de gente de este planeta lo que va a matarlos está dentro. ¿Lo entiendes, Franny?

—Te entiendo —contestó ella.

Fix extendió el brazo y le dio de nuevo unas palmaditas en la mano; en la mano y en el arma.

—Dependo muchísimo de ti —dijo. Abrió la boca como para añadir algo y se quedó dormido.

Sentada en el borde de la cama de su padre, Franny descargó el revólver. Descargar, limpiar, volver a cargar: todo formaba parte de la educación recibida en su infancia. Había seis balas en la recámara, se las guardó en el bolsillo delantero de los vaqueros y metió el arma en la parte trasera, bajo la camiseta. Últimamente, los pantalones le venían un poco ceñidos en la cintura y, por una vez, se alegró.

Cuando volvió a la salita, Caroline y Marjorie estaban viendo *El hombre que vino a cenar*. Caroline pulsó el botón para quitar el sonido mientras Monty Woolley tiranizaba a los personajes secundarios desde su silla de ruedas.

—¿Cómo está tu padre? —preguntó Marjorie.

—Dormido —contestó. Sentía el frío del metal en la espalda. Era ridículo pasar por la habitación ocultando un arma, pero le pareció que no era necesario que Marjorie se enterara de su existencia ni de la petición de Fix. Se lo contaría a Caroline por la mañana, pero aquella noche no era necesario decir nada más, ninguna conversación más. Franny anunció que se iba a leer a la cama.

Aquella noche, tras guardar la pistola en la maleta y las balas en un calcetín, Franny soñó con Holly. Hacía años que no se veían, pero ahí estaba, todavía con catorce años, su cabello oscuro y liso dividido en dos coletas, el top amarillo atado sobre el torso delgado. Todavía era una niña con pecas y ortodoncia. Estaban en Virginia, en casa de los padres de Bert, y caminaban por el largo campo que se extendía entre la casa y el establo. Holly hablaba sin parar todo el rato, como siempre hablaba Holly, explicando la historia de la Mancomunidad de Virginia y los indios mattaponi que en otros tiempos vivían en las orillas del río. Los mattaponi, dijo, habían luchado contra los ingleses en la segunda y la tercera guerra anglo-powhatan.

—Aquí mismo —dijo, extendiendo las manos—. Para empezar, no eran muchos y, entre las dos guerras y todas las enfermedades que los ingleses trajeron consigo, la mayoría de los mattaponi murieron. ¿Te acuerdas de que Cal buscaba puntas de flecha? Nuestro abuelo tenía un plato lleno en su escritorio, pero nunca nos dio una. Decía que las guardaba. ¿Para qué las guardaba? ¿Para una revuelta?

Franny miró la pendiente cubierta de hierba. Había un estanque de aguas someras, más allá del establo, en el que los caballos disfrutaban los días calurosos, donde ellos mismos se habían aventurado algunas veces, a pesar del barro traicionero del fondo. Contempló la distante hilera de árboles que ribeteaban el campo a la izquierda y el campo de heno a la derecha que los Cousins arrendaban. Estaba intentando asimilar lo hermoso que era todo aquello: la hierba, la luz, los árboles, todo el valle. Ahí había muerto Cal, allí era donde

Holly, Caroline y Jeanette habían corrido por el campo después de darse cuenta de lo que había pasado, de vuelta a la casa para buscar a Ernestine, Caroline le dijo que se quedara con Cal por si necesitaba ayuda. ¿Por qué Caroline le había dicho que se quedara?

—Tú cogiste entonces la pistola, ¿te acuerdas? —dijo Holly—. Se la diste a Caroline aquella noche.

Cal tenía los ojos cerrados, pero la boca estaba abierta como si todavía intentara tragar aire. Tenía los labios gruesos e hinchados y le asomaba la lengua por la boca. Franny estuvo de pie a su lado, mirando hacia la casa, luego lo miró a él. Cuando se acordó del revólver, lo buscó bajo la pernera. Ahí estaba, metido dentro del calcetín y atado a la pantorrilla con un pañuelo rojo. A Franny se le metió en la cabeza que Ernestine o los Cousins o quien fuera a salvarla no deberían encontrar el arma. Se meterían todos en un lío.

—No sé por qué la cogí —dijo. Y no lo sabía.

—No podías dejarla allí —dijo Holly—. Todos estábamos obsesionados con la pistola, siempre pensábamos en ella.

Franny desanudó el pañuelo y, cuidadosamente, apuntando lejos de ella y de Cal, la descargó tal como le había enseñado su padre. Se metió las balas en el bolsillo delantero de los pantalones cortos y sostuvo el revólver abierto hacia la luz, dio vueltas al cilindro bajo el sol y miró por el cañón para asegurarse de que estaba vacío. Lo envolvió en el pañuelo, pero no tenía donde guardarlo. Intentó metérselo en el cinturón, pero asomaba. Finalmente, decidió esconderlo tras un árbol. Cuando todo el mundo se hubiera ido, volvería, lo cogería y lo llevaría a la casa. Le diría a Jeanette que fuera con ella y lo guardarían en el bolso de Jeanette. A nadie le extrañaría porque Jeanette siempre llevaba el bolso encima. Recordaba que se alegró de tener algo de qué preocuparse que no fuera Cal.

Franny miró hacia el establo.

—Siempre pensé que no hice lo correcto.

—¿Qué habría sido lo correcto? —Holly le pasó un brazo por la cintura—. No teníamos ni idea de qué estaba pasando, ni siquiera sabíamos que le había picado una abeja.

—¿No lo sabíamos?

—Nos enteramos más tarde. Esa noche, cuando papá volvió del hospital, pero antes no teníamos ni idea.

—Me gustaba aquel sitio —dijo Franny, aunque se estaba dando cuenta en aquel momento.

Holly pareció sorprendida.

—¿De verdad? Yo lo odiaba.

Franny la miró. Holly había sido una niña muy bonita. ¿Cómo era que no se había dado cuenta? Ahora para ella era una hermana.

—¿Por qué has venido entonces?

—Para asegurarme de que estáis bien —dijo Holly—. Estábamos siempre juntos. ¿No te acuerdas? Éramos una tribu feroz.

—Escucha —dijo Franny, alzando la vista—. ¿Oyes los pájaros?

Holly negó con la cabeza.

—Es tu teléfono móvil. Eso es lo que he venido a decirte, no tenéis que preocuparos.

—¿Por los pájaros? —preguntó Franny. Pero Holly se había ido y la sala estaba otra vez a oscuras. Seguía oyendo los pájaros.

—Contesta al teléfono —dijo Caroline desde la otra cama.

El dormitorio estaba a oscuras con la única excepción de la luz del teléfono. Lo cogió, aunque nunca venía nada bueno de contestar al teléfono en plena noche.

—¿Sí? —dijo Franny.

—¿Señora Mehta? —dijo una voz de mujer.

—¿Sí?

—La llama la doctora Wilkinson, del Torrance Memorial Medical Center. Señora Mehta, lamento decirle que su madrastra acaba de fallecer.

—¿Marjorie ha muerto? —Franny se enderezó, la noticia la despertó por completo. ¿Cómo era posible? ¿Cuándo había ido al hospital? Caroline se levantó de la cama y encendió la luz de la mesilla que había entre ambas. La única persona que estaba a punto de morir era su padre.

—¿Qué pasa? —preguntó Caroline.

—Me refiero a la señora Cousins —dijo la doctora—. Pasadas las cuatro de la mañana, el monitor cardíaco ha avisado a la enfermera. Hemos intentado reanimarla, pero no ha sido posible.

—¿La señora Cousins?

—¿Ha muerto Teresa? —preguntó Caroline.

—Lo lamento —dijo la doctora otra vez—. Estaba muy enferma.

—Espere un momento —dijo Franny—. Me parece que no lo entiendo bien. ¿Qué está diciendo? ¿Podría repetírselo a mi hermana?

Franny le dio el teléfono a Caroline. Ella sabría qué preguntas debía formular. El reloj digital de la mesilla decía que eran las 4:47 de la madrugada. Se preguntó si Albie estaría despierto, si habría puesto el despertador. Iba a coger un vuelo temprano a Los Ángeles para ver a su madre.

8

_____

Seis meses antes de jubilarse, Teresa compró un billete a Suiza para visitar a Holly en el centro zen. Lo adquirió para tener alguna ilusión. No estaba muy convencida de la jubilación, pero temía convertirse en una vieja inútil en un trabajo que le había gustado durante muchos años. A lo largo del tiempo había visto a la gente ir y venir, subir y bajar, así como recoger los trastos del escritorio en una caja para irse definitivamente. Tarde o temprano tendría que hacer lo mismo y ¿no sería mejor que se marchara antes de que empezaran a empujarla hacia la puerta? A los setenta y dos años todavía estaba a tiempo de imaginar otra vida, si bien no tenía nada claro qué clase de vida podría ser esa. Pensaba que podría ir a clase de _bridge_ o dedicarle más tiempo al jardín. Pensó que podría ir a Suiza.

Dos semanas después de la fiesta de jubilación, con un hermoso reloj de oro en la muñeca y un billete en el bolso, llamó a un taxi para que la llevara al aeropuerto.

Holly ya no volvía nunca a casa. Cuando se fue a Suiza por primera vez, veinticinco años atrás, tenía intención de estar fuera un mes. Volvió a los seis meses y solo fue para gestionar un visado permanente. Dejó de manera oficial su puesto en Sumitomo Bank, que le habían conservado. Holly había estudiado Económicas en Berkeley y, aunque era joven, la apreciaban en su trabajo. Dejó su piso, que había estado vacío durante todo ese tiempo. Vendió los muebles.

—¿Estás enamorada? —le preguntó su madre. No creía que Holly estuviera enamorada, aunque daba muestras de todos los síntomas típicos: aire despistado e inocente, pérdida de apetito. Holly se había rapado el pelo, iba sin maquillaje y, por primera vez en años, Teresa veía que seguía teniendo pecas. Si bien estaban sentadas a la mesa de la cocina tomando café, Teresa tenía miedo de que su hija mayor hubiera sido secuestrada, de que una secta le hubiera secuestrado el cerebro, aunque permitiera que su cuerpo regresara a casa durante el tiempo suficiente para liquidar sus posesiones y despistar a todo el mundo. Pero no era fácil formularle la pregunta.

—No estoy enamorada —contestó Holly, cogiendo la mano de su madre y apretándola—: no es eso exactamente.

Holly volvía a casa de vez en cuando; al principio, una vez al año, luego cada dos o tres años. Teresa sospechaba que Bert pagaba los billetes, pero no lo preguntó nunca. Al cabo de unos años, las visitas esporádicas se suspendieron. Holly dijo que no quería volver a los Estados Unidos, como si estuviera abandonando un país en lugar de dejar a su familia. Dijo que era más feliz en Suiza.

Si bien Teresa deseaba ardientemente que sus hijos fueran felices, no entendía por qué no podían encontrar la felicidad más cerca de Torrance. Después de que el mayor se marchara para siempre, los otros tres podrían haber optado por permanecer más cerca, pero había sucedido justo lo contrario: la muerte de Cal los había enviado a cada uno a un rincón diferente. Los echaba de menos a todos, pero, sobre todo, echaba de menos a Holly. Era la menos misteriosa de sus niños, la única que se metía de vez en cuando en su cama por las noches y le decía que quería hablar.

«Ven a verme cuando quieras», escribía Holly cuando su madre se quejaba, primero, en lentas cartas remitidas por vía aérea; luego, gracias al cielo, en correos electrónicos, cuando el centro, llamado Zen-Dojo Tozan, tuvo ordenador. A Teresa le costaba recordar el nombre exacto de aquel lugar, de manera que era de ayuda verlo en letras impresas.

«¿Y qué hago yo en Suiza?», respondía su madre

«Estar sentada conmigo», decía Holly.

No era mucho pedir. Había estado sentada con Jeanette, Fodé y los chicos en Brooklyn. Había estado sentada con Albie en una serie de sitios distintos, incluido el cuarto de estar de su casa. Con el paso de los años, Teresa había vencido el recelo al budismo y a la meditación. Holly, en las escasas veces que la había visto, seguía siendo Holly. Y si bien cuando trabajaba había tenido muchos motivos para no ir a verla, después de jubilarse solo podía decirse a sí misma que era demasiado vieja, el viaje era demasiado largo, los billetes eran demasiado caros y las conexiones eran demasiado intimidantes. Pero ninguno de esos motivos era suficiente para no ver a su hija.

El vuelo de Los Ángeles a París duró doce horas. Teresa aceptó el vino que le ofrecieron cada vez que el carrito pasó por el estrecho pasillo, durmió a ratos apoyada en la ventanilla e intentó leer *El paciente inglés*. Cuando el avión aterrizó en Charles de Gaulle, había envejecido veinte años. Los abogados deberían insistir en que los juicios de los asesinos y los capos de la droga tuvieran lugar en vuelos transatlánticos con asientos económicos, tras los cuales cualquier sospechoso confesaría cualquier crimen a cambio de la promesa de dormir en una cama blanda en una habitación oscura y silenciosa.

Al salir del avión, rígida y aturdida, se sumergió en el río de la vida: las maletas rodaban como perros obedientes tras pasajeros que hablaban por el móvil mientras caminaban con tanto aplomo que ni se le ocurrió no seguirlos. Estaba demasiado desconcertada para pensar por sí misma; cuando por fin volvió a la realidad al ver un mostrador de información, le dijeron que su puerta de embarque estaba en otra terminal, a la que se podría acceder en autobús, y que el vuelo a Lucerna tenía tres horas de retraso.

Teresa cogió el plano del aeropuerto en el que un empleado de información, un francés asombrosamente guapo, le había indicado por dónde debía ir, y empezó a desandar camino. Los pies se le habían hinchado con el vuelo y ahora tenían una talla más que los zapatos que llevaba puestos. Si bien no había esperado que apareciera alguien en la puerta para acompañarla, no podía dejar de pensar que la última vez que había estado en aquel aeropuerto, cincuenta años atrás, las cosas habían sido muy distintas: era otra persona y vivía unas circunstancias muy diferentes.

Bert había llevado a Teresa a París para su luna de miel. Había sido una sorpresa. Hizo las reservas del hotel, cambió los francos en el banco, pidió a la madre de Teresa que le preparara la maleta a su hija. Los padres de Bert los llevaron al aeropuerto a la mañana siguiente de la boda para que cogieran el vuelo y Teresa no sabía adónde iban. Se había licenciado en Literatura Francesa en la Universidad de Virginia, pero nunca había salido de los Estados Unidos. Nunca había hablado en francés fuera del aula.

Se detuvo en un pequeño café del vestíbulo, se dejo caer en una silla de plástico blanca y pidió un café *au lait* y un *croissant,* eso era fácil. Tiempo no era lo que le faltaba. Se quitó la parte posterior de los zapatos antes de darse cuenta de que era un error: los pies le iban a crecer como masa de pan y después no podría volver a ponérselos. Por primera vez desde que tenía veinte años, pensó que Bert Cousins había sido un chico muy guapo, alto y rubio, con los ojos de un azul oscuro que cada mañana, cuando los abría, sobresaltaban a Teresa. La familia de Bert era rica como Creso, decía la abuela de Teresa. Los padres de Bert le habían regalado un pequeño Fiat verde cuando se graduó en el *college*.

Cuando se conocieron, Bert estudiaba segundo curso en la Facultad de Derecho de la Universidad de Virginia y era el mejor de la clase, y ella estaba en el segundo año del *college*. Una nevada mañana de enero, cuando corría hacia clase, Teresa resbaló en una placa de hielo y se cayó de repente, mientras sus pulmones expulsaban de golpe el aire helado, y quedó rodeada de libros y papeles. Estaba tendida boca arriba, tan aturdida que no podía hacer otra cosa que contemplar cómo los copos de nieve revoloteaban hacia ella, cuando Bert Cousins se inclinó y le preguntó si le permitía que la ayudara. Sí, se lo permitía. Bert la levantó, la cogió en brazos —un completo desconocido— y la llevó a la enfermería; ahí perdió la siguiente hora de clase mientras a ella le vendaban el tobillo. Un año más tarde, cuando le pidió que se casara con él, Bert le dijo que quería irse a vivir a California en cuanto terminara Derecho. Pasaría allí el examen de acceso al cuerpo de abogados y empezarían una nueva vida en un lugar donde nadie los conociera. No tenía intención de pasarse la existencia redactando contratos para transacciones inmobiliarias, iba a dedicarse al ejercicio profesional de la abogacía. Y quería tener hijos, dijo, muchos muchos niños. En su condición de hijo único, siempre había deseado tener hermanos y hermanas. Teresa miraba alternativamente a Bert y el bonito anillo que llevaba en la mano y pensó que en aquel momento tenía que estar irradiando algún tipo de luz, tanto lo quería. Era desconcertante recordar ahora, a los setenta y dos años, mientras ponía mermelada de fresa sobre la punta de su *croissant*, lo mucho que lo había querido. Casi no le cabía la idea en la cabeza. Había querido a Bert Cousins, después se había acostumbrado a él, después se sintió decepcionada y, más tarde, después de que la abandonara con cuatro niños pequeños, lo había odiado con todas sus fuerzas. Pero en el aeropuerto Charles de Gaulle, cuando tenía veintidós años, el amor que sentía por él excluía cualquier otro pensamiento contrario. Fueron cogidos de la mano a recoger las maletas y, mientras esperaban junto a la cinta transportadora, él la besó, profunda y apasionadamente, sin importarle quién pudiera estar mirando, ya que estaban casados y estaban en París.

Teresa contempló a la gente que pasaba junto a su mesa en el café del aeropuerto y se preguntó cuántos empezarían en aquel momento la luna de miel, cuántos estaban enamorados y cuántos dejarían de estarlo. La verdad era que, más o menos, se había olvidado de Bert. Le había costado mucho, pero era ya un hecho que pasaban los años y no se acordaba de preguntar a sus hijos cómo estaba su padre porque ni siquiera pensaba en él. Había vivido tiempo suficiente para que Bert y todo el amor y el odio que había engendrado desaparecieran. Cal seguía con ella, Jim Chen estaba allí, pero Bert, aunque siguiera vivo en Virginia, era como si estuviera muerto.

Revivida por el café y lo demás, Teresa introdujo los pies con esfuerzo en los zapatos y caminó despacio hasta su puerta de embarque. Quizá se quedara en Suiza para siempre, quizá se hiciera budista. No se podía imaginar repitiendo aquel viaje otra vez.

Holly no se había tomado la molestia de ir a la diminuta habitación, antiguo armario escobero, situada bajo la escalera de la cocina para verificar en el ordenador cómo iba el vuelo de su madre desde París. Al llegar al aeropuerto de Lucerna y detenerse delante del panel luminoso, advirtió que el avión llegaba con tres horas de retraso. Era cierto que no iba mucho al aeropuerto, pero había que ser idiota para no acordarse de verificar el horario antes de hacer una hora de viaje. Como tenían por norma que quien cogía el coche también se llevaba el móvil, pudo enviar un mensaje a Mijaíl y explicarle la situación. Sabía que no le importaría, ya que le había dicho que no necesitaban el coche, pero Holly no podía evitar la sensación de que molestaba a toda la comunidad al monopolizarlo durante tanto rato. Si la hora de llegada anunciada era correcta, no estarían de vuelta hasta pasadas las dos. Le había dicho a su madre que cogiera el tren desde París; nadie iba en avión desde París a Lucerna. El tren era muy sencillo. Pero a su madre se le hacía cuesta arriba ir del aeropuerto a la Gare de Lyon y allí localizar el tren a Lucerna. Y quizá no habría sido capaz de hacerlo con *jet lag* y cargada con el equipaje. Holly podría haber ido en tren hasta París a recibirla, pero no se lo propuso a Teresa porque no quería estar fuera tanto tiempo.

Holly había terminado temprano con el trabajo de la cocina tras lavar y pelar cinco kilos de patatas, cortarlas en dados y dejarlas cubiertas en agua fría con sal mientras intentaba ocuparse de todas sus otras tareas. Había ido a la habitación de invitados donde dormiría su madre para comprobar que había toallas de baño y de ducha, así como una botella de agua y un vaso junto a la cama. Se disculpó por abandonar pronto la meditación de la mañana y pasó entre los cojines de los demás tan silenciosamente como pudo para irse al aeropuerto, aunque ahora se daba cuenta de que no habría sido necesario, podría haberse quedado un rato más. La irritación que sentía consigo misma era tan desproporcionada que se preguntó si el problema no sería que no quería que su madre la visitara. Si bien entendía la importancia de dejar que los pensamientos surgieran y, en lugar de juzgarlos, contemplarlos y dejarlos pasar, decidió que, en este caso, tal vez lo mejor sería reprimirlos.

Holly compró un Toblerone en el quiosco y después miró por la sala de espera para ver si encontraba algún periódico abandonado, ya que en su vida diaria carecía de ambas cosas. Y de sexo. En su vida tampoco había sexo, pero tenía suficiente sentido común para no buscarlo en un aeropuerto. Encontró un ejemplar de *Le Matin*, otro de *Blick* (pero no leía alemán con fluidez) y, maravilla de las maravillas, un número entero del martes del *New York Times*. De repente, se calmó. La idea de pasar tres horas en el aeropuerto con tres periódicos y una barra de Toblerone era casi un milagro. Quitó el papel de plata, rompió un triángulo de chocolate y lo dejó sobre la lengua para que se fundiera antes de leer la sección científica del periódico: los demonios de Tasmania estaban muriendo de cáncer oral; había motivos para pensar que podría ser mejor correr sin zapatillas de deporte; los niños pobres del centro de las ciudades tenían tanta probabilidad de padecer asma como los niños de las zonas en conflicto bélico. Intentó pensar de qué le servía toda aquella información. Cómo iba a salvar a los demonios y conseguir que dejaran de morderse los unos a los otros, ya que, según parecía, esa era la vía de difusión del cáncer, y por qué le preocupaba un feroz marsupial de Tasmania y no sentía casi nada por los niños asmáticos. ¿Por qué había leído el artículo entero sobre el calzado para correr, si ella no corría, pero se había saltado el que hablaba de energía geotérmica? ¿En qué clase de persona superficial se había convertido? Dobló el periódico, lo dejó sobre sus rodillas y se quedó pensando. Quizá debería salir del centro Zen-Dojo Tozan más a menudo, o quizá debería abandonarlo por completo, pero concluyó que nunca lo dejaría, como Siobhán, a la que Holly nunca había visto ir más allá del buzón situado al final del camino de entrada.

Holly recordaba que en su vida en California todo lo veía en función de quién tenía menos que ella y quién tenía más: quién era más listo, más guapo, quién tenía una relación mejor —por lo general, todo el mundo—, quién ascendía más rápido —porque, por muchas alabanzas que recibiera en el banco, siempre parecía que había otros empleados favoritos—. Estaba siempre intentado imaginar cómo hacerlo mejor, cómo hacerlo bien y, por ello, había empezado a rechinar los dientes mientras dormía. Se había hecho una pequeña herida en el interior de la mejilla izquierda y se quitaba las cutículas de los dedos hasta hacerse sangre. Fue a la consulta de un internista, le contó sus problemas y le enseñó el interior de la boca. El médico le examinó la lengua y los dientes con una linterna, le miró las manos y le sugirió que hiciera meditación. O eso es lo que creyó que había dicho: «Va a necesitar meditación».

Cuando oyó esa palabra, sintió que el corazón le daba un vuelco, como si llevara tiempo esperando ese momento. ¡Por fin!, le dijo el corazón. ¡Ya era hora!

—¿Dónde puedo aprender a meditar? —quiso saber. La mera palabra la llenaba de alegría.

El médico la miró como si estuviera preguntándose hasta dónde llegaría su locura.

—He dicho me-di-CA-ción —repitió, esta vez en voz más alta y más despacio—. Tiene que medicarse para combatir la ansiedad. Voy a hacerle una receta de Ativan, ya iremos fijando la dosis. Tenemos que ver cuál es la que le conviene.

Pero Holly dejó caer el papelito en la papelera tras pagar a la recepcionista veinte dólares en concepto de copago. Aunque de modo involuntario, el médico le había dicho cómo podía curarse. Ni siquiera comprendía exactamente qué suponía eso de la meditación, pero sabía que iba a averiguarlo. Leyó un par de libros, escuchó una serie de charlas sobre el *dharma* en cintas magnetofónicas en el coche y, más adelante, encontró un grupo que se reunía los miércoles por la noche y los sábados por la mañana. Empezó a meditar en casa, antes de ir al banco, y a despertarse más temprano. Seis meses más tarde, algunos amigos del grupo de los miércoles la invitaron a un retiro de fin de semana. Más tarde, pasó una semana en silencio en un centro de espiritualidad al norte de Berkeley. Ahí vio una nota en el tablón de anuncios sobre el centro Zen-Dojo Tozan. Sintió que se le aceleraba el corazón de la misma manera que cuando entendió mal las palabras del médico. «Ahí voy», pensó, mirando la foto del chalet sobre una suave ladera de flores alpinas. Tiró de la chincheta que sujetaba el folleto y dejó que este le cayera en la mano.

Las cosas eran así para Holly. Algunas veces tenía la sensación de que la guiaba una mano y pensaba que era la de Cal.

Después de la muerte de Cal, Holly lamentó durante años no haber estado más unida a su hermano (además de muchas otras cosas). Pero, desde que había llegado a Suiza, había empezado a comprender que, para ser un chico de quince años y una niña de trece en una situación estresante, se habían defendido bastante bien. Se peleaban a gritos, pero no se guardaban rencor. Se empujaban, pero no se daban bofetadas ni pellizcos. Se tiraban almohadas, no platos. Holly corregía los deberes de Cal sin hacer concesiones, y Cal, en un recuerdo resplandeciente de su infancia, le había quitado a dos niñas de encima, en el pasillo del colegio, tirando de una por la cola de caballo y de la otra por el cuello de la camisa, porque intentaban meter a Holly en su taquilla a empujones.

—Dejad en paz a mi hermana, hijas de puta —dijo Cal mientras las hijas de puta retrocedían a trompicones y después se iban por el pasillo entre lágrimas. Les hizo daño, las asustó de modo insensato, pero Holly, que se tomaba muy a pecho cuidar de los demás, en aquel momento maravilloso se sintió protegida. Por su hermano.

En su condición de hermanos mayores, Holly y Cal aunaban esfuerzos para cuidar de Albie y de Jeanette cuando eran pequeños, que no se acercaran a la cocina ni a los cuchillos. Y también cuidaban de su madre; tal vez no en tándem, pero se esforzaban en aligerar su carga siempre que era posible. Y ahora, cuanto más sentía la presencia de Cal en su vida, más sabía que la cuidaba, que la perdonaba. Cuando conseguía mantener su vida en silencio, abría los ojos a la belleza que la rodeaba y conseguía oírlo mejor. No es que oyera voces como si estuviera chiflada, no se sentaban a hablar de política; era más bien una sensación agradable, fácil de conseguir en el centro Zen-Dojo Tozan, pero también ahí mismo, en la zona de espera del aeropuerto de Lucerna. Holly creía que la mayor parte de la población humana no aprovechaba su potencial psíquico. Vivían en un estado de desorden mental, bombardeados por bienes y servicios, información y lucha, y eran incapaces de reconocer la verdadera felicidad aunque la tuvieran delante de sus narices. Le había sido casi imposible oír a su hermano cuando estaba en Berkeley, en el Banco Sumitomo o en cualquier lugar de Los Ángeles, pero en Suiza, en un lugar en el que Cal nunca había estado, era mucho más fácil.

Holly retomó la lectura del periódico. Leyó un artículo sobre las obras de teatro que se representaban en Broadway. Leyó una reseña de un libro y un artículo de opinión sobre las inundaciones de Iowa. Otro sobre las duras condiciones de vida de las mujeres en Afganistán. Se terminó media barra de chocolate y guardó la otra mitad para más adelante. Al ver la hora, se levantó y se fue a esperar con las familias y los conductores que sostenían carteles escritos a mano. Cuando vio a Teresa caminando hacia ella (¡Qué pequeña! ¡Qué anciana!

¿Cuánto tiempo había pasado? ¿Diez años? ¿Más?) se sintió inundada de amor, una oleada enorme, de su propio amor y del de su hermano. Le abrió los brazos.

—¡Mamá! —dijo Holly.

¿Por qué maravilla empezar? En primer lugar, Holly, por supuesto, que con su pelo cortísimo, negro con pinceladas grises, y sus sandalias Birkenstock con calcetines de lana tenía un aspecto radiante. Toda aquella gente amontonada al otro lado de los controles de seguridad, componiendo una masa indistinguible y ahí estaba, ¡bam!, Holly. Era totalmente diferente, nadie podía dejar de fijarse en ella. Cuando Teresa cayó en su abrazo fue como si nunca se hubiesen separado. Tenía un recuerdo tan nítido de la enfermera entrando en la habitación la mañana en que nació Holly y le puso en los brazos un bebé perfecto, el bebé que era ahora aquella hermosa mujer. Teresa le dio un beso en el cuello, apretó la mejilla contra el esternón de su hija.

—Siento que hayas tenido que esperar tanto —dijo Teresa, sin saber si se refería al retraso de tres horas o a todos los años que había tardado en viajar a Suiza.

—Me lo he pasado bien —contestó Holly, acariciando la cabeza de su madre. Le cogió la pequeña maleta de ruedas y el bolso, y se los echó al hombro como si no pesaran, como si hubiera podido cargar también con Teresa de ser necesario. La llevó directamente hacia el lavabo sin preguntarle si quería ir, y quería. Así había sido siempre Holly: tomaba decisiones, se ocupaba de todo, ayudaba sin que fuera necesario que se lo pidieran. Cuando Teresa señaló su maleta en la cinta de salida de equipaje, Holly la cogió y se echó a reír.

—¡Haces las maletas como una californiana! —dijo, asombrada al ver una bolsa tan pequeña—. Yo también.

—¿Y cómo las hacen las californianas? —Teresa se reía sin entender el chiste, con una sonrisa tan amplia que estaba segura de que mostraba dientes que llevaban años ocultos.

Holly levantó la maleta negra de su madre. Era pequeña y discreta, como una pequeña nota a pie de página de todos los maletones de color rosa reforzados con correajes que circulaban delante de ellas.

—Los europeos preparan el equipaje como si no pensaran volver a casa. Creo que tiene que ver con la guerra.

En el exterior, el aire era fresco y brillante a pesar de que estaban ya a primeros de septiembre. En Los Ángeles estaban a más de treinta y cinco grados. Holly la ayudó a ponerse el abrigo. Teresa se alegró de habérselo traído. En su casa, se lo había puesto y se lo había quitado en el cuarto de estar, había cerrado la puerta, había ido al taxi, había vuelto a entrar y había cogido de nuevo el abrigo. Veía los Alpes a lo lejos desde el aparcamiento. Los había visto desde el avión, los picos cubiertos de nieve. Los Alpes. Se arrebujó en el abrigo. ¿Quién iba a decir que Teresa Cousins vería los Alpes?

El Citroën del centro Zen-Dojo Tozan parecía más una lata de sopa que un coche. El endeble metal se estremecía cuando Teresa reducía en las curvas, la larga palanca del cambio de marchas sobresalía del suelo. En la autopista 405 de California, un coche así habría quedado aplastado por el aire que desplazaba cualquier vehículo todoterreno, pero en aquella peligrosa carretera de montaña era igual que cualquier otra lata. Podrían chocar entre sí sin peligro, igual que se roza la gente en una calle repleta. Nadie pretendía quedar por encima para salvarse, construir un tanque que descartara toda competición. Estaban todos juntos en lo mismo. El guardarraíl que las separaba del vertiginoso precipicio lateral parecía también poco preparado para salvar ninguna vida, pero ¿qué diferencia suponía? Al fin y al cabo, todos iban a morir.

No habían llegado todavía al centro zen, se llamara como se llamara, y Teresa tenía la sensación de que ya estaba entendiendo de qué iba todo aquello. ¿Quién necesitaba airbags? ¿O un refuerzo de acero que creaba una barrera con el mundo? Teresa bajó la ventanilla con una manivela, ¡una manivela!, y respiró el radiante aire suizo.

—Qué hermoso es esto —dijo. Se metieron en un túnel taladrado en el lateral de la montaña: luces, oscuridad, pinos.

—Espera y verás —dijo su hija.

—Tengo que decírtelo, Holly. No lo he entendido hasta ahora. Quiero decir que me alegraba por ti, pero en el fondo pensaba siempre: ¿qué tiene de malo Torrance? —Pasaron junto a dos cabras lanudas que estaban junto a la carretera, los cuernos curvos parecían coronas. Sin duda, estaban esperando a Heidi y a su abuelo para que las devolvieran a las montañas. Teresa miró a Holly—: ¿Y a quién se le ocurre vivir en Torrance?

—A Torrance no le pasa nada —dijo Holly, contenta de recibir el apoyo de su madre—. Pero esto es más tranquilo, a mí me va más.

—Pienso en Jeanette, que vive en Brooklyn con Fodé y los chicos. Creo que le gusta el ruido, la escasez de espacio. Creo que eso es lo que le va bien. Y Albie, que está siempre de un lado a otro, siempre buscando algo nuevo. Seguramente, eso es también lo que a él le va. Ahora está en Nueva Orleans.

—De vez en cuando me envía un correo electrónico —dijo Holly. De repente, echó de menos a su hermano y a su hermana y le habría gustado sentarse con ellos a meditar.

—Eso está bien.

—¿Y a ti?

—¿A mí qué me pasa? —dijo Teresa, moviendo la cabeza para ver de nuevo el paisaje que iba quedando atrás.

—¿A ti te ha ido bien en Torrance? ¿Fue una buena elección?

En aquel momento pasaban por un bosque. Los árboles tenían la parte inferior del tronco cubierta de musgo y eran cada vez más altos y más gruesos, parecían rasgar la luz, en tanto que los helechos cubrían el suelo. Había grandes piedras, enormes rocas, que parecían colocadas por diseñadores de jardines en torno a un rápido arroyo. Como si un productor hubiera ordenado: «Diséñame un jardín encantado».

—Tu padre quiso que nos fuéramos todos a Virginia cuando se separó de Beverly para que estuviéramos más cerca. La verdad es que ni me lo planteé. Quizá debería haberlo hecho. Para vosotros habría sido más fácil. Pero no me sentí capaz de amoldarme a lo que él quería.

—Es la mayor tontería que he oído en mi vida —dijo Holly, apartando, imprudentemente, la vista de la carretera unos segundos para mirar a su madre—. No sabía que papá te lo hubiera propuesto.

—Después de que Cal muriera. —Teresa se encogió de hombros—. Bueno, de eso te acordarás. Por supuesto que no íbamos a irnos a Virginia después de que Cal muriera, aunque, la verdad, me inquietaba dejarlo allí enterrado. En esos días lo que me preocupaba era seguir adelante, pasito a pasito, sin caer. No tenía intención de cambiar de vida; de hecho, mi vida ya había cambiado. Solo tenía que superarlo.

—Y lo conseguiste. —Holly redujo a segunda. Estaban detrás de un camión, subiendo sin parar.

—Todos lo conseguimos, supongo, cada uno a su manera. Uno piensa que no va a ser capaz, pero sigue adelante. Sigue vivo. Eso fue lo que me atrapó al final: seguía viva. Tú, Albie y Jeanette seguíais vivos. Y no sería para siempre, así que había que aprovecharlo.

Teresa puso la mano sobre la de Holly y sintió la vibración del cambio de marchas.

—Hay que ver lo que estoy diciendo: nunca hablo así.

—Es Suiza. Cambia a la gente. —Holly se calló un momento para pensar—. Diría que eso es lo que ha hecho conmigo. La verdad es que la mayoría de la gente que he conocido aquí es muy tranquila.

Teresa sonrió y asintió.

—Bien, eso es bueno. Me gusta.

El centro zen de Dojo Toza no estaba en Sarnen ni en Thun, sino en un lugar intermedio, en mitad de la hierba alta y las flores azules. Ocupaba un gran chalet edificado en la ladera de una montaña. Había sido el hogar de un banquero de Zúrich. En verano, él y su mujer nadaban con sus cinco hijos en el lago y en invierno esquiaban. Y, entre tanto, sin que lo supieran los habitantes de Sarnen, de Thun o de Zúrich, se sentaban juntos en cojines *zafu,* los siete, cerraban los ojos y dejaban la mente en blanco para limpiarla, de la misma manera que el aire de la montaña les había limpiado los pulmones. La casa, en forma de fideicomiso, quedó en manos del centro Zen-Dojo Tozan con el compromiso de que los hijos de la familia, sus hijos y todos los niños en general serían bienvenidos. Katrina, la cuarta hija, tenía ya unos setenta años y vivía allí en el pequeño dormitorio que había ocupado de niña. Junto con Katrina, había otros catorce residentes permanentes. Dos veces al año se convertía en centro de retiro y alquilaban un autobús para que llevara a la gente desde su alojamiento en Thun, pero gran parte de los ingresos procedían de los bastones.

Todos los residentes participaban de un modo u otro en la fabricación o distribución de los bastones; tal como les gustaba decir, en el arte o en el negocio. Los bastones tenían una gran demanda, especialmente por parte de aficionados a la meditación australianos o estadounidenses que sabían que nunca irían a Suiza. Holly, que no tenía ningún talento para tallar la madera, se ocupaba de la contabilidad. Se había dado cuenta de que prácticamente no había límite para lo que se podía cobrar por un bastón largo de caminante de pino suizo con un pez tallado en la empuñadura. Si ponían una brújula de cinco euros en el lomo del pez, podían doblar el precio, aunque actualmente nadie domine los principios básicos de la orientación. Compraban la madera en una serrería de Lausana y, si bien podrían haber encontrado madera excelente y más barata en Alemania, habían tomado la decisión de que los bastones fueran totalmente suizos. Eso decía la página web: bastones suizos tallados en madera de pino suizo por meditadores residentes en Suiza. Todos los días, después de meditar y de atender a las tareas de la comunidad, dedicaban unas horas a los bastones: Paul cortaba la madera en palos, Lelia tallaba los peces con un cuchillo y luego Hyla se dedicaba al delicado trabajo de tallar las escamas. Los bastones, junto con la modesta dotación, pagaban el mantenimiento del tejado, los impuestos y ponían queso y pan en la mesa. Tenían una lista de espera de ocho meses para los bastones. La lista de espera de residentes era ya demasiado larga para ser de utilidad y estaba perdida en un cajón y olvidada.

—Hemos tenido suerte y hay un dormitorio de invitados libre —dijo Holly, cogiendo a su madre de la mano mientras la guiaba por las empinadas escaleras de madera. A su madre, que todavía caminaba bastante bien, le convendría llevar bastón. Algunos días, el viento podía tumbar a cualquiera—. La gente viene invitada un mes y luego se niega a marcharse. Hay tres habitaciones de invitados y la programación siempre se lía. La gente se va quedando. Piensan que alguno de nosotros se va a marchar y les quedará sitio.

El chalet estaba rodeado por un amplio porche de madera suspendido sobre un mundo cristalino. Aquí y allá había pesadas sillas de madera labradas por un hacha descuidada para que los discípulos pudieran descansar mientras contemplaban las vistas. Los Alpes parecían un dibujo de los Alpes sacado del envoltorio de un caramelo, una versión idealizaba destinada a atraer viajeros. Teresa tuvo que detenerse y tomar aliento: por las vistas, por la altitud, por el hecho de que lo había conseguido y se encontraba allí.

—Te ha sentado bien —dijo, resoplando un poco.

Holly se detuvo, viéndolo todo de nuevo a través de los ojos de su madre.

—En mi caso, lo cierto es que uno murió mientras yo esperaba a que se fuera alguien. Por eso volví a California y dejé mi trabajo. Era un francés llamado Philippe. Lo de los bastones había sido idea de Philippe años antes de que se quedaran sin dinero y se preocuparan por tener que dejar este sitio. Era un viejo encantador, todavía ocupo su habitación.

—¿Y la madre de alguno viene de vez en cuando? —preguntó Teresa, intentando no parecer competitiva, a pesar de que se sentía muy orgullosa de sí misma por haber ido.

—Algunas veces, menos de lo que crees.

En cuanto vio la cama en su habitación, Teresa se echó una siesta. Después, antes de cenar, de la charla *dharma* y la última meditación del día, Holly intentó dar a su madre un curso sobre meditación. Inspirar, espirar, seguir la respiración, dejar que los pensamientos pasaran sin juzgarlos.

—Hazlo y no le des más vueltas —dijo finalmente, temerosa de que su explicación hiciera más mal que bien—. Es muy sencillo.

Así que Teresa, vestida con el chándal que se ponía por las mañanas para ir a andar con su vecina, se sentó sobre un cojín junto a su hija y cerró los ojos.

Al principio no sucedió gran cosa. Pensó que le dolía la rodilla izquierda. Después pensó que las demás personas parecían agradables. Le gustaba Mijaíl, el ruso al que ella había llamado Michael. ¿Dirigía él aquel sitio? Muy acogedor. Todos ellos con el pelo corto como Holly. ¿Y por qué no? ¿Qué más daba? No había necesidad de impresionar a nadie. Veía que Holly era feliz allí, pero ¿era una vida real? ¿Y qué haría cuando tuviera la edad de Teresa? ¿La cuidarían? Podría preguntárselo a la mujer mayor, la que había crecido en aquella casa. Cómo sería aquel chalet como una «casa», un hogar para una sola familia. ¿Cuántos criados necesitarían para mantenerla? Tenía los dos pies dormidos.

Se dio cuenta de repente de que aquello era una sarta de tonterías, estaba divagando. Le sorprendió que su pensamiento no parara, como si se dedicara a examinar la basura acumulada en la cuneta de la carretera y le llamara la atención cualquier envoltorio de chicle. Respiró con calma, pero se puso a pensar en la ensalada que habían tomado para cenar, tenía unas judías rosadas que no veía desde la infancia. No recordaba cómo se llamaban. Antes de ponerlas en remojo, su madre le pedía que las repasara para quitar piedrecitas y ella se aplicaba mucho hasta que se aburría, las mezclaba todas y echaba a perder todo el trabajo. ¿Alguna vez alguien de la familia se había tragado una piedra?

¿Una aspiración? ¿Podría conseguirlo? ¿Una sola inhalación que no estuviera cargada de pensamientos? Lo intentó. Sí, vale. Le dolía la espalda. Sin advertencia previa, dio una cabezada y durante unos instantes se quedó profundamente dormida. Soltó un gemido como el de un perro o un cerdo que soñara. Se enderezó, abrió un poco los ojos para ver si los demás se habían dado cuenta. Miró a su alrededor los pacíficos rostros de sus vecinos, de su hija, como si pudiera ver la claridad de sus mentes tranquilas. Se avergonzó de sí misma.

Al final de la sesión, Holly la ayudó a ponerse en pie. Todos se acercaron a estrecharle la mano, a darle un pequeño abrazo. Apreciaban mucho a Holly, estaban encantados de que Teresa hubiera ido de visita.

—No te preocupes por la meditación —le dijo una mujer llamada Carol con unos ojos plácidos como un lago helado—. Al principio cuesta entender para qué sirve.

—Medité por mi cuenta a diario durante años antes de venir aquí —dijo Paul, el fabricante de bastones—. Pero meditar aquí por primera vez en la vida es como ponerse a correr por primera vez en unas olimpiadas. —Le dio unas palmaditas en el hombro—: Has de estar muy orgullosa de ti misma.

En la cama de la habitación de invitados, Teresa, completamente despierta, contempló el techo, las marcas regulares en forma de corona, como si fueran dientes separados, de la moldura. ¿Había recorrido medio mundo para ver aquello? ¿Para meditar sentada? Había pasado sentada media vida en su despacho. Se sentaba en el coche, en el avión. ¿Qué podría haber estado pensando? Quería ver a su hija. ¿Había ido Bert alguna vez a verla? ¿Y se había sentado a meditar? ¿Por qué no se le había ocurrido preguntarlo? La luz de una luna enorme inundaba la pequeña habitación, pintaba las paredes y cubría la cama. Pensó en todas las mujeres y en todos los hombres —sobre todo, hombres— que, en su modesta posición en la oficina del fiscal del distrito de Los Ángeles, había contribuido a meter en la cárcel. Todos los casos en los que había ayudado a preparar para que los juzgaran y los encerraran para pasar las noches en camas estrechas y los días en silencio. ¿Cómo era que nunca antes se había preguntado qué había sido de ellos? A lo largo de los años habían pasado por su mesa cientos de casos. Miles. ¿Estarían mirando el techo en las celdas donde vivían, intentando ocupar la mente con algo?

Día tras día, tres veces diarias, eso fue lo que hizo Teresa. Acudía con los demás a la sala de meditación, alguien llenaba la estufa de cerámica azul con carbón y todos se sentaban en círculo sobre los cojines de color verde oscuro y esperaban a que Mijaíl golpeara el pequeño gong que señalaba el inicio. Aquello era un disparate. Si no hubiera sido porque Holly se sentía tan orgullosa de ella, habría cogido su ejemplar de *El paciente inglés* y habría salido al balcón del segundo piso o a dar un paseo por la alta hierba mientras los demás buscaban la paz interior. Su hija la cogía del brazo y acercaba su cojín al suyo. Los demás residentes las miraban con señal de apreciación —en la cocina, en las comidas, mientras meditaban (Teresa algunas veces hacía un poco de trampa y abría los ojos, haciendo que los demás cerraran los suyos de inmediato)—: otras madres no iban de visita y, si iban, no meditaban.

Teresa siguió meditando.

Lelia dio una charla sobre el abandono de la definición de uno mismo: no puedo hacer esto porque me sucedió aquello en la infancia; no puedo hacer eso otro porque soy muy tímido; no puedo ir allí porque me dan miedo los payasos, las setas o los osos polares. El grupo soltó una carcajada colectiva y amable al reconocerse en sus palabras. A Teresa la charla le pareció útil: precisamente, había estado manteniendo un diálogo interior durante la meditación sobre la cuestión de que las septuagenarias de Torrance no estaban hechas para el budismo. La linda Hyla, cuyos hermosos huesos quedaban bellamente destacados por la ausencia de cabello, la llevó a dar un paseo y le dijo el nombre de cada una de las plantas y de los árboles con los que se cruzaban. Vieron a lo lejos un íbice. Frotó un trozo de enebro entre las manos y se las ofreció a Teresa para que las oliera, las mismas manos capaces de encontrar un pez dentro de la madera de las empuñaduras de los bastones. Hyla contó a Teresa que su madre había muerto cinco años atrás y que se sentía muy sola. Después de decir eso, tomó a Teresa por la mano de regreso al chalet. «Vale —pensó Teresa—, hoy puedo ser tu madre.»

Volvieron a la cocina y cortaron manzanas en trocitos para hacer una tarta.

—Quiero que me cortes el pelo —dijo Teresa a Holly antes de cenar.

—¿De verdad? —Holly se inclinó hacia ella y tocó el pelo de su madre. Era grueso y canoso, y lo llevaba peinado en una melena corta recogido a los lados con dos pasadores porque no se le ocurría llevar otra cosa.

—Me he acostumbrado y creo que me ayudará a sentirme mejor. —Teresa no lo habría hecho si hubiera tenido que volver al trabajo. Allí su pelo se habría convertido en tema de conversación, pero ahora sería señal de una nueva vida. La verían los vecinos, los empleados de la tienda de comestibles, y sabrían que era una persona distinta.

Holly fue a buscar al baño del piso inferior la maquinilla eléctrica para cortar el pelo y la sacó del barreño de plástico donde la guardaban. Llevó a su madre a la terraza y le puso una toalla alrededor del cuello. Se cortaban el pelo los unos a los otros. Se lo podría haber cortado uno mismo, pero era agradable que te tocaran la cabeza más o menos una vez al mes.

—¿Estás segura? —preguntó Holly antes de poner la maquinilla en marcha.

Teresa asintió con un solo gesto decidido.

—Donde fueres...

Y su cabello fue despareciendo, los gruesos mechones grises se fueron apilando alrededor de sus pies como nubes de tormenta dispersas. Cuando terminó, Holly se puso delante para ver su obra.

—¿Qué aspecto tengo? —preguntó Teresa con una sonrisa, pasándose la mano por el terciopelo que le cubría el cráneo.

—Estás igual que yo —dijo Holly, y era cierto.

De vez en cuando, Holly iba a la habitación de invitados por la noche, la misma que ella había ocupado cuando llegó a la casa, veinte años atrás. Le gustaba estar ahí. Teresa se apartaba tanto como podía en la camita para hacerle sitio. Las dos se quedaban ahí, acostadas de lado, la única manera de que cupieran, y hablaban, dos mujeres que hacía años que no hablaban con nadie en la cama.

—¿Crees que te vas a quedar aquí? —le preguntó Teresa, tirando de las sábanas para tapar los hombros. Por las noches helaba. Holly tenía cuarenta y cinco años y, si bien en la vida que llevaba todo era hermoso, tenía que pensar que tal vez algún día querría algo más, un marido o un trabajo.

—No me quedaré para siempre —contestó Holly—. Creo que no podré. Pero no me imagino cómo será el momento de irse. Es como si esperara que el destino abra un día la puerta de Dojo y me diga: «¡Holly, ha llegado el momento!».

—Llámame cuando suceda —dijo su madre.

—Deberías ver lo bonito que es esto con nieve.

Se callaron un rato, tal vez las dos casi dormidas, hasta que Holly dijo:

—¿Y has pensado en quedarte tú? Podrías ser una de esas personas que están en la habitación de invitados y no se marchan nunca.

Teresa sonrió en la oscuridad, aunque se dio cuenta entonces de que tampoco se imaginaba marchándose de allí. Pasó un brazo alrededor de la cintura de Holly y pensó en su cuerpo como algo que había hecho ella, algo que, ahora, era totalmente independiente.

—Me parece que no —contestó, y las dos se quedaron dormidas.

Al octavo día de los once de visita en el centro zen, Teresa fue a la meditación de la mañana, se sentó en su cojín junto a Holly, cerró a los ojos y vio a su hijo mayor. Lo vio con tanta claridad como si estuviera con ella en la habitación, como si hubiera estado siempre con ella en todas las habitaciones en las que había estado en su vida y ella no hubiera sido capaz de mirar en la dirección adecuada. No fue un sueño ni una experiencia extracorpórea. Teresa sabía que seguía en el chalet, sentada meditando, pero, al mismo tiempo, estaba con Cal y sus hermanas. Estaba con las niñas Keating, Caroline y Franny. Los vio salir a los cinco de la cocina de la casa de los padres de Bert, por una puerta por la que ella había entrado y salido muchas veces cuando eran novios, cuando planeaban su boda.

Ernestine, la cocinera, les dice que no molesten a Ned en los establos y que lo obedezcan, y las chicas le contestan que sí, señora. Les da media bolsa de zanahorias blandas de la nevera y a Jeanette le da dos manzanas pequeñas: esta le ofrece a cambio una sonrisa de agradecimiento. Nadie le daba nunca nada a Jeanette. Cal ha salido ya del porche. No dice nada a Ernestine. No espera a las niñas.

—¡Cal! —grita Ernestine a través de la mosquitera—. ¿Qué hace tu hermano?

Cal no se para ni se da la vuelta. Se encoge de hombros y levanta la mano, dándole la espalda. «¡Cal —quisiera decir Teresa—, contesta!» Teresa está contemplando lo que sucedió un día, hace treinta y cinco años, a medio mundo de distancia. No puede corregir su comportamiento. No puede cambiar el resultado. Solo se le permite estar sentada y mirar, y eso ya es en sí todo un milagro.

Los cinco bajan por el camino asfaltado que sale de la parte posterior de la casa, después toman por una pista que al poco se convierte en dos huellas bacheadas entre las que crece una hilera de hierba. Holly y Caroline hablan mientras Jeanette y Franny escuchan. Cal va por delante y anda tan deprisa que de vez en cuando las chicas tienen que trotar para no quedarse atrás. Quieren estar juntos sin estar con él, y los cinco tienen una conciencia clara del grado de proximidad necesario. Cal es alto y rubio como su padre, tiene los ojos del mismo azul, la piel morena del verano al aire libre. Tiene una expresión de furia latente, pero es la habitual. No quiere estar en Virginia, no quiere estar con sus hermanas, con las niñas Keating, con su madrastra, con sus abuelos. No quiere almohazar los caballos, que le piquen las moscas y los mosquitos, soportar el hedor a excrementos y a heno, pero no hay nada mejor que hacer. Ese es el problema de tener quince años: solo es capaz de pensar en las cosas que no quiere. Lleva una camiseta de la UCLA y unos vaqueros Levi's aunque hace calor. Si Cal lleva pantalones largos significa que ha cogido la pistola otra vez. Todos los niños lo saben.

Jeanette había contado a Teresa que Cal llevaba el arma atada a la pierna con un pañuelo. Jeanette se lo contó todo a su madre tiempo atrás, el año en que vivieron solas en la casa de Torrance. Sin Holly ni Albie, habló libremente del día en que murió Cal, le contó cómo habían malgastado el Benadryl para hacer que Albie se durmiera, el camino que cogieron hacia el establo, que no hicieron ningún caso a Cal mientras se moría, pensando que las estaba engañando para que se acercaran y así poder pegarles. Habían esperado mucho mucho rato, sentadas en la hierba, haciendo collares de flores para demostrarle que no iban a caer en la trampa. Jeanette se lo había contado todo, pero en ese momento Teresa no lo había visto. No lo había visto nunca.

Holly, que es la que tiene la voz más bonita de todas las niñas, de todo su colegio, se pone a cantar mientras mueve los brazos hacia delante y hacia atrás:

—Vamos a la capilla y vamos...

—Vamos a casarnos... —Caroline y Franny cantan con ella.

—Vamos a la capilla y vamos...

—Vamos a casarnos —repiten Caroline y Franny. Jeanette no canta al principio, pero mueve los labios.

—Porque yo te quiero y vamos...

—¿Podéis callaros un poco? —pregunta Cal, dándose media vuelta sin dejar de andar. Está lejos de ellas, en mitad de la hierba alta, lo bastante lejos como para que la canción no le moleste, pero le molesta—. Joder, ¿es mucho pedir que os calléis?

Esas fueron las últimas palabras de su hermano.

—Vamos a casarnos —cantan las cuatro, incluso Jeanette canta con ellas a pleno pulmón. Y, de repente, Cal arremete contra ellas. Es imposible saber si está enfadado o de broma, pero las niñas gritan y se dispersan en cuatro direcciones. Cal podría haber atrapado a una de ellas, pero tiene que elegir y se para. Algo sucede y siente un dolor agudo en el cuello mientras sus hermanas y sus hermanastras corren en círculos a su alrededor. Se detiene y se lleva la mano a la base del cuello. Teresa, sentada en el cojín en Suiza, siente la obstrucción, se queda sin respiración, porque lo está viendo todo y, al mismo tiempo, es él. Las niñas corren y cantan y Teresa quisiera detenerlas. Quiere que se paren, pero no puede decir nada. Tiene todavía la abeja en la nuca, reptando. La nota, pero no puede quitársela. Cal se cae; no en la hierba, sino en otro lugar más lejano, una marea de sangre se lleva el sonido de la voz de las niñas; siente el latido de su corazón, que el color desaparece de las camisetas de las niñas, del sol, del cielo y de la hierba. La lengua se le hincha y le llena toda la boca. Intenta llevarse la mano al bolsillo para ver si queda algún Benadryl, pero no es capaz de encontrar su propia mano. Describe un giro, empujado por toda la fuerza de la gravedad, y la tierra lo golpea con violencia, sobre la abeja, y se lleva así lo último que le queda de aire, de luz. Tiene quince años, diez más cinco. Es un instante. Vuelve a ella. Es suyo otra vez. Siente su peso en el pecho cuando regresa a sus brazos. Es su hijo, su querido niño, y vuelve con ella.

9

_____

Fix seguía vivo en las Navidades posteriores a la muerte de Teresa Cousins. Imposible pero cierto. Serían sus últimas Navidades, pero las dos últimas ya había sido las últimas Navidades, como también el pasado día de Acción de Gracias también había sido el último. Franny no quería dejar a Kumar y a los chicos solos en vacaciones, ni tampoco quería llevarlos a Santa Mónica. Era demasiado deprimente. Franny y Caroline también querían tener en cuenta a su madre, cada vez más abandonada a medida que pasaban los años y su padre se moría lentamente.

—No solo tenemos que ocuparnos de papá —dijo Caroline, pensando en el marido de su madre. Su madre hacía confidencias a Caroline, más que a Franny, tal vez. Ese era el placer de una vida larga: el modo en que algunas cosas se arreglaban. Caroline y su madre estaban ahora muy unidas.

—Lo echo a cara o cruz —dijo Caroline por teléfono—, vas a tener que fiarte de mí.

—Me fío —dijo Franny. Se fiaba de ella más que de nadie.

—Si sale cara, vas tú a ver a papá en Navidades; si sale cruz, voy yo.

Y, tras el acuerdo, un instante de silencio y después el repiqueteo de una moneda al caer sobre la mesa de la cocina de Caroline en San José.

El avión estuvo describiendo círculos durante cuarenta y cinco minutos antes de depositar a Franny, Kumar y a los chicos en el aeropuerto de Dulles-Washington en mitad de una tormenta de nieve en plena noche. Ravi, de catorce, y Amit, de doce, sentados en la parte posterior del coche de alquiler, con tapones bien metidos en los oídos, daban suaves cabezadas con distinto ritmo. Los chicos no se habían alterado con el aterrizaje sobre la helada pista ni tampoco en la autopista a Arlington, que era un mar de hielo y accidentes; los coches se arrastraban hacia las afueras como perros apaleados, llenos de viajeros en vacaciones deseosos de llegar o viajeros en vacaciones desesperados por salir. Franny avisó a su madre de que no retrasara más la cena, no sabían cuándo podrían llegar.

—Llegad cuando podáis —contestó su madre—. Si tardáis mucho, nos comeremos la salsa para mojar de cebolla. —Siempre la preparaba para Ravi, al que le gustaba lo salado, y pastel de caramelo para Amit, que le gustaba lo dulce.

—Como si mi madre probara la salsa de cebolla —comentó Franny a Kumar tras colgar el teléfono. Ella conducía en pleno atasco mientras Kumar contestaba los últimos correos electrónicos del trabajo. Kumar trabajaba en el Departamento de Fusiones y Adquisiciones de una gigantesca empresa llamada Martin and Fox. Estaba haciendo planes para defender a su cliente de una adquisición hostil mientras su mujer conducía en plena tormenta de nieve. Era justo. Si hubieran ido a ver a su madre en Bombay, ella no habría conducido.

—Nunca he visto a tu madre comer nada —dijo Kumar mientras sus pulgares tecleaban a toda velocidad en la pantalla del móvil—. Lo que, para mí, es la mejor prueba de que es una diosa.

Beverly y Jack Dine habían cumplido ya los sesenta años cuando se casaron: ella tenía sesenta y pocos; él, sesenta y muchos. Kumar había conocido a la madre de Franny como mujer de Jack Dine, la emperatriz de los vendedores de coches de Arlington, así que la había visto siempre feliz y poderosa, una fuente de enjoyado esplendor. Kumar creía que su suegra era la persona que era en aquel momento, sin historia, y, a cambio, Beverly lo quería como a un hijo.

La casa de Jack Dine había sido de un senador de Pensilvania. Estaba rodeada por un muro y tenía una cancela en la entrada, pero la dejaban abierta y en Navidades adornaban la tapia con guirnaldas de pino y enormes coronas. El gran sendero de entrada, que terminaba en una rotonda, estaba lleno de coches. Todas las luces de las ventanas estaban encendidas, así como las luces suspendidas en las altas ramas de los árboles, y la nieve reflejaba la luz e iluminaba el mundo. Desde el coche, vieron a través de las ventanas delanteras a toda la gente, como si fueran figuritas de una enorme casa de muñecas.

—¿Da una fiesta porque vamos? —preguntó Amit desde el asiento trasero. En casa de su abuela cualquier cosa era posible. Solo quedaban unos pocos huecos para aparcar al final del camino, de modo que sacaron las bolsas del maletero y avanzaron por la nieve.

—¡Feliz Navidad! —exclamó Beverly cuando abrió la puerta de par en par. Abrazó primero a Amit, luego a Ravi, luego a los dos juntos, cada uno en un brazo. Los setenta y ocho años de Beverly podían rivalizar con los sesenta y cinco de cualquier otra persona. Se había mantenido esbelta y rubia, pero sin exagerar en ninguna de las dos cosas. Era evidente que había sido una gran belleza. A sus espaldas, la casa estaba llena y rebosante de luces, adornos de pinos y copas de champán. El árbol de Navidad del salón rozaba el techo con las ramas más altas y parecía tachonado de brillantes y de zafiros de color de rosa. En el otro extremo de la casa, alguien tocaba el piano. Se oían risas femeninas.

—No nos habías dicho que tenías una fiesta —dijo Franny.

—Siempre celebramos la Nochebuena con una fiesta —contestó Beverly. Llevaba un elegante vestido rojo y un collar de perlas de tres vueltas—. ¿Queréis entrar en lugar de quedaros en el porche como si fuerais un puñado de testigos de Jehová?

Kumar y Franny cogieron el equipaje y se sacudieron la nieve de los hombros y del pelo. Por lo menos, Kumar llevaba traje. Lo habían recogido de la oficina de camino al aeropuerto. Pero Franny y los niños parecían lo que eran, unos viajeros desaliñados. Los chicos habían visto que los invitados iban de un lado a otro con platos en la mano llenos de comida, de modo que dejaron caer las maletas y se dirigieron al salón en busca del bufet. Siempre tenían hambre.

—Si todavía no es Nochebuena —dijo Franny.

—La familia de Matthew se va a esquiar a Vail por Navidades, de manera que he adelantado la fiesta. Así es más fácil para todos. Creo que todos los años la celebraré el día 22.

—Pero no nos lo habías dicho.

Kumar se inclinó y besó a Beverly en la mejilla.

—Estás guapísima —dijo, cambiando de tema.

—¡Franny! —Un hombre corpulento que había superado la mediana edad, vestido con un chaleco de pata de gallo rojo abotonado hasta arriba, se acercó, abrazó con fuerza a Franny y la sacudió mientras soltaba una serie de gruñidos—. ¿Cómo está mi hermana favorita?

—Eso lo dices porque no está Caroline —dijo Beverly—. Deberías ver cómo la trata.

—Caroline es mi asesora legal y no me cobra nada —contestó Pete.

—Si te denuncian estas vacaciones, me ofrezco a ayudarte —intervino Kumar.

Pete se volvió y miró a Kumar, intentando identificarlo. Su rostro se iluminó cuando lo consiguió.

—Estupendo —dijo a Franny—. Se me había olvidado que también eras abogado.

—Feliz Navidad, Pete —dijo Franny. Seguro que se echaba a llorar en algún momento de la noche, la única duda era cuánto tiempo podría aguantarse.

—Pete y su familia se van a Nueva York a ver a Katie y al nuevo bebé —anunció Beverly—. ¿Te había dicho que Katie había tenido un niño?

—Navidad en Nueva York. —Pete sonrió y a Franny sus dientes le parecieron de marfil, como si fueran colmillos de elefante tallados a escala humana. Estaba bebiendo ponche de huevo en una pequeña copa de cristal—. ¿Te lo imaginas? Claro que te lo imaginas, tú eres una chica de ciudad. ¿Seguís viviendo en Chicago?

—Deja que suban arriba y se instalen —dijo Beverly a Pete—. Volverán enseguida, acaban de bajar del avión.

Pero Jack Dine estaba ya allí vestido con un chaleco de punto con un ciervo saltando bordado con pequeñas puntadas. Jack había sido siempre un hombre grande, alto y ancho, aunque ahora no parecía mayor que su mujer.

—¿Quién es esta niña bonita? —preguntó, señalando a Franny.

Beverly rodeó a su marido con el brazo.

—Jack, es Franny, mi Franny. Te acuerdas de ella.

—Se parece a ti —dijo Jack.

—Y este es Kumar, ¿te acuerdas de él?

—Puedes llevar las maletas —dijo Jack, despidiéndolo con la mano—. Vamos, súbelas.

Kumar sonrió, aunque no sabía bien por qué. Era un hombre generoso y los niños no estaban delante ni habían presenciado la escena.

—Jack —dijo Franny, poniendo la mano en el tembloroso antebrazo de su padrastro—: Kumar es mi marido.

Pero Kumar no dejó pasar la oportunidad de salir de allí.

—Señor —dijo, y saludó con la cabeza. De un modo u otro, con una mezcla imposible de fuerza y equilibrio, consiguió cogerlo todo y agarrar las bolsas de los chicos contra el pecho.

—Ve por la cocina —ordenó Jack cuando Kumar apenas había dado un solo plazo hacia la gran escalera voladiza. Estaba a punto de caer bajo el peso de las maletas, pero retrocedió, dio media vuelta y se encaminó hacia la cocina. Había una estrecha escalera de servicio que se utilizaba cuando la casa tenía criados.

—Piensan que se pueden meter en mitad de una fiesta —dijo Jack a Franny, siguiendo a Kumar con la vista—. No hay que perderlos de vista.

—Es mi marido —repitió Franny. ¿Se estaba ahogando? Franny sintió algo muy raro en la garganta.

Jack le dio unas palmaditas en la mano.

—Dime qué puedo ofrecer para beber a esta bella dama.

—Gracias, Jack, no quiero nada. —Franny tuvo la sensación de que había superado ya el ahogo. Cuando oyó caer la moneda en la mesa de Caroline y esta le dijo que debería ir a pasar las Navidades a Virginia, pensó que le había tocado la mejor parte. En aquel momento echaba de menos a su padre moribundo, su padre casi muerto.

—Te serviré un poco de ponche —dijo Jack Dine, y se marchó hacia la gente.

—Está mucho peor —comentó Pete, siguiendo con la vista a su padre—. Por si no te has dado cuenta, está mucho peor. ¿Ha incendiado algo ya?

—¿Por qué dices eso? —preguntó Beverly con voz inexpresiva. Quería a Jack Dine, o lo había querido cuando todavía era él. Por otra parte, los hijos de este muchas veces exigían más consideración de la que ella se molestaba en ofrecer.

—Porque lo hará tarde o temprano —dijo Pete. Examinaba a la gente mientras buscaba algo mejor de qué hablar—. ¡Matthew! —Levantó una mano e hizo un gesto para llamar a su hermano—. ¡Mira, Franny está en casa!

Matthew Dine llevaba un chaleco negro, pero tenía una cadena de reloj de oro con un adorno navideño rojo colgando, una sola bola de cristal que le daba un aire más festivo que a todos los demás. A Franny se le había olvidado que en las fiestas de Navidad de Jack Dine los hombres tenían que llevar chaleco. Si miraba por la sala, se veía cuál era el tema de la fiesta: las mujeres iban de rojo, los hombres llevaban chaleco. Matthew cogió las manos de Franny y le dio un beso en la mejilla.

—No has conseguido ni alejarte tres pasos de la puerta —dijo con voz solemne.

Franny prefería a Matthew, como todo el mundo.

—¿Dónde está Rick? —preguntó Franny, pensando que mejor sería saludar a los tres hermanos antes de intentar dirigirse a la escalera.

—Rick está ocupado —dijo Beverly— y ha dicho que no venía.

—Vendrá —dijo Matthew—. Laura Lee y las niñas están aquí.

«Cuando iba de camino a St. Ives / encontré a un hombre con siete esposas. Cada esposa tenía siete sacos, / cada saco tenía siete gatos.» A Franny aquella familia le recordaba la rima infantil y se liaba siempre con todos ellos. Conocía a los chicos Dine, a los que todavía llamaban chicos aunque habían cumplido cincuenta años, pero se perdía con sus mujeres y sus segundas mujeres, sus hijos, algunas veces de mujeres distintas, algunos de ellos mayores y casados, otros todavía pequeños. «Gatitos, gatos, sacos y esposas.» Algunos miembros de la familia Dine pensaban que era una hermana, una prima, una hija, una tía. Katie Dine, en Nueva York, había tenido un hijo. Franny no era capaz de seguir las líneas en todas direcciones: toda la gente con la que estaba misteriosamente emparentada por el matrimonio de su madre. La primera mujer de Jack Dine, Peggy, había muerto hacía más de veinte años, pero las hermanas de Peggy Dine, junto con sus maridos, hijos, las esposas de estos y sus hijos seguían siendo invitados a la fiesta todos los años como huéspedes especiales. Todos los años asistían a la fiesta que se celebraba en la casa que había sido de su hermana y catalogaban los cambios mientras se comían los canapés que había preparado la propia Beverly: veían el sofá nuevo, un tono diferente de pintura del cuarto de estar y los pájaros pintados sobre la chimenea como una profanación del recuerdo de Peggy. No podían soportar los cambios.

Los invitados iban dándose cuenta de que había llegado la hija de Beverly; los que la conocían tenían ganas de verla y los que no la conocían habían oído hablar mucho de ella. Matthew se inclinó hacia ella y le susurró al oído:

—¡Sal corriendo!

Franny dio un beso a su madre.

—Ahora mismo bajo —anunció.

Pasó por la cocina donde dos hombres negros con pantalones negros y camisas blancas y corbatas amontonaban galletas de jamón en bandejas de plata mientras un tercer hombre disponía unas gambas hervidas alrededor de un cuenco de cristal tallado con salsa cóctel en otra bandeja de plata maciza. No levantaron la cabeza de su trabajo cuando ella pasó por la cocina. Si la vieron, no dijeron nada. Subió por la escalera de servicio hacia la habitación que siempre compartía con Kumar. Todos los chicos Dine vivían allí, eran propietarios de hermosas casas, de manera que ni siquiera en Navidades había problemas de espacio. Tras jubilarse, Jack Dine había dividido su imperio en tres: Matthew se quedó con los Toyota, Pete con los Subaru y Rick con los Volkswagen. Rick, que era un perezoso, era también un amargado y decía que no era justo que Matthew tuviera los Toyota. Nadie podía competir con Toyota. Envidiaba especialmente el Prius.

Franny abrió la puerta sin hacer ruido y vio a su marido tendido sobre la cama en la oscuridad. La chaqueta y la corbata estaban colgadas en el armario, los zapatos, bajo la cama. Kumar siempre había sido muy pulcro, incluso cuando estudiaban en la Facultad de Derecho. Franny dejó caer el abrigo y la bufanda en el suelo y se quitó las botas para la nieve.

—Lo sentiría mucho por mí —dijo Kumar en voz baja, que tenía los ojos cerrados y las manos sobre la barriga— si no fuera por que lo siento por ti.

—Gracias —dijo ella, reptando sobre la gran cama para acostarse a su lado.

La rodeó con el brazo y le dio un beso en el pelo.

—Otra pareja haría ahora el amor.

Franny se rio y hundió la cara en su hombro.

—Una pareja que no tuviera niños entrando y saliendo de la habitación.

—Una pareja cuyo anfitrión no fuera capaz de pegar un tiro a su yerno por mestizaje.

—Lo siento —dijo Franny.

—Tu pobre madre... Lo siento también por ella.

Franny suspiró.

—Ya lo sé.

—Tienes que bajar a la fiesta —dijo Kumar—. Yo no tengo valor, pero tú tienes que bajar.

—Ya lo sé.

—Pídeles a los niños que me suban un plato con algo.

Franny cerró los ojos y asintió sin levantar la cabeza de su pecho.

Si hubiera sido por Kumar, se habrían ido a las islas Fiyi todos los años justo antes del día de Acción de Gracias y no habrían vuelto hasta pasado Año Nuevo, cuando los adornos desaparecían. Nadarían entre peces y se echarían al sol para comer papaya. Los años que estuvieran cansados de Fiyi irían a Bali o a Sídney o a cualquier otro lugar con sol y playa cuyo nombre tuviera tantas consonantes como vocales.

—¿Y qué pasaría con el colegio? —preguntaba Franny.

—¿No seríamos capaces de dar clase a los niños durante seis semanas al año? Ni siquiera serían seis semanas, habría que restar las vacaciones y las fiestas.

—¿Y el trabajo?

Kumar la miraba entonces con expresión áspera, frunciendo el ceño.

—Participa en la fantasía, por favor.

La primera mujer de Kumar, Sapna, había muerto el día de la celebración de Pearl Harbor, en mitad de las vacaciones, cuatro días después de que naciera Amit. Era fácil recordar el año porque Amit tenía doce. Sapna era diez años más joven que Kumar.

—Diez años mejor —le decía él en su cumpleaños—. Diez años más generosa.

Era cierto. La alegría de vivir de Sapna podía hacer que pareciera un poco simple, cuando, probablemente, era tan complicada como cualquier otra persona. «La felicidad no es tonta», le gustaba decir a Sapna. Quería a su marido, quería a sus hijos. Estaba contenta de haber conseguido escapar del norte de Míchigan y de haber llegado a Chicago. Su vida, por ocupada y fría que fuera, era buena. Había pasado por su segundo embarazo sin ningún problema. Estaban todos juntos en casa. Ravi, que tenía dos años y medio, dormía una siesta. Sapna estaba sentada en el sofá con el bebé en brazos. Miró a Kumar y dijo:

—Qué cosa tan rara. —Y cerró los ojos.

La autopsia reveló una anomalía genética en el corazón: síndrome del QT largo. Teniendo en cuenta la gravedad de la cardiopatía, lo sorprendente era que no hubiera muerto tras el nacimiento de Ravi. Pero algunas veces la gente no se moría. Algunas veces pasaba toda su vida sin saber de qué destino había escapado. Tras hacerse las pruebas, se vio que la madre de Sapna tenía ese mismo gen, así como su hermana.

«La gran mayoría de la gente de este planeta lleva dentro lo que la va a matar», había dicho Fix.

Antes de que hubiera transcurrido un año de la muerte de su mujer, Franny se acercó a la mesa de Kumar en el Palmer House y le preguntó qué quería tomar.

—Vaya —exclamó él, mirándola incrédulo—. Dime que no sigues trabajando aquí.

Kumar, pensó Franny. ¿Cómo era posible que se hubiera olvidado de Kumar?

—De vez en cuando, solo los fines de semana —contestó Franny, inclinándose para darle un beso en la mejilla—. Tengo un trabajo de verdad en la biblioteca de Derecho en la Universidad de Chicago, pero el sueldo es espantoso. Además, esto me gusta.

Kumar estaba esperando para recoger a un cliente y llevarlo a cenar.

—Te ofrezco un trabajo —dijo él—. Ahora mismo. Puedes empezar el lunes. Un único empleo por el que cobrarás más que por estos dos juntos.

Franny se echó a reír. Kumar no había cambiado.

—¿Haciendo qué cosa?

—Debida diligencia. —Kumar se lo estaba inventando—. Necesito que reúnas datos para una fusión.

—No terminé Derecho.

—Ya sé hasta dónde llegaste en Derecho. Necesitamos a alguien de confianza. Esta ha sido tu entrevista de trabajo: contratada.

Un hombre alto y negro con un traje oscuro se acercó a la mesa y Kumar se levantó para saludarlo.

—Nuestra nueva empleada —dijo Kumar al hombre, extendiendo la mano hacia Franny—. Franny Keating. ¿Sigues siendo Franny Keating?

—Franny Keating —contestó ella, y estrechó la mano del hombre.

Más tarde, Kumar le contaría que se lo había inventado todo sobre la marcha: que decidió casarse con Franny y resolver así todo menos lo irresoluble. La había querido cuando eran jóvenes: si no la quería ya durante el año que compartieron piso, sí la quiso cuando se marchó con Leo Posen. Si estaba libre, no veía por qué motivo no iba a quererla otra vez. El problema era el tiempo. Los padres de Sapna habían ido desde Míchigan para ocuparse de Ravi cuando Amit nació y casi un año más tarde seguían viviendo en su casa. Entre el trabajo y los niños, su vida y la enorme carga de la pena, no le quedaba ni un minuto libre al día. Lo brillante fue contratar a Franny en lugar de invitarla a salir. De todos modos, no quería salir con ella: quería casarse con ella. Si trabajaba en su bufete, se verían a diario. Se irían contando cosas de modo natural, en el ascensor o mientras archivaban documentos.

Así, antes de confiarle a sus hijos y su vida, podría asegurarse de que su idea era tan buena como le parecía.

«Hecho —pensó cuando le tendió la tarjeta y le deseó buenas noches—. Ya está hecho.»

En el bar seguían poniendo la misma música que años antes, o una notablemente similar. Franny se habría reído al pensar en lo mucho que le molestaba en otros tiempos. Ya no la oía. Pero, cuando Kumar y su cliente salieron del bar y se guardó la tarjeta en el delantal, oyó que Ella Fitzgerald cantaba, como si estuviera dentro de su cabeza.

Estoy intentando olvidar a alguien.
¿No quieres tú también olvidar?

Acostada en la oscuridad en la casa de su madre, Franny intentó imaginar un mundo en el que Sapna todavía viviera. Quizá hubiera vuelto a encontrarse con Kumar, tal vez hubieran tropezado el uno con el otro algún día en una librería, se habrían reído, se habrían saludado, se habrían despedido, pero nunca se habría casado con él, y sus hijos nunca habrían sido los suyos. Y, si podía pensar en un mundo en el que Sapna no hubiera muerto, también podía imaginar otro en el que Beverly hubiera seguido casada con Fix, lo que significaría que no estaría ahí Jack Dine, no habría hermanastros Dine, no habría fiesta de Navidad en Virginia. Pero eso significaría que no existiría Marjorie, y esa sería una terrible pérdida, porque había supuesto para Fix un gran amor. Pero quizá también Bert se hubiera quedado con Teresa y, cincuenta años más tarde, le habría salvado la vida insistiendo para que fuera al médico antes de que fuera demasiado tarde. También Cal podría haber evitado la abeja que lo esperaba en la hierba alta cerca del establo en la casa de los padres de Bert. Podría haber vivido durante años, aunque tal vez otra abeja lo aguardara en otro lugar. Si hubiera vivido Cal, Albie nunca habría desencadenado el incendio que hizo que lo enviaran a Virginia, aunque tampoco habría tenido sentido ir a Virginia si Bert se hubiera quedado en California. Franny, medio dormida sobre la colcha, junto a su marido, era incapaz de imaginar todos los caminos que el futuro habría ido desenmarañando sin los anclajes del pasado. Sin Bert, Franny nunca habría empezado Derecho. Se habría licenciado en Inglés y, así, nunca habría conocido a Kumar. No habría estado nunca en Chicago trabajando en el Palmer House y nunca habría conocido a Leo Posen, que se plantó en el bar hacía siglos y se puso a hablar de sus zapatos. Ahí empezó la vida de Franny, en el momento en que se inclinó hacia delante para encenderle el cigarrillo. En el recuento de todo lo que habría podido ganar o perder, la idea de no haber conocido a Leo le resultaba la más insoportable.

El sonido de la respiración de Kumar se había hecho más profundo y lento; se levantó con cuidado, buscó un vestido y unos zapatos en la maleta y se cambió de ropa en la oscuridad.

Después bajó por las escaleras de servicio hacia la cocina. Franny se encontró a su madre junto a la mesa del desayuno, sola, poniendo pastelitos en una bandeja.

—Ya sabes que tienes gente contratada para hacerlo —dijo Franny.

Su madre levantó la vista y le dedicó una sonrisa de agotamiento.

—En realidad, me estoy escondiendo un ratito.

Franny asintió y se sentó a su lado.

—Esta fiesta siempre parece una gran idea en abstracto —dijo Beverly—. Pero cuando llega el momento no sé bien por qué me pareció una buena idea.

Oían a los invitados en la habitación contigua, la hilaridad en las voces por el ponche y el champán. El pianista tocaba ahora algo más rápido, quizá una versión *jazz* de un villancico popular que enumeraba los regalos que un enamorado enviaba a su enamorada: Franny pensó que ella se suicidaría antes de llegar al quinto regalo.

Beverly sacó de la caja el último de los diminutos pastelillos cuadrados, rosas, amarillos y blancos, coronados con una roseta de azúcar.

—Al final ha venido Rick —dijo Beverly, cambiando la disposición de los cuadrados y convirtiéndolos en rombos—. Y ahora está bebiendo.

—Matthew ha dicho que vendría.

—No los puedo aguantar cuando están juntos —dijo Beverly—. Uno por uno los chicos están bien, pero cuando están juntos siempre tengo otra cosa que hacer. Tienen muchas ideas sobre el futuro: lo que tengo que hacer con Jack, lo que tengo que hacer con la casa. No parecen tener la menor conciencia de cuál es la conversación más oportuna en una fiesta de Navidad. No sé qué va a pasar, no entiendo por qué no paran de preguntármelo. ¿Tú tienes idea de lo que sucederá en el futuro?

Franny cogió un pastelito de color amarillo pálido, de color pollito, y se lo comió de un solo bocado. No estaba muy bueno, pero era tan bonito que no importaba.

—Ni la más remota. En absoluto —dijo Franny.

Beverly contempló a su hija con una mirada llena de amor.

—Yo quería dos niñas, a ti y a tu hermana. Quería lo que tenía. Los hijos de los demás son muy difíciles.

Si su madre no hubiera sido tan guapa, nada habría sucedido. Pero ella no tenía la culpa.

—Me voy fuera —dijo Franny, y se levantó.

Su madre miró la bandeja de diminutos pastelillos.

—Voy a separarlos por colores —dijo, echándolos sobre la mesa con la mano—. Creo que me gustarán más así.

Franny encontró a Ravi y a Amit en el sótano viendo *Matrix* en un televisor del tamaño de un colchón de cama pequeña.

—Esta no es una película para todos los públicos —dijo Franny.

Los chicos la miraron.

—Es por la violencia, no por el sexo —dijo Ravi.

—Y estamos en Navidad —dijo Amit, recurriendo a la lógica de los deseos.

Franny se puso detrás de ellos y vio como el hombre del abrigo negro se echaba hacia atrás para evitar que lo partieran en dos las balas y luego se volvía a levantar. Si aquello iba a darles pesadillas, el daño ya estaba hecho.

—Mamá, ¿tú la has visto? —preguntó Amit.

Franny negó con la cabeza.

—Yo me asusto con estas películas.

—Si tienes miedo, dormiré contigo en tu habitación —dijo su hijo menor.

—Si no nos dejas seguir viendo la película nunca sabremos lo que pasa —dijo Ravi.

Franny la miró un minuto más. Probablemente, era cierto lo que había dicho, aquella película le daría miedo.

—Vuestro padre se ha dormido —dijo Franny—. Esperad un ratito y luego le subís algo de comer en un plato, ¿vale?

Contentos por su pequeña victoria, asintieron.

—Y no le digáis nada de la película.

Franny volvió al piso de arriba y dio toda una vuelta por la sala, pero recordaba a muy pocos de los asistentes. No vivía en Arlington desde que había ido a la universidad. Las mujeres de los tres hijos de Jack Dine querían hablar con ella, pero ninguna tenía el menor interés en hablar con las demás. La mujer del hijo que le caía mejor era la que peor le caía, y la mujer del hijo que le caía peor era, con mucho, la que prefería. Lo curioso, aunque tampoco era especialmente interesante, era que la mujer del hijo cuyo nombre le había costado más recordar era también aquella cuyo nombre había recordado con más dificultad.

En algún momento de la velada, antes de que se marchara ninguno de los invitados, Franny volvió a la entrada y allí, sin buscarlo, vio su bolso en el suelo, ligeramente detrás de un paragüero. Lo habría abandonado allí al entrar, cuando dejó el equipaje y, sin pensar, lo cogió y salió por la puerta.

El vestido que había llevado para la fiesta, una fiesta que creía que se celebraría dos días más tarde, no era rojo. Era de terciopelo azul oscuro con mangas largas, pero no era adecuado para el frío, como tampoco lo eran los zapatos para la nieve. Qué más daba. Se había ido de la fiesta, se había escapado después de que todo el mundo la viera. «¿Dónde está Franny?», preguntarían, y la respuesta sería: «Creo que está en la cocina, acabo de verla por ahí».

Los coches estaban cubiertos de nieve y el suyo era uno de alquiler. Lo había alquilado en plena noche y no sabía ni de qué color era porque no lo había visto. Era un SUV, eso lo recordaba, pero todos los coches eran SUV, como si llevar un SUV, como los chalecos en los hombres, hubiera sido un requisito para la invitación. Bajó la pendiente que había al final del camino de entrada y, cuando estuvo más o menos donde creía que había aparcado, pulsó la llave. Se oyó un pitido a su izquierda y se encendieron las luces. Limpió el parabrisas con la muñeca y entró. En cuanto puso la calefacción, llamó a Bert.

—He pensado que podría pasar para saludar, si no es demasiado tarde —dijo, esforzándose en poner un tono intrascendente porque estaba muy nerviosa.

Bert se acostaba muy tarde. Había tenido que decirle que no llamara a su casa por las noches después de las diez.

—¡Estupendo! —dijo, como si estuviera esperando su llamada—. Pero ten cuidado con la nieve.

Bert seguía viviendo en la última casa que había compartido con Beverly, la misma en la que ella y Caroline habían vivido mientras iban colegio, aquella a la que Albie había ido a pasar un año después de que Caroline se marchara. No estaba lejos de donde vivía Beverly con Jack Dine, quizá unos siete kilómetros, pero en Arlington era posible vivir a siete kilómetros de alguien y no volver a verlo nunca más.

Cuando llegó, Bert la estaba esperando en el porche, la puerta de la casa estaba abierta a sus espaldas. Se había puesto el abrigo para salir. Bert era tan viejo como los demás, pero la edad llega a distintas velocidades y de distinto modo. Mientras avanzaba en la oscuridad, con la luz del porche brillando sobre su cabeza, Franny pensó que Bert Cousins todavía se parecía a sí mismo.

—El fantasma de las Navidades del pasado —dijo cuando Franny avanzó hacia sus brazos.

—Debería haberte llamado antes —dijo Franny—, pero se me ha ocurrido de repente.

Bert no la invitó a pasar ni la soltó tampoco. Se limitó a abrazarla. Para él seguía siendo el bebé que había llevado en brazos por la fiesta de Fix Keating, la niña más bonita que había visto nunca.

—A mí me gustan las ideas que surgen de repente.

—Vamos, me estoy helando —dijo ella.

Después de entrar, se quitó los zapatos.

—He encendido la chimenea en el estudio cuando has llamado; le ha costado, pero ya ha prendido.

Franny recordó cuando entró por primera vez en aquella casa. Tendría unos trece años. La habían comprado, sobre todo, por el estudio con su gran chimenea de piedra, tan grande que habría cabido el caldero de una bruja, y por las vistas sobre la piscina. Entonces le pareció un palacio. No tenía sentido que Bert siguiera viviendo en aquella casa, era enorme para una sola persona. Pero aquella noche Franny se alegró de que la conservara, todavía la consideraba su hogar.

—¿Qué quieres beber?

—Quizá un poco de té —contestó ella—, tengo que conducir.

Se quedó delante de la chimenea y acercó los pies, cubiertos por las medias, a las piedras calientes. Cuando iban al colegio, ella y Albie bajaban por las noches en invierno y abrían el tiro cuando hacía demasiado frío para salir a fumar. Se sentaban junto al hogar y echaban el humo de los cigarrillos por la chimenea. Se bebían la ginebra de Bert y tiraban las botellas vacías en la basura de la cocina con toda impunidad. Si el padre de él o la madre de ella advertían que los licores del mueble bar iban disminuyendo o iban apareciendo botellas vacías, nunca lo mencionaron.

—Tómate una copa, Franny. Es Navidad.

—Estamos a 22 de diciembre, ¿por qué todo el mundo me dice que es Navidad?

—Te haré un *gin-tonic* de profesional.

Franny lo miró.

—De profesional —se limitó a contestar.

Bert le había enseñado aquel truco cuando era una niña y se divertía sirviendo copas en las fiestas de los mayores. Si un invitado había bebido ya demasiado, le ponía tónica y hielo en un vaso y luego echaba un chorrito de ginebra por encima, sin mezclarlo. El primer sorbo sería muy fuerte, le había explicado Bert, y eso era lo que importaba. Después del primer sorbo, los borrachos ya no se fijaban.

—Si te sientes nostálgica, puedes dormir en tu habitación.

—A mi madre le encantaría —dijo con ironía. Era siempre difícil ir a ver a Bert. Aunque Beverly lo había perdonado, no podía entender que Franny y Caroline también lo perdonaran.

—¿Cómo está tu madre? —preguntó Bert. Le tendió a Franny su copa y el primer sorbo, de ginebra pura, le pareció perfecto.

—Mi madre sigue siendo la misma —contestó Franny.

Bert apretó los labios y asintió.

—No esperaría otra cosa de ella. He oído que Jack Dine está mal y que a ella le está resultando difícil cuidarlo. Me duele pensar que tiene que hacer frente a esas cosas.

—Nos tocará a todos, tarde o temprano.

—Quizá la llame por teléfono para ver qué tal le va.

«Oh, Bert —pensó Franny—. Olvídalo.»

—¿Y tú, cómo estás? —preguntó Franny.

Bert se había preparado su propia bebida, un vaso con ginebra y un chorrito final de tónica para compensar el de Franny, y se sentó en el sofá.

—No estoy tan mal para mi edad —dijo—. Todavía voy de acá para allá. Si me llegas a llamar mañana, no habrías dado conmigo.

Franny atizó el fuego para avivarlo.

—¿Adónde vas mañana?

—A Brooklyn —dijo.

Franny se volvió hacia él, atizador en mano, y él le dedicó una enorme sonrisa.

—Jeanette me ha invitado a pasar la Navidad. Hay un hotel a dos manzanas de su casa, está bastante bien. Ya he ido un par de veces a verlos.

—Qué buena idea —dijo Franny, y se sentó junto a Bert en el sofá—. Me alegro por ti.

—Estos últimos dos años he ido mejorando. También me escribo por correo electrónico con Holly. Dice que puedo ir a Suiza a verla en esa comuna donde vive. Yo le digo que mejor que quedemos en París, me parece una buena solución de compromiso. A todo el mundo le gusta París. Llevé a Teresa por nuestra luna de miel. ¿Cuándo fue eso? ¿Hace cincuenta años? Me parece que es hora de volver. —Se calló, como si hubiera recordado algo—. Tú estabas con ella, ¿verdad? Cuando murió Teresa. Creo que Jeanette me lo contó.

—Caroline y yo la llevamos al hospital. Estábamos con papá.

—Un bonito gesto por vuestra parte.

Franny se encogió de hombros.

—No iba a dejarla allí.

—¿Cómo está tu padre?

Franny movió la cabeza al pensar en su padre. «¿Cómo está el viejo Bert?», preguntaba siempre Fix.

—Te diría que no llega a Año Nuevo, pero seguro que me equivoco.

—Vuestro padre es un tipo muy duro.

—Mi padre es un tipo muy duro —repitió Franny, pensando en el arma que tenía en la mesilla y en que se había negado a ayudarlo cuando se lo pidió. Incluso había hecho algo peor: había llevado el arma al Departamento de Policía de Santa Mónica y la había entregado junto con las balas.

—Voy a echar un poquito más de ginebra a esto —dijo Bert.

—Un poquitín —dijo Franny, y le tendió el vaso. Como no estaba borracha, percibía perfectamente, no sin lamentarlo, que la ginebra había desaparecido.

—Hemos bebido muy poco —dijo Bert, dirigiéndose al mueble bar situado en un lado de la habitación.

—Con cuidado.

—Recuerdo que vi a tu padre de nuevo después de tu bautizo —dijo Bert—. Lo vi en el juzgado. No sé, a lo mejor lo había visto antes y no lo conocía, pero el lunes siguiente se acercó, me estrechó la mano y me dijo que se alegraba de que hubiera ido a la fiesta. «Me alegro de que pudieras venir a la fiesta de Franny», dijo exactamente. —Le tendió a Franny su copa.

—Hace ya mucho tiempo de todo eso, Bert.

—Pero no me gusta pensar en que está enfermo. Nunca tuve nada contra tu padre.

—¿Tienes trato con Albie? —preguntó Franny para cambiar de tema. Se lo podía haber preguntado a Albie directamente, pero, por algún motivo, nunca lo había hecho. No hablaban de Bert. Ni siquiera años atrás, cuando vivían juntos bajo aquel techo, hablaban de él.

—Poco. De vez en cuando uno de los dos da un paso, pero no hemos tenido mucho éxito. Albie estaba muy unido a su madre. Así son las cosas: las niñas quieren más a papá, los niños quieren más a mamá. Creo que no aceptó nunca que dejara a su madre. —Bert siempre tenía presente el pasado y daba por hecho que a los demás les pasaba lo mismo.

—Deberías llamarlo. Las Navidades son un momento duro, especialmente ahora que Teresa ha muerto. —Franny pensó en su padre y en cómo serían las cosas dentro de un año.

—Lo llamaré por Navidad —dijo Bert—, desde casa de Jeanette.

Franny quiso decirle que en California eran tres horas menos y que podía llamar a su hijo esa misma noche, en ese mismo momento, pero Bert no iba a llamar a Albie y no tenía sentido intentar que se sintiera mal por ello. Inclinó el vaso y se bebió la ginebra por segunda vez; pasó a las burbujas dulces de la tónica y se bebió el vaso entero hasta dejar solo el hielo y la lima.

—Me encantaría quedarme —dijo Franny, y parte de ella lo decía totalmente en serio. Le habría gustado subir a su habitación y acostarse en su cama, aunque se preguntaba qué posibilidades había de que la cama siguiera allí.

Bert asintió.

—Ya lo sé. Me alegro de que hayas venido, de veras.

—¿A qué hora tienes el avión?

—Temprano, así evito los atascos.

Franny se levantó y dio un abrazo a su padrastro.

—Feliz Navidad —dijo.

—Feliz Navidad —dijo Bert, y, cuando dio un paso atrás para mirarla, tenía los ojos húmedos—. Ve con cuidado, si te pasara algo, tu madre me mataría.

Franny sonrió y le dio un beso mientras pensaba en que Bert todavía analizaba las cosas en función de lo que Beverly podría o no perdonarle. Se puso los zapatos frente a la puerta y salió a la nieve. Dentro de la casa, Bert iba apagando las luces. Franny se quedó en el porche un minuto y contempló cómo la nieve se iba depositando en las mangas del vestido de terciopelo mientras pensaba en la noche en que no pudo encontrar a Albie. Bert estaba en su estudio del primer piso trabajando y su madre estaba en la cocina, haciendo los deberes de francés. Habían cenado ya hacía rato. Nevaba igual que en aquel momento y la casa estaba en absoluto silencio. Franny se preguntaba dónde estaría Albie. Por lo general, a esa hora iba a la habitación de Franny a hacer los deberes o charlar. Franny estaba echada sobre su cama leyendo *El regreso del nativo* para la asignatura de inglés. Albie no iba todas las noches, pero, si no estaba en su habitación, lo oía ver la tele, dar vueltas por la casa. Franny se quedó escuchando hasta que, finalmente, dejó el libro y fue a buscarlo. No estaba en su dormitorio, en el baño, en el estudio ni en el cuarto de estar, aunque ahí no iba nunca. Después de buscar por toda la casa, fue a la cocina.

—¿Dónde está Albie? —preguntó a su madre.

Su madre negó con la cabeza e hizo un ruidito que equivalía a «ni idea». Su madre no llegó nunca a hablar en francés.

—¿Me avisarás si lo ves?

Su bella madre, tal vez sintiéndose un poco incómoda, alzó la vista del libro unos segundos y asintió.

—Claro que sí —contestó Beverly.

Franny no pensó en llamar a la puerta del estudio de Bert y preguntarle si había visto a Albie o comprobar si estaba allí con él. Ni se le pasó por la cabeza.

En lugar de ello, fue a la puerta trasera. Seguía con el uniforme del colegio: una falda escocesa y calcetines altos, zapatos oxford de dos colores, una sudadera sobre la blusa blanca. Su madre no le dijo que se pusiera un abrigo ni le preguntó adónde iba, tal como habría hecho años atrás si Franny hubiera salido por la puerta trasera en una noche con nieve. Su madre estaba perdida en un mar de verbos irregulares.

Franny buscó en el garaje, pero Albie no estaba allí. Rodeó la casa y salió a la calle, caminó dos casas en una dirección, tres casas en otra. Miró si había huellas de bicicleta en la nieve, pero no había nada, solo sus huellas en todas partes. Estaba helada y empezaba a tener el pelo mojado. Estaba un poco preocupada, pero solo un poco. Pensaba que podría encontrarlo. Decidió volver a casa para coger el abrigo y, cuando subía por el camino de entrada, lo vio, su cabeza asomaba unos centímetros tras los setos de boj que crecían junto a la puerta delantera. Estaba envuelto en el saco de dormir rojo y miraba la nieve fijamente.

—Albie, ¿qué haces?

—Me estoy helando —contestó Albie.

—Pues entra en casa. —Caminó sobre la suave nieve que cubría el césped hasta plantarse delante de él.

—Estoy demasiado colocado —dijo él.

Alrededor de cada farola, cada luz del porche, había un suave halo de nieve. Todo lo demás estaba oscuro.

—Nadie va a darse cuenta.

—Sí, lo verán, estoy muy colocado.

—No puedes quedarte aquí. —Franny estaba empezando a temblar. Se preguntaba cómo se le había ocurrido salir sin abrigo.

—Claro que puedo —dijo él con una voz tan ligera, tan aérea como si fuera parte de la nieve.

Franny se metió entre los macizos de boj con intención de llevarlo a rastras. Albie era más alto que ella, pero era muy delgado y, en cualquier caso, no sería capaz de resistirse. Pero en cuanto se metió ahí con él entendió cuál era el encanto de un rincón desde el que se podía ver todo sin ser visto. El alero los protegía de gran parte de la nieve. Al acercarse, Franny percibió el olor a marihuana, dulce y fuerte. Franny y Albie bebían juntos algunas veces y fumaban cigarrillos, pero no fumaban porros juntos. Más tarde eso cambiaría.

—Hazme sitio.

Y Albie levantó el brazo, sin apartar los ojos de la nieve, y dejó que se sentara a su lado. El saco de dormir estaba relleno de plumón y, cuando se envolvieron juntos, el calor fue reconfortante. Se quedaron ahí sentados, la espalda apoyada contra la casa de ladrillo, el áspero seto justo delante de ellos. Vieron caer, caer, caer la nieve hasta que tuvieron la sensación de que eran ellos los que se caían.

—Echo de menos a mi madre —dijo Albie. Durante todo el año que estuvieron juntos, solo lo dijo aquella vez, y solo lo dijo aquella noche porque estaba colocado.

—Ya lo sé —dijo Franny, porque lo sabía. Lo sabía con toda claridad, y apretó el saco de dormir en torno a los dos. Se quedaron juntos hasta que Franny dejó de sentir los pies y le dijo que tenían que entrar en casa.

—Yo he dejado de sentirlos hace rato —dijo Albie.

Se sujetaron con los brazos para levantarse. La puerta delantera estaba cerrada con llave, de manera que rodearon la casa, arrastrando el saco de dormir a sus espaldas. La madre de Franny no estaba en la cocina, pero seguía la luz encendida bajo la puerta del estudio de Bert.

—Ya te había dicho que nadie se daría cuenta de que estabas colocado —dijo Franny y, por algún motivo, aquello hizo que Albie estallara de risa. Se sentó en el suelo y se puso el saco de dormir sobre la cabeza, riendo, mientras Franny sacaba los cereales y la leche.

Franny se sacudió la nieve de los hombros y se dirigió hacia el SUV alquilado. Nunca le había contado aquella historia a Leo. Tenía intención de hacerlo, pero, por algún motivo, se la guardó. En aquel momento entendió que algún día, en el futuro, habría una noche como aquella y recordaría esa historia y sabría que nadie más en el mundo la conocía, con la única excepción de Albie. Había tenido la necesidad de conservar algo para sí.